Als der Himmel den Menschen einmal nah war

KATHARINA SOMMER

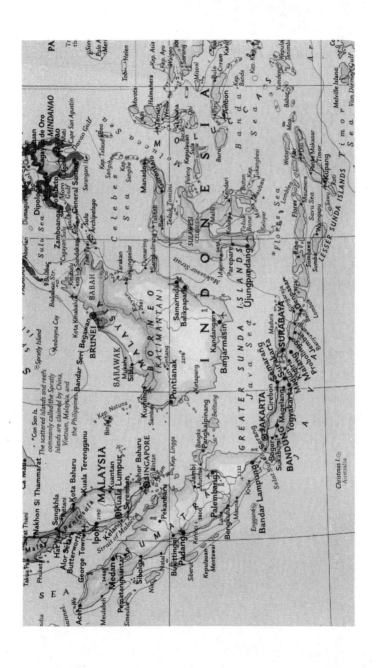

KATHARINA SOMMER

Als der Himmel den Menschen einmal nah war

Verlag
DIHW Hürtgenwald

ISBN 3-9803115-0-3

Originalausgabe - Januar 1993

Schäfer - Verlag
Werbeservice Direktmarketing GmbH - Düren

© 1992 by Katharina Sommer

Titelbild: Damir Korati
Grafiker, Maler und Bildhauer - Düsseldorf

Tuschezeichnungen: Sri Maryani

Gesamtherstellung: Druckerei Erdtmann - Herzogenrath/Merkstein

Belichtungen: MAC, Studio für Satz & Design GmbH, Düsseldorf

Printed in Germany

INHALT

- 8 VORWORT - Vom Zauber indonesischer Inseln
- 10 FLORES, DIE SCHLANGENINSEL
- 15 TROCKENZEIT
  Die Zeit des Wartens und des Darbens
- 17 REGENZEIT
- 20 P.HEINRICH BOLLEN SVD IN WATUBLAPI/FLORES
  Impressionen
- 25 Ein schwieriger Beginn
- 37 Der Schokoladenpater
- 40 Wassernot - der Bau von Wasserspeichern
  - ein bißchen Zement - ein wenig Geld
- 47 Die Gründung der IPP - Ikatan Petani Pancasila
  Katholische Sozialorganisation des Landvolkes
- 48 Die Straße
- 51 Jan Jong - Die Zeit der großen Umwälzungen 1965
- 71 Blütezeit
- 79 Lamtoro - "...damit ich zu essen habe mehrere Speicher voll"
- 98 Wolofeo
- 105 Landwirtschaftsschule - Am Anfang war das Land unfruchtbare Steppe
- 109 Tempe-Käse - und die roten Haare der Kinder
- 113 Das moslemische Fischerdorf Wuring
- 116 TBC-Bekämpfungsprogramm - "...ich sinke dort in die Tiefe hinab"
- 122 Das Hotel
- 128 Die Herstellung von Ikat Tüchern - "...auch ich schlage das Webholz und lasse das Klangholz singen"
- 138 DIE WOCHE DES ABSCHIEDNEHMENS
  Ankunft in Watublapi
- 144 Abschied in Talibura
- 146 Malaria
- 147 Die Dorfbewohner nehmen Abschied
- 148 Das Abschiedsfest
- 154 Rückblicke

157 P.FRANZ SCHAAF SVD IN JAKARTA/JAVA
   Zeitenwandel
159 Wasser für Lembor in der Manggarai/Flores
163 Die Flucht des Mädchens
165 Über das Lächeln
167 Trockener Reis und trockene Bohnen -
   Weihnachten in der Manggarai
169 DAS HAUS IM ZOO IN JAKARTA/JAVA
   Ulrike von Mengden
174 P.MIGE RAYA SVD AUF LOMBOK
   Die Wege von Adonara nach...
179 DER CHINA-MISSIONAR P.HENRICUS GIERLINGS
   Das kleine Krankenhaus in Ampenan
183 SCHWESTER VIRGULA IN CANCAR/FLORES
   Das Lepradorf
185 Einzige Tochter einer großen Familie
187 Die Kranken
193 Der Flugzeugabsturz
195 Die Frau mit den wundertätigen Händen
196 P.LUDGER LENSING SVD IN DETUKELI/FLORES
   Als der Himmel den Menschen einmal nah war
202 Die Geschichte von dem dummen Esel und anderes
206 P.OTTO BAUER SVD IN NELE/FLORES
   Der Baumeister
209 Aufbau in Talibura
212 Die Menschen im Tanah-ai-Gebiet
214 P.ADOLF BRÜGGEMANN SVD/FLORES
   "...auf daß sie das Leben in Fülle haben"
218 P.PAUL KLEIN SVD IN LEDALERO/FLORES
   Der Hochschullehrer
222 Familienplanung - Die Billings-Methode
225 ME - marriage encounter - Ehebegegnung

228	P. GOTTFRIED FAUSTER SVD IN WATUBLAPI/FLORES
	Die Vertreibung der Ratten
232	Der Besuch in Kloangpopot
237	MARIE-JEANNE COLSON IN WATUBLAPI/FLORES
	Mama Belgi
244	Lie
246	Maria, die Duldsame
248	SCHWESTER GABRIELE IN MAUMERE/FLORES
249	Erzählungen aus der Manggarai
252	Die Frauen
253	Weihnachten und das versprochene Huhn
255	Heimaturlaub
256	Wieder in Deutschland
257	DIE SCHWESTERN
	Stille Beharrlichkeit
260	Wie der Herr es will
263	Krankenhaus St. Gabriel in Kewapante/Flores
264	SCHWESTER REVOKATA IN KEWAPANTE/FLORES
	Die Kräuterschwester
267	ALS MISSIONSARZT AUF FLORES
	Die getöteten Krieger
270	Der unglückliche Vater
271	Die kleinen Erwachsenen
272	P. KARL MAHR SVD IN HABI/FLORES
	Der Alte von Habi
278	Eine unruhige Nacht
284	Das unheilvolle Land
287	Der Regenmacher
292	IM BAUCH DER HERCULES
297	NACHWORT
298	EPILOG

VOM ZAUBER INDONESISCHER INSELN

Bali kennt jeder. Voller Schönheit liegt die Insel mitten im indonesischen Archipel. Inbegriff tropischen Paradieses. Ein Traumziel der vermarkteten Ferienwelt und damit gefährdet in kultureller Eigenart und Identität. Bali kennt jeder. Viele Besucher lieben die Insel und ihre Menschen; viele, die vor Jahren dort waren, stellen nun wehmütige Vergleiche an und bedauern einschneidende Veränderungen. Wie sollten sie nicht! Keine der 13.000 Inseln Indonesiens bleibt losgelöst vom Wandlungsprozeß unserer Zeit. Bali ist nur das spektakulärste Beispiel für den Umbruch, den der südostasiatische Inselstaat durchlebt und durchleidet.

Auf anderen Inseln werden Veränderungen nicht so offenkundig, doch sie finden statt, beziehen Menschen, Religion, Natur mit ein, sind fragwürdig, zerstörerisch, segensreich, profitabel für wenige, fatal für viele - und unaufhaltsam. Flores östlich von Bali, noch nicht vom Massentourismus erreicht, abgelegener, im Innern unzugänglich, ist eine dieser anderen Inseln, wo sich die Folgen sogenannten Fortschritts weniger augenfällig und unmittelbar entdecken lassen, doch längst auch das Leben dieses Eilandes bestimmen. Von Flores erzählt Katharina Sommer. Von Flores fühlt sie sich besonders angezogen. Immer wieder kehrte sie zurück. Sie wollte mehr von den Menschen wissen, wollte ihren Alltag kennenlernen, wollte in ihre Mythen tiefer eindringen. Katharina Sommer ist dem Zauber dieser Insel erlegen und macht ihn zu ihrem Thema in den Geschichten dieses Buches.

Wie kaum eine andere Insel Indonesiens wurde Flores von den Einflüssen christlicher Missionare geprägt. Davon teilen die Menschen mit, denen Katharina Sommer zuhörte, deren Schicksale sie ausbreitet, deren Wünsche sie aufgreift, deren Nöte sie einfühlsam benennt. Zuhören können, Fragen stellen, Menschen zu Wort - zu eigenem Worte - kommen lassen, sind die Stärken der Autorin. Sie verhehlt nicht ihre Bewunderung für die Frauen und Männer, die in missionarischem Auftrag und mit christlichem Sendungsbewußtsein aufgebrochen waren, den Menschen von Flores ihre Botschaft zu vermitteln. Doch Katharina Sommer verschweigt auch nicht, welche Spannungen und Probleme damit verbunden waren und sind - für Missionare ebenso wie für Missionierte.

Katharina Sommers Aufzeichnungen sind Geschichten geworden, die eine historische, eine kulturelle Nahtstelle beschreiben: den Übergang von der weißen, fremdbestimmten Mission zur eigenständigen einheimischen Kirche, deren Mitglieder lernen, ihre eigenen Prioritäten zu setzen und eigene Wege zu gehen. In vielen Porträts und scheinbar nebensächlichen Episoden gelingt es Katharina Sommer, von Menschen zu erzählen: von ihren Hoffnungen, von ihren Zwängen und von ihrer Sehnsucht nach jener vergangenen Zeit: "Als der Himmel den Menschen einmal nah war."

Rüdiger Siebert

FLORES, DIE SCHLANGENINSEL

Indonesien, 'Land der tausend Inseln.' Die Menschen dort sagen, sie seien wie Perlen im Meer, umschlungen von einem smaragdgrünen Band, von den Tiefen des eitlen Meeres heraufgeholt. 'Kap der Blumen' nannten die Portugiesen die Insel Flores, als sie um das Jahr 1512 an ihrer Küste entlangsegelten und später ihre erste Niederlassung in Sikka, in Mittelflores, gründeten.

Oftmals wird behauptet, die schönste Insel Indonesiens sei Flores. Lang hingestreckt, wie ein sich windender, krümmender Leib einer Schlange, liegt die Insel im Meer. Deshalb wird sie von den Inselbewohnern 'Schlangeninsel' genannt.

Und da, wo sich die Sawu-See im Süden und die Flores-See im Norden in Mittelflores bei Maumere fast berühren, ist die schmalste Stelle der Insel mit nur 13 km Breite. Steht man an dieser Stelle hoch auf einem Bergrücken, schaut nach rechts und links, so sind beide Meere im leichten Dunst bis in die scheinbare Unendlichkeit zu sehen. Nah ist der Himmel und weit spannt er sich über die Meere und irgendwo in dunstiger Ferne begegnen sie sich - der Himmel und das Meer.

Berge, noch mit Urwald bewachsen, stehen neben den hohen Vulkanen, und manchmal kreist sie ein Ring von weißen Wolken ein, wobei ihre Gipfel über der Erde zu schweben scheinen. Die beiden Vulkane im Larantuka-Gebiet, der mächtige Vulkan Egon bei Maumere und der Inerie im Ngada-Gebiet gehören zu den höchsten noch tätigen Vulkanen auf Flores. Der Ia an der Küste nahe der Stadt Ende, kündigte 1969 mit Rumoren und Beben seinen Ausbruch an und spuckte feurige Lava und heiße Asche zur Meerseite, wo sich die kochende Gesteinsflut in das Meer ergoß. Das Land rings um den Ia war hoch bedeckt mit Asche. Panikartig flüchteten die Menschen viele Kilometer weit. Ein ganz neuer Vulkan ist am 31.1.1987 bei Reo in der Manggarai der Erde entwachsen. Aus einem Gebirgszug von 2.400 m erhebt sich nun ca. 900 m hoch sein Gipfel - und er wächst weiter. Geologen aus aller Welt kamen und betrachteten staunend den leicht rauchenden, weiter wachsenden Vulkan. Und trotz allem siedeln die Menschen immer wieder am Fuße der Vulkane.

Wenn es im Inneren des noch tätigen Egon grollte und die Erde bebte, riefen die Menschen in den umliegenden Dörfern dem grollenden Berg zu: "Hörst du uns Menschen nicht, bist du taub? Siehst du uns nicht, bist du blind? Denn wenn du uns hören und sehen würdest, wie könntest du solch einen Krach in deinem Inneren machen und dein großes Maul öffnen, daß Feuer und Asche über uns kommen." Sie machten großen Lärm mit allem, was lärmte, und ihr Geschrei hallte an den Wänden des massigen Berges wider. Jetzt wußte und hörte er, daß an seinem Fuße Menschen wohnen, und er sein kochendes Inneres zur Ruhe bringen sollte.

Die hohen Berge, die weiten Ebenen, bewachsen mit allerlei Strauchwerk oder artenärmerem Sekundärwald, die bis in einer Höhe von 600 m wachsenden Kokospalmen mit ihren dunkelgrünen Kronen, prägen ebenso die Landschaft wie der Terrassenanbau mit den Lamtorohecken im Sikkagebiet. Leise wiegt sich im Wind auf den sanft ansteigenden Bergen das Alang-Alang-Gras, das durch sein starkes Wurzelgeflecht kaum ausrottbar ist.

Die kleinen, einsamen und verwunschenen Buchten und Küstenzonen, das klare Wasser des Meeres, die Berge und hohen Vulkane, die einfachen Bambushütten mit ihren Grasdächern in den Tälern und Ebenen und die Dörfer, die sich an den Rücken der Berge schmiegen, die Urwüchsigkeit und Verschiedenheit der Menschen, die unbekümmerten Kinder, die grazilen und anmutigen Frauen mit ihren selbstgewebten Ikat-Sarongs sind es, die den Reiz und die Schönheit der Insel ausmachen. Auf einem Raum von 15.600 Quadratkilometern entdeckt man eine nie enden wollende Vielfältigkeit. Die reiche Vegetation der Landschaft aber täuscht über die tatsächlichen Lebensbedingungen der Menschen hinweg.

Ganz einfach leben die Menschen in ihren Dörfern und kleinen Städten für den westlich geprägten Menschen, der mit den Vorzügen und zugleich schädlichen Einflüssen seiner Zivilisation lebt, und staunend die Frau, die auf der Erde sitzt, beobachtet, wie sie das Tongefäß mit ihren Händen formt, es klopft und knetet, denn die Töpferscheibe, obgleich schon viele tausend

Jahre alt, ist ihr nicht bekannt. Im Gegensatz hierzu, obwohl immer noch selten, steht die Fernsehantenne auf dem Dach einer Hütte an der Küste.

Neben den zehn Sprachen, die von sechs Volksgruppen gesprochen werden, gibt es noch zahlreiche Dialekte. Die indonesische Sprache, 'Bahasa Indonesia', gilt als verbindende Sprache und ist Amts-und Schulsprache.

Industrien sind hier unbekannt. Handwerk ist nur schwach entwickelt und wird vorwiegend von den Missionaren gefördert. Der Landwirtschaft sind, bedingt durch die achtmonatige Dürreperiode, mit einem föhnartigen Trockenwind, 'Borok' genannt, sowie durch die geringen Niederschlagsmengen, enge Grenzen gesetzt.

Bewässerungsmöglichkeiten sind kaum gegeben. Die Folgen sind fatal: Dazu gehören sporadisch auftretende Hungersnöte, viele Krankheiten und hohe Kindersterblichkeit. Hinzu kommen schlechte Eßgewohnheiten. Es wird gerade das gegessen, was da ist, und die Menschen wissen nicht, welche Nahrungsmittelzusammenstellung richtig ist. Die Abwanderung zu anderen Inseln ist sehr groß. Die besten, heißt es, verlassen die Insel und suchen anderswo eine Existenzmöglichkeit. Was können sie hier schon anfangen? Eine gute Schulbildung erleichtert oft den Entschluß, die Insel zu verlassen.

Die junge Republik unter Sukarno, die am 17.8.1945 ihre Unabhängigkeit ausrief, hatte am 27.12.1949 nach jahrelangen Kämpfen mit der holländischen Kolonialmacht die Souveränität erlangt. Doch völlig unvorbereitet wurde sie mit administrativen, wirtschaftlichen, finanziellen, technischen und bildungspolitischen Aufgaben und deren Lösungen konfrontiert. Von den Ländern Asiens ging Indonesien am schlechtesten gerüstet in die Unabhängigkeit.

Als die Jesuiten 1859 die Missionsarbeit von den Weltpriestern für ganz Indonesien übernahmen, gehörten die von ihnen gegründeten Missionsschulen zu den ersten Schulen Indonesiens. Zweifelsohne war dies eine Pionierarbeit der christlichen Missionare und Schwestern. Der Religionsunterricht nahm zwar einen breiten Raum ein, was bewußt geschah, aber die Kinder lernten die Grundbegriffe des Rechnens, sie lernten Lesen und

Schreiben und wurden mit der malaiischen Sprache vertraut gemacht, später in der indonesischen Sprache unterrichtet. Nie machten die Missionare einen Hehl daraus, daß ihre Schulen der Weg zur Christianisierung waren.

Der jungen Republik fehlte es allenthalben an ausgebildeten Fachkräften jeglicher Art. Ihr Hauptaugenmerk richtete sich auf die Ausbildung von Lehrern, vorrangig für die Grundschulen. In Flores gab es durch das früh aufgebaute Schulsystem der Jesuiten und später der Steyler Missionare genügend Seminaristen mit einer Lehrerausbildung, die an den Missionsschulen unterrichteten. Hinzu kamen die schon unter den Holländern arbeitenden einheimischen Verwaltungsbeamten, so daß die Republik viele Florenesen auf Timor und anderen Inseln einsetzte. Einige von ihnen wurden später Minister oder Staatsrepräsentanten im Zentrum der Politik, in Jakarta.

In der Mitte des vorigen Jahrhunderts begann langsam die religionsethnologische Forschungsarbeit der sogenannten Altvölker des malaiischen Archipels. Die Kolonialbeamten, Missionare und Forschungsreisenden notierten und schrieben sich anfänglich alles auf, was ihnen fremd und eigenartig war. Später haben die Missionare, die unter wirtschaftlich harten, klimatisch ungewohnten Bedingungen lebten und nicht selten auf Ablehnung und Feindschaft der Bevölkerung stießen, ihre Erfahrungen und Erlebnisse niedergeschrieben. Sie schufen die Grundlage zur systematischen Forschungsarbeit der alten Religionen, Mythen und Gebräuche. Erst durch deren Kenntnis konnte der Boden für die Christianisierung bereitet werden.

Die Völkerkundler sagen, daß ohne die Forschungsarbeiten der Missionare beider Konfessionen das heutige Wissen über die alten Religionen nicht mehr existieren würde. So hat der Schweizer Missionar H. Schärer mit seinen umfangreichen Forschungsarbeiten in Süd-Borneo unter den Ngadju-Dajak der modernen Religionsethnologie einen neuen Weg gewiesen, der heute über die Begriffe 'primitive Religion' und 'Heidentum' zur 'Theologie der Stammesreligionen' geführt hat.

Als die Portugiesen sich Anfang des 15. Jahrhunderts aufmachten, am Reichtum des Ostens, seinen kostbaren Gewürzen, teilzuhaben, und sie einige Inseln Indonesiens erobern konnten, kamen, im Geleit ihrer Handelsschiffe, die ersten weißen Missionare. Weltpriester sowie verschiedene Orden setzten die Arbeit der ersten Missionare fort. 1912 wurden den Steyler Missionaren von den Jesuiten die Kleinen Sundainseln, mit Ausnahme von Flores übertragen. 1914 wurde Flores ebenso zum Arbeitsfeld der meist deutschen und holländischen Missionare.

Im Laufe der Jahrzehnte wurden die Missionare nicht nur Völkerkundler, Sprachforscher, Religionsethnologen und Lehrer, sondern manch einer von ihnen entwickelte sich zum Landwirt und Techniker. Er wurde gleichzeitig zum Heiler und Helfer der Armen und Botschafter des christlichen Glaubens.

Die Botschaft der Missionare, ihr Denken, Wissen und Verhalten, die Portugiesen und Holländer als Eroberer aus dem Westen, heutige westliche Kultureinflüsse mit ihren neuen Techniken, javanische Administration und ihr bestimmender Einfluß, kurz alles Fremde, trugen dazu bei, daß die alten Völker verunsichert wurden. Ihre archaischen Kulturen, der Reichtum ihrer alten Religionen, die so weit zurückreichen, daß ihr Ursprung verborgen im Dunkel der Zeit ruht, wurden in Frage gestellt und werden vielleicht einmal ganz vergessen sein.

Das Beten und Singen der Florenesen schallt laut und voller Inbrunst aus den Kirchen und Kapellen. Religiöses Leben, die Ehrfurcht vor dem 'Höchsten Wesen', vor Gott, dem die verschiedenen Volksgruppen auf Flores jeweils ihren eigenen Namen gaben, zu dem sie beten und den sie um Hilfe bitten, ist, so lange die Menschen denken können, selbstverständliches Leben, ist Bedürfnis in den Handlungen des täglichen Daseins.

Der Gottesdienst ist immer ein festlicher Anlaß. Die Frauen tragen ihre schönsten Ikat-Sarongs. Von weit her, weit aus den Bergen, sind die Menschen gekommen. Ist der Gottesdienst zu Ende, das Schwätzchen vor der Kirche gehalten, nehmen sie wieder den weiten Weg zurück in ihre Dörfer, zu ihren Hütten. Neben den Hütten sind die Gräber ihrer Ahnen, derer sie mit ihren täglichen Opfergaben ehrend gedenken, zu denen sie in Gebeten um Schutz und Hilfe flehen: sind doch sie der Weg zum mythischen Urahn, zu Gott.

TROCKENZEIT

Die Zeit des Wartens und des Darbens

Sumbawa, die bizarre Insel zwischen Lombok und Flores gelegen, vermittelte auf unserer Reise in der Trockenzeit ein Bild farblosen Welkens. 'Wie muß es denn jetzt nur auf Flores, der noch östlicher gelegenen Insel, aussehen?' fragten wir uns.

Wie überrascht aber waren wir, als die Berge von Westflores, welche zum Teil mit Urwald bewachsen sind, grün zu uns herunter blickten. Die Landschaft wurde hingegen umso trockener, je weiter die Fahrt gen Osten ging. Schon in Mittelflores gab es dann nur noch die Kokospalmen mit ihren dunkelgrünen Kronen, ansonsten standen die Bäume mit spärlich welkem Laub auf nackter, trockener Erde, die Gräser dürr und vertrocknet. Die Sonne machte das Land zu einem hitzestarrenden Glutofen. Das Meer schien zu kochen.

Trocken und rissig, fehlte der Erde für ihre Fruchtbarkeit der Regen. Oben am Berg kräuselte sich eine Rauchwolke. Schwarz schaute das Stück Land aus, schwarze verbrannte Baumstümpfe ragten aus der Erde, schwarze Asche soll den Boden durch Brandrodung für eine kurze Zeit wieder fruchtbar machen.

Es ist die Zeit, die kein Ende zu nehmen scheint. Es ist die Zeit des Haushaltens, des Streckens von Nahrungsmitteln. Denn wie schnell sind ansonsten die Speicher leer.

Und es ist die Zeit, in der die Bewegungen der Menschen ruhiger und langsamer scheinen, der Blick müder und gleichgültiger ist, das Lachen der Kinder seltener wird, und die Männer öfter beisammen sitzen, miteinander reden und diskutieren und der Tuak, der Palmschnaps, herumgereicht wird. Denn alles das, was Adat-Brauch für die Feldbestellung vorschreibt, ist getan. Und jetzt ist die Zeit des Wartens auf den heiß ersehnten Regen, auf daß die Saat sprießen kann und die Pflanzen üppig grünen und wachsen können.

Und oberhalb des Weges, auf dem Kamm der kleinen Anhöhe, schreiten die jungen Männer als Silhouette im Gegenlicht der Sonne, mit ihren kostbaren Kampfhähnen zum Hahnenkampf.

Vor der Hütte sitzt eine junge Frau auf einer Matte. Sie ist versunken in den Klang des hin- und hergeführten Webholzes. Auf dem Webrahmen ist das halbfertige, in indigoblau gefärbte Ikat-Tuch mit dem stilisierten Muster zu sehen. Ein Hund liegt von der Hitze des Tages müde in tiefem Schlaf, das schwarze kleine Schweinchen grunzt leise im Schatten unter der Hütte und hat alle Viere von sich gestreckt.

Das Angebot der Märkte in Kewapante und Maumere ist mehr als spärlich. Eine Menge Zwiebeln gibt es zu kaufen, ein wenig Kaffee, einige Knollengewächse, das ist schon alles.

Nach den sich lang hinziehenden Monaten der Trockenzeit und des Darbens, dem Fehlen des fröhlichen und verbindenden Feierns der Feste, streicht zuweilen, wie verirrt, eine kleine Wolke über die Insel. Der kleinen zarten Wolke folgen die großen, satten Wolkenberge, und es kommt der Tag, an dem es aus dem wolkenverhangenen Himmel schüttet und schüttet, und der so heiß ersehnte Regen ist da.

Es war eine Nacht während der Trockenzeit, als ich einige Meter entfernt von dem Haus in Watublapi stand. Der Mond lag schwer und mächtig, wie ein dickes, leicht angeknicktes Ei am Himmel. Sanft, nicht so hell wie das Sonnenglühen, strahlte der Himmel hinter den Palmen. Zärtlich spielte der Wind mit ihren Blättern und das Licht des Mondes fand sich schimmernd und silbern in den sich teilenden und zusammenfindenden Blättern wieder.

Noch nie hatte ich einen solchen Sternenhimmel gesehen, noch nie ein solches Leuchten. Das Firmament lag ausgebreitet in all seiner Pracht, die Milchstraße ein helles glitzerndes Funkeln, der Morgen- und Abendstern glühte und sprühte in seiner Helligkeit.

'Die Frau im Mond, die Dua Wulang,' erzählen die Menschen auf Flores, 'läßt den Mond auf- und untergehen. Sie stützt und bewegt ihn. Damit er, die Sonne und die Sterne nicht vom Himmel fallen, hängen sie alle an einer goldenen Kette. Und weil die Sonne die goldenen Ketten tagsüber hinter ihrem Rükken versteckt, sind sie vor den Blicken der Menschen verborgen.'

Und jetzt verstand ich den Mythos, von dem die Menschen

auf den Inseln berichten. Der Mythos erzählt, daß einmal der Himmel den Menschen ganz nah war, so nah, daß sie über einen Regenbogen oder einer Rotanleiter zu den Göttern gelangen und sie diese nach Belieben besuchen konnten.

So nah über mir, nicht in der Unendlichkeit der Ferne, schienen mir der Himmel und die Sterne, und so nah im glänzenden hellen Schein, daß ich nur meine Hand auszustrecken, mich nur ein wenig zu recken brauchte, um nach diesem Stern dort, der besonders hell leuchtete, zu greifen. Aber was sollte dieser Stern in eines Menschen Hand, wenn die Kraft seines Leuchtens nur vom Himmel kommt? Und welche Träume und geheimen Wünsche könnten die Menschen noch zu Gott, zum Himmel schikken, wenn nicht die Sterne in ihrer unerreichbaren Weite die Geheimnisse des Himmels bewahrten?

REGENZEIT

Es war Regenzeit. Langsam krochen die wie große Wattebäusche geformten Regenwolken über die Berge, hüllten sie bedächtig ein und verbargen alles, was auf ihnen war. Und plötzlich schien es, als schütte der Himmel alle Wassermassen zugleich aus.

Es war weder der bei uns gewohnte Nieselregen, noch ein heftiger Schauer. Es war ein Prasseln von unaufhörlich herunterfallenden Wassermassen, die alles mit sich fortrissen, was sich fortreißen ließ. Und wehe der Erde, die keinen Halt mehr fand. Sie wurde durch die wild fließenden Wasser erbarmungslos ins Tal und an die Küsten geschwemmt. Damit ging ein Stück Reichtum und Leben für die Menschen verloren. Kleine Rinnsale wurden zu reißenden Bächen und traten über die Ufer. Die Flüsse wurden breit, um anfangs heftig, dann später träge ihren Weg zum Meer zu nehmen. Unachtsame Menschen fanden nicht selten in ihnen den Tod.

Der gleichzeitig aufkommende Sturm bog die Palmen und Bäume wie Wedel hin und her. In den Hütten mit ihren Grasdächern vereinigte sich der Sturm mit dem aufpeitschenden Regen zu einem orkanartigen Geräusch, das keinem anderen Laut mehr Platz ließ.

Vereinzelt kamen die Leute mit einem großen Bananenblatt, das Schutz vor dem Regen bot, auf dem Kopf daher geschritten. Pater Bollens Wohnhaus hat ein Blechdach, ebenso die vorgebaute Terrasse. Fluchtartig verließen wir die Terrasse, nachdem wir vorher vergebens versucht hatten, uns mit lautem Schreien zu verständigen. Im Inneren des Hauses war das Trommeln des Regens etwas gedämpfter, aber immer noch zu laut, um sich in einer normalen Laustärke zu verständigen. Im Badezimmer tropfte es stetig durch die Decke, im Wohn-Eßraum bildete sich auf dem Fußboden langsam eine Lache.

Der Sturm und der Regen ließen mich nachts kaum schlafen. Auf einmal ein lautes Getöse: Ein großes Blech wurde vom Sturm weggefegt und machte einen Höllenlärm. Später trommelte mit ruhigem Gleichmaß ein dicker Tropfen auf einen Blechdeckel. Dieses ständige Tropfen vereinigte sich in meinen Ohren und meinem Kopf zu einem einzigen, alle anderen Geräusche übertönenden Laut.

Ich stand auf und räumte das Blech und den Deckel weg. Mit dem Einschlafen war es vorbei. Auf der Terrasse genoß ich nun das Trommeln, Schlagen und Glucksen des nicht aufhören wollenden Regens, die schweren Wolkengebilde, die ab und zu Platz machten für den am Himmel, wie eine frei schwebende Schaukel aussehenden, gleißenden Halbmond, und später das Beginnen des Tages mit dem frühmorgendlichen Konzert der Hähne.

Nachdem ein Hahn mit seinem Krähen begonnen hatte, folgten alle anderen nach. Es ist kaum vorstellbar, so viel Hahnengeschrei auf einmal zu hören. Die Luft war ganz damit erfüllt und überall aus den Bergen und den Tälern rings um Watublapi kam dieses laute Krähen, das so lange anhielt, bis der Tag begann.

Die Wäsche in dieser hohen Luftfeuchtigkeit zu trocknen, war kaum möglich. Mangels Wäscheleinen wurde sie auf der Hecke hinterm Haus ausgebreitet, und wenn wir beizeiten merkten, daß es bald wieder regnen würde, brachten wir sie ins Haus.

Aber wohin damit? Es boten sich die Eisenbetten mit ihrem hohen Fußteil an. Aber da der weiße Lack teilweise abgesprungen war, hatte sich Rost gebildet, und die Wäsche bekam Rostflecken.

Alles vorhandene Holz zog die Feuchtigkeit auf und quoll an. Die Schranktüren ließen sich nicht mehr schließen. Unser in Bali gekaufter geschnitzter Holzelefant überzog sich mit Schimmel. Das Salz war patschnaß, und die Handtücher taugten nur noch bedingt zum Abtrocknen. Sie waren ganz klamm. An das ständige Schwitzen hatten wir uns gewöhnt und empfanden das nachher als normal. Sobald wir aber in dieser feuchtheißen Hitze einige Schritte gelaufen waren, strebten wir, wenn möglich, geradewegs die nächste Sitzgelegenheit an, und erleichtert setzten wir uns nieder.

Eines Mittags hatte sich ein kleiner Kombi-Bus auf den Weg nach Watublapi gewagt. Mitten auf dem steilen Dorfweg blieb er stecken und neigte sich bedenklich zur Seite. Viele Hände mußten helfen, bis er unter dem Gejohle und Gelächter der Leute wieder freikam und sich durch die tiefen ausgewaschenen Spurrinnen vorwärts kämpfen konnte.

Während die Stürme und der Regen mit besonderer Heftigkeit tobten, erzählte uns Pater Bollen, daß sich ein Schiffsunglück zugetragen habe. Von zwei Schiffen, die zwischen den Inseln führen, sei eines gesunken. Auf einem der Schiffe habe sich eine Leiche befunden. Als die Leute das hörten, hätten sie panikartig dieses Schiff verlassen und seien auf das andere gelaufen. Keiner habe die Passagiere gezählt, noch die Fracht dazugerechnet. Das Schiff sei total überladen gewesen und im Sturm sei es dann mit über hundert Menschen an Bord gesunken. Sechsundzwanzig von ihnen seien gerettet worden. "Und das Schiff mit der Leiche?" fragte Pater Fauster, der neben Pater Bollen auf der Terrasse saß. "Ja, das ist nicht gesunken," sagte er. "Dann hat also die Leiche überlebt," meinte ganz trocken Pater Fauster. Als nun Marie-Jeanne, weil sie nur mit halbem Ohr zugehört hatte, sagte: "Oh, das ist ja sehr schön, daß wenigstens die Leiche überlebt hat," wich unsere Betroffenheit kurz einem herzhaften Lachen.

Seit zwei Tagen wurden aus Sikka zehn junge Männer mit

ihren Booten vermißt. Sie waren auf Fischfang. Pater Bollen vermutete, daß sich bestimmt einige von ihnen auf kleine Felsvorsprünge oder auf kleine Eilande haben retten können. Zumeist seien sie sehr gute Schwimmer.

PATER HEINRICH BOLLEN IN WATUBLAPI/FLORES

Impressionen

Es war August, und das Klima in den Bergen, in Watublapi, war nun erträglich, nicht so heiß wie in den Monaten der Regenzeit, wenn die Luft nicht nur heiß, sondern auch mit einer hohen Luftfeuchtigkeit gesättigt ist. Es war die letzte Woche von Pater Bollen auf Flores vor seiner Abreise nach Jakarta. Wir saßen an dem großen runden Eßtisch im vorderen Zimmer des Hauses, sahen über die Terrasse hinweg durch die offene Tür und das Fenster die jungen Männer mit dicken Bambusstämmen vorbeigehen. Sie waren für die Pergola (indon. 'Tenda'), die den großen Platz neben der Kirche einnehmen sollte, gedacht, für das große Fest in zwei Tagen, Pater Bollens Abschiedsfest von Watublapi und von Flores. Für die Überdachung waren Kokospalmblätter vorgesehen. Zögernd und nachdenklich meinte ich: "Es wird mir schwer fallen, Ihnen gerecht zu werden." "Ja, ich weiß," sagte er lakonisch, "das wird auch schwer sein." Und bis heute weiß ich nicht, ob mir das gelungen, oder es nur bei einem Versuch geblieben ist.

Das große Fest war vorüber und Pater Bollen inzwischen in Jakarta. Wir saßen verträumt und sinnend, in zeitloser Trägheit, etwas erschöpft von dem heißen Klima und, wie immer, durstig in der großen Halle des Hotels, des 'Sea World Club' in Waiara vor unserem Getränk. Die Wände der Halle sind aus Bambusmatten gefertigt. Die Dachkonstruktion besteht aus Bambusrohr. Hoch und schwer wölbt sich das Grasdach über die Halle hinaus, so daß immer ein wohltuend leichter Windhauch vorbeistreicht. Die niedrigen Bambusmattenwände ließen unseren Blick weit hinaus aufs Meer schweifen, auf den Küstenstreifen, die in der Ferne als kleine Punkte zu erkennenden Fischerboote und auf Pulau Besar, die 'Große Insel', deren Berge aus den Wassern des Meeres herausragen. Die Menschen erzählen, sie sei die Heimstatt der Verstorbenen. Die Toten leben auf ihr wie einst die Lebenden auf Flores. Ihre Dörfer sind gleich den ihrigen. Sie essen und trinken. Es gilt die gleiche Rangordnung. Jeder lebt in der Stellung, die er einmal bekleidet hat.

Ganz unverhofft kam Pater Paul Klein mit einer jungen Japanerin auf die Hotelhalle zu. Es war schön, die beiden zu sehen. Die Japanerin studierte in Tokio Völkerkunde und erstellte eine Arbeit über die alten Ikat-Tücher des Sikka-Gebietes, die in dem kleinen Museum von Ledalero sorgsam behütet werden. "Vierzig Kilo Bücher," scherzte Pater Klein, "hat sie sich inzwischen kopiert und alle in holländisch, obwohl sie die Sprache nicht beherrscht. In Tokio wird man viel Arbeit bei der Übersetzung haben."

Wie selbstverständlich kamen wir nun auf Pater Bollen zu sprechen. "Es gibt nur Menschen, die entweder pro oder kontra Pater Bollen eingestellt sind," sagte Pater Klein. "Aber so kann man ihm doch nicht gerecht werden," meinte ich. "Ja doch, es ist aber so," gab er zur Antwort.

"Ja, das ist er," sagte er etwas später, "Pater Bollen ist ein schillernder und interessanter Mann, und man kann sagen, daß er der einzige in der gesamten SVD ist, der sich in diesem großem Umfang, in diesem großen Rahmen, so sehr für die Armen eingesetzt hat."

In der Tat, er ist ein vielseitiger und feinfühliger Mann - mit Ecken und Kanten. Er kann ein geduldiger Zuhörer sein. Treffend versteht er, etwas zu erklären oder einen Aspekt zu durchleuchten. Seine Sprache ist sehr plastisch, und wenn er spricht, hören die Menschen ihm zu. Mit scheinbar leichter Hand versteht er es, seinen Mitarbeitern und Helfern mit kleinen Hinweisen einen großen Spielraum für ihre Arbeit zu lassen. Er ist zugleich Motor und Initiator und setzt immer wieder neue Akzente. Wenn ich ihn inmitten einer Gruppe von Florenesen stehen sah, war er leicht zu erkennen. Denn mächtig und hünenhaft ragte seine Gestalt über die kleinwüchsigen Menschen hinaus. Alles bei ihm hat Übergröße, ob es die Schuhe sind, Kleider oder die Socken, vor denen er in einem großen Kaufhaus in Jakarta vergebens stand, weil sie alle zu klein waren.

In seiner Zeit als Pfarrer in Watublapi war das Pfarrhaus ein Treffpunkt der Jugend und immer voller Menschen. Sehr lebhaft ging es zu. Heute ist es ruhiger in und um das Pfarrhaus geworden. Viel hat sich seitdem geändert. Die, die nach ihm als Pfarrer kamen, standen im Schatten eines Riesen und verloren sich in ihm. Und es blieb nicht aus, daß die Bevölkerung seine Nachfolger immer an ihm gemessen, mit ihm verglichen hat, was ein harmonisches Zusammenleben erschwerte.

Sein Haus (wie einst in Watublapi als auch heute in Jakarta) ist nach wie vor ein offenes und gastliches Haus. Gerne hat Pater Bollen Gäste, ob flüchtige Besucher, Reisende oder Freunde. An ihn zu denken und nicht zugleich an seine Gäste zu denken, ist kaum vorstellbar. Watublapi, diesem kleinen Dorf in den Bergen, weitab auf einer abgelegenen Insel, haftete Kosmopolitisches an, umgeben von einer Aura des Besonderen und Nichtalltäglichen. Seine Gäste waren Suchende, Forschende, Neugierige, unbedarft Schauende, Schriftsteller, Journalisten, Politiker und Diplomaten, Studenten und an der Inselwelt Interessierte. Gern erzählt er von den Menschen der Insel. Sein Denken und Sinnen ist voll von ihnen, ihren Nöten, ihrer Armut. Und so gibt es lange und heiße Diskussionen über das Weltgeschehen, über Politik, religiöse Themen, Philosophisches, über die Umwelt und Natur, kurz über 'Gott und die Welt'.

Manchmal hörte ich sagen: "Er ist zu großzügig gegenüber den Leuten hier." Vielleicht ist es so. Nein zu sagen, fiel ihm meist sehr schwer, zumal, wenn es sich um Notsituationen handelte. Da kamen sie langsam den Dorfweg herauf, die Frauen, Männer und Kinder, blieben vorsichtig am Eingang der Terrasse stehen, sagten nichts und warteten nur, warteten, daß man sie ansprach. Es war immer das gleiche: Krankheit, Schulgeld, was nicht gezahlt werden konnte, Mißernten, nicht bezahlbare Schuldpacht. Er konnte es sich, wie so oft, überhaupt nicht leisten, wieder Geld zu geben, was im Grunde genommen immer schon für andere, dringliche Dinge verplant war.

Eines Morgens stand ein Mann mit vier Kindern und einem Bittbrief seines Bürgermeisters vorm Haus. Der Mann war 46 Jahre alt und sah aus wie ein Greis. Seine Frau lag schwer erkrankt in der Hütte und weitere zehn Kinder befanden sich im Kampung. Die Familie war bitterarm und hungerte.

"Ich verstehe nur nicht," sagte Pater Bollen, "warum die Familie nicht schon früher zu uns gekommen ist. Wir haben die Bürgermeister gebeten, daß sie uns die besonders notleidenden Familien benennen, damit wir helfen können, so gut es geht." Zwei von den 14 Kindern sollte der Schulbesuch ermöglicht werden, damit die Familie eine bessere Chance für die Zukunft hätte." Bei einem Besuch im Kampung sollte dann weiter überlegt werden, wie der Familie grundsätzlich zu helfen sei.

Oftmals habe ich ihn mit den Frauen, Männern und Kindern scherzend und lachend erlebt. Ein anderes Mal stand er vor den Leuten und erklärte etwas, und das immer wieder in gleichen Worten. Der junge Mann mit höherer Schulbildung, der leichte Büro- und Schreibarbeiten zu erledigen hatte, tippte Briefumschläge an deutsche Adressaten. Sein Schreibtisch mit Schreibmaschine stand in dem Raum, der von der Terrasse zu erreichen war und zugleich als Gästezimmer diente. Mit einem Briefumschlag in der Hand kam Pater Bollen eines Tages aus diesem Büro und zeigte ihn mir: Er war falsch beschrieben worden. Er brachte ihn zurück. Dies wiederholte sich viermal. Mit immer der gleichen Ruhe lief er hin und her, erklärte wieder aufs neue, bis es richtig geschrieben war.

Für einen Außenstehenden können die Florenesen im Sikka-Gebiet in ihrer scheinbaren Gelassenheit und Urwüchsigkeit zu direkt und fordernd wirken. Was die Zuverlässigkeit angeht, hapert es oft. Es stoßen europäischer Zeitbegriff, europäisches Denken und Wissen auf eine Sprache der Bilder, der Gleichnisse, auf eine blumenreiche Sprache, was oft zur gegenseitigen 'Sprachlosigkeit' führt, zum Nichtverstehen, wo das Verstehen geübt sein will. Die Menschen erinnern sich noch ihrer nächtlichen Träume, und deuten sie für die Handlungen des täglichen Lebens. Zeit ist wie ein Fluß, der, so lange die Menschen denken können, unablässig, ewig fließend seinen Weg nimmt.

Im Vergleich zu unserem technischen Wissen und seiner

Anwendung, sind die Menschen auf Flores ganz einfach, verwurzelt in ihren alten Traditionen. Neben dem Bewährten steht mit den Mythen, Legenden und alten Religionen die seit uralten Zeiten, weit im Raum der Geschichte versunkene, alles bestimmende und durchdringende 'Adat'. Sie ist das Leben, das Gesetz, die Form und der Inhalt des Menschen in seiner Ganzheit und seinem Menschsein. Aber sie ist noch mehr: Sie ordnet die ganze Schöpfung. Dieses mündlich überlieferte Gewohnheitsrecht bestimmt das Leben der Dorfgemeinschaften. Die Dorfältesten beraten sowohl über die Angelegenheit der Allgemeinheit als auch über die des einzelnen. Rechtsstreitigkeiten werden, eingeschränkt durch die Beachtung von Gesetzen der Zentralregierung in Jakarta, beigelegt. Adat kann aber auch mit ihren strengen Gesetzen, z.B. den Heiratsvorschriften - der zu wählende Ehepartner wird meistens noch von den Eltern ausgesucht - für den einzelnen einengend und hinderlich sein.

"Alles braucht auf Flores seine Zeit," erzählte Pater Bollen einmal, "und Zeit brauchte auch ich, die Ursachen der Not und der vielen Krankheiten zu erkennen; denn am Anfang war mir alles sehr fremd und neu. Ich mußte erst lernen, mit den Menschen umzugehen und sie zu verstehen. Ich hatte die Ruhe und Gelassenheit, mir bei meinen Entscheidungen Zeit zu nehmen, sie zu meinem Verbündeten zu machen. Später machte ich mir oft Vorwürfe, daß ich nicht schon früher die Ursachen der großen Armut erkannt habe und dagegen angegangen bin. Als ich nach verschiedenen Möglichkeiten suchte, den Menschen zu helfen, und ich sie dann überzeugen konnte, mit anzupacken, und wir Erfolge aufweisen konnten, gab es für mich keinen Grund mehr, von dem einmal als richtig erkannten und beschrittenen Weg abzugehen. Leicht aber war dieser Weg nicht.

Zu viel wäre es, alle Hilfen einzeln aufzuzählen. Vorrangig galt es jedoch, die ständig auftretenden Hungersnöte zu bekämpfen, der großen Wassernot während der langen Trockenzeit Herr zu werden und etwas gegen die vielen Krankheiten zu unternehmen. Zu vielen Schicksalsschlägen waren und sind die Menschen heute noch hilflos ausgeliefert. Allein schon die Abgeschiedenheit der Insel setzte vielen Aktivitäten und Möglichkeiten von vornherein enge Grenzen. Nur einmal in der

Woche flog damals ein kleines Flugzeug mit wenigen Plätzen, die meist Regierungsleuten vorbehalten waren, den kleinen Flughafen von Maumere an. Reisen innerhalb der Insel, insbesondere in der Regenzeit, war äußerst beschwerlich, wenn nicht unmöglich, da Wege und Straßen entweder nicht vorhanden oder in einem schlechten Zustand waren. Telefon gab es nicht. Die Post benötigte ihre Zeit. Kleine Handelsschiffe fuhren nur selten den Hafen von Maumere an.

Als einziger Arzt arbeitete damals Dr. Mlynek in Mittelflores und nicht selten führte ihn sein Weg bis nach Larantuka, im äußersten Osten gelegen. Zu Fuß oder mit dem Pferd besuchte er die Kranken in den verstreut liegenden Dörfern oder auf den von ihm errichteten kleinen Stationen. Wenn ich das jetzt alles so erzähle, geht mir erst recht auf, wie viel in den letzten 30 Jahren auf Flores geschehen und in Bewegung geraten ist. Nach dem Putschversuch im Jahre 1965 indessen begann die Zeit, die ich heute als 'Blütezeit' betrachte. Zusammen mit der Distriktregierung des Maumeregebietes, dem volkreichsten Gebiet auf Flores, wurden die vielen Hilfsmaßnahmen ins Leben gerufen, die bis in die heutige Zeit hinein nachhaltigen Einfluß ausüben."

EIN SCHWIERIGER BEGINN

Nach der Priesterweihe 1958 war Pater Bollen als geistlicher Beirat für den katholischen Akademischen Ausländerdienst in Bonn tätig. Für fünf Jahre sollte er nun in der Mission arbeiten, um nach seiner Rückkehr wieder die gleiche Aufgabe in Bonn zu übernehmen. "Doch ich bin auf Flores geblieben, denn ich war davon überzeugt, daß ich hier mehr für den sozialökonomischen Aufbau gebraucht wurde," sagte er.

"Anfang August 1959 verließ ich nun Deutschland und am 15. August erreichte ich Jakarta, eine Stadt mit damals knapp zwei Millionen Einwohnern. Wir landeten mit der viermotorigen Propellermaschine auf dem internationalen Flughafen innerhalb des Stadtgebietes. Das Flughafengebäude war eine alte Holzbaracke." 'Und heute,' dachte ich, soll der inzwischen neu gebaute Flughafen 'Sukarno Hatta' mit seiner stark erweiterten Flugkapazität der schönste Asiens sein.' Wie rote Tupfer sehen die Wartehallen mit ihren weit ausschwingenden Dächern aus roten Ziegeln - in der Mitte aufgetürmt die rechteckigen Dachspitzen - in Anlehnung an den javanischen Baustil aus.

"Das damalige Stadtgebiet war geprägt von einstöckigen Häusern, alle mit roten Dachziegeln. Vergebens hielt ich Ausschau nach Hochhäusern, prächtigen und monumentalen Bauten und einem guten Straßennetz. Die Menschen in Jakarta lebten in erschreckender Armut. An das heiße Klima, die vielen Moskitos, die Ratten und die Kakerlaken mußte ich mich zuerst gewöhnen. Und eine Woche nach meiner Ankunft in Jakarta schlug ich mich mit dem 'roten Hund', einem juckenden Schweißausschlag am ganzen Körper herum. Als es mir wieder besser ging, lernte ich drei Monate lang die indonesische Sprache."

'Jayakarta', 'die Siegesstadt', wurde von den Holländern zu Anfang des 17. Jahrhunderts erobert, und dem Erdboden gleichgemacht. Es entstand eine neue, eine holländische Stadt mit einem Rathaus, einer Kirche, Kanälen, Zugbrücken und Docks. Sie erhielt den Namen Batavia. Das Rathaus, die alten Häuser, die Kanäle und anderes von den Holländern Erbaute, kann man heute noch sehen. Ein bißchen verkommen und renovierungsbedürftig sehen zuweilen die alten holländischen Häuser aus. Etwas leer und ohne Leben wirkt das alte Rathaus und der Platz vor ihm, bis man diesen Platz überquert und einen das pulsierende Leben eines kleinen Marktes aufnimmt, mit dem Dukun, der auf der Erde sitzt, seine Medizin verkauft, neben ihm der Stand mit Musik-Kassetten, den Schuhen, und den Textilien.

Die Hauptstadt der jungen Republik erhielt 1950 ihren alten Namen, Jakarta, zurück. Es sollte das äußere Zeichen eines neuen Anfanges sein in der Anlehnung und Rückbesinnung an die alten und wertvollen Traditionen und Kulturen der Völker Indonesiens.

Als wir einmal den großen Platz mit dem Monument des Giganten, der eine Fackel mit hocherhobenem Arm zum Himmel streckt, umfuhren, hörte ich neben mir Pater Bollen sagen: "Als die Holländer Indonesien als Kolonialmacht verlassen mußten, sagten sie, 'das werden die Indonesier alleine nie schaffen und sehr schnell werden sie uns wieder zurückrufen'. Man hat sie nicht zurückgerufen. Sehen Sie sich heute Jakarta an. Obwohl mit anfänglichen Unzulänglichkeiten behaftet, wurde viel erreicht."

Inzwischen hat Jakarta ca. acht Millionen Einwohner, ein urbaner Koloß in dem riesigen, von Menschenhand gestalteten, blühenden Garten Javas. Eine Stadt der Gegensätzlichkeiten, eine Weltstadt. Sowohl Hochhäuser mit interessanten Stilelementen prägen sie, als auch die in Sträuchern und Bäumen eingebetteten einstöckigen Häuser mit ihren roten Ziegeldächern, die einen dörflichen Charakter vermitteln. Jakarta ist eine grüne Stadt. Jedoch, wie oft hängt eine Smogglocke über ihr und sorgt für den Gestank in der Nase, die schnell verschmutzten Haare. Wie ein Wunder erscheint die saubere Kleidung ihrer Bewohner bei dem in vielen Teilen der Stadt herrschenden Wassermangel.

Jakarta, die Stadt der blauen und gelben 'Taksis', der 'Becaks' - der Fahrradtransportmittel - der Straßenverkäufer, des nicht enden wollenden Stroms von meist japanischen Autos auf den innerstädtischen Schnellstraßen, wo nicht die Aufmerksamkeit des Blickes das Autofahren bestimmt, sondern schlichtweg das sichere Gespür für das Auto neben einem, das feinsinnige Gefühl für die paar Millimeter Distanz, die einen Zusammenstoß verhindern. Dabei spielt der rechte Arm des Autofahrers eine besondere Rolle. Achtet man auf ihn, weiß man, was sich vor oder neben einem tut, was der Fahrer will; denn wie ein auf- und abschwingender Flügelschlag führten die eleganten Bewegungen seines Armes und seiner Hand aus dem Chaos des Verkehrs heraus. Auf einer verkehrsreichen Kreuzung schieben sich die Autos wie eine bei der Jagd sich vorsichtig, langsam anschleichende Katze Zentimeter um Zentimeter vor. Und plötzlich, als stände ein Verkehrspolizist auf der Mitte der Kreuzung, stoppen die Autos auf der dreispurigen Bahn und lassen die auf der Kreuzung Wartenden einfließen.

Jakarta ist auch die Stadt der vielen Baustellen. Jedes Jahr kommen neue hinzu. So bleibt es nicht aus, daß der

Wasserverbrauch ständig steigt. Da fährt der Wasserverkäufer mit seinen Kanistern auf dem Becak in den Stadtteilen an der Küste; hier fehlt Wasser für ganze Stadtgebiete. Um noch Wasser zu finden, müssen die Bohrungen für die Brunnen immer häufiger in die Tiefe gehen. Es soll schon Überlegungen geben, nach denen eines Tages vielleicht Wasser aus den nahen Bergen abgeleitet werden muß.

Zu Jakarta gehören die Buginesen mit ihren Segelschiffen, die in einer langen Reihe mit eingezogenem Segel im alten Hafen ankern. Es ist ein zauberhaftes Bild aus längst vergangenen Zeiten. Die Buginesen, die einmal gefürchtete Seeräuber waren, gelten als die besten Seefahrer des Malaiischen Archipels. Ihre Segelschiffe, mit dem stolz aufgerichteten Bug, befahren mit ihrer Fracht die Meere der ganzen Inselwelt. Lebenswichtig sind sie für den innerinsularen Verkehr. Reis aus Java, wertvolle Hölzer aus Kalimantan (Borneo), kostbare Gewürze von den Außeninseln, Kisten und Säcke transportieren sie.

Jakarta, der Pulsschlag Indonesiens. Hier findet sich die Finanzwelt mit ihren weltweiten Transaktionen, die internationalen und nationalen Handelszentren, hier wird die Politik gemacht und werden Entscheidungen getroffen, die für alle Inseln bestimmend und richtungsweisend sind.

Jakarta mit seinen Slums in der Hafengegend, an den Flüssen und Eisenbahnschienen, seinen von den Holländern gezogenen moskitoverseuchten Kanälen. Und Jakarta, die Hoffnung und die Enttäuschung der Zugereisten von allen Inseln des Inselstaates, die zu dem großen Heer der Arbeitssuchenden gehören und auf den viel zu kleinen Arbeitsmarkt drängen. Aber da sind die Menschen in Jakarta, ihre Freundlichkeit, und da ist ihr Lächeln, welches scheinbar alle Unbill und Schwere des Lebens überdeckt und Ausklang in der Harmonie des Lebens findet.

"Nach meinem Sprachstudium reiste ich auf dem Land- und Seeweg weiter nach Flores und arbeitete zuerst als Pfarrer in der kleinen Stadt Maumere in Mittelflores." "Pater Bollen war immer zu tüchtig," sagte mir Pater Mahr in Habi. "In den Jahren von 1960 bis 1962 war er zuerst Pfarrer, dann Kaplan und später Religionslehrer," zählte er in dieser Reihenfolge auf. Und hier in Maumere war es das erste Mal, daß aus den Reihen der Missionare über ihn gesagt wurde: "Das ist nicht seine Aufgabe."

"Wie so oft," erzählte Pater Bollen, "gaben die Unruhen in den Bergen, in der großen Bergpfarrei Watublapi, Anlaß für ständigen Gesprächsstoff unter den Missionaren in Maumere. Seit zwölf Jahren schon löste ein Pfarrer den anderen ab. Keiner von ihnen konnte sich länger halten. Der letzte wurde krank vor Aufregung und mußte abgeholt werden, weil man um sein Leben fürchtete. Fünf Pferde schon hatten die organisierten Räuberbanden, es waren wohl eher Revolutionäre, unter der Führung von Jan Jong aus Hewakloang, einem Nachbardorf von Watublapi, abgestochen, die Scheiben der Kirche und des Pfarrhauses eingeschmissen und die Gottesdienste gestört. Schulen und Kapellen wurden um Watublapi in Brand gesteckt.

Die Mission, d.h. die Missionare, dachten Jan Jong und die Bevölkerung, halte mit dem Raja von Sikka, was vielleicht gar nicht so abwegig war. Es gab große Unruhen im gesamten Maumeredistrikt, deren Ursachen in der Herrschaft der Rajas zu suchen waren. Die Herrscher von Sikka erhielten, so wie der Herrscher von Larantuka im Osten von Flores, der 1861 als erster Fürst auf Flores den Titel eines Rajas von den Holländern verliehen bekam, gleichfalls von der Kolonialmacht 1893 den Rajatitel. Fortan arbeiteten sie mit der holländischen Kolonialverwaltung eng zusammen. Mit feudalistischen Methoden beherrschten und beuteten sie nun noch immer das ganze Gebiet von Sikka aus.

Jan Jong, der alle Fremdherrschaft verabscheute, so auch den Einfluß der Missionare, stammte aus der ersten Familie des Gebietes. Als ehemaliger Seminarist in Ledalero war er ein kluger Mann und gewandter Redner, der sich während seiner Seminarzeit gerne mit den Werken Ciceros beschäftigte.

Der von Jan Jong geplante Mordanschlag auf den Raja Thomas von Sikka, der jedoch vereitelt werden konnte, veränderte die politische Landschaft in diesem Gebiet. Der Raja schaffte es gerade noch rechtzeitig, mit einem Boot aufs Meer zu flüchten. Sein Palast in Sikka an der Küste wurde bis auf die Grundmauern zerstört. Heute noch kann man sie sehen. Jan Jong hatte sein Ziel erreicht: Die Herrschaft der Rajas war zu Ende. Doch für ihn und seine Anhänger brachte dieser Anschlag einige Jahre Gefängnis in Ende ein. Dem Mordanschlag gingen große politische Unruhen und Räubereien 1952 unter der Führung von Jan Jong voraus.

Und so können Sie sich vorstellen, wie erschrocken ich war, als ich meine Ernennung als Pfarrer von Watublapi mit den vielen Außenstationen und ca. 14.000 Menschen erhielt. Bei Gott, glücklich war ich nicht darüber. 'Wie würde das nur bei mir enden?' fragte ich mich.

Und eines Tages war es so weit. Wir machten uns auf den Weg nach Watublapi. Obwohl mir davon abgeraten worden war, mit dem Motorrad den Weg in die Berge zu nehmen, fuhr ich trotzdem mit meinem Hausjungen August los. August kundschaftete in dem hohen Gras vorsichtig den Weg aus, und ich fuhr im Schritttempo hinter ihm her.

Als wir endlich Watublapi erreichten, wurden wir von der Bevölkerung weder begrüßt noch beachtet. Keiner nahm Notiz von uns, außer dem Koch mit seiner kleinen Tochter Balbina. Verlassen kam ich mir vor. Und der erste Sonntag in der Kirche trug zu meiner Ermutigung auch nicht viel bei. Doch Glück hatte ich. Ich fand den hochangesehenen Lehrer Woga. Auch er stammte aus einer der ersten Familien dieses Gebietes und war zugleich 'Adat-Richter'. Er war ein bescheidener Mann. (Leider ist er inzwischen verstorben) Seine Frau und er haben neun Kinder, davon ist eine Tochter Steyler Schwester und ein Sohn Priester geworden. Er unterrichtete mich in der Lokalsprache, in Sikkanesisch, so daß ich kurze Zeit später meine Predigten in dieser Sprache vom Papier ablesen konnte, was den wenigen, die anfangs die Hl. Messe besuchten, gar nicht so recht gefiel, fanden sie es doch viel interessanter und lustiger, wenn ich indonesisch redete und dabei lebhaft gestikulierte, als nun so steif da zu stehen und die Predigt vom Papier abzulesen.

In der ersten Zeit in Watublapi schien es, als sei ich für die Leute überhaupt nicht vorhanden, sie sahen einfach an mir vorbei. Und ich hielt mich aus gutem Grund zurück, wollte ich doch nicht aus irgendeiner Unkenntnis heraus ein Ärgernis geben. Zuweilen jedoch fühlte ich mich sehr allein. Wenn mich meine Einsamkeit zu sehr überschattete, nahm ich meine Gitarre zur Hand, sang und spielte auf ihr. Das half ein wenig, mein Gefühl des Verlassenseins zu vertreiben. Zuerst saß ich ganz alleine auf der großen Terrasse des Pfarrhauses. Es war wunderschön, dort zu sitzen, ein wenig zu träumen und zu schauen, den Blick zu öffnen auf die Berge, die sanft hügelig, lang hingestreckt ins Tal münden. Alles ist in Farbe getaucht. Die Berge in schimmerndem Smaragd, der Mais in seiner gelben Reife, die Kokospalmen in ihrem dunklen Grün und vereinzelt die Bambushütten in ihrer lehmigen Farbe. Alles Land ist ein fließendes Öffnen zum Meer hin. Und da, wo der Horizont den Blick nicht mehr weiterziehen läßt, ragt Pulau Besar, die 'Große Insel', in dunstiger Unwirklichkeit mit ihren Bergen aus dem Meer.

Eines Tages jedoch kamen die jungen Leute leise und zögernd, so wie es ihre Art ist, in die Nähe der Terrasse. Zuerst gab es noch ein Dastehen und Zuhören im Abseits, dann wurden sie mutiger, gingen auf die Terrasse, lehnten sich an die Brüstung, schauten und hörten zu. Die Florenesen lieben Musik. Begeistert und ausdauernd singen sie ihre getragenen Melodien, spielen auf ihren Bambusflöten ihre fröhlichen Lieder, schlagen auf den Bambusrohren und auf dem Gong ihren Takt. Wenn sie ihren kleinen Kindern mit weichem Klang ein Wiegenlied vorsingen, geschieht das voller Inbrunst, wie bei diesem hier:

"Ja, ja, weine nicht sei nur ruhig, weine nicht; Mutters Liebling, Vaters Liebling, weine nicht; Deine Mutter sucht, sucht	Eang, èang lopa dani, bile loa, lopa dani meak ina, meak ama, lopa dani, ina auung go ' u la' eng walong;
Essen und kam noch nicht zurück;	ama auung bata bata die la' eng walong;
dein Vater bemüht sich um Nahrung, ist aber noch nicht da;	eang, eang, ina auung na go'u reta Ili Hal'e la'eng walong;
Ja, ja deine Mutter ging hinauf nach Ili Hal'e, ist aber noch nicht zurück;	ama auung na bata lau tahi la'eng walong;
dein Vater ist zur See hinab und sucht dir Essen, ist aber noch nicht zurück Du aber weine nicht!"	au lopa dani.

"Lieder der Florenesen"-Sammlung von P. Heerkens SVD

Nun baten die jungen Leute mich, Gitarre spielen zu dürfen. Zu der Gitarre gesellten sich alsbald eine selbstgebastelte Zupfgeige und eine kleine Trommel. Andere Musikinstrumente kamen von Pater Nottebaum aus St. Augustin. So entstand ein kleines Orchester. Und ehe ich es recht begriff, wurde das Pfarrhaus ein Treffpunkt der jungen Lehrer, der Jugendlichen und Kinder, die jetzt keine Langeweile mehr kannten. Das Pfarrhaus vergaß seine bis dahin gähnende Leere. Alles nahmen sie in Beschlag, so daß ich ins hintere Zimmer des Pfarrhauses flüchtete, um in Ruhe meine Schreibarbeiten erledigen zu können. Mein Haus wurde zu ihrem Haus, mein Plattenspieler, meine Schreibmaschine, mein Radio, alles konnten sie gebrauchen, als ob es ihnen gehörte. Ihre Probleme wurden meine Probleme und meine Probleme wurden die ihren. Es lagen Zeitungen zum Lesen bereit, die indonesische Bibliothek stand ihnen offen. Meistens ging es sehr lebhaft und fröhlich zu.

Josef Doing, Lehrer an der Mittelschule in Maumere, gründete eine Band. Diejenigen, die Mitglied dieser Band werden wollten, mußten sich strengen Aufnahmebedingungen unterziehen. Langsam begann sich das Verhalten der jungen Leute zu ändern. Die ersten Auswirkungen eines Umdenkens zeigten sich darin, daß die Räubereien zurückgingen, die Dorfbewohner wieder anfingen, Schweine und Hühner zu halten: spiegelte sich doch der fehlende Eiweißmangel, mit den Folgen von Unterernährung, in den vielen Krankheiten wieder.

Immer waren es die jungen Leute, die sich ansprechen ließen, die immer zur Stelle waren, wenn es galt, bei einem Aufbauprojekt zu helfen oder die Arbeit voranzutreiben. Und die jungen Leute waren es, durch deren entscheidende Mithilfe mehrere hundert Menschen in den Bergdörfern im Watublapi-Gebiet während des 'kommunistischen Putschversuches' 1965 vor dem Tode bewahrt blieben. Aber das ist eine andere Geschichte, hiervon später.

Eines Morgens fanden sich die ersten Kranken bei mir ein. Es waren dann zwanzig bis dreißig Kranke, die jeden Morgen nach dem Gottesdienst still und ergeben vor dem kleinen Krankenstübchen warteten."

Um die Armut, es ist eine leise Armut, die nicht laut schreit, die Krankheiten und Not der Menschen zu erkennen, muß man mehrmals hinsehen. Der erste Blick reicht nicht. Die Anmut der Frauen, ihr Lächeln, wenn sie langsam schreitend mit ihren kunstvollen Hochsteckfrisuren, ihren selbstgewebten Ikat-Sarongs ihres Weges gehen, die Männer - zuweilen sehen sie aus wie die Räuber - immer ihren Parang in der Hand, der Waffe und Werkzeug zugleich ist, und das fröhliche Lachen, Schreien und die Neugier der Kinder, scheinen paradiesische Zustände vorzugaukeln.

Mit vielen Nöten und Heimsuchungen müssen die Menschen fertig werden. Von Dezember bis April sind es die Taifune, die eine ganze Ernte vernichten, und die Hütten hinwegfegen können. Und all diese Plagen! Die Ratten- und Heuschreckenplage. 1986 suchte eine Läuseplage 'Lamtoro' heim, und in diesem Jahr, 1989, war es die Raupenplage. Ein Übel löst das andere ab: Die Regenzeit, die nicht rechtzeitig beginnt oder zu früh anfängt, wenn die Felder noch nicht bestellt sind: Sodann die Regenzeit, die zu früh aufhört und die Ernte verkümmern läßt, und die Zeiten der langen Trockenheit. Es werden dann der Himmel, Gott, die Götter, die Ahnen und die guten Geister beschworen, allen diesen Übeln den Garaus zu machen.

Krankheiten lassen sich bald in jeder Hütte finden. Die Malaria und die TBC sind Volksseuchen. Es gibt Hauterkrankungen, wie Krätze und Ausschläge: Ursache ist oft fehlendes oder verseuchtes Wasser. Wurmerkrankungen, Krebs, Geschlechtskrankheiten, Lepra, Elephantiasis, Augenkrankheiten. Vieles ist bedingt durch Hunger und Unterernährung sowie durch den großen Wassermangel in der langen, achtmonatigen Trockenzeit.

"Ist es nicht so, daß man die Lebensumstände der Menschen nicht zuletzt an ihren Krankheiten erkennt? Wie betroffen war ich, als ich diese vielen Kranken sah, die bei mir Hilfe suchten. Meine Kenntnisse über Krankheiten und ihre Heilung waren mehr als mangelhaft. So besorgte ich mir medizinische Bücher, die ich durcharbeitete. Aus meiner Heimat in Ramstein erhielt ich Arzneien, die leider nie ausreichten. Der Behandlung der vielen Hauterkrankungen konnte ich kaum beikommen. So kam mir die Idee, meinen Hausjungen August zu dem noch tätigen

Vulkan Egon zu schicken, um dort dreißig Kilogramm reinen kristallisierten Schwefel zu schürfen. Der Schwefel mit dem Öl der Kokosnuß vermischt, ergab eine wirksame Salbe gegen Krätze und andere Hauterkrankungen.

Wie hilflos die Menschen der Not und Armut ausgeliefert sind, erlebte ich zum ersten Mal ganz hautnah und bewußt, als eine Mutter mit ihrem Kind zu mir kam. Das Kind war von einer Schlange gebissen worden. Der Fuß war geschwollen und es stellten sich schon Herz- und Atembeschwerden ein. Schnell reichte ich dem Kind ein herzstärkendes Mittel und ließ es eine Menge Kaffee trinken, damit es das Gift herausschwitzen konnte. Das Kind schwitzte sehr, und seine Kleider waren ganz durchnäßt. Ich bat die Mutter, auf kürzestem Weg nach Hause zu laufen, um neue Kleider zum Wechseln zu besorgen und eine Erkältung zu verhindern. Verständnislos und ratlos sah sie mich daraufhin an und sagte, daß keine anderen Kleider da seien als diese, die das Kind jetzt anhabe. 'Was tun?' fragte ich mich. So stöberte ich in meinen Sachen herum, fand natürlich nichts Passendes, aber da gab es ja noch meine Hemden. Ich reichte ihr ein Hemd, und das Kind wurde in das viel zu große Hemd gesteckt.

Nun suchten die Menschen mich nicht nur als Heiler ihrer Krankheiten auf, jetzt kamen sie zu mir und wünschten den Seelsorger zu sprechen. Eheleute, die seit zwölf Jahren nach der Sitte der Adat verheiratet waren, Kinder hatten, wünschten eine kirchliche Trauung.

Der Brautpreis des Mannes an die Brauteltern war vor der Adat-Hochzeit ausgehandelt und übergeben worden. In früherer Zeit wurde der Brautpreis nie als zu hoch betrachtet, war doch das Kostbarste, was die junge Frau neben ihrem Schmuck und ihren Stoffen schenken konnte, die Kinder. Denn die Kinder garantierten den Fortbestand der Volksgruppe. Sie waren später die Versorger der Alten. Die Kindersterblichkeit war sehr hoch. Kinderlosigkeit aber stellte ein Schandmal und ein Unglück dar, das auch zu einer Ehescheidung führen konnte.

Eine Hochzeit nach der Sitte der Adat ist immer ein großes Fest. Ein Schwein oder Hühner werden geschlachtet. Als Zeichen des Einverständnisses zu dieser Eheschließung reichen die

Eltern dem jungen Paar vom Herz des Schweines zum Essen. Dabei wird in der Darbringung eines Opfers der Ahnen gedacht."

Für die Sitten und Gesetze der Adat als auch für die Kirche, wurde mir erzählt, ist ein neues Problem aufgetaucht, welches zum Umdenken führen sollte. Da heute viele Brautnehmer, also die Familie des Bräutigams, den Brautpreis nicht mehr aufbringen können, es vielleicht Jahre dauert, bis er der Familie der Braut überreicht werden kann, leben viele junge Leute ohne eine Eheschließung nach Adat-Brauch oder/und der Kirche zusammen und haben Kinder. Keiner ist glücklich darüber.

"Eines Tages nun, einige Wochen waren vergangen, kam überraschend Jan Jong nach Watublapi, der Herr der Berge, ein schillernder, interessanter und einflußreicher Mann. Es war an einem wolkenverhangenen Nachmittag, als er mich besuchte. Wir setzten uns auf die Terrasse des Pfarrhauses, sahen hinab auf das weit auslaufende, hügelige Land zum Meer hin, und tranken in aller Ruhe und Gelassenheit eine Tasse Kaffee. Lange saßen wir da. Viel hatten wir uns zu erzählen. Viele Gespräche sollten diesem ersten folgen. Aus ihnen erwuchs eine außergewöhnliche, ja aufregende Freundschaft, eine fruchtbare Zusammenarbeit. Jan Jong war ein kluger, ein gebildeter Mann, ausdrucksstark und lebhaft in seiner Sprache und Mimik, in seiner Gestik. Was hatte er nicht alles für Ideen im Kopf? Er besaß die Gabe, die Menschen mitzureißen, sie für seine Ideen zu gewinnen. Er fühlte sich als Bewahrer der alten Sitten und Gebräuche, mit denen die Menschen der Insel seit Urzeiten leben. Es galt, sie in die neue Zeit zu übertragen, um sie nicht dem Vergessen oder der Verwässerung durch das Christentum anheim fallen zu lassen. Ihm, dachte er, oblag die Rolle des Befreiers, der Befreiung von Not und Armut, von der Fremdherrschaft, und er kämpfte gegen die Ausbeutung durch die Mächtigen und Reichen. Ja, er konnte einen schon mitreißen, dieser Jan Jong.

Die Bekämpfung der großen Armut war und blieb für uns beide, wenn auch später auf getrennten Wegen, in unseren aufregenden und wechselhaften Beziehungen das Hauptanliegen. Er wurde mir zum Freund, mit dem ich mich besprechen und beraten konnte. Später bekämpfte er mich. Er trachtete mir nach dem Leben. Unsere Freundschaft zerbrach. Bis heute habe ich es noch nicht verwunden, daß er einen Weg einschlug, der uns auseinandertrieb, und für ihn einen tragischen Verlauf nahm. Letztendlich war es die politische Konfrontation, waren es die großen Umwälzungen Mitte der sechziger Jahre, die Politik, deren Schatten schon lange sichtbar, die uns trennten und ihm zum Verhängnis wurden.

Die anfänglichen Feindseligkeiten der Bevölkerung lösten sich nun auf, und ich gewann ihr Vertrauen. Nach nur vier Monaten als Pfarrer in Watublapi, es war eine kurze Zeit, beschloß die Bevölkerung eine nachträgliche feierliche Einführung als Pfarrer. Es wurde ein großes Fest nach Adat-Brauch mit Gesang und alten Tänzen. Jan Jong war es, der dieses Fest ausrichtete.

Es begann die Zeit der Freundschaften. Gute Freunde gewann ich, die mich drei Jahrzehnte lang bis heute begleiten. Unser Anliegen, die daraus erwachsene Arbeit und viele gemeinsame Erlebnisse verbinden uns. Ich gewann Josef Doing, den Hauptlehrer an der Mittelschule in Maumere, und es kam Laurenz Sai hinzu, der spätere Parlamentsabgeordnete des Maumeredistriktes in Jakarta, danach Bupati des Sikka-Gebietes. Sein Bruder Mang Reng Sai, Rektor der Atmajaya-Universität in Jakarta und Mitglied des Parlaments, half uns. Als die Ost-Timor-Frage anstand und Indonesien noch glaubte, eine friedliche Lösung zu erreichen, war er Botschafter in Portugal. Als dies scheiterte, wurde er Botschafter in Mexiko. Und ich gewann Donatus Houre, einen bescheidenen, aufrechten und tüchtigen Mann, einen Fachmann für Landwirtschaft, der mehrere Aufgaben übernahm. Sie gehörten zu den vielen anderen, von denen ich lernte, deren Rat ich schätzte und die immer ansprechbar waren, wenn ich Unterstützung oder Hilfe brauchte."

DER SCHOKOLADENPATER

Schon die Portugiesen, die ersten Europäer und Eroberer in Indonesien, führten auf Flores im 16. Jahrhundert verschiedene Nutzpflanzen und Bäume ein, wie z.b. Mais, Cassava, Ananas, Kaschu-Nuß, Zuckermelonen, Kartoffeln, Erdnüsse, was eine Bereicherung der Ernährung darstellte.

So kam 1960 auf Initiative des holländischen Paters v. Doormal und Laurenz Sai als Landwirtschaftsberater, Kakaosamen nach Flores, in das Gebiet von Watublapi.

"Mit dem ersten Samen der Früchte zog man weitere Bäume," erzählte Pater Bollen. "Aber die Bauern wurden ungeduldig. Das Warten auf das Wachsen der jungen Kakaobäumchen dauerte ihnen zu lange. Es wuchsen nur einige wenige Bäume heran. Von diesen brachten sie ihre erste Ernte ein und suchten einen Käufer für ihre Kakaokerne. Sie fanden einen chinesischen Händler, der sich bereit erklärte, ihre Früchte aufzukaufen. Da er die Technik der Fermentierung nicht kannte, fand er keinen, der die getrockneten Kakaokerne aufkaufte. Als die Bauern nun hörten, daß ihre Kakaokerne keinen Käufer fanden, war die Enttäuschung groß. Jetzt versuchten sie selber, ihre Ernte zu verkaufen. Aber auch sie fanden keinen, der ihre Kakaokerne abnehmen wollte. Enttäuscht und niedergeschlagen gingen sie zurück in ihre Dörfer. Ihr Zorn war so groß und ihre Enttäuschung saß so tief, daß sie hingingen und ihre Kakaobäume bis auf einen kleinen Rest vernichteten.

Als wir, die Missionare, durch die Diözesanleitung einen Entwicklungsplan erstellen sollten, schrieb ich von den restlichen verschonten Kakaobäumen. Als Pater v. Doormal diesen Bericht erhielt, bat er mich, alles zu tun, um die übriggebliebenen Kakaobäume zu retten. Daraufhin besuchte ich die Bauern in ihren Dörfern, sprach mit ihnen und versuchte zu erklären, wie wertvoll doch die Kakaobäume seien. Ich redete und redete, und was machten die Bauern? Sie lachten mich einfach nur aus und sagten: "Ach Pater, du glaubst ja gar nicht, wie oft wir das schon gehört haben, aber wer will schon unsere Kakaokerne kaufen? Was denkst du jetzt, welchen Wert die Bäume für uns noch haben?" "Nun gut," erwiderte ich, "dann will ich es sein, der euch euren Ertrag abkauft." Das ließ sich für die Bauern hören, und sie begannen, ihre Kakaobäume zu kultivieren und tatsächlich brachten sie eine Ernte ein.

Mein Versprechen, die Kakaokerne aufzukaufen, war wohl etwas leichtsinnig, denn der Vorgang des Fermentierens war auch mir nicht bekannt, und Geld für den Aufkauf der Ernte besaß ich auch nicht. Doch ich hatte Glück. Pater v. Doormal half und besorgte mir ein holländisches Fachbuch über die Fermentierung der Kakaofrüchte. Laurenz Sai erklärte mir einiges, und die IPP, die katholische Bauernorganisation, lieh mir Geld für den Aufkauf der Kakaofrüchte.

Und nun mußte ich feststellen, daß ich mit der Anleitung des Fachbuches nichts anfangen konnte, weil nach dieser eine Menge von 2.000 bis 5.000 Früchten für den komplizierten Vorgang des Gärens, der die Bitterstoffe in den Kakaokernen durch das süße Fruchtfleisch umwandelt, vorgesehen war. Hilflos, mit nur 20 reifen Früchten und meinem Versprechen gegenüber den Bauern, stand ich da. Aber da erinnerte ich mich meines Vaters, der kurz nach dem Krieg seinen verstohlen angepflanzten Tabak ebenso fermentieren mußte, was ja sonst in großen Ballen geschieht. Seine kleine Menge Tabak umwickelte er mit einer Menge Zeitungen, legte sie hinter den Ofen und so gelang ihm die Fermentierung.

Diese Idee meines Vaters nahm ich auf und versuchte nun nach der gleichen Methode vorzugehen. Die Kakaofrüchte kamen in eine mit Bananenblättern ausgelegte Pappschachtel. Diese umwickelte ich alsdann mit weiteren Bananenblättern. Am nächsten Tag hatte die Masse sich schon erwärmt, und der Gärungsprozeß schien tatsächlich zu gelingen. Nach dem Trocknen der Kerne schickte ich einige Proben an verschiedene Handelshäuser. Die Angebote, die ich erhielt, waren sehr niedrig. Hingegen kam von dem Kaufmann Liem Kim Ming aus Maumere ein Angebot, das die bisherigen um das fünf- bis zehnfache übertraf. Jetzt war die Voraussetzung für einen verstärkten Anbau der Kakaobäume geschaffen.

Nicht lange, da kamen die Bauern und brachten ihre Kakaoernte nach Watublapi. Meine beiden Hausjungen lernten den

Prozeß der Fermentierung so gut, daß sie alles selbständig und alleine durchführen konnten. Den ganzen Ablauf, die Menge der eingegangenen Früchte, die Anzahl der Bäume der einzelnen Bauern und den Ertrag der Kerne registrierten sie und führten Buch darüber.

Die Qualität der Früchte erwies sich als sehr gut. Der Anbau der Kakaobäume wurde vorangetrieben, ließen sich doch die Bäume zwischen den Kokospalmen und anderen Nutzpflanzen vortrefflich anbauen. Die Lebenssituation der Bauern verbesserte sich. Ein Bauer erreichte mit seinen 40 Kakaobäumen, die schon acht bis zwölf Jahre alt waren, in einem Jahr einen so hohen Ertrag, daß er sich ein Pferd kaufen konnte. Sehr schnell sprach sich das bei den anderen Bauern herum, so daß auch sie damit begannen, Kakaobäumchen anzupflanzen.

1964 gab es ca. 40.000 neue Kakaobäume. Und heute können Sie sie überall im Maumeregebiet zwischen den üppig wachsenden anderen Handelsgewächsen sehen. Die Geschichte mit den Kakaobäumen brachte mir bei den Leuten den Namen 'Schokoladenpater' ein.

Später begannen wir mit der Anpflanzung von Kaffeebäumen. Die Setzlinge erhielt ich von der Kaffeeplantage der Mission in Hokeng, im Osten von Flores. Dabei hoffte ich, daß die Männer, wenn sie mehr Kaffee trinken könnten, von dem von ihnen allzu häufig getrunkenen Palmschnaps lassen würden. Der Kaffee ist nämlich dort, wo er angepflanzt wird, sehr billig.

Ist die Ernte normal ausgefallen, gibt es einmal am Tag bei den Familien in den Dörfern eine Mahlzeit. Was mir nach einiger Zeit besonders auffiel, war das Fehlen von Gemüse. Die Menschen lebten von Mais, Hirse, Trockenreis und ihren Wurzelgewächsen. Fleisch gab es selten. Um da Abhilfe zu schaffen, ließ ich mir eine Kiste mit Gemüsesamen kommen und legte mit meinem Hausjungen einen Gemüsegarten an. Die Lehrer nahmen als erste diese Anregung auf und legten mit ihren Schülern desgleichen einen Gemüsegarten an. Von dem Verkauf des Gemüses konnte die Schule für ihren praktischen Unterricht Geräte kaufen. Die von den Lehrern selber gezogenen Gemüsesetzlinge verkauften sie wieder an die Bauern. Und was mußte ich nach einiger Zeit beobachten? Die Bauern pflanzten und ernteten zwar ihr Gemüse, boten dieses hingegen auf dem Markt zum Kauf an. Ihre besten Kunden waren die Chinesen. Die Bauern selbst aßen weiter ihre gewohnte einseitige Kost.

Als ich dahinterkam, wo das Gemüse der Bauern blieb, gab es für mich an diesem Sonntag nur ein Thema meiner Predigt - Gemüse. Ich fragte die Leute: "Was macht ihr mit eurem Gemüse? Ihr beraubt euch eures eigenen Reichtums, wenn ihr euer Gemüse an die Chinesen verkauft.Ihr müßt es selber essen." Ich zeigte ihnen auf, wie wertvoll das von ihnen gezogene Gemüse sei, denn nicht umsonst sei es so begehrt bei den Chinesen, die sehr wohl wüßten, warum sie es kaufen: weil es so gesund ist.

Meine Worte gingen nicht ganz verloren. Die Frauen verkauften zwar weiter ihr Gemüse auf dem Markt, denn sie brauchten ja Geld, aber einen Teil der Ernte behielten sie von nun an für ihre Familie zurück."

WASSERNOT - DER BAU VON WASSERSPEICHERN

Ein bißchen Zement - ein wenig Geld

"Immer, wenn das Gespräch auf Wasser auf Flores kommt, Pater Bollen, spricht jeder sehr eifrig darüber, welch schlimme Zeit doch die lange Dürreperiode ist, und wie schwer es sich während dieser Zeit leben läßt." "Ja, dem ist so, das stimmt, wenngleich mit dem Bau von Wasserspeichern viel geschehen ist. Oft genug stellt der große Mangel von Wasser in der achtmonatigen Trockenzeit andere Grundbedürfnisse in den Schatten. Um an sechs bis acht Liter Wasser zu kommen, waren die Menschen gezwungen, teilweise sind sie es heute noch, ca. zehn km von ihren Dörfern in den Bergen mit Bambusrohren an die Küste zu laufen, die Bambusrohre auf ihren Schultern balancierend, nahmen sie wieder den weiten Weg mit dem kostbaren Naß zurück in ihre Dörfer.

Obgleich in der Regenzeit reichlich Wasser vorhanden ist, fehlt es noch allenthalben an genügend Wasserspeichern, um das Regenwasser für die Trockenzeit aufzufangen. In aller Heftigkeit stürzt das Regenwasser von den hohen Bergen, läßt die bis dahin ausgetrockneten Bäche und Flüsse anschwellen und über die Ufer treten. Auf Flores existieren einige kleine Staubecken. Ihre Wasserkapazität ist zu gering und kommt nur einem kleinen Teil der Bevölkerung in einem begrenzten Gebiet zugute. Die Menschen in den Bergen werden nicht erreicht. Technisches Wissen und damit verbundene handwerkliche Fertigkeiten waren damals auf Flores kaum anzutreffen. Und Geld für den Bau von Wasserspeichern war und ist meist nicht vorhanden, wenn nicht entsprechende Hilfe von außen kommt."

"Hierzu, Pater Bollen, fällt mir eine kleine Geschichte ein, die mir erzählt wurde: Die Regierung im Westen von Flores stellte den Dorfbewohnern Eisen, Zement und sonstiges Material für den Bau von drei Brücken bereit, die in Eigenleistung von den Dorfbewohnern gebaut werden sollten. Es gab nun eine große Beratung der Dorfältesten, wer was und zu welcher Zeit zu tun habe. Die geeigneten Uferzonen für den Bau der Brücken mußten auch noch bestimmt werden. Sehr lange wurde beraten, was alles geschehen sollte. 'Eigentlich ist es doch zu schade,' meinten die Dorfältesten, 'dieses gute Material in so reicher Menge für nur drei Brücken zu verwenden. Drei Brücken sind zu wenig, fünf wären vonnöten.' Und sie beschlossen, das Material auf fünf Brücken zu verteilen und da, wo es fehlte, Bambus zu verwenden. Diese Entscheidung wurde dem Dorf bekanntgegeben. Womit indessen die Ältesten nicht gerechnet hatten, war der Proteststurm und Widerstand der jungen Männer, die sich mit guten Argumenten gegen diesen Plan wehrten und sagten: 'Wenn die Brücken so gebaut werden, werden sie zusammenfallen.' Alle ihre Einwände jedoch schoben die Alten kurzerhand beiseite; 'denn wo sollte schon die Weisheit sein, wenn nicht bei uns Alten?' dachten diese. Die jungen Männer gehorchten. Die fünf Brücken wurden gebaut. Alle Brücken sind nach kurzer Zeit eingestürzt."

"Ähnliche Dinge können durchaus auf Flores vorkommen. Es ist nicht leicht für die Menschen hier, jahrtausende alte Gewohnheiten und Überlieferungen in unsere Welt der Technik zu übertragen. Wie Sie sehen, liegen die Kirche und das Pfarrhaus von Watublapi auf dem Rücken eines Berges und haben ein Blechdach," setzte Pater Bollen seine Erzählung fort. "Und wenn die Zeit der tropischen Regenfälle gekommen ist, läuft das Regenwasser von diesem Blechdach, geführt durch Auffangrohre, in einen unterirdischen Betonbehälter und ich hatte, im Gegensatz zur übrigen Bevölkerung, auch in der langen Trockenzeit ausreichend Wasser. Der Betonbehälter war aber viel zu klein, um alles abfließende Regenwasser von den Dächern aufzunehmen. Das überschüssige Wasser stürzte den Berg hinab und zerstörte Wege und Felder.

Jammerschade war es um das verlorene und kostbare Wasser. Dagegen mußte etwas unternommen werden. In den betroffenen Nachbardörfern bat ich die Ältesten des Dorfes zusammenzukommen, damit wir beraten konnten, was gegen die leidige Trinkwassernot zu tun sei. Es wurde beschlossen, mehrere Wasserbehälter zu bauen. Fünf Dörfer sollten sich an diesem Projekt beteiligen. 'Das ist sicher ganz einfach zu bewerkstelligen,' dachte ich. 'Ein bißchen Zement, ein wenig Geld, einen Maurer, und die Dorfbevölkerung sorgt für alle anderen Arbeiten.' Hier hatte ich mich geirrt. So einfach sollte es nicht werden. Pater Mahr aus Habi lieh mir 100 Sack Zement, die von einem Auto der Koprakooperative kostenlos nach Watublapi transportiert wurden. Ein Antrag für eine Finanzierungshilfe bei Misereor war zwar eingereicht, doch selber besaß ich keinen Pfennig Geld. Auf irgendeine Art und Weise mußte ich zu Geld kommen. Ja, warum eigentlich nicht? Da standen mein Fahrrad, der geschenkte Vervielfältigungapparat aus Speyer und andere jetzt so nebensächliche Dinge bereit, verkauft zu werden. Leider reichte der Erlös dieser Sachen nicht, um Betoneisen, die Leitung und Wassertraufe sowie den Arbeitslohn zu bezahlen. Ein anderes Mal, als ich mich wieder in Geldnot befand, waren es mein Radio und mein Fotoapparat und andere Sachen, die ins Pfandhaus gebracht wurden. Dann kam ganz unverhofft Hilfe aus meiner Heimatpfarrei in Ramstein, die mit Geld- und Kleiderspenden half. Die Kleidungsstücke wurden von den Lehrern unter der Bevölkerung versteigert. Von diesem Erlös konnten in weiteren Dörfern Wasserspeicher gebaut werden. Und wenn es ganz brenzlig wurde, waren es die

Geschäftsleute in Maumere, die immer halfen. In dieser Not, bei dem ersten Bau eines Wasserspeichers, erinnerte ich mich an meine guten Beziehungen zu meiner ersten Pfarrei auf Flores, in Maumere.

Aufgrund der im Jahre 1963 stark verschlechterten Wirtschaftslage mußte Indonesien mit einer großen Inflation kämpfen. Um dieser entgegenzusteuern, verkaufte die Regierung an die Bevölkerung Gebrauchsgüter zu Billigstpreisen. Die Regierung war nun bereit, bei der Projektfinanzierung, dem Bau der Wasserspeicher, ihren Teil beizutragen und zu helfen. Die Beamten überließen mir eine bestimmte Menge von Gebrauchsgütern, um diese an die Bevölkerung ebenso billig zu verkaufen. Der vereinbarte Gewinn von zehn Prozent sollte für soziale Zwecke Verwendung finden. Daraus entstand der 'toko sosial', der 'soziale Laden' und der 'fonds pembanguman sosial', 'der soziale Aufbaufond der Pfarrei Watublapi.'

Die Sorge um die Geldbeschaffung war ich nun endlich los, und der Bau des ersten Wasserspeichers konnte in Angriff genommen werden. Ich fand einen alten erfahrenen Maurer, der schon öfter für die Mission gearbeitet hatte. Den Bauplan erstellte Bruder Franz. Alles war bestens geregelt. Nun informierte ich die Dorfvorsteher, daß Baumaterial, Zement und ein Maurer beisammen wären, und die Dorfbewohner, wenn sie es wünschten, ihre Wasserspeicher bauen könnten. Es fand eine große Versammlung und Beratung der Dorfältesten statt. Die Leute waren glücklich und hellauf begeistert, denn bald sollte die Wassernot ein Ende haben. Sie dachten an Wasser, nur an Wasser. Aber das, was an Arbeit auf sie zukommen würde, vergaßen sie in ihrer Freude und Begeisterung.

Voller Enthusiasmus begannen sie ihre Arbeit. Frauen, Kinder und Männer kamen zu Hunderten, schleppten Steine, waren fröhlich, sangen und lachten bei der Arbeit. An die benötigten Steine zu kommen, war sehr beschwerlich, denn sie mußten aus einer Felsschlucht herausgeschleppt werden. Fünfundzwanzig Kubikmeter Steine waren erforderlich. Jedes der fünf Dörfer schichtete seine eigenen Steine auf dem jeweils vorgesehenen Platz auf. Diese Arbeit war hart und schwer. Ich hatte meine Freude an all den vielen Menschen, die in so großer Zahl, friedlich vereint, emsig arbeiteten.

Doch nun merkten die Leute, daß die harte Arbeit kein Ende zu nehmen schien. 'Bei so viel Schlepperei und Mühe lohnte sich da der Bau der Wasserspeicher überhaupt?' fragten sie sich. Die Vorstellung und das Ziel, nicht mehr stundenlang mit dem Bambusrohr Wasser tragen zu müssen, verschwanden unter dem Berg der vielen Steine. Es war genug der Arbeit, es reichte. 'Aber,' denkt da vielleicht der Europäer und rauft sich die Haare, 'die einmalige Mühe und Arbeit für den Bau eines Wasserspeichers ist doch im Vergleich zum ständigen Wassermangel und zur mühseligen Schlepperei des benötigten Wassers geradezu ein Nichts.' Die Menschen hingegen dachten an das 'jetzt.' Es war des Guten genug. Es bedurfte großer Überredungskunst und Geduld, bis die Steine eines Tages alle zusammen waren.

Nun war es soweit: das Loch für den ersten Wasserbehälter mußte gegraben werden. Aber keiner ließ sich blicken, um das Loch zu graben. So geschah lange nichts. Unverdrossen jedoch kamen die jungen Leute ins Pfarrhaus und beschäftigten sich mit ihren Spielen. 'Wenn das so weiter geht, wird der Wasserspeicher nie fertig', dachte ich voller Sorge. Und so fragte ich eines Tages die jungen Leute: "Was haltet ihr davon, wenn wir vor eurem täglichen Spiel etwas Körperertüchtigung betreiben und das Loch für den Wasserspeicher ausgraben würden?" Daraufhin verließen die jungen Leute bereitwillig ihre Spiele, nahmen sich eine Schippe zur Hand und begannen, das Loch zu graben. Große Augen machten die Erwachsenen, die des Weges kamen und die jungen Leute und ihren Pfarrer schaufeln und hacken sahen. Sehr schnell strömten nun die Männer herbei und halfen mit, das Loch zu graben. Einige junge Leute lernte der Maurer als Helfer für die Bauarbeiten an. Aufgabe der Frauen war es, Sand herbeizuschaffen. Lange hat es gedauert, bis das Loch gegraben war, denn immer wieder gab es Verzögerungen und Stockungen. Nun ja, dann schimpfte ich mit den Leuten, drängte und schmeichelte ihnen, drohte und wurde wütend, wenn sie, für die doch der Speicher bestimmt war, alles liegen ließen und sich an nichts mehr störten.

Es war in der Trockenzeit, der Zeit des Jahres, in der die Luft vor Hitze zittert und man nur irgendwo ruhen möchte, als ich müde und erschöpft von den weit verstreut liegenden Außenstationen nach Hause kam. Meinen Schimmel mußte ich leider verkaufen. Die Leute waren es gewohnt, daß ich, den Schimmel hinter mir herführend, zu Fuß kam. Auf einem Pferd lassen sich die unwegsamen Wege über die Berge und durch die Schluchten, Bäche und zugewachsenen Pfade leichter nehmen. Unterwegs konnte ich ihn zwar ab und zu reiten, doch die Abstände zwischen Heruntersteigen vom Pferd und wieder Aufsteigen verringerten sich. Und als er dann, wenn er mich nur schon sah, zu lahmen anfing, habe ich ihn schweren Herzens verkauft.

Als ich nun ins Dorf kam, war ich neugierig und voller Erwartung, wie weit der Bau des Wasserspeichers in meiner Abwesenheit vorangeschritten war. Nichts war geschehen. Enttäuscht blickte ich auf die leere Baustelle. Auf die Frage an den Maurer, warum der Bau nicht vorangekommen sei, war seine Antwort: 'Ich hatte zu wenig Bambusrohre und konnte nicht weiterarbeiten.' Um die zu gießende Betondecke abzustützen, wurden 100 Bambusrohre benötigt.

Wütend verließ ich ihn. Das Dorf schien leer. Aber wie immer, saß Ohm Bura in seinem Krämerladen. Als ich ihn sah, rief ich ihm schon von weitem zu: 'Der Maurer kann nicht weiter arbeiten, weil kein Bambus da ist. Wenn bis morgen früh sieben Uhr kein Bambus da ist, dann ist Schluß, dann könnt ihr euren Behälter alleine bauen.' Verärgert und erzürnt machte ich kehrt.

Ohm Bura, verblüfft und erschrocken von meinem Zornausbruch, überlegte: 'das Beste ist jetzt wohl, daß ich mich auf die Suche nach den Männern des Dorfes mache.' Von Hütte zu Hütte ging er und jetzt endlich fand er in einer der Hütten zwölf Männer beim Würfelspiel. Ruhig und gelassen saßen sie da, sahen und hörten nichts als das leise Spiel ihrer kullernden Würfel. Keiner von ihnen beachtete ihn, als er am Eingang der Hütte stand. Und nun, beim Anblick der spielenden Männer, wurde auch er zornig. Laut schrie er in die Hütte hinein: 'Unser Pfarrer, Pater Bollen, ist tot!' 'Was, was ist los?" fragten ihn die Männer und sprangen erschrocken auf, ließen ihre Würfel fallen und stürzten sich auf Ohm Bura. Sehr aufgeregt verlangten sie mehr zu wissen. 'Ja - nein' sagte dieser jetzt zögernd. 'Pater Bollen selbst ist nicht tot, aber seine Arbeit, wenn wir bis morgen früh um sieben Uhr nicht genügend Bambus bringen.' Und am nächsten Morgen in aller Frühe kamen sie, die Männer mit den Bambusrohren, und die Arbeit konnte weiter gehen.

Eines Tages war es so weit. Der erste Wasserspeicher, von den vielen, die noch gebaut werden sollten, der so viel Mühe, Ärger und Verdruß bereitet hatte, war fertiggestellt. Dann kam der Regen, der erste große Regen. Der Behälter füllte sich. Glücklich und begeistert schöpften die Menschen Wasser, immer wieder Wasser aus ihm.

Nach dem Bau des ersten Wasserspeichers wurde ich nachdenklich, nachdenklich darüber, wie leicht in Europa über Entwicklungshilfe gesprochen, sie kritisiert und sich mit ihr auseinandergesetzt wird und wie schwer es doch sein kann, zu helfen, wenn die Menschen nicht den Sinn der Hilfe einsehen, wenn sie nicht verstehen, daß man es gut mit ihnen meint und wie viel Geduld es bedarf, sie zu überzeugen, daß sie selber mithelfen müssen, um aus ihrer Not herauszufinden.

Wenn also, wie in unserem Fall, ein Gemeinschaftswerk zur Überwindung gemeinsamer Not in Angriff genommen wird, dann wird auch für diese Menschen das Liebesgebot aktuell. So gesehen wird Entwicklungshilfe oder Entwicklungsarbeit eine pastorale Angelegenheit, und wir Missionare werden uns dabei bewußt, wie viel wir da noch zu tun haben, bis in unserer Gemeinde der Geist wahrer Brüderlichkeit Wirklichkeit geworden ist. Wir sehen aber auch, welch entscheidender Beitrag die christliche Mission auf dem Gebiet der Entwicklungshilfe zu leisten hat. Hier tut sich eine neue Seite der christlichen Missionsaufgabe auf."

DIE GRÜNDUNG DER IPP - IKATAN PETANI PANCASILA

Katholische Sozialorganisation des Landvolkes

"Längere Zeit schon," erzählte Pater Bollen, "fiel mir Josef Doing auf, ein junger Lehrer, der als Hauptlehrer an der Mittelschule in Maumere tätig war. Vor kurzem hatte er für die jungen Leute die "PORSI", die "Vereinigung für Musik und Sport", ins Leben gerufen.

Er war ein grazil025 kleinwüchsiger und agiler junger Mann. Intelligent und energisch, unbestechlich wirkte er auf mich. Auch er, wie Jan Jong, stammte von Hewakloang. Zu gerne hätte ich ihn näher kennengelernt. Er war sehr zurückhaltend. Es war schwierig, ihm näher zukommen. Nur selten kamen er und seine jungen Leute ins Pfarrhaus nach Watublapi. Sie hörten dann Radio und lasen die Zeitungen. Als ich entdeckte, daß Josef Doing gerne Schach spielte, lud ich ihn zum Schachspiel ein. Von dieser Zeit an spielten wir des öfteren zusammen.

Je näher ich ihn kennenlernte, desto tiefer setzte sich in mir der Gedanke fest, daß er genau der richtige Mann wäre, um sich einmal mit Jan Jong zu messen. Langsam und behutsam versuchte ich, ihn für meine Arbeit zu interessieren. Nicht lange dauerte es, da besuchte er den Religionsunterricht in der Mittelschule, interessierte sich für die Sozialehre der Kirche, vertiefte sich in die Literatur der Kath. Sozialorganisation - IPP - in Java. Ich gewann ihn zum Freund. Nichts hat uns in all den Jahren unserer Freundschaft getrennt.

Gekonnt organisierte er etwas später die Gründung und den Aufbau der IPP auf Flores. Mit fünfzig verläßlichen Männern begann er ihren Aufbau. Und mit Hilfe der 54 Lehrer von den zehn Volksschulen in der Pfarrei, und den 22 Hilfskatecheten in den 22 Kampungs (Dörfer) errichtete er in jedem Dorf eine Zelle. Die Zellenleiter kamen einmal monatlich zusammen, um von landwirtschaftlichen Verbesserungen zu erfahren. Es wurde darüber gesprochen und diskutiert. Gemeinsam mit seinen Mittelschülern legte er einen Versuchsgarten an. Es waren die Anfänge einer späteren, vielfältigen Aufgabenstellung, z.B.

Landwirtschaftskurse in den Dörfern, Verkaufsgenossenschaften für Handelsgewächse, Straßenbau usw. Immer größer wurde das Interesse der Dorfbewohner für die Arbeit der IPP. Allein die Pfarrei Watublapi zählte 1.300 Mitglieder.

Das Jahr 1963 zeigte allenthalben eine verstärkte Aktivität der Kommunistischen Partei Indonesiens, der PKI. Andere Organisationen und Parteien rührten, sammelten und reorganisierten sich. Es gab Unruhen und Aufstände.

In dieser spannungsgeladenen Zeit wurde ich vom Erzbischof Manek in Ende zum geistlichen Beirat der Kath. Sozialorganisation des Landvolkes, der IPP, für den gesamten Maumeredistrikt ernannt.

Zur gleichen Zeit traf ein Beauftragter der IPP aus Java ein. In ganz Indonesien sollte die IPP konsolidiert und ausgebaut werden, um für die erwarteten Auseinandersetzungen mit den Kommunisten gerüstet zu sein. Im Rahmen dieser Aufgabe kam der Beauftragte u.a. nach Flores, ausgerechnet in der Regenzeit. Obwohl die Wege schwer zu befahren waren, ging es von einer Pfarrei zur anderen, von einer Diskussion und einem Gespräch zu den nächsten. Und das tage- und nächtelang, bis zur Erschöpfung. Nach nur einem Monat war es geschafft. Die IPP stand nun neu und straff organisiert mit 17.000 Mitgliedern unter guten, tüchtigen Leitern."

DIE STRASSE

"Es war Anfang Frühjahr 1965," begann Pater Bollen zu erzählen "eine gute Jahreszeit, in der das Klima angenehm, fast europäisch sommerlich ist. In diesem Frühjahr wurde die katholische Bauernorganisation von der Regierung in Maumere gebeten, den Weg von der Küste bis in die Berge nach Watublapi auszubauen und instandzuhalten. Der holprige, sich mehrmals verengende Weg, oft am Rande des Abhangs, zugewachsen mit hohem Gras, zog in einem sich lang windenden Band durch die Berge an mehreren Dörfern vorbei. In der Regenzeit waren die

Wege nicht befahrbar und alle Transporte lahmgelegt. Jan Jong meinte zu dem Plan der Regierung, 'das sei eben halt so in der Regenzeit, und man müsse sich damit abfinden. Es sei eben nur ein Saisonweg.' Die betroffenen Dörfer hingegen ließen sich von ihm nicht beirren und berieten, welche Wegeabschnitte jeweils von ihnen gebaut oder ausgebessert werden sollten. Josef Doing und seine Schüler übernahmen den schwierigeren Teil der Arbeit, die zwischen den Jungen und Mädchen aufgeteilt wurde. Die Mädchen schleppten in kleinen Körben Erde herbei, die sie in die Löcher des Weges schütteten, und die Jungen arbeiteten mit Schaufel und Hacke. Von den Mädchen meldeten sich nach einigen Tagen drei und sagten: 'Die Arbeit ist für Mädchen zu schwer. Es ist keine Mädchenarbeit. Wir möchten nicht mehr mitarbeiten,' und sie verließen die Baustelle. Wenn ich Zeit hatte, arbeitete und schaufelte ich mit.

Doch auch hier stellte sich nach einiger Zeit Unlust und Kritik ein. 'Warum nur,' fragten sich einige Männer, 'mußte der Weg überhaupt so gründlich gemacht werden?' 'Und warum haben auf einmal einige Leute die Lust an der Arbeit verloren?' fragte ich mich meinerseits. Jan Jong war es, der dahintersteckte. Durch die ihm ergebenen Dorfvorsteher versuchte er, die Arbeit zu boykottieren. Die Dorfbewohner jedoch störten sich nicht an dem, was diese sagten. Wer von den Bewohnern wünschte nicht diese Straße? So wurden die Dorfvorsteher von der Bevölkerung abgesetzt, die sich mehrheitlich der Kath. Partei zugehörig fühlte. Von da ab ging es wieder zügig mit der Arbeit weiter.

Je weiter das Jahr fortschritt, desto bedenklicher wurde die Ernährungssituation; deuteten doch alle Zeichen darauf hin, daß es in diesem Jahr eine Mißernte geben würde. Es drohte wieder eine Hungersnot. Große Sorgen machte ich mir. 'Wie sollte die Bevölkerung an der Straße weiter arbeiten, wenn keiner etwas zu essen hatte?' fragte ich mich. Wie schon so oft, ging ein Hilferuf an meine Heimatpfarrei nach Ramstein. Er blieb nicht ungehört. Die Spenden von Ramstein sorgten dafür, daß für alle, die Kinder, Frauen und Männer, die am Bau der Straße beteiligt waren, Reis, Mais und Trockenfisch für eine Mahlzeit am Tag gekauft werden konnte, die die Mädchen und Frauen in einer Gemeinschaftsküche zubereiteten.

Wenn sich eine Gelegenheit ergab, sprach ich mit den Leuten über den Sinn und Zweck des gemeinsamen Arbeitens und über den Gemeinsinn unter ihnen. Wie bedeutsam der Schulbesuch ihrer Kinder sei, versuchte ich ihnen klarzumachen! Denn durch die in jeder Generation vorgenommene Erbteilung des Landes würde ihren Kindern die Existenzgrundlage entzogen. Land ließe sich ja nicht vermehren. Der Druck auf das Land könne nur noch stärker werden. Andere Berufe müßten für die Kinder in Betracht gezogen werden. Handwerker, Beamte, Lehrer oder vielleicht eine Anstellung in der Armee. Wie die Entwicklung gezeigt hat, liegt heute aller Ehrgeiz der Eltern darin, den Schulbesuch ihrer Kinder zu ermöglichen. Sind ihre Kinder begabt, sind sie bereit, große Opfer für einen qualifizierten Abschluß an einer weiterführenden Schule zu bringen.

Eines Tages war es dann soweit: Die Straße war fertig, an der so viele Menschen gearbeitet hatten. Diese nun mit viel Mühe und Zeit erbaute Straße, wurde Vorbild für andere Dörfer. Nicht lange, da fingen auch diese an, eine Straße zu bauen.

Welche Möglichkeiten erst bieten nun diese ausgebauten kleinen Straßen, die sich durch die Berge, über enge Schluchten, schmale Bäche und Flüsse an den Dörfern vorbei winden.

Früher, als diese Straßen und Wege noch nicht existierten," erzählte uns Pater Bollen, während wir mit dem Auto nach Maumere fuhren, "sah man die Frauen mit ihren Lasten auf dem Kopf - heute noch sind sie so zu sehen - den Weg zum Markt nach Maumere zu Fuß gehen. Die, die sich von den weit entfernten Dörfern auf den Weg machten, waren viele Stunden mit ihren Knollengewächsen, Tomaten und Früchten unterwegs. Das Angebot war spärlich, gab doch das bißchen Land nicht viel her. Der Erlös war gering und in den Zeiten der Mißernten gab es kaum etwas, das zu ernten und deshalb nichts, was zu verkaufen gewesen wäre. Heute ist es seltener geworden, daß einer zu Fuß geht und seine Lasten selber schleppen muß. Auch das haben die Anpflanzungen von 'Lamtoro' möglich gemacht. Die Straßen und Wege tragen wesentlich zur Verbesserung der Infrastruktur bei. Es entwickelte sich im Laufe der Zeit ein einfacher Transport- und Personenverkehr, bei dem die 'Soziale Stiftung YASPEM' Vorreiter spielte. Überall finden sich heute Handelsgewächse, deren Transport erst durch die Straßen ermöglicht oder erleichtert wurde. Ja, diese Straßen und Wege sind ein Segen für die Bevölkerung, auch wenn sie immer wieder ausbesserungsbedürftig sind und es zuweilen, vor allem in der Regenzeit, abenteuerlich anmutet, sie mit dem Auto zu befahren."

JAN JONG - DIE ZEIT DER GROSSEN UMWÄLZUNGEN

1963 war das Jahr, in dem sich das politische Klima auf Flores, wie in ganz Indonesien, in hohem Maße spannungsgeladen zeigte. Man war beschäftigt mit dem Zurechtrücken von Positionen, der Mehrung von Einfluß, im Kampf um die Macht und die Machterhaltung. In diesem Jahr versuchten die Kommunisten verstärkt Einfluß zu nehmen, ihre Anhängerschaft zu vergrößern und sich eine Basis zu schaffen.

So einfach wie die Menschen dachten, so einfach und phantasievoll waren die Versprechen, die die kommunistischen Führer auf Flores unter der Bevölkerung verbreiteten. Sie hatten in einigen Dörfern, wie in Moro, Pirin, Banbatung auch tatsächlichen Erfolg. Auch in einzelnen Dörfern der Pfarrei Watublapi konnten sie Erfolge verzeichnen. Sie versprachen, daß, wenn sie an die Macht kämen, jeder ein Steinhaus erhielte, so wie die Pfarrer. Ein sehr langwieriger, jahrelanger Prozeß ist das Färben der Baumwolle mit Naturfarben für die Ikat-Tücher. Sie versprachen der Bevölkerung, wenn sie Kommunisten würden, erhielten sie Samen aus Moskau, so daß sie die rot, blau-, braun- und gelbgefärbte Baumwolle nur noch vom Strauch zu pflücken brauchten. Zudem versprachen sie eine Windmaschine, die das Meer zurückblasen würde, so daß der Fischreichtum nur noch einzusammeln wäre.

Die Versprechen waren zu verlockend, so daß viele aus der Bevölkerung ihnen Glauben schenkten. Sie ließen sich in die Kommunistische Partei (PKI), sie war die älteste kommunistische Partei Asiens, eintragen. Wenn sie ihr jedoch untreu werden sollten, drohte man ihnen, müßten sie sterben. In Westflores, erzählte man mir, seien die Kommunisten mit ihren kleinen Traktoren gekommen und boten den Bauern an, ihre Felder zu bearbeiten, wenn sie der PKI beitreten würden.

Auf Java, Bali, Sumatra waren es vorwiegend die armen, einfachen Menschen, die Besitzlosen und die Hoffenden, die ihre Stimme der PKI gaben. Dem Armen ist gleichgültig, wer ihm und den Seinen die Bäuche füllt, und er weiß nichts von den sich bekämpfenden Machtstrukturen, Ideologien und Interessen. Aber er weiß um seine Armut und Ohnmacht und er lebt von der Hoffnung. Die PKI machte sich im Verein mit ihren ideologischen und machtpolitischen Interessen zum Ohr und Sprachrohr der Armen und Besitzlosen. Soziale Einrichtungen wurden von ihr geschaffen, und sie setzte sich für eine durchgreifende Landreform ein.

Die Kommunistische Partei konnte bei den Kommunalwahlen 1957 auf Java als stärkste Partei hervorgehen. Sie gehörte zu den regierungstragenden Parteien. Um einen Ausgleich gegenüber dem stärker werdenden Einfluß des Militärs herbeizuführen, stützte sich Präsident Sukarno verstärkt auf die Mitarbeit der PKI.

In Indonesien spielt die Religion eine große Rolle, im politischen wie auch im öffentlichen Leben. So gibt es mehrere moslemische Parteien. Um der kleinen Minderheit der Katholiken und der Stärkung ihrer Interessen mehr Geltung zu verschaffen, existierte die 'Partei Katholik' (heute in der PPS - mit anderen religiösen Gruppierungen vereint - 'Demokratische Partei'). Ungefähr die Hälfte der katholischen Bevölkerung, rund 1,5 Millionen Menschen, lebt auf den Inseln Bali, Lombok, Flores, Sumba, Sumbawa und Timor, die die Kirchenprovinz 'Nusa Tenggara Timur' bilden. Die Insel Flores ist die bedeutendste katholische Insel mit ca. 90% getauften Katholiken. Sie ist das Zentrum des Katholizismus in Indonesien. Wenngleich die Zahl der Katholiken nur ca. 4% der Bevölkerung Indonesiens ausmacht, ist doch ihr Einfluß kein geringer. Es gab mehrere katholische Minister. So kamen aus Flores der damalige Finanzminister Franz Seda und der stellvertretende Parlamentsvorsitzende Mang Reng Sai.

"Es gab kaum einen geeigneteren und fähigeren Mann und kaum einen, der ein so großes Vertrauen und Ansehen in der Bevölkerung genoß, wie Jan Jong," sagte Pater Bollen. "Nach seinem Gefängnisaufenthalt wurde er Ende der fünfziger Jahre auf Vorschlag der Kath.Partei zum Vorsitzenden der Volksvertretung des Distriktparlamentes in Maumere gewählt. Man schätzte und achtete ihn in diesem Amt. Als 1962 der Maumeredistrikt in Bezirke (Kecamatans) eingeteilt wurde, erhielt er das Amt des Vorstehers der Kecamatan Kewapante. Nun war er Kepala Kecamatan, verkürzt 'Camat'. Das bedeutete, daß er für sieben Pfarreien mit ca. 50.000 Einwohnern, darunter Watublapi, nun der 'Camat', der mächtigste und einflußreichste Mann im Bezirk war.

Mit diesem Amt vollzog sich in ihm eine Wandlung. Der Kath. Partei, der er seinen politischen Aufstieg verdankte, kehrte er nun den Rücken zu und gründete in seinem Gebiet die Partei des großen Charismatikers, Sukarno, die 'Nationale Partei Indonesiens' (PNI). Sie sollte ein Gegengewicht zu dem nach wie vor bestehenden Einfluß der Sikkanesen und einiger Missionare sein, den diese auf die Kath.Partei auszuüben verstanden. 'In der PNI', sagte Jan Jong, 'sollten nun endlich die berechtigten Interessen aller Bevölkerungsgruppen eine nachdrücklichere und bessere Berücksichtigung erfahren.' Dieser Schritt von Jan Jong sorgte für Unruhe und Unsicherheit bei der Bevölkerung. Ich sah schon die gleiche Situation und Auseinandersetzung wie in den Zeiten meiner Vorgänger auf mich zukommen und befürchtete das gleiche Schicksal. Obschon ich mich von Beginn meiner Arbeit als Pfarrer in Watublapi in einer Weise verhielt, daß der Verdacht einer Beeinflussung durch die Sikkanesen erst gar nicht aufkommen konnte.

Doch Jan Jong zog mit seinen Anhängern von Dorf zu Dorf. Sie diskriminierten die Mission und mich als Pfarrer und warben für die neugegründete Partei, die PNI. Ich selber stand zuerst einmal erschrocken und ratlos vor dieser veränderten Situation. Nun geschah aber etwas Überraschendes. Zum ersten Mal stieß Jan Jong bei der Bevölkerung, die sich hinter ihren neuen Pfarrer stellte, auf Widerstand.

Beileibe war es nun nicht so, als sei die Kath.Partei eine

kraftstrotzende und aktive Partei gewesen. Vielmehr gab es kaum von ihr zu verzeichnende Aktivitäten. Es war zu befürchten, daß sich innerhalb der Bevölkerung eine Spaltung vollziehen und es wieder zu Streit und Zwietracht kommen würde. Für die Fortführung der sozialen und wirtschaftlichen Entwicklungsarbeiten konnte das nur negative Auswirkungen haben. 'Sollte denn alles umsonst gewesen sein?' fragte ich mich besorgt. 'Alles das, was die Bevölkerung mit viel Mühe und Arbeit zustande gebracht hat?' Da hilft nur eins: Der Weg zu Laurenz Sai. Er ist der einzige, der eine friedliche Lösung des Konfliktes zu erreichen vermochte. Als Parlamentsabgeordneter in Jakarta war er gerade von einer Parlamentssitzung zurückgekommen. Während des Gefängnisaufenthaltes von Jan Jong in Ende kümmerte sich Laurenz Sai um ihn und unterstützte seine Familie. Das hat Jan Jong Laurenz Sai nie vergessen.

Laurenz Sai mit seiner Ruhe und Gelassenheit, seinem ausgleichenden Wesen, gelang die Versöhnung, nachdem er nach einigem Hin und Her zu Jan Jong sagte: 'Sei doch vernünftig Jan Jong. Was sollen all diese politischen Parolen, die nur Verwirrung unter der Bevölkerung stiften und zu nichts führen. Und wer versteht das schon? Du, als Vertreter der Regierung mit Deinem Einfluß und Pater Bollen mit seinen Ideen und Möglichkeiten, Ihr beide zusammen, könntet so vieles auf dem sozialen Sektor erreichen. Und das wäre in der Tat von großem Nutzen und ein Segen für die Bevölkerung. Die Zeiten des Kampfes sollten doch nun endgültig vorbei sein.'

Bald schien es wieder so wie früher zwischen uns zu sein. Es begann eine gute Zeit mit Jan Jong. Wir besprachen uns und arbeiteten zusammen. Jan Jong war ein guter, ja ein leidenschaftlicher Schachspieler. Er kam zum Schachspiel ins Pfarrhaus, besuchte den Gottesdienst, und danach tranken wir auf der Terrasse eine Tasse Kaffee. Politik, alte Sitten und Gebräuche waren ein gern diskutierter Gesprächsstoff und ein beliebtes Thema. Gemeinsam suchten wir Wege zu einer Anpassung der Liturgie an die alten Bräuche. Bis in die Nacht hinein dauerten unsere Diskussionen. Das war das Element, in dem sich Jan Jong wie ein Fisch im Wasser wohl fühlte. Nicht selten ließ ich mich von seinen Plänen und Ideen mitreißen und begeistern.

Eine ganze Weile dauerte dieser Zustand der Versöhnung und guten Zusammenarbeit an. Doch dann wurde in Hewakloang der Schulunterricht gestört, sogar einmal die ganze Schule ausgeraubt. Jetzt schimpfte Jan Jong bei den Eltern über den Schulbesuch ihrer Kinder. 'Es hat keinen Zweck,' sagte er. 'Euer Kind ist viel zu dumm für die Mittelschule.' Oder: 'Was stellt ihr euch vor, was das alles kostet, das könnt ihr euch nicht leisten!' Sogar seine seherischen Fähigkeiten wandte er an, wenn er zu den Eltern sagte: 'Ich habe bemerkt, daß euer Kind ein Zeichen auf der Stirn hat. Wenn es studieren geht, dann wird es oder ein anderer aus eurer Familie sterben.' Wenn er solche oder ähnliche Dinge zu den Eltern sagte, stand die Angst in ihren Gesichtern geschrieben. So verhielt er sich, obwohl die Kinder in seiner Familie die bestmögliche Schulausbildung erhielten. Er schimpfte über mich bei den Leuten, weil ich den Studenten aus Flores, es waren nur einige wenige, in Jakarta eine kleine Unterstützung zukommen ließ. Lebten sie doch in großer Armut und hungerten sich mehr oder weniger durchs Studium. Einen der Studenten, der Flores gesund verlassen hatte, traf ich mit einer schweren TBC an. Zu schwere Arbeit auf einem Holzverladeplatz, nichts Richtiges zu essen, der kilometerlange Fußweg von der Unterkunft bis zur Universität hatten ihn sterbenskrank gemacht. Schnell brachte ich ihn ins Krankenhaus, und er wurde wieder gesund.

Jan Jong, einmal als Held gefeiert, ein bedeutender Mann für seine Generation während der großen Aufstände Anfang der fünfziger Jahre, scheiterte nunmehr bei seinem Bemühen, die jungen Leute für sich zu gewinnen. Diese erlebten damals die Aufbauprojekte, die Wasserzisternen, die neuen Wege und neugegründeten Dorfgenossenschaften und hörten Jan Jong, wie er über diese Arbeit lästerte, wie er sie zu boykottieren versuchte. Das verstanden sie nicht. Und ich verstand ihn auch nicht mehr. Sicherlich, Wunder konnten nicht vollbracht werden. Aber das, was geschah, war mehr als in all den Jahrzehnten zuvor, wenn auch in aller Bescheidenheit. Zusammenarbeit hatte ich von ihm erhofft. Zumal sein Amt ihm viele Möglichkeiten erschloß, Menschen für die Projekte zu gewinnen. Darüber mit ihm ein offenes Wort zu sprechen, war nicht möglich. Alles an ihm war

Abwehr. Immer jedoch, wenn wir uns trafen, sei es nach der Hl. Messe, bei einem Besuch bei mir, unverhofft in einem Dorf, zeigte er sich freundlich und liebenswert.

Ich versuchte, für sein verändertes Verhalten eine Erklärung, die Ursache zu finden. 'War nun der wahre Grund seines Verhaltens in der Hinwendung zu den Kommunisten zu finden?' fragte ich mich. Denn seine Sympathien für sie, die Zusammenarbeit zwischen der PKI und der PNI waren zu offensichtlich, als daß daraus ein Geheimnis gemacht werden konnte. 'Nur die Kommunisten,' ließ er verlauten, 'besitzen die Kraft und die Stärke mit einer Mitgliederzahl von drei Millionen, Indonesien aus der Armut herauszuführen und den Landlosen durch eine gerechte Verteilung Land zur Sicherung ihrer Existenz zu geben. Nur sie vermögen es, den jungen Inselstaat in eine zukunftsorientierte, fortschrittliche und bessere Welt zu führen.'

'Lag die Ursache seiner Wandlung vielleicht in der Vergangenheit begründet?' war meine weitere Frage. Allzu deutlich hatte er vor einigen Jahren gezeigt, daß er kein Freund der Fremden, der Missionare war. Und der Einfluß der Missionare war unverkennbar. Die Zahl der Getauften stieg. Doch viele der alten Sitten, Gebräuche und heiligen Handlungen lebten trotzdem weiter. Die Ahnenverehrung spielt bis in die heutige Zeit hinein eine große Rolle im Leben der Menschen.

Zuweilen schien es, als strebe Jan Jong nach der einflußreichen, machtvollen Stellung des von ihm vertriebenen Rajas von Sikka.

Was erst mußte in seiner Seele vorgehen, was meine Person betraf. Welch widerstreitende Gefühle taten sich bei ihm auf, welche Zerrissenheit war in ihm. Denn auch ich war ein Fremder, ein Fremder mit weißer Haut. Wiewohl er mir, einem Fremden, lange Zeit seine Freundschaft und Sympathie schenkte. Später aber zerriß er das Band der Freundschaft zwischen uns. So sehr ich mich auch bemühte, blieben mir sein wahres Wesen, die jeweiligen Motive seines Handelns, bis zuletzt verborgen. Wie oft habe ich versucht, mit ihm über alles zu sprechen: er suchte Ausflüchte, wich mir aus und zog sich zurück.

Da gab es die Geschichte von Alo gila, dem ehemaligen Vorsteher des Kampungs Hewokloang, eines schönen Dorfes mit prächtigen Pfahlhäusern, die Dächer bedeckt mit Bambusschindeln. Die Bambusmattenwände sind kunstvoll in ebenmäßigen Musterungen geflochten. Auf dem großen Dorfplatz sind die schweren Opfersteine zu sehen, die alte Megalithkultur mit ihren Menhiren und Dolmen, die ebenso noch in den Dörfern Baomekot, Ohe und Kloangpopot zu finden sind. In anderen Gebieten auf Flores kann man sie vorwiegend noch in Bajawa und Nagekeo finden. Nach wie vor spielt diese alte Kultur, deren Ursprung mit den gleichen Elementen auf der ganzen Erde anzutreffen und in der Weite der Geschichte verborgen ist, eine große Rolle in den Handlungen der Menschen."

Heute noch sind viele Handlungen vom religiösen Denken durchdrungen. Keine klare Trennungslinie gibt es zwischen den Formen des Lebens, dem Feiern der Feste, der Arbeit, der Kunst, der Geburt, der Heirat und dem Tod. Alle Dinge, die das Auge sehen, die der Mensch fühlen kann, die Steine, Pflanzen, das Wasser, der Himmel, das Sprechen zu den Pflanzen, ist selbstverständliches Leben, ist Wunsch der Götter, steht im Einklang mit ihnen.

Eine Legende erzählt, daß die heiligen Nutzpflanzen aus den zerstückelten Leibern göttlicher Wesen entstanden, oder den Göttern geraubt worden seien. So ist eine kultische Handlung die Feldbestellung, die ohne den Segen der Erdgeister fruchtlos bleibt.

Die alten indonesischen Mythen berichten, daß der Mensch unmittelbar von dem Schöpferwesen abstammt, also ein Kind Gottes ist. Somit besteht eine Verwandtschaft zwischen den Göttern und den Menschen. Die gleiche Verwandtschaft besteht mit den Tieren, Pflanzen, dem Dorf, dem Haus und allem, was dazugehört. Sie besteht in Sitte und Recht, der 'Adat', die, seit die Erde besteht, den Menschen Verhaltensformen und Ordnungsprinzipien zeigt, aber auch durch ihre Strenge für manch einen als Diktat und Zwang empfunden wird und zu schweren Konflikten führen kann.

"Und hier auf Flores," fuhr Pater Bollen fort, "sind viele Sitten und Gebräuche, wie die Riten zur Geburt eines Kindes, oder die Reifefeier, heute mit der Erstkommunion, mit dem

Katholizismus eine Symbiose, eine Verbindung, eingegangen.

Hewokloang ist ein Dorf, wie es kaum ein schöneres auf Flores gibt. Es ist das erste Dorf, das Stammdorf des Iwan-gete-Gebietes, des ersten mythischen Dorfgründers. Von hier aus begann die Gründung weiterer Dörfer.

Alo gila war ein selbstbewußter, ein wilder und räuberischer Mann und er selbst bezeichnete sich als Kommunist, der anläßlich meiner großen Einführungsfeier als Pfarrer in Watublapi dem Kommunismus abschwor, weil ihm das, was ich als Pfarrer sagte und tat, besser gefiel. Alle seine kommunistischen Bücher verbrannte er öffentlich auf dem Dorfplatz. Seine Frau Veronika und er ließen sich kirchlich trauen. Die Räubereien, die die ganze Gegend verunsicherten - kaum ein Fremder wagte sich noch in dieses Gebiet - hörten nun auf. Es zog langsam Ruhe und Frieden ein.

Eines Tages jedoch war Alo gila spurlos verschwunden. Einfach weg, als wäre er nie dagewesen. Keiner hat ihn mehr gesehen, und nie mehr hat man etwas von ihm gehört. Es hieß, er sei auf eine andere Insel gegangen. Eine mysteriöse Geschichte. Ich machte mir so meine Gedanken über sein Verschwinden. 'Konnte es denn tatsächlich sein - und das war kaum zu glauben - daß die Gerüchte stimmten, wonach die Kommunisten jeden, der ihnen untreu würde, töteten?' Nach dem Verschwinden von Alo gila bestimmte Jan Jong Kepala Josef, einen seiner Anhänger, zum neuen Dorfvorsteher.

Anfang des Jahres 1965 war überall zu spüren, daß der Einfluß der Kommunisten in Indonesien zunahm. Kommunistische Parolen im Radio, in den Nachrichten. Sie erweckten den Eindruck, als sei die indonesische Innen- und Außenpolitik ganz von den Kommunisten beherrscht. In Westflores, in der Manggarai, entstanden schon Auseinandersetzungen zwischen den Kommunisten und den Katholiken. Politische Unruhen auch in Maumere, in Mittelflores. Anlaß der Unruhen in Maumere war die aus Katholiken zusammengesetzte Regierung mit dem Sikkanesen Sadamo als Bupati. Überall auf meinen Reisen für die IPP (kath. Bauernorganisation) bemerkte ich die Arbeit der Kommunisten, den Einfluß von Jan Jong und die berechtigte Unzufriedenheit der Bevölkerung gegenüber der Bezirksregierung in Maumere.

Eines Tages hörte ich, daß für die 'Front Nasional' (Nationale Front' - sie war kommunistisch beeinflußt) von Maumere von der PNI 13.000 Mitglieder gemeldet wurden. Mit 1.000 Mitgliedern wies Watublapi die stärkste Mitgliederzahl aus. Alle fragten wir uns, wie das nur möglich sein konnte, da die Kath.Partei 1954 die absolute Mehrheit erhalten hatte. Lag hier ein Irrtum, wenn nicht eine Fälschung vor? Zu dieser Zeit hielt sich der Rektor der Atmajaya Universität und Mitglied des Parlaments in Jakarta, Mang Reng Sai, in Maumere auf. Ich lud ihn für einen Vortrag vor den Lehrern nach Watublapi ein. Hierbei regte er u.a. eine Reorganisation der Kath.Partei an, die im Grunde genommen mangels Aktivitäten einen Dornröschenschlaf hielt. Diese Anregung wurde aufgenommen, und Josef Doing organisierte eine recht ungewöhnliche Aktion mit den Jugendlichen von Watublapi.

Es wurden Listen und Parteikarten besorgt. Mit diesen Unterlagen gingen die Jugendlichen von Dorf zu Dorf. Keiner von uns konnte damals ahnen, daß durch den Einsatz der jungen Leute Hunderte von Menschen vor Verfolgung und dem Tod bewahrt blieben. Sie zogen von Hütte zu Hütte und warben für eine Mitgliedschaft in der Kath.Partei. Es gab kaum einen von den Dorfbewohnern, der sich nicht in die Listen eintragen ließ und mit seiner Unterschrift oder seinem Fingerabdruck zeichnete. Jeder von ihnen erhielt eine Parteikarte. Als ich später die Listen mit den vielen Fingerabdrücken sah, war ich baß erstaunt. Woher die vielen Analphabeten? 'Ja,' sagten die jungen Leute, 'Jan Jong hat sein Gebiet frei von Analphabeten erklärt, und als die Kommission zur Untersuchung kam, da beorderte er die, die schreiben konnten, in die Dörfer und die anderen mußten sich verstecken.'

Jetzt geriet ein Stein ins Rollen, der aus seiner eigenen Gesetzmäßigkeit heraus nicht mehr aufzuhalten war. Einige von Jan Jongs Anhängern hatten, als sie hörten wie geschlossen sich die Bewohner zur Kath.Partei bekannten, nun nichts Eiligeres zu tun, als sich ebenso in die Listen einzutragen. Weil es keiner wagte, Jan Jong von den Veränderungen rings um ihn zu berichten, war er völlig ahnungslos. Als vier ehemalige Führer der PNI ihren Austritt aus dieser Partei erklärten, sie die Regierung sowie die 'Nationale Front' in Maumere über ihren Schritt informierten, zudem ein Abgesandter aus Watublapi die Nachricht verbreitete, das ganze Watublapi-Gebiet sei der Kath.Partei beigetreten, war das ein Schock und eine böse Überraschung für die Kommunisten und für die PNI. Jan Jong, plötzlich aller seiner Pläne und Hoffnungen beraubt, sagte zu einem der ehemaligen PNI-Führer: 'Ihr habt mich getötet.' Ein für den Augenblick gebrochener und verzweifelter Jan Jong saß ihm gegenüber.

Jan Jongs Einfluß auf die Bevölkerung schwand langsam dahin. Da er in mir das Übel sah, mich für die politische Konstellation verantwortlich machte, begann er wieder, die Leute gegen mich aufzuhetzen. Er drohte mir einen Prozeß wegen Subversion, politischer Tätigkeiten und Neokolonialismus an. Bei der Drohung ist es dann geblieben.

Als er eines Tages erkennen mußte, daß seine Beschimpfungen und Verleumdungen keinen Erfolg zeigten, die Menschen in den Dörfern nichts mehr von ihm wissen wollten, schickte er einen Mittelsmann zu mir, der mich fragte, ob ich zu einem Gespräch mit Jan Jong bereit sei. Wir vereinbarten für dieses Gespräch als Treffpunkt die Terrasse des Pfarrhauses.

Zu diesem Gespräch mit Jan Jong hatte ich die Jugendlichen und einige Dorfvorsteher eingeladen. Jan Jong kam mit einigen seiner Anhänger. Als ich ihn langsam auf die Terrasse zuschreiten sah, nicht mehr so sicheren Schrittes, wie ich es bei ihm gewohnt war, und nicht mehr mit der gleichen Selbstsicherheit wie vordem, wurde mir die Unsinnigkeit der ganzen Situation und seines Vorgehens bewußt. 'Jan Jong', fragte ich ihn nach der Begrüßung, 'warum wolltest du mich sprechen?' Während er nun langsam seine Augen auf mich richtete, begann er zuerst leise, dann vernehmlicher und zugleich überzeugend zu sprechen: 'Das Volk des Iwan-gete-Gebietes ist unruhig geworden. Alle bedauern, daß wir uneins, daß wir verfeindet sind. Ich bin gekommen, um mit dir Frieden zu schließen und alle meine Gefühle möchte ich opfern für diesen Frieden, damit es weiter gehen kann mit der Aufbauarbeit.'

Ein Gefühl der Erleichterung überkam mich, als ich Jan Jong

so reden hörte und ich antwortete ihm: 'Ja, Jan Jong, auch ich möchte Frieden mit dir. Einmal, Jan Jong, hatten wir eine lange Zeit der Freundschaft. Deine Freundschaft war mir ein Geschenk. Damals wußten wir beide, was zu tun sei. Wir haben zusammengearbeitet, wir ergänzten uns. Du mit deinem Einfluß und der dir entgegengebrachten Achtung und ich mit all dem, was mir zur Verfügung stand. Und heute bist du es, der mich verleumdet, obwohl du weißt, daß ich nichts Unrechtes getan habe. Nie, Jan Jong, habe ich mich dir gegenüber feindlich verhalten. Im Gegenteil, immer habe ich dich geschätzt. Deine Fähigkeiten nötigten mir Respekt und Anerkennung ab. Es tut mir leid, daß es soweit kommen mußte. Was nun die Aktion mit den Parteikarten angeht, rede mit den Leuten der Kath.Partei selber, damit auch hier alles ins Reine kommt. Sie warten auf dich.'

Als ich so und anderes in der Versammlung gesprochen, und Jan Jong noch dies und das mit beredten Worten zu seiner Rechtfertigung ausgeführt hatte, blieb ihm aufgrund der vielen Argumente, die ihm von seiten der Dorfvorsteher und Jugendlichen entgegengehalten wurden, nichts anderes übrig, als einzugestehen, daß er Unrecht begangen habe und das sehr bedauere. So stand der Versöhnung nichts mehr im Wege. Zur Besiegelung wurde nach Adat-Brauch der Palmschnaps herumgereicht. Und wie froh erst war mir zumute. 'Sollten noch einmal die guten Zeiten mit ihm wiederkommen?' fragte ich mich voller Erwartung. Für die Fortführung der Aufbauarbeit konnte es nichts Idealeres geben, als Jan Jong mit seinen vielen Begabungen und seiner Überzeugungskraft, die Menschen für sich und seine Ideen zu begeistern. Leider zeigte sich dieser Frieden sehr bald als ein fauler Frieden. Seine Lippen formten zwar in sehr blumenreicher Sprache Worte des Friedens, sein Herz aber dachte anders.

Schon eine Woche später versammelte Jan Jong seine übrig gebliebenen Freunde und Anhänger, und sie beschlossen einen Husarenstreich. Den Bewohnern im Watublapi-Gebiet sollte ihre Mitgliedskarte zur Kath.Partei wieder abgenommen werden. Das war das Dümmste, was sie beschließen konnten. Aber das Unglaubliche geschah. Jan Jongs Anhänger begaben sich in die Dörfer und nahmen den Bewohnern unter fadenscheinigen Gründen ihre Mitgliedskarte zur Kath.Partei wieder ab. Sie sagten z.B.: 'Damals, bei der Wahl, war der Rosenkranz schwarz und nicht rot gedruckt.' Die Angst vor Jan Jong und seinen Anhängern bewirkte, daß alle, die dazu aufgefordert wurden, ihre Mitgliedskarte herausgaben. Ein Bauer sagte später zu mir: 'Wenn die mein Schwein verlangt hätten, ich hätte es ihnen auch noch gegeben.' Derjenige, der weiß, was für die Leute ein Schwein bedeutet, wie wertvoll es für sie ist, kann ermessen, wie groß die Angst der Bauern sein mußte.

Als die Aktion Jan Jongs überall bekannt wurde, gab es kaum einen, der nicht empört gewesen wäre. Er war zu weit gegangen. Die jungen Leute von Watublapi erstatteten bei der Polizei Anzeige gegen ihn. Sie unterrichteten den Gouverneur in Kupang auf Timor und die Regierung in Jakarta von dem Raub der Parteikarten. Josef Doing und ich wurden zum Sekretär des Gouverneurs geladen und angehört. Josef Doing erklärte, daß er für die Reorganisation der Kath.Partei verantwortlich sei.

Nun ergriffen die jungen Leute auf ihre Weise die Initiative und organisierten einen großen Kongreß der Kath.Partei. 1.500 Mitglieder protestierten gegen den Raub der Parteikarten. Sie beschlossen eine Resolution mit der Forderung, Jan Jong von seinem Amt als Camat abzusetzen. Begründet wurde diese Forderung mit dem Raub der Parteikarten, der Verleumdung von Pater Bollen, des Pfarrers von Watublapi, und der Mißachtung der Adat. Die Regierung in Maumere nahm die Resolution an, aber es geschah nichts. Eine zweite Resolution wurde von einer Delegation von 40 jungen Leuten dem Gouverneur, der sich zu dieser Zeit auf Flores aufhielt, überbracht. Der Besuch des Innenministers Sumarno stand kurz bevor und angesichts dieses Besuches, 'um der familiären Atmosphäre willen', wurde um eine schnelle Beendigung der Angelegenheit gebeten. Der Gouverneur versprach eine Untersuchung, doch es geschah wieder nichts. Dann ereignete sich doch etwas. Im Radio von Kupang kam die Nachricht, daß eine Versammlung der Kath.Partei mit 1.500 Teilnehmern stattgefunden habe. In ganz Flores sprach man darüber.

Es war soweit. Den Besuch des Innenministers, der jedoch

nur eine Stunde auf dem Flughafen verweilte und eine Rede im Namen der Regierung hielt, nahmen die jungen Leute von Watublapi, sowie die Kommunisten und die Anhänger der PNI zum Anlaß, im Sprechchor ihre Forderungen zu rufen. Die Kommunisten und die Anhänger der PNI riefen: 'Setzt Samador ab,' (den damaligen Bupati in Maumere). Die katholische Jugend rief: 'Es lebe Samador' worauf die jungen Leute aus Watublapi in den Ruf ausbrachen: 'Setzt Jan Jong ab!' Jan Jong, in der ersten Reihe neben den Regierungsbeamten stehend, hörte die Rufe und versuchte zu lächeln. Es war ein klägliches, ein verunglücktes Lächeln. Am anderen Tag, es war ein Sonntag, kam über Radio Kupang/Timor ein Radiogramm des Gouverneurs: 'Jan Jong, Camat von Kewapante, ist von seinem Amt als Camat befreit.'

Als diese Meldung unter der Bevölkerung bekannt wurde, ging ein Aufatmen durch ihre Reihen.

Und Jan Jong? Er stand nun mit dem Rücken zur Wand. Er, der ewige Kämpfer, kämpfte nun mit den Mitteln, die er schon vor Jahren angewandt hatte. Angst und Schrecken verbreitete er. Mit den wenigen Anhängern, die ihm noch verblieben waren, verunsicherte er das ganze Watublapi-Gebiet mit geradezu kriegerischen Ausschreitungen. Hütten wurden niedergebrannt, Pferde abgestochen, gestohlen oder mit einem Pfeil getötet. Vor allem diejenigen, die aktiv in der Kath.Partei mitarbeiteten, waren betroffen. Josef Doing, dem die jungen Leute sieben Pferde für seinen Brautpreis geschenkt hatten, fand eines Tages nur noch fünf von ihnen vor. Zwei waren gestohlen. Mutig und erzürnt begab er sich nach Hewokloang und drohte: 'Wenn bis morgen früh die Pferde nicht da sind, passiert was.' Das half. Nachts brachte ein Helfer Jan Jongs die beiden Pferde zurück.

Immer öfter erhielt ich aus der Bevölkerung die Warnung: 'Pater, paß auf, man will dich ermorden.' Es schien eine Nacht wie jede andere zu sein, bis mein Hund Bobby auf eine besondere Weise bellte und mich weckte. 'Wenn er so bellt,' dachte ich,' stimmt etwas nicht.' Ich stand auf und leise ging ich aus dem Zimmer. Ich griff nach einer Stablampe, die ich auch, um Überfällen besser vorzubeugen, den jungen Leuten besorgt hatte. Langsam und vorsichtig öffnete ich, ohne ein Geräusch zu verursachen, die Tür zur Terrasse. Mit einem Satz sprang ich auf die Brüstung, riß die Stablampe hoch und leuchtete den Abhang hinunter und rief gleichzeitig: 'Halt, wer da? Was wollt ihr?' Da hörte ich nur noch, wie alle davonstürmten, das Rascheln von Sträuchern, und ich sah, wie sich eine Gruppe von jungen Leuten den Hang herunter aus dem Staub machte.

Später erfuhr ich, daß man die Absicht hatte, das Pfarrhaus mit Benzin anzuzünden, und wenn ich versuchen sollte, mich zu retten, mich töten wollte. Aufgrund dieses Vorkommnisses organisierten die jungen Leute ein vierundzwanzigstündiges Bewachungssystem.

In jenen Tagen hörte ich, daß Jan Jong demjenigen, der mich töten würde, 15.000 Rupiah versprochen hatte. Um diese 15.000 Rupiah bezahlen zu können, mußte Jan Jong ein Stück Land verkaufen. So kam doch eines Tages ganz unbedarft der Bauer Lelang zu mir und bat mich, ihm 15.000 Rupiah zu leihen, damit er ein Stück Land von Jan Jong kaufen könne. Es sei ein günstiges Angebot, und da möchte er schnell zugreifen. Ich sah die komische Seite der Situation und mußte laut lachen. 'Weißt du nicht, was mit dem Geld geschieht?' fragte ich ihn. 'Nein, woher sollte ich das wissen?' 'Das sieht nämlich so aus: Ich also soll dir Geld leihen, damit Jan Jong für meinen Mörder Geld hat. Verstehst du mich nun? Hierbei kann ich dir nun wirklich nicht helfen.' Betreten und verärgert über Jan Jong verließ Lelang das Haus.

Es war am 24. September 1965; die IPP, die katholische Sozialorganisation und die Jugend feierten den 'Nationaltag des Landvolkes' in Maumere mit Musik und Tanz. Die Kommunisten sollten nicht die einzigen mit ihren Aktivitäten sein. In Maumere erfuhr ich, daß einige Generäle an diesem Tag zum Priesterseminar der Steyler Missionare nach Ledalero kommen sollten. Unter ihnen befand sich General Yani, ein bekannter General, der Stabschef der Armee. Über die Gründe ihrer Anwesenheit kursierten später viele Gerüchte. Major Suherman lud mich ein, gleichfalls nach Ledalero zu kommen. Doch die Mädchen, die nach dem Fest nach Hause gebracht werden wollten, warteten auf mich. Später erzählte man, daß eine Gruppe von Kommunisten fünf Tage vor dem Putschversuch mit dem

Flugzeug in Maumere gelandet seien, um die drei Generäle zu ermorden und den Mord der Mission, d.h. den Katholiken, in die Schuhe zu schieben. Da die Generäle früher als geplant wieder abgereist waren, konnte der Plan nicht ausgeführt werden.

Mitten in der Nacht erreichten wir Watublapi. Um mich war ein Geraune und Geflüster. Was war los? Nach anfänglichem Sträuben erzählten mir die Hausjungen, daß nachmittags drei Männer aus Ostflores, zwei davon mit ihrem Parang und einer mit einem Kris, zur Missionsstation gekommen seien. Die Jungen hatten die drei Männer nach ihrem Woher und Wohin gefragt. Verlegen schauten die drei zur Seite und murmelten etwas von Ostflores. Also stimmte etwas mit ihnen nicht. Freunde konnten das nicht gewesen sein.

Begegnet einem unterwegs oder im Dorf in Indonesien ein Fremder, so wird nach seinem 'Woher' und 'Wohin' gefragt. Nicht wie bei uns, wo zuerst 'guten Tag' gewünscht wird. Die Menschen merken sehr schnell durch das Verhalten des Fremden, ob es sich bei ihm um einen 'Freund' oder 'Feind' handelt. Sind sie mit der Antwort zufrieden, erzählen auch sie, woher sie kommen und wohin sie gehen. Die drei Männer verteilten sich so, daß sie die Eingänge des Pfarrhauses im Auge hatten, und fragten die Leute, wann ich wieder zurück sei. Zwei Stunden hatten sie dagesessen. Dann waren sie wieder gegangen.

Schon einige Wochen vor dem Putschversuch erhielt ich den Rat, meinen Urlaub vorzuverlegen, denn im September/Oktober würde in Indonesien einiges geschehen. Aus dieser Andeutung vermutete ich, daß eine bewaffnete Auseinandersetzung mit den Kommunisten bevorstehe. Mehrmals hörte ich damals von einem Waffenschmuggel auf Flores. 'Was sollen diese Waffen, wenn den Männern für den Gebrauch der Waffen die Ausbildung fehlt?' fragte ich mich. Es wurde von Handgranaten gesprochen, die eingeschmuggelt worden seien. Später blieb dieses Gerücht unbestätigt.

Am 30. September 1965, auf dem Heimweg von einem Besuch der Außenstationen, wurde ich in Ohe, einem Marktflecken in den Bergen, von einigen Leuten angehalten und zum Essen bei Bas Laro eingeladen. Der Katechist Julius war gleichfalls dort zu Gast.

Bas Laro saß neben mir. Erstaunt sah ich ihn an, als er sich vorsichtig nach allen Seiten umsah, dabei mir langsam seinen Kopf zuwandte und sein Mund dicht an mein Ohr kam und mir leise zuflüsterte: 'Pater, heute mußt du besonders aufpassen, heute passiert was.' Bas Laro, ein Mann der Nationalen Partei Indonesiens, der PNI, ein Freund von Jan Jong, dann wieder sein Feind und das immer im Wechsel, war schwer einzuordnen und zu durchschauen. Wieso gab ausgerechnet Bas Laro diese Warnung an mich? Wußte er mehr? Sehr wahrscheinlich wußte er mehr über diesen Tag. Im Zusammenhang mit dem Putschversuch wurde er einige Zeit später verhaftet und hingerichtet.

In dieser Nacht war die Aufregung und das Warten auf ein besonderes Ereignis groß. Die Missionsstation wurde besonders gut bewacht. Doch im Maumeregebiet auf Flores geschah nichts. Alles blieb ruhig."

In dieser Nacht hingegen, in der Nacht vom 30.9. zum 1.10.1965, versuchten Teile der Armee mit der Bildung eines Revolutionsrates von 45 Mitgliedern, davon u.a. 20 höhere Offiziere, sieben Leute der PNI, vier der PKI, zwei der extremen Moslempartei, je ein Mitglied der protestantischen Partei und der chinesischen Linken unter dem Vorsitz von Oberstleutnant Untung, der auch die '30. September-Bewegung' organisierte, einen Putschversuch. Im Laufe dieser Ereignisse wurden am Morgen des 1. Oktobers sechs Generäle entführt und ermordet, unter ihnen der Stabschef der Armee, General Yani, der noch fünf Tage zuvor auf Flores weilte.

Die Quellen streiten sich, wer wem zuvorkam: Die sich in Gefahr sehenden Kommunisten, mit denen die Regierung unter Sukarno zusammenarbeitete, bzw. unzufriedene Armeeangehörige auf der einen, und auf der anderen Seite das im 'Rat der Generäle' vertretene Militär sowie die es unterstützenden moslemischen, protestantischen und katholischen Studentenverbände und große Kreise des Bürgertums. Beide Gruppen behaupteten jedenfalls, zum Schutz der Republik zu handeln.

Da Präsident Sukarno in den Tagen danach keine klare Haltung zeigte, ergriff der bis dahin bei der Bevölkerung wenig bekannte General Suharto die Initiative. Er konnte die Kontrolle über die Armee erlangen - der Aufstand wurde niedergeschlagen.

In den nächsten Monaten nach dem Putschversuch, bis in das Jahr 1966 hinein und darüber hinaus, endeten die Ausschreitungen und Übergriffe in einem Massaker, in einem Hinschlachten. Aufgestellte Mörderbanden, oft unter militärischer Führung, in Bali z.B. waren es von Großgrundbesitzern gedungene Mörder, zogen aus, um zu töten. Sie töteten Menschen, die nur nach Kommunisten 'rochen' oder die unbequem schienen. Die Schätzungen gehen davon aus, daß zwischen 500.000 und eine Million Menschen ermordet wurden. Das Hauptaugenmerk richtete sich auf die Kommunisten, ihre Anhänger und Sympathisanten, aber auch auf Nationalisten und Demokraten. Es begann eine regelrechte Kommunistenjagd, die bis zum heutigen Tag anhält.

Die junge Republik verlor ihre Unschuld.

Zu den Verfolgten gehören die dem Regime, aus welchen Gründen auch immer, Unliebsamen, die den Tod erleiden. Es wird hier von einem 'stillen Mord' gesprochen, der heimlich und leise, meist in der Nacht geschieht. Andere werden in die Verbannung geschickt, z.B. auf die berüchtigte Insel Buru.

"Auf Flores", erzählte Pater Bollen weiter, "sah es so aus, daß in Ende, der Bischofsstadt, in Ruteng und in Larantuka die Führer der Kommunisten im Verlauf der Säuberung verhaftet und schon abgeurteilt waren. In Maumere saßen noch einige bekannte Kommunistenführer im Gefängnis.

Der Führer der PNI in Maumere, Bernardus Bura, suchte den Erzbischof Manek von Ende auf, und bat ihn um Vermittlung. Während dieser Zeit weilte der Erzbischof in Maumere. Bernardus Bura sagte sich von seiner Partei los, und das war klug von ihm. Dieser Schritt rettete ihm das Leben. Was nun Jan Jong anbelangte, vermutete ich, war es, seinem Verhalten nach zu urteilen, wahrscheinlicher, daß er sehr wohl von den Plänen des Putsches Kenntnis gehabt hatte. Im Stillen hoffte ich, daß er die gleiche Möglichkeit wie Bernardus Bura wahrnehmen und den Erzbischof aufsuchen würde. Jan Jong jedoch rührte sich nicht.

Inzwischen schrieben wir November 1965. Im ganzen Maumere-Gebiet schien nun endlich Ruhe eingekehrt zu sein. Nach einigem Zögern trat ich nun doch den schon mehrmals aufgeschobenen Heimaturlaub an. Zuerst reiste ich in die Nähe von Rom und nahm an einem Fortbildungskurs der Steyler Missionare teil. Danach fuhr ich nach Hause, zu meinen Eltern.

Es war im April 1966 in Nemi bei Rom. Da erhielt ich von Flores die erste Nachricht. Wie ein Blitzstrahl aus heiterem Himmel traf mich das, was ich las: 'Jan Jong im Gefängnis als Kommunist gestorben.' Warum war Jan Jong im Gefängnis, wieso gestorben?' Fragen über Fragen wurden in mir laut. Beunruhigt und ungeduldig, wie eine gespannte Feder, wartete ich auf weitere Mitteilungen. Aber in Maumere hütete man sich, Einzelheiten von Informationen loszuschicken. Langsam jedoch fügte sich eine Nachricht an die andere. Es formte sich Stück für Stück das Bild einer Schreckensgeschichte, das eines Dramas.

Jan Jong war, als ich Flores verlassen hatte, voller Hoffnung und Zuversicht, seinen verlorenen Einfluß wieder zurückzugewinnen. Hierzu bot sich das große Adat-Fest für eines seiner Kinder an. Alle waren anwesend: Die zahlreiche Verwandtschaft, die Gäste aus den Dörfern und aus Maumere. Bis in die Nacht hinein wurde gegessen, erzählt und getanzt. Als die meisten Gäste das Fest verlassen hatten und nur noch einige wenige besondere Vertraute und Freunde zugegen waren, sagte Jan Jong zu diesen: 'In zwei bis drei Wochen werden wir die Macht haben.' Und er verteilte Ämter, die noch gar nicht zu verteilen waren, und ließ ihr neues Amt gegenzeichnen. Der Termin des Umsturzes sollte Anfang Februar 1966 sein. Hierzu standen Handgranaten bereit. So wurde es später erzählt, was vielen sehr zweifelhaft und unwahrscheinlich erschien.

In anderen Orten auf Flores waren die kommunistischen Führer inzwischen abgeurteilt und hingerichtet worden. Nur in Maumere saßen die Kommunisten noch im Gefängnis. Das wunderte die Leute. Als der Richter Suma Tupang, ein Freund Jan Jongs, als Leiter des Aufräumungsteams alle Kommunisten laufen ließ, staunte man noch mehr. Das Militär schöpfte Verdacht und verhaftete Richter Suma Tupang. Bei ihm, so wurde berichtet, fanden sich die Pläne der Verschwörung und die Listen der daran Beteiligten. Jan Jong und viele Anhänger der PNI gehörten dazu.

Aus diesen Plänen, so wurde weiter berichtet, erfuhr man von der Absicht der Kommunisten, die drei Generäle in Ledalero zu ermorden und diesen Mord den Katholiken zur Last zu legen. Es war vorgesehen, den kleinen Hafen von Maumere selber als Basis für den Guerillakampf der Kommunisten in Indonesien auszubauen. Es hieß, daß Dokumente gefunden worden seien, nach denen Priester, Brüder und Schwestern als auch die Seminaristen ermordet werden sollten. Ebenso fanden sich Hinweise auf meine bereits seit langem geplante Ermordung. Die Militärs jedenfalls reagierten mit Zorn und Empörung."

"Von diesen Listen und Plänen spricht man heute noch," Pater Bollen, warf ich ein. "Alle, die einmal davon betroffen sein sollten oder davon hörten, sind immer noch entsetzt und empört." "Ja, ich weiß. Später allerdings kamen mir über die Existenz solcher Listen Zweifel. Ich kenne keinen, der eine solche Liste gesehen hat, und auch ich habe keine gesehen.

Im März 1966 jedenfalls setzte erneut eine erbarmungslose und gnadenlose Kommunistenverfolgung ein. Hierbei sollten viele Sikkanesen eine äußerst unrühmliche Rolle spielen. Die ihnen nicht Genehmen führten sie als angebliche Kommunisten oder PNI-Leute den Militärs zu. Und kaum einer der von ihnen Denunzierten hat überlebt. Die Erinnerung und die Betroffenheit daran leben fort und gruben sich tief in die Herzen der Menschen ein. Es waren Hunderte von Menschen, die als angebliche Kommunisten, als Angehörige der PNI verhaftet und hingerichtet wurden. Jan Jong, der ewige Kämpfer, fand den Tod im Gefängnis, erschlagen von einem ehemaligen Freund mit einem harten Stück Holz. Er wurde zu dieser Tat aufgehetzt und angestachelt, weil er doch ihm, Jan Jong, sein jetziges Elend zu verdanken habe. Irgendwo, am Ufer des Trockenflusses, in der Nähe des Gefängnisses, befindet sich das Grab von Jan Jong. Wo genau es liegt, ist ein Geheimnis bis auf den heutigen Tag.

Unter den Opfern waren die Unüberlegten, die Verführten, die, die sich erpressen ließen, denen man Gewalt antat und die vielen, die gar nicht wußten, auf was sie sich einließen. Und es waren diejenigen, die sich als Opfer der Begleichung von vermeintlichen oder tatsächlichen alten Rechnungen darboten. 'Wie überhaupt, frage ich mich, 'läßt sich die Hinrichtung dieser Menschen rechtfertigen?'"

"Schwester Linelde vom Krankenhaus in Lela erzählte mir,

daß die Militärs den Bürgermeistern in den Dörfern Listen vorgelegt hätten. Die Bürgermeister wurden gebeten, die Namen der Kommunisten anzukreuzen. In der Nähe von Lela gab es ein Dorf, in dem der Bürgermeister alle Namen ankreuzte. Alle Männer des Dorfes fanden den Tod. In einem anderen Dorf sagte der Bürgermeister: 'Nein, die Leute kenne ich doch alle. Unter ihnen ist kein einziger ein Kommunist.' Und das Militär zog wieder ab. Nach Gutdünken, nicht selten nach persönlichen Vorteilen und Interessen, so sieht es aus, wurde über Leben und Tod entschieden."

"So viele schlimme Dinge sind in dieser Zeit geschehen," sagte Pater Bollen nachdenklich und bedauernd. "Auf Flores fanden ca. 800 Menschen den Tod. Im Watublapi- und Hewokloang-Gebiet, dem Zentrum der von Jan Jong geleiteten Unruhen und politischen Bewegung, waren es 17 Menschen, die sterben mußten. Und das waren 17 Menschen zu viel. Zum Vergleich zu anderen Dörfern aber eine erstaunlich geringe Zahl, wenn ich an das Dekanat Kewapante denke. Hier allein wurden 200 Menschen hingerichtet. Die bereits geschilderte Aktion der jungen Leute von Watublapi bezüglich der Mitgliedskarte und Zugehörigkeit zur Kath.Partei, rettete Hunderten von Menschen das Leben; denn wie konnte ein Mitglied der Kath.Partei zugleich ein Kommunist sein?

Nie sollte ich es mir verzeihen, daß ich während dieser Zeit nicht auf Flores weilte, weil ich meinen Heimaturlaub angetreten hatte. Eine große Verzweiflung packte mich: Nichts für die Hingerichteten getan zu haben! Nicht dagewesen zu sein! Viele von ihnen habe ich persönlich gekannt und für wie viele hätte ich sprechen können? Doch ich war in Rom. Alles war bereits geschehen.

Jan Jong - die Gedanken an ihn ließen mich nicht los - war tot. Ich erinnerte mich seiner als einen Freund, als einen lebhaften und interessanten Gesprächspartner, und an einen Jan Jong, der mich mit seinen Feindseligkeiten überhäufte, der mir nach dem Leben trachtete, der nicht mit sich spaßen ließ und der gar nicht zimperlich war in der Anwendung seiner Mittel, um sein Ziel zu erreichen.

Es war Abend. Ich saß in meinem Zimmer in Nemi. Noch

einmal blickte ich zurück auf die Jahre mit Jan Jong. Ich sah ihn vor mir und es kamen die guten Erinnerungen. Es formte sich in mir sein Bild, weich und licht, alles Unebene glättend.

Und wieder fragte ich mich, wie schon so oft in den vergangenen Jahren: 'Wer war Jan Jong? Ein Rebell? Ein Revolutionär? Er war es, der den Kampf gegen das einflußreiche und mächtige Fürstengeschlecht der Rajas von Sikka aufnahm und sie aus Sikka vertrieb, der gegen Ungerechtigkeit, Ausbeutung und Ungleichheit kämpfte. War er nicht ein Träumer, dieser Jan Jong, sogar ein Weltverbesserer? Und wie erst verstand er, das Spiel mit der Macht zu spielen! Wie groß war seine Gabe, mitreißende und begeisterungsfähige Reden zu halten! An das Aufblitzen seiner Augen, wenn mich Jan Jong mit einem gelungenen Schachzug matt setzte, erinnerte ich mich. Wie trefflich ließen sich mit ihm in der guten Zeit Pläne für eine hoffnungsvolle Zukunft schmieden. Ich erinnere mich an ihn, an seine Liebe und Zärtlichkeit für seine Kinder. Doch Jan Jong war tot. Er ruht im Schoße seiner Ahnen. Ein tiefer Schmerz umfing mich, und meine Gebete für Jan Jong stiegen empor zu Gott."

BLÜTEZEIT

Es war heiß im Haus in der Straße 'Jalan Ridwan' in Jakarta. In allen Räumen staute sich die Hitze des Tages. Im ebenerdigen Raum saßen wir am Eßtisch, der sich nicht so groß und rund, so einladend wie der in Watublapi, seinen Gästen darbot. Dieser Tisch mit der üblichen rechteckigen Form stand vor der Fensterwand, die in den kleinen nackten, von Mauern umschlossenen Innenhof mit seinem Brunnen führte. Es fehlten hier die hohen Palmen vor und hinter dem Haus, die, wenn der leise Wind mit ihren Blättern spielte, des abends im gleißenden Mondlicht silbern aufleuchteten.

Wir befanden uns in Jakarta, und wenn wir unseren Blick hoben, sahen wir keine Palmen vor uns und kein leiser Windhauch kühlte unsere Stirn. Und Pater Bollen erzählte:

"Als ich im September 1966, ein Jahr nach dem kommunistischen Putschversuch, von Deutschland aus wieder nach Flores reiste, habe ich die Reise voller Sorge und Unruhe angetreten. Aus den mir spärlich zugegangenen Nachrichten hatte ich in etwa ein Bild von den schrecklichen Geschehnissen, die sich während meiner Abwesenheit zugetragen hatten. Nun stellte ich mir die bange Frage: 'Was würde mich erwarten?' Was mir nun als erstes auf Flores auffiel, war das Fehlen rührigen Lebens. Alles war zu ruhig. Auch in den Straßen von Maumere vermißte ich das pulsierende Leben. Ich vermißte auf dem Weg nach Watublapi die laute Fröhlichkeit und Unbedarftheit der Kinder, die freundliche Neugier der Erwachsenen, die zwar leise grüßten, gleichwohl ihr Gruß zurückhaltend und scheu war.

Die Menschen schienen mir abwehrender, distanzierter zu sein. Der vertrauensvolle Blick in die Zukunft fehlte, und es war Schweigen um mich, ein Schweigen, das schmerzte. Dieses Schweigen, in das sich der Mensch hüllen kann und das jedes Eindringen von vornherein abwehrt, ist Ihnen sicher auch bekannt. Hilflos steht man dieser Wand des Schweigens gegenüber und man scheut sich, Gedanken in Worte zu fassen, die doch nur erfassen, verstehen, glätten und klären sollen, einen Zugang finden möchten. Jedoch der Mensch verschließt sich für das Gegenüber auf unerklärliche Weise und schweigt. So greift das Schweigen, ohne es zu wollen, auf einen selbst über. Aber wie nah ist diesem Schweigen das Laute? Mit welcher Heftigkeit kann die Tür geöffnet werden, um aus einer stillen Ohnmacht heraus in selbstvernichtender Zerstörung Vergeltung zu üben.

Mißtrauen und Unzufriedenheit in der Bevölkerung waren überall zu verspüren. Mitglied in irgendeiner Partei oder Organisation zu werden, davon wollten die Leute nichts mehr wissen. Davor hatten sie geradezu panische Angst. Zu schmerzhaft waren ihre Erfahrungen. Das gleiche Mißtrauen, das man vielerorts untereinander zeigte, hatte die Bevölkerung gegenüber der Distriktregierung in Maumere, die durch die Ereignisse während der vergangenen Monate in Mißkredit gekommen und schon vorher heftiger Kritik ausgesetzt gewesen war.

Alsdann wurde ich, es war das Jahr 1967, vom Erzbischof von Ende zum 'Delsos', zum Sozialdelegierten für das Maumere-

Gebiet (Sikkadistrikt) ernannt. U.a. oblag mir die Ausführung des von anderen ausgearbeiteten, vorgegebenen und finanzierten 'Flores-Timor-Plans' mit seinen etwa 500 Kleinprojekten. Dieser Plan aber war gut konzipiert und hat viel zur späteren Entwicklung von Flores und Timor beigetragen. Es ging hier vor allem um die Verbesserung der Landwirtschaft, der Gesundheitsfürsorge, der Trinkwasserversorgung, der Heranbildung lokaler Führungskräfte und den Bau von Schulen. Es galt für mich, wieder neu zu lernen. Dabei machte mir die administrative Arbeit am meisten zu schaffen. Viel Lehrgeld mußte ich zahlen. Indessen dachte ich vorrangig darüber nach, wie ich unter all diesen Umständen und Bedingungen überhaupt dieser Aufgabe nachkommen konnte. Immer klarer wurde mir, daß aufgrund der vielen Unzulänglichkeiten der aus Katholiken zusammengesetzten Distriktregierung in Maumere auf der einen und des Mißtrauens sowie der Mutlosigkeit der Bevölkerung auf der anderen Seite, keine Basis für eine zukunftsorientierte Politik mit einhergehender sozialökonomischer Aufbauarbeit vorhanden war. Es mußte also etwas geschehen.

In der darauffolgenden Zeit wurde Watublapi Ausgangs- und Orientierungspunkt eines hart ausgetragenen Konfliktes. Und ehe ich mich versah, stand ich inmitten dieses zähen Kampfes, im Auf und Ab der sich um mich herum überschlagenden Wogen, die mich manchmal zu verschlingen drohten. Es war eine schwierige Zeit, eine Zeit voller Rückschläge, aber auch mit Erfolgen. Noch heute schaudere ich vor meinen Erinnerungen zurück. Wenn ich geahnt hätte, wie schwierig alles werden würde, wer weiß, ob ich dann den Mut aufgebracht hätte, mich mit den zahlreichen Problemen auseinanderzusetzen, um eine gemeinsame Lösung zu finden. Zum Schluß führten die bis in die Nächte hineingehenden allgemeinen Beratungen doch zu einem Konsens. Es wurde eine Regierungsumbildung erreicht. Laurenz Sai stellte sich als Bupati zur Wahl und er wurde von der Bevölkerung gewählt. Nach den Schrecken der Vergangenheit gelang es ihm im Laufe der Zeit, durch viel Geduld und Einfühlungsvermögen mit den unterschiedlichen Volksgruppen einen Ausgleich zu erreichen.

Als nun nach dem Tag der feierlichen Einsetzung des neuen

Bupati durch den Gouverneur aus Kupang/Timor, der Gouverneur, der neue Bupati Laurenz Sai und viele andere unserem kleinen Dorf Watublapi einen Besuch abstatteten, und die Menschen aus Watublapi und rings aus den Dörfern den Gästen einen herzlichen Empfang bereiteten, war dies ein äußeres Zeichen der hoffnungsvollen Erwartung auf eine bessere und friedliche Zukunft. Laurenz Sai enttäuschte nicht. Er hielt, was er versprach, und konnte das, was vom ihm erwartet wurde, verwirklichen. Er verwaltete sein Amt korrekt und war sich seiner führenden Rolle für die soziale und wirtschaftliche Verbesserung der Lage bewußt. Er machte ihnen Mut für einen neuen Anfang."

Als ich die Bezeichnung 'Bupati' hörte, mußte ich an die auf allen Inseln übernommene Administration Javas denken. Der Bupati war einst ein in Java mächtiger und gefürchteter, ein in hohem Maße achtungsgebietender Mann. Kein normaler Mensch wagte, ihm aufrecht gehend gegenüberzutreten. Auf den Knien rutschend näherte sich der Besucher gebeugten Rückens und in untertäniger Weise konnte er ihm sein Anliegen vorbringen. Aber das gehört schon lange der Vergangenheit an. Gleichwohl, der Bupati ist auch heute noch ein mächtiger und einflußreicher Mann.

Die Durchsetzung der javanischen Verwaltung, die eine Fortsetzung der niederländischen war, trug wesentlich dazu bei, daß bei den sogenannten Altvölkern, wie z.B. auf den östlich gelegenen Inseln, seit altersher gewachsene Dorfstrukturen ausgehöhlt wurden. Das Dorf als politische und autonome Einheit verlor u.a. seine Unabhängigkeit im Hinblick auf seine eigenständige Gerichtsbarkeit und Einschränkungen in der Bodennutzung. So weitreichende Entscheidungen, wie über Krieg oder Frieden zu bestimmen, durfte es ebenfalls nicht mehr treffen.

Auf anderen Inseln, wie bei den seit ewigen Zeiten auf ihre Unabhängigkeit bedachten streng moslemischen Aceh auf Nordsumatra, gehörte dies zu den Gründen, Separationsbestrebungen mit Hilfe von Aufständen herbeizuführen.

"Laurenz Sai haben Sie ja beim Abschiedsfest in Watublapi kennengelernt", setzte Pater Bollen das Gespräch fort. 'Ja, er sah niedergeschlagen aus und war sehr still,' meinte ich. "Er war ein tüchtiger und guter, von der Bevölkerung geachteter

Bupati und er ist ein gebildeter, durchgeistigter und sozial engagierter Mann. Für die Unabhängigkeit Indonesiens kämpfte er in der Laskar, einer Vereinigung der Widerstandsgruppen gegen die holländische Kolonialmacht. Ursprünglich hat er Landwirtschaft studiert. Sein Weg als Landwirt führte ihn von Flores nach Java, Sulawesi und den Philippinen und nach 21 Jahren Abwesenheit wieder nach Flores, wo er im Auftrag der Mission in Ende eine Bauernkooperative, einen Zusammenschluß von gemeinsamen Interessen der Kleinbauern, aufbaute, um ihre Handelsgewächse, wie Nelken, Kaffee, Vanille, Kokosnuß usw. leichter verkaufen zu können.

Er war ein mutiger Mann. 1966 war er als Volksvertreter für das Maumere-Gebiet nach Jakarta entsandt worden. Als dort der kommunistische Aufstand auf Flores, die vielen Verhaftungen und die Zahl der Toten bekannt wurden, schlossen sich ihm spontan viele Studenten aus Flores, die in Jakarta studierten, an und sie reisten gemeinsam nach Flores. Sie alle protestierten vor dem Regierungssitz in Maumere und bei den Militärs, was in dieser, noch immer unruhigen Zeit, nicht ungefährlich war. Das Militär sah in ihnen zwar nur linke Studenten. Aber aufgrund ihres lauten und anhaltenden Protestes entließ das Militär viele Inhaftierte aus dem Gefängnis. Jetzt wird es grotesk: die Befreier ihrerseits - Laurenz Sai und die Studenten - wurden nun verhaftet und kamen für einige Stunden ins Gefängnis. Verwirrung und Unsicherheit herrschten allenthalben. Laurenz Sai hat nun für viele Menschen sprechen können. Und eine große Zahl der Inhaftierten konnte er aus den Klauen der Militärs befreien.

Diese Zeit war nun vorbei. Die Menschen in den Dörfern und in Maumere schöpften jetzt, 1968, wieder Mut und Vertrauen in die neue Regierung. Sie sahen, daß etwas geschah. Sie wünschten, an diesem Aufbau mehr und mehr teilzunehmen, und halfen dabei.

In Maumere und in anderen Orten auf Flores sind die Chinesen ein belebendes Element und schon seit einigen Generationen ansässig. Häufig wegen ihrer kleinen Geschäfte oder größeren Firmen beneidet, jedoch als korrekte, mit guten Kontakten ausgestattete Kaufleute geschätzt, dominieren sie Handel und Wandel. Wie überall, gelten sie als fleißig und zuverlässig. Ihr

Familienzusammenhalt ist sprichwörtlich.

Ohne einen blühenden Handel ist eine wirtschaftliche Erschließung nicht möglich. Durch alle Ereignisse, gerade der jüngsten Zeit in Indonesien, der tausendfachen Verfolgung und Ermordung ausgesetzt, suchten die Chinesen Sicherheit. Diese dachten sie zu finden, indem sie ihr Geld ins Ausland deponierten oder in Gold anlegten. In vielen Gesprächen konnte ich die Chinesen in Maumere überzeugen, daß es vorteilhafter und besser sei, ihr Geld in Maumere zu investieren. Sie investierten. Und nun begann in der Stadt eine rege Bautätigkeit, wie sie in diesem Ausmaß noch nicht dagewesen war. Geschäfte wurden vergrößert, der Warenbestand erweitert, neue Läden gebaut, Lagerhallen errichtet, Straßenzüge entstanden und ein blühender Handel entwickelte sich, der sich bis zu den entfernt liegenden Dörfern auswirkte. Hier sollten jedoch europäisches Denken, europäische Maßstäbe und Vorstellungen außer acht gelassen werden."

Es grenzte mehr oder weniger an ein Wunder, diese Einsicht bei den chinesischen Händlern und Geschäftsleuten - ihr Geld da anzulegen, wo sie leben - erreicht zu haben, wenn man die Geschichte der Chinesen in Indonesien, reich an Erfolgen und Niedergängen, nachvollzieht:

Neben den vielen großen und alten Völkern leben ca. vier Millionen Chinesen in Indonesien. Sie machen ungefähr drei Prozent der Gesamtbevölkerung aus, die trotz ihres geringen Anteils an der Bevölkerungszahl, wie auch in anderen südostasiatischen Ländern, einen großen Einfluß auf wirtschaftlichem Gebiet, wie Handel, Handwerk und Geldwesen ausüben. Schon sehr früh kamen sie als Händler nach Indonesien. Der Überseehandel lag schon seit den Anfängen der Kolonialzeit hauptsächlich in ihren Händen. Verstärkt kamen sie seit dem 19. Jahrhundert als billige Arbeiter und arbeiteten für Hungerlöhne auf den riesigen Plantagen der Holländer oder in den Bergwerken. Land zu besitzen, wurde ihnen lange untersagt, so ließen sich die meisten von ihnen später in den Städten nieder. Durch ihre heutige wirtschaftliche Besserstellung, die sich im ländlichen Bereich schwächer zeigt, ihren Erfolg in Handel und Gewerbe, dem Bewahren ihrer alten Traditionen und ihr starkes

Zusammengehörigkeitsgefühl, werden sie von vielen Indonesiern mit Abneigung und Mißgunst betrachtet.

1960 mußten unter Sukarno nach der Verfügung B/ Nr. 101959 alle ausländischen (chinesischen) Händler, Verteiler und Mittelsleute in den ländlichen Gebieten Indonesien verlassen. Viele von ihnen kamen ins Konzentrationslager. Ca. 120.000 chinesische Staatsbürger wurden in die Volksrepublik China abgeschoben. In den Pogromen nach dem kommunistischen Putschversuch 1965 kamen Tausende von ihnen ums Leben. Das schwierige und zwiespältige Verhältnis zwischen den einheimischen Indonesiern und den Chinesen, zeigte sich wieder Ende 1980 in blutigen Auseinandersetzungen. Die meisten von ihnen bekennen sich zum Buddhismus, und manch einer ist nur auf dem Papier ein Christ, aus Angst, als 'ungläubiger Chinese' für einen Kommunisten gehalten zu werden.

"Wenn ich so zurückdenke," erzählte Pater Bollen, "war diese Zeit mit meinem Freund Laurenz Sai eine wunderbare Zeit. Wir verstanden uns ohne viel Worte. Es war wohl die beste Zeit in meinen Jahren auf Flores. Es ist nicht zu viel gesagt, wenn man sie 'Blütezeit' nennt, diese Jahre von 1967 bis 1977."

Das waren fast die gleichen Worte, die ich von 'Pa Lorenz', wie die Bevölkerung Laurenz Sai liebevoll nennt, hörte. Auch er sagte zu mir, als ich ihn in seinem von Blumen und Sträuchern umgebenen Haus in Maumere besuchte, und wir gemütlich bei einer Tasse Kaffee beisammen saßen: "Diese Zeit, die Jahre von 1967 bis 1977, war die fruchtbarste und beste Zeit meines Lebens, die Zeit mit meinem Freund Pater Bollen, er als Delsos und ich als Bupati."

"In diese Zeit fiel wohl die herausragendste Maßnahme der anderen ungezählten Hilfen zur Verbesserung der Lebenssituation der Menschen. Es war das große Landwirtschaftsprogramm. Die 'Lamtorisierung', der Terrassenbau mit der Lamtoro-Pflanze, begann. Die von mir 1974 initiierte 'Soziale Stiftung für das Maumere-Gebiet', YASPEM, unter der verantwortlichen Leitung einheimischer Fachkräfte, wurde bis heute Träger für eine ganze Reihe von Hilfsmaßnahmen."

"Und nun, Pater Bollen, muß ich daran denken, daß mir gesagt wurde, manch einer hätte sich gefragt, 'wer ist eigentlich der Bupati?' "Ja, ich weiß, daß einige Leute so gesprochen haben. Es war einfach eine ideale Zusammenarbeit mit Laurenz Sai. Wir ergänzten uns. Von ihm habe ich viel gelernt und sehr viel verdanke ich ihm. Vielleicht läßt sich sagen, daß diese Epoche, so möchte ich einmal diese Zeit nennen, der eigentliche Beginn darstellte, um aus den zahlreichen kleinen und großen Miseren herauszukommen. Es begann eine Aufbauarbeit, wie sie das volkreiche Gebiet auf Flores, das Maumere- bzw. Sikka-Gebiet, noch nicht erlebt hatte und Vorreiter für ganz Flores wurde."

"Es folgte also nach den schrecklichen Ereignissen des kommunistischen Putschversuches kurze Zeit später eine Phase des Aufbaus, eine 'Blütezeit'. Und Jan Jong, an ihn muß ich nun denken, der die Menschen einmal so sehr begeistern konnte, der so viel bewegt hat und einen wesentlichen Anteil an den Geschehnissen Mitte der sechziger Jahre auf Flores hatte, war er weiterhin in der Erinnerung der Menschen gegenwärtig?" Leise und nachdenklich antwortete er: "Schade war es um ihn, sehr schade. Daß er diesen Weg beschritten hat, habe ich immer tief bedauert. Wie oft beschäftigten sich meine Gedanken mit ihm. Auch später haben mich die Erinnerungen an ihn, sein Schicksal, und die damaligen Ereignisse krank gemacht.

Wie das im Leben so ist. Die Menschen waren später völlig mit ihren eigenen Sorgen beschäftigt, und es wurde nicht mehr viel von ihm gesprochen. Ob er nun in der Erinnerung der Menschen noch lebt, wer weiß es? Seine Frau lebt sehr zurückgezogen. Viele Familienangehörige, davon zwei Kinder, sind an Tuberkulose erkrankt und gestorben. Ein Sohn von ihm wurde durch unser TBC-Bekämpfungsprogramm geheilt. Ganz allmählich, über Jahre hin, hat sich das Verhältnis der Familie zu mir entkrampft."

LAMTORO

"...damit ich zu essen habe mehrere Speicher voll"

Als die 'goldene Zeit Indonesiens' wird die Zeit des Reiches 'Majapahit' auf Java von indonesischen Historikern bezeichnet, das von Anfang des 13. Jahrhunderts bis 1525 Bestand hatte. Unter seinem Premierminister Gajah Mada, einem Bauernsohn mit außergewöhnlichen Fähigkeiten, breitete sich das hinduistische Reich bis an die Grenzen des heutigen Indonesiens aus. Es war ein einflußreiches Kultur- und Machtzentrum. Dann jedoch zerfiel das Reich, ausgelöst durch Revolten, Aufstände und Bürgerkrieg. Das stetige Vordringen des Islam begünstigte seinen Zerfall.

So konnte es geschehen, daß moslemische Fürsten von Sulawesi, von Goa und Ternate aus, im 15. und 16. Jahrhundert Flores unter sich aufteilten und die Insel in ihren Einflußbereich gelangte. Die von ihnen gegründeten kleinen Handelshäfen reihten sie ein in ihr großes Handelsnetz.

Nun fand mehr ein Austausch von Waren, ein Handel mit Gütern als ein Beherrschen statt. Sie tauschten Gold, Elfenbein, Stoffe, Porzellan, Kupfergeräte und den Parang vorwiegend gegen Asam (Tamarinde), Kemiri und Gamut (Faser der Arenga saccarivera-Palme) mit den Dorfbewohnern in den Bergen. Gold und Elfenbein waren einst als wertvolle und geschätzte Brautpreise begehrt. Heute jedoch werden sie mehr und mehr durch Geld abgelöst. Der Parang gilt nach wie vor als unersetzlich, ist er doch Werkzeug und Waffe zugleich.

Die Dörfer erfuhren von den sulawesischen Fürsten keinerlei Einmischung. Wie seit altersher blieben die Dorfstrukturen bestehen und unangetastet. Die Überfälle hingegen und die ständige Angst der kleinen, an der Küste gelegenen Dörfer vor den buginesischen und makassarischen Piraten und Sklavenhändlern, ließen deren Bewohner immer mehr in den Schutz der Berge umsiedeln, um von den an der Küste entlang fahrenden Segelschiffen, den Perahu, nicht entdeckt zu werden. Die Dörfer waren mit Hecken aus stachligem Bambus oder Palisaden geschützt, vorrangig zum Schutz vor Dämonen und unheilbringenden Geistern und dann erst vor ihren menschlichen Feinden; denn beiden sollte der Zugang zum Dorf verwehrt werden.

Krieg mit den Nachbardörfern - die Ursache war oft in Landstreitigkeiten zu suchen - bedeutete zwar nur einige wenige Tote, aber dafür waren die meist kurzen Kämpfe hart und grausam. Nicht selten wurde der Feind versklavt und diente seinem Herrn als rechtlose und billige Arbeitskraft. In einigen Dörfern auf Flores finden sich noch Nachkommen ehemaliger Sklaven, die, ohne Ansehen und in erschreckender Armut, als Menschen zweiter Klasse leben.

Seit Jahrhunderten waren die kostbaren Gewürze, wie Zimt, Nelken, Pfeffer, Muskat in Europa begehrt. Sie waren kostbarer und wertvoller als Gold. Aber auch seit Jahrhunderten lag der Handel mit diesen Kostbarkeiten ausschließlich in den Händen nichteuropäischer Seefahrer und Kaufleute, den Arabern, Chinesen, Indern und den Buginesen.

Als erste Europäer versuchten die Portugiesen in Indonesien Fuß zu fassen, um das Monopol des Gewürzhandels zu brechen. Bis 1610 konnten sie sich fast ein Jahrhundert lang in Indonesien behaupten. Und bis 1641 konnten sie ihren Einfluß auf Malakka, der von ihnen 1511 eroberten bedeutendsten Hafenstadt Asiens, aufrechterhalten. Sehr wahrscheinlich schon vor 1550 erreichten die Portugiesen die östlichen Inseln Indonesiens, die Molukken, Timor und Flores. 'Cabo des Flores' nannten die Portugiesen die lang hingestreckte bergige Insel, die seitdem den Namen Flores trägt. Neben dem Gewürzhandel beteiligten sie sich am Handel mit dem wertvollen Sandelholz aus Timor.

Auf der Fahrt nach Timor suchten sie in der kleinen Bucht von Larantuka in Ostflores vor dem Nordwestmonsum Zuflucht und unterstellten Mittel- und Ostflores ihrem Herrschaftsbereich. Ihr Einfluß blieb mehr ein religiöser und kultureller als ein politischer. Die Herrscherfamilie von Sikka ließ sich schon früh taufen. Der erste Fürst von Sikka, von portugiesischen Priestern in Malakka erzogen, kehrte 1607 nach Flores zurück und trat seine Herrschaft an.

Was die Portugiesen aber beeinflußten und zurückließen, waren die Kenntnis und die Einführung von neuen Nutzpflanzen, z.B. Kartoffeln, Mais, Erdnüssen, Cassava, Ananas, Kascha-Nuß, Zuckermelonen, die die Ernährung der Bevölkerung auf eine breitere Grundlage stellten. Der Anbau dieser Nutzpflanzen wurde von den Portugiesen, im Gegensatz zu dem später von den holländischen Kolonialherren erzwungenen Anbau von Kokospalmen, nicht diktiert. Die Dorfgemeinschaften blieben bis zum Ende der portugiesischen Herrschaft in ihren alten Strukturen bestehen und unangetastet. Mit dem Vertrag von 1859 in Lissabon zwischen den Portugiesen und Holländern übergaben diese ihren kolonialen Besitz, bis auf Ost-Timor, an die Niederlande mit der Zusicherung der weiteren Missionsarbeit auf Flores.

Nachdem einige Schiffe der früheren V.O.C. ('Vereinigte Ost-Indische Companie') als alleinige Vertreter der Niederlande bis zu ihrem Bankrott 1799, und auch moslemische Herrscher an Brandschatzungen, Überfällen sowie am Sklavenhandel, der 1839 offiziell von den Holländern verboten wurde, gegen portugiesische Niederlassungen beteiligt waren, hatten nun die holländischen Kolonialherren ihr Ziel, die Ausschaltung eines europäischen Konkurrenten im Gewürzhandel, erreicht. Die Portugiesen veräußerten nun Flores sowie die vorgelagerten kleinen Inseln Adonara, Alor, Solor, Pantar und Lomblen für 80.000 Gulden an die Holländer.

Waren die Portugiesen vorwiegend am Handel interessiert, veränderten die Holländer mit geringem personellen Aufwand, indem sie sich des bestimmenden Einflusses der Fürsten von Larantuka, Kangea und Sikka auf Flores bedienten und sie mit dem Titel 'Raja' aufwerteten, die bis dahin eigenständigen und maßgebenden Dorfstrukturen: Es mußten nunmehr eingreifende Veränderungen hingenommen werden.

Die Holländer schlossen Anfang dieses Jahrhunderts mit den Rajas Verträge, nach denen diese darauf verzichteten, eigene Kriege zu führen. Die Entscheidung über Krieg und Frieden, der Abschluß von Bündnissen, lag seit alten Zeiten in den Händen des Dorfes, vertreten durch den Tanah-Puang, und des Siebener-Rates. Desweiteren erhielten einige Rajas, darunter der Raja von Sikka, nachdem sie auf eine eigene Steuererhebung verzichteten, von den Holländern ein monatliches Gehalt. Einhergehend mit der Entmachtung der Rajas und der Tanah-Puang mußte nun jeder erwachsene Mann eine jährliche Kopfsteuer entrichten. Andere Steuern kamen noch hinzu. Das führte zu schweren Aufständen der Bevölkerung, die von den Holländern blutig niedergeschlagen wurden. Um die Steuer in Geldform überhaupt aufbringen zu können - kannten die Dörfer doch bis dahin nur den Tauschhandel - verordneten die Holländer per Gesetz, daß jeder Bauer für den Export 50 Kokospalmen anzupflanzen habe. Dies führte nicht zuletzt dazu, daß sich das bisher von den Bauern genutzte Land für den eigenen Bedarf verringerte.

Durch den sog. 'Herendienst' oder 'Gemeentedienst' mußten alle Männer zwischen 16 und 60 Jahren eine bestimmte Anzahl von Tagen unentgeldliche Arbeit verrichten. Hierdurch entstand auch der 'Floresweg', der, 1926 fertiggestellt, sich über die ganze Länge der Insel schlängelt. Dörfer, weitab in den hohen Bergen, wurden zwangsumgesiedelt. Sie mußten sich am Rande des Floresweges oder anderen Straßen neu ansiedeln. Dies führte zu einem größeren Bevölkerungswachstum mit einhergehender Nahrungsknappheit. Außerdem wurde durch den Zwangsanbau von Kokospalmen, die Aufforstung von Waldgebieten, die bis dahin landwirtschaftlich genutzte Bodenfläche verringert.

In den dreißiger Jahren dieses Jahrhunderts übertrugen die Holländer dem Raja Thomas de Silva die gesamte Verwaltung des Maumere-Gebietes. Durch den Zusammenschluß von mehreren Dörfern verlor das Dorf seine bis dahin noch verbliebene autonome und politische Einheit. Das bedeutete eine Aushöhlung der Stellung des Tanah-Puangs, - 'des Herrn des Bodens' - , der Bürgermeister und Landverteiler, nicht der Landbesitzer. Ihm oblag es, als 'dem Herrn des Bodens', an die Familien des Dorfes das Land zu verteilen. Er, der durch den Verlust vieler seiner ehemaligen Funktionen weitestgehend entmachtet worden ist, muß heute zusehen, daß persönlicher Besitz und Eigentum von Land in zunehmendem Maß angestrebt werden. Die alten Formen der Landverteilung sind im Begriff, sich zugunsten eines permanenten Landbesitzes aufzulösen. Ja, er selber gehört heute zu denen, die den Besitz von immer mehr Land anstreben.

Mit dem Erscheinen der Missionare machten diese dem Tanah-Puang seine priesterliche Funktion in der Ausübung des Kultes und der Rituale streitig im Bestreben, die Botschaft Jesu Christi mit einer einhergehenden Missionierung zu verkünden.

Die Missionare kamen als Botschafter ihres Glaubens, ihrer Religion. Sie wurden aber auch Sprachforscher, Religionsethnologen und Völkerkundler. Sie wurden Landwirtschaftsexperten und Lehrer. Sie wurden zum Sprecher der Armen und Helfer in der Not, der eine mehr, der andere weniger. Wenn jedoch der einzelne, mit Krankheiten und Hungersnöten konfrontiert, sich vorrangig den Armen und Bedürftigen zuwendet, hat dies etwas Rebellenhaftes an sich, den Geruch des Andersseins. Schnell sind die Kritiker zur Stelle, weil er sich in berufsfremde Gefilde wagt. Er macht Fehler, lernt nie aus und findet oft keine Zustimmung, was ihn aber nicht hindert, auf dem einmal als richtig erkannten Weg weiterzugehen.

Die Insel Flores mit einer stetig wachsenden Bevölkerung - im Augenblick sind es ca. 640.000 Menschen - wird durch die kleinen Kampungs (Dörfer) in den Bergen, Tälern und Küstenbereichen geprägt. Nach Industrien schaut man vergebens aus. Das Handwerk ist nur schwach entwickelt. Die Förderer von handwerklichen Fertigkeiten sind neben der Regierung vorwiegend die Missionare. Der Handel liegt, wie schon ausgeführt, überwiegend in den Händen von chinesischen Kaufleuten, die sich sehr still und ruhig der Mentalität der Florenesen anpassen. Vom Tourismus ist die Insel fast noch unberührt. Es sind meist einzelne Reisende, oder manchmal kleine Gruppen, die die Urwüchsigkeit der tropischen Landschaft, das einfache Leben der Inselbewohner bestaunen. Es ist ein abenteuerliches Reisen auf abgelegenen Pfaden, an unberührte, traumhafte Buchten und Küstenstreifen, und vielleicht zu dem einen oder anderen Missionar, den man als guten Freund, als Familienmitglied bei seiner Arbeit erleben kann.

Die Menschen leben in ihren einfachen Bambushütten, die flacherdig auf Steinen oder auf Bambusstelzen errichtet sind. Die Wände bestehen aus Matten, die oft ein sehr schön gemustertes Geflecht aufweisen. Die Trennwände in der Hütte sind ebenso aus Bambusmatten, desgleichen die Bettgestelle. Die Frauen kochen auf einer offenen Feuerstelle in einem großen Schalentopf ein einfaches Gericht aus Mais oder Reis mit

Grüngemüse. Es kann aber auch ein Knollengewächs sein. Ein Schwein oder Huhn wird nur zu einem festlichen Anlaß zubereitet. Hundefleisch wird ebenso gegessen. Einmal habe ich mit Erstaunen gesehen, daß in einem Pfahlhaus das kunstvoll aufgeschichtete Holzfeuer auf dem Boden der Bambushütte brannte und darüber stand der Kessel. Ein Rauchfang ist unbekannt. Wird in der Hütte gekocht, denkt man, das ganze Haus brennt. Entweicht doch aus allen Ritzen und Enden des Grasdaches der Rauch der offenen Feuerstelle. So ist es kein Wunder, wenn ab und zu die ganze Hütte mit aller bescheidenen Habe der Familie abbrennt. Dieser aufsteigende Rauch bewirkt aber, daß Ungeziefer und Mücken keine Lust verspüren, die Hütte zu bevölkern. Die Fensteröffnungen sind größtenteils mit Matten verdeckt. In der Hütte muß es doch stockdunkel sein, denkt man. Wie angenehm überrascht ist man dann, wenn man sie betritt und von gedämpftem, wohltuenden Licht und einer Temperatur, die im Vergleich zur Außentemperatur kühl und erfrischend anmutet, empfangen wird.

Die Wäsche wird in einem Bach, Fluß oder aber in einem kleinen Rinnsal sauber geklopft, vielleicht auch mit Seife gewaschen. Abfälle werden von den sich um die Hütten herumtummelnden Hunden und Schweinen gegessen.

Das Leben der Dorfbewohner spielt sich vorwiegend im Freien ab. Die Männer lieben ihre Hahnenkämpfe. Gerne wird miteinander über Alltägliches, über Heirat, über Töchter und Söhne geredet. Ausgiebige Diskussionen über die Ereignisse des Dorfes beleben die Gemüter. Und nur allzu gern wird der Palmschnaps bei den Männern herumgereicht. Durch zu häufigen Genuß des Schnapses entstehen zahlreiche soziale Konflikte: Streitigkeiten in der Familie, Arbeitslosigkeit der Männer - bietet doch das zu bewirtschaftende bißchen Land keine ausreichende Existenzmöglichkeit - Nöte und Ängste der Frauen und Kinder.

Der schattige Platz unter dem Pfahlhaus kann der Ort spielender Kinder, der kleinen schwarzen, leicht grunzenden Schweine oder vielleicht des vor sich hindösenden Hundes sein.

In den kleinen Städten auf Flores stehen die von üppigen Gärten umgebenen, sauberen, bescheidenen Steinhäuser. Sie werden bewohnt von den Beamten, den Lehrern und den Geschäftsleuten. Die Kirche mit ihrem Turm steht an der Straße. Das Pfarrhaus inmitten buschiger Bäume wurde gleich nebenan errichtet. Der Schulkomplex läßt sich nicht übersehen, denn aus allen Richtungen strömen die Kinder in ihrer Schultracht herbei. Das Gebäude der Distriktregierung wirkt hell und luftig, doch bescheidener als wir es in Deutschland gewohnt sind.

Ebenfalls in Maumere, gleich schräg gegenüber der Niederlassung der kleinen Fluggesellschaft Bouraq, befindet sich das Umweltschutzamt, die PPA. Das kleine idyllische Häuschen könnte man glattweg übersehen und unbeachtet an ihm vorbeifahren, wenn nicht davor ein riesengroßes Schild mit grüner Beschriftung 'PPA' angebracht wäre. An den Wänden des Häuschens hängen Drucke, die den außergewöhnlichen Artenreichtum der indonesischen Tier- und Pflanzenwelt dokumentieren. Faul und träge ruhen hinter dickem Maschendraht, reglos erstarrt, im Schatten eines überhängenden Baumes, die altertümlichen noch lebenden Reptile dieser Erde, die Warane. Die kleine bergige Insel Komodo, vor Flores gelegen, ist die Heimat dieser seltenen Tiere. Die Komodo-Warane können drei Meter groß werden. Der mehr als körperlange Schwanz besitzt eine große Schlagkraft und kann einen Menschen töten. Der freundliche Leiter des Umweltschutzamtes hat zwar wenig Geld für seine Arbeit, freut sich aber über jeden interessierten Besucher, der kommt.

Für viele Bewohner dieser kleinen Städte gelten die Menschen in den Dörfern als zurückgeblieben, die Arbeit auf den Feldern als minderwertig, wenngleich sie von dem Schweiß der 'Zurückgebliebenen' leben, ihren Reis, ihren Mais, und andere Früchte ihrer Felder essen.

Auf dem Land hingegen vollzog sich durch die erfolgreiche 'Lamtorisierung' ein Wandel. Bebaubares Land stand jetzt reichlicher zur Verfügung. Die Anbaumöglichkeit für Handelsgewächse, unter Nutzung der verbesserten Infrastruktur, brachte Bewegung in Handel und Gewerbe.

Die im malaysischen Archipel seit dem 16. Jahrhundert bekannte Strauchleguminose, 'Leucaena', ist vermutlich von Südamerika in der zweiten Hälfte des 16. Jahrhunderts durch Spanier auf den malaysischen Archipel gebracht worden. Vorwiegend in Zentral-Sikka (Mittelmaumere) wurde mit der 'Lamtoronisasi' (indones.) durch Pater Bollen begonnen. Sehr schnell erkannte man den hohen Nutzwert der Pflanze. Die bis zwei Meter tief greifenden Wurzeln reichern den Boden mittels Knöllchenbakterien mit Stickstoff an und schützen die Muttererde in der Regenzeit vor dem Wegschwemmen in die Täler und Küstenbereiche. Sie stellt keinen hohen Anspruch an die Bodenbeschaffenheit. Durch ihr Wurzelgeflecht findet sie noch da Wasser, wo es für andere Pflanzen nicht mehr erreichbar ist. Somit grünt ihr Blattwerk noch in den Zonen, in denen lange Trockenzeiten herrschen, so auf den östlichen Kleinen Sunda-Inseln, auf Flores. Die Lamtoro-Pflanze erfuhr jedoch in keinem Gebiet, auf keiner Insel Indonesiens, eine so große Beachtung wie hier auf Flores. Sie gilt nach wie vor als das 'Rezept' gegen Trockenheit und die Bodenerosion in vielen Teilen der Dritten Welt schlechthin. Ihr Anbau war für Flores von einschneidender Bedeutung.

Es war während der Fahrten. Es war an den bewegten Nachmittagen oder beschaulichen Abenden, wenn wir auf der Terrasse des Hauses in Watublapi saßen, es war hier und dort, daß wir erzählten, fragten und zuhörten. Und vielleicht war es gerade an diesem Tag, als die Luft vollgesaugt und schwer mit der Feuchtigkeit des Regens auf uns lastete und die riesigen Wolkenberge kamen, sie über uns hinwegzogen, um an den Gipfeln der Berge ihren Halt zu finden, und eine Atmosphäre der ruhigen Gelassenheit, der zum Träumen einladenden Zeitlosigkeit und Harmonie uns umfangen hielt. Sicherlich fanden sich wieder die Kinder ein, die heute nicht kicherten und laut lachten, die nun mit großen ernsten Augen vor uns hinter der niedrigen Mauerbrüstung lehnten, ihre Arme aufstützten, ruhig beobachteten und zuhörten, um plötzlich flink wegzulaufen, Platz machten für andere, die kamen.

Pater Bollen erzählte: "Es war ein langsamer Prozeß, die schädlichen Auswirkungen der seit altersher üblichen Feldbestellung, der Wanderfeldwirtschaft mit ihrer Brandrodung, den Menschen in den Dörfern klarzumachen. Scheinbar Altbewährtes, von Generation zu Generation überliefert, aufzugeben oder zu verändern, bedeutet immer eine kleine Revolution. Und hier auf

Flores, wo die Menschen so verharrend, so abgeschlossen in den weit verstreut liegenden Dörfern leben, versteckt hinter den Bergen, vielerorts noch mit den seit altersher gebräuchlichen Riten und heiligen Handlungen leben, die den Anfang der Feldbestellung bis zur Ernte begleiten, war es gar nicht so einfach, sie für die 'Lamtorisierung' zu gewinnen.

Und wenn man bedenkt, mit welchen Vorstellungen sie die Fruchtbarkeit der Erde erklären, weiß man, wie schwer es für die Menschen ist, Veränderungen gutzuheißen. Denn der Himmel ist es, der sich nachts auf die Erde legt, und in der Vereinigung von Himmel und Erde spendet die Erde den Menschen ihre Fruchtbarkeit. Man muß wissen - und es ist schwer dies zu erkennen und zu verstehen - daß alles Leben, die ganze Schöpfung, alles Umfaßbare, vom Kosmos bis in die täglichen Lebensbereiche hinein, die Ganzheit des Denkens als ein großer Reichtum in den alten Religionen, den Stammesreligionen, sichtbar wird. Unser abendländisches Denken, das alles in verschiedene Bereiche, wie Religion, Wirtschaft, Kunst, Wissenschaft und Politik einordnet, ist auf die alten Religionen nicht übertragbar.

Da spielen z.B. die guten und die schlechten Träume, die Opfer und die Gebete zu Gott, an die Götter und Ahnen eine Rolle. So ist es wichtig, das richtige Stück Land für die Feldbestellung zu erfahren. In der Darbringung eines Opfers von Reis oder der Leber eines gekochten Huhnes, erfleht der Bauer die Hilfe der Ahnen und Götter. Sie lassen ihn einen guten oder schlechten Traum träumen. Wenn der Traum gut ist, wissen er und alle Bauern, die sich für die Feldarbeit gegenseitige Hilfe versprochen haben, welches Stück Land nun bebaut werden kann. Das Feld ist vorbereitet für die Saat. Die Götter waren gnädig. Doch nun, vor der Arbeit des Säens und Pflanzens, wird die Huld der Götter in einem weiteren Opfer in Form eines Schweines, einer Ziege oder eines Huhnes erfleht. Dabei beten die Menschen vielleicht dieses Gebet:

'Ich trete vor dich, denn ich bin im Begriff, den Samen auszustreuen und in die Erde zu versenken, ich komme zu dir, damit die Wurzel sich in die Erde senken, die Saat emporsprieße und alle Früchte tragen, damit ich zu essen habe mehrere

Speicher voll, damit alle Tanten und Verwandten vollständig erscheinen und niedersitzen können, und ich ihnen verschiedene Speisen zum Essen vorsetzen kann, ich bin im Begriff, die Pflanzlöcher zu graben und Samen zu legen, und wir haben den Mut, das deinige zu essen, möge es nur wachsen, damit wir vergnügt und herrlich essen können, damit wir auch die Onkel und Schwäger zum Trinken rufen und die Alten auch dabei sein können, alles sollen die Gäste haben.'

P. Paul Arndt, 'Mythologie, Religion und Magie im Sikka-Gebiet (S.217)

" So wird die Gunst der Ahnen, Gottes und der Götter bei allen Verrichtungen und Handlungen des täglichen Lebens erfleht. Die Ehrfurcht vor Gott, ihre tief verwurzelte Religiösität, die Tiefsinnigkeit und Schönheit ihrer Gebete, hat mich nicht selten als einen unbehauenen Stein erscheinen lassen, der erst der Hand des Künstlers bedarf und dann Wert erhält. Obwohl heute schon vieles verloren gegangen ist, ist doch noch einiges erhalten geblieben und geht nicht selten in fließender Weise eine Verbindung mit dem Katholizismus ein."

"Einmal sagte man mir," Pater Bollen, "die Menschen hier lassen sich nicht dominieren." "Ja, das ist richtig. Sie sind sehr eigenständig und leben nach ihren eigenen Gesetzen, der Adat. Sie können zwar mit höflicher Aufmerksamkeit, mit sanftem Lächeln zuhören, aber es bleibt halt manchmal nur beim Zuhören. Wenn einer ihre Sprache nicht versteht, wenn man sie nicht toleriert, es nicht versteht mit ihnen umzugehen, sie vielleicht gar noch beleidigt und ihnen Unrecht zufügt, ist bei ihnen gar nichts zu erreichen. Dann kann es vorkommen, daß einem üble Streiche gespielt werden oder sogar Vergeltung geübt wird."

"Und trotzdem, obwohl die Menschen so sehr dem Althergebrachten verhaftet sind, stehen die Heckenreihen, sind die hohen Berge bepflanzt mit Lamtoro und geben ein traumhaftes Bild der Landschaft wieder, Pater Bollen."

"Es war die Rettung vor den sporadisch auftretenden Hungersnöten, denen die Menschen hilflos ausgeliefert waren. Diese Bilder des Hungers haben meine Seele gezeichnet.

Der Kabupaten (Regierungsbezirk), der Sikka-Distrikt im Bereich von Mittelflores, ist das am dichtesten besiedelte Gebiet von Flores mit ca. 250.000 Menschen. Teilweise leben über 600 Einwohner auf einem Quadratkilometer. Ca. 85% der Bevölkerung leben von der Landwirtschaft. Die großen Familien bewirtschaften ungefähr 1/2 Hektar Land. Als dieses Gebiet noch nicht so stark besiedelt war, und der von den Holländern verordnete Anbau von Kokospalmen für den Export noch nicht existierte, funktionierte die Wanderfeldwirtschaft, so wie die Menschen sie seit altersher gewohnt waren. Sie lebten mit den Taifunen, der langen Trockenzeit, der ausbleibenden Regenzeit, mit Plagen und Krankheiten, ähnlich wie heute. Dem Dorf stand genügend Land zur Verfügung. Das Land hatte sieben bis zehn Jahre Zeit für die Brache. Nach der Brache kamen die Bauern zurück, verbrannten alles, was auf dem Feld war, und bebauten es für zwei bis drei Jahre aufs Neue. Für die Ernährung reichte der Ertrag, wenn nicht Plagen und sonstige Naturkatastrophen auftraten. Später suchten die Bauern neues Land und sie fanden es in den Wäldern. Sie rodeten den Wald und brannten bis zu den Kämmen der Vulkane und Berge hinein alles ab, so daß heute nur noch ca. sieben Prozent des Primärwaldes im Sikka-Gebiet existieren. Nur den Wald, der als heilig galt, verschonte man. Über die Folgen der Waldvernichtung haben die Leute nicht nachgedacht, doch sie waren verheerend. Während der Regenzeit, wenn der tropische Regen in aller Heftigkeit niederprasselte, löste sich die gute Erde, wurde in die Täler geschwemmt und hatte Versumpfungen und Überschwemmungen zur Folge. So schaffte man zu einem Übel noch das andere hinzu. Sogar Maumere war einmal bedroht, als ganze Häuserzeilen vernichtet wurden. Die Regierung ließ, um die Erde aufzufangen, große Steine zusammentragen, aufschichten und mit Maschendraht sichern.

Die Bezirksregierung in Maumere versuchte zwar, durch Gesetze und Verordnungen die Bodenerosion aufzuhalten. Wie jedoch auf vielen der Kleinen Sunda-Inseln stellte sich heraus, daß die Bevölkerung auch hier weder die Gesetze noch die Verordnungen befolgte. Sie interessierte sich schlichtweg nicht für die Gesetze der Regierung. Wohl versuchten die Bauern in den Hängen die Erde mit Holzbalken oder Bambus zu halten, was aber zu keinem großen Erfolg führte.

Schon in meinen Anfängen auf Flores erkannte ich, daß die

Bodenerosion das bedeutendste der zu bewältigenden Probleme darstellte. Als ich später zum geistlichen Beirat der Kath. Bauernorganisation, IPP, ernannt wurde, haben wir gemeinsam sehr oft überlegt, wie die Erde am wirksamsten zu schützen sei. Auf Java und Sumatra, später auf Timor, kannte man das Mimosengewächs 'Leucaena Leucocephala', auf indonesisch 'Lamtoro'.

Ja, und so kam eines Tages der Vorschlag, es doch einmal mit Lamtoro zu versuchen. Nun war es nicht so, daß den Bauern diese Pflanze unbekannt war. Sie wurde ihnen schon früher als Bodenverbesserer und -schützer empfohlen, aber anscheinend ohne die rechte Anweisung. So standen inzwischen auf einigen Feldern nach den Jahren der Brache große Lamtoro-Bäume mit harten Stämmen, die aufgrund ihrer tief greifenden Wurzeln kaum aus der Erde herauszuholen und die harten Stämme mangels Werkzeug schwer zu fällen waren. 'Jetzt können wir nichts mehr mit unseren Feldern anfangen. Lamtoro hat sie kaputt gemacht,' sagten die Leute zornig.

Trotz dieser negativen Erfahrung wollten wir einen Versuch starten. Ich besorgte mir Samen, und hinter meinem Haus streuten wir den Samen in langen Reihen im Abstand von drei bis fünf Metern aus. Dazwischen pflanzten wir Gemüse, Tomaten usw.

Während der monatlichen Bauernversammlung und der Kurse durch die IPP wies ich Josef Doing und andere seiner Mitarbeiter auf diese Pflanze und ihre Nutzbarkeit hin. Wir baten die Bauern nach Watublapi, zeigten ihnen den neu angelegten Garten mit den zart grünenden Reihen von Lamtoro. Sie hörten sich alles an und sahen zwar die kleinen aufsprießenden Heckenreihen in Watublapi, aber dabei blieb es. Doch eines Tages, fünf Jahre waren seitdem vergangen, besuchte mich mein ehemaliger Hausjunge in Watublapi, Marcellinus Moa, der inzwischen verheiratet war, und er erzählte mir von seinen aus Lamtoro angelegten Heckenreihen. Er berichtete von dem guten Ergebnis und daß er nun jedes Jahr die gleichen ertragreichen Ernten erziele. Die Zeit der Brache kenne er nun nicht mehr.

Seine Erzählung klang voller Begeisterung und seine Begeisterung steckte mich an, so daß ich mich mit ihm auf den Weg zu seinem Feld machte. Sein Feld lag hoch am Berg. Der Weg dorthin war steil und die Pfade so schmal, so daß wir nur hintereinander laufen konnten. Ganz atemlos, erschöpft und verschwitzt erreichten wir sein Feld. Zwischen verdorrten, farblos trüb anzuschauenden Feldern lag sein Feld in erfrischendem Grün vor uns. Die Lamtorohecken leuchteten aus dem Braun und Gelb der Erde und der Pflanzen zu uns herüber.

Nach diesem Besuch bei Marcellinus Moa begab ich mich nach Maumere zum Bupati, meinem Freund Laurenz Sai. Meine Gedanken eilten schon weit voraus und vor meinen Augen sah ich die Berge, an denen ich gerade vorbei fuhr, voll mit Lamtoro-Reihen bepflanzt, auf jenen Bergen, die jetzt trockene, ausgelaugte Erde zeigten.

Ich hatte Glück und traf Laurenz Sai an und berichtete ihm von den Lamtoro-Terrassen. Er, als Landwirtschaftsexperte, erkannte sofort die Bedeutung und Tragweite meiner Erzählung. Schier unerschöpfliche Aussichten zeichneten sich vor unseren Augen ab. Dem Hunger konnte Einhalt geboten werden. Das apathische Warten auf eine satte Ernte, wo der Boden doch trocken und ausgelaugt vor aller Augen lag, führte zu nichts. Die Gebete zu den Ahnen, Gott und den Göttern blieben fruchtlos. 'Wir haben ihrer zu wenig gedacht, wir müssen sie versöhnen,' dachten die Menschen. Vielleicht brachten sie den Göttern zur Versöhnung ein Opfer dar.

Doch Laurenz Sai und ich sponnen unsere Gedanken weiter. Brachliegendes Land konnte in Zukunft permanent, jedes Jahr bepflanzt werden. Der ansonsten fruchtbare vulkanische Boden auf Flores würde nur einen geringen Teil an Fruchtbarkeit durch die Anpflanzung von Nutzpflanzen verlieren. Geradezu zerstörerisch und nicht wiedergutzumachen, ist jedoch das Wegschwemmen der fruchtbaren Erde durch die starken Tropenregen. Welche Möglichkeiten taten sich auf. Nun begann die Arbeit an einem Projekt, das so einschneidende, so tiefgreifende Auswirkungen für die Menschen des Maumere-Gebietes zeigte, wie es sich kaum einer von uns in diesem Ausmaß je hat vorstellen können.

Die Distriktregierung in Maumere, meine Mitarbeiter im kirchlichen 'Biro Sosial', wir alle berieten uns, wie diese auf uns zukommende Arbeit anzupacken sei. Wir beriefen ein 'Team zur Bekämpfung der Bodenerosion'. Die Regierung in Maumere, noch nicht einmal mit hinlänglichen Einnahmen aus dem Distrikt zur Besoldung ihrer Beamten und Lehrer ausgestattet, konnte nur eine kleine Summe bereitstellen, die im Rahmen eines Wettbewerbs, als Prämie für die Anregung zum Anbau von Lamtoro-Heckenreihen gedacht war. Hingegen sicherte sie uns jegliche ideelle Hilfe zu. Außergewöhnliche Ausgaben mußten von ihr bei der Provinzregierung in Kupang auf Timor oder bei der Zentralregierung in Jakarta beantragt werden. Das schien aussichtslos, denn wo fehlte es nicht an finanziellen Mitteln in der jungen Republik von erst gut zwanzig Jahren?

Indessen sahen nun alle erwartungsvoll auf mich, dem Sozialdelegierten der kirchlichen Entwicklungsarbeit, hofften und wünschten, daß wir die nötigen Geldmittel für Samen und Kurse in den Dörfern beschaffen konnten. Wir unsererseits hofften und vertrauten auf Misereor, auf eine Finanzierung dieses großen Vorhabens. Wir wurden nicht enttäuscht.

Die Propagierung dieses Projektes war nicht einfach. Es gab Dörfer, deren Bewohner sich die Reden der Regierungsbeauftragten über die 'Lamtorosierung' geduldig anhörten, die unsere Kurse über sich ergehen ließen, und es geschah nichts. Danach redeten die Männer, weil sie gerade alle beisammen saßen, über alles mögliche, aber nur nicht über das, was sie gerade vernommen hatten. Sie nahmen erst gar nicht das Gehörte auf. Vielleicht war es ihnen einfach zu viel, oder es spielte hier die alte Gewohnheit einer stillen Verweigerung von allem, was von außerhalb, von 'oben' kommt, und nicht durch die Dorfältesten, auf Dorfebene beraten war, eine Rolle. Trotzdem haben die zwölf Kecamatans (kleine Regierungsgezirke) im Wettbewerb 3.000 ha von ursprünglich vorgesehenen 5.000 ha Land mit Lamtorohecken angebaut. Sieger dieses Wettbewerbs war Nita, das 750 ha mit Lamtoro ursprünglich anpflanzen wollte, aber tatsächlich 1.056 ha schaffte.

Dieser Wettbewerb setzte sichtbare Zeichen, gab Anregungen und entwickelte den Ehrgeiz, nicht abseits stehen zu wollen. Dann waren es Tausende, die die Idee der Terrassierung mit Lamtoro verwirklichten. Es waren die Kleinbauern und ihre

Familien, die in ungezählter Zahl den Samen von Lamtoro bis in die entlegendsten Berge schleppten, die hackten, die entlang der Konturlinie Gräben zogen, um das Wasser des ersten Regens abzufangen, die die ausgegrabene Erde zu einem kleinen langgezogenen Wall türmten. Auf diesem abgeflachten Wall im Abstand von drei bis fünf Meter säten sie in dichten Reihen den runden braunen Samen von Lamtoro.

Schon drei Wochen später, nach den ersten Regenfällen, sproß dichtes Grün aus der Erde. Die Wurzeln griffen tief ins Erdreich hinein und boten einen wirksamen Schutz vor der Bodenerosion. Nachdem die Pflanzen eine Höhe von 65 bis 80 cm erreichten, wurden sie mit dem Parang zurückgestutzt und die von den Bauern gefürchteten nicht ausrottbaren Stämme konnten sich nicht zu Bäumen entwickeln. Mit dem Laub von Lamtoro bedeckten die Bauern die Erde, damit sie ihre Feuchtigkeit behielt. Dieses Laub ist zugleich ein guter Gründünger. Da die Blätter sehr eiweißhaltig mit über 36% Roheiweiß in der Trockenmasse sind, eignen sie sich zudem vorzüglich als Viehfutter, besonders bei Wiederkäuern. Bei Schafen, Schweinen und Pferden muß anderes Futter hinzugegeben werden, da das in den Blättern toxisch wirkende Alkaloi Mimosin die Zellteilung beeinträchtigen kann und Haarausfall bewirkt.

Im Laufe der nächsten Jahre sind so ca. 30.000 Hektar Land in Hanglage mit Lamtorohecken bepflanzt worden. Ca. 75% des zu schützenden Ackerlandes im Maumere-Gebiet wurden durch Lamtoro-Hecken vor weiterer Bodenerosion bewahrt.

Einmal, es war in der hitzestarrenden Trockenzeit, die kein Ende zu nehmen schien, und sich kein Regen abzeichnete, es war in den Anfängen der Lamtorosierung, hatte mich die Bezirksregierung zu einer Besprechung eingeladen. Alle Zeichen deuteten wieder auf eine Hungersnot hin, und die Regierung wollte beraten, welche Maßnahmen sie ergreifen könne, um das Schlimmste der auf uns zukommenden Not abzuwehren. Auf dem Weg nach Maumere sah ich am Rande des Weges einen Mann mit kleinen Kindern in der Erde buddeln. Ich dachte, 'was mögen sie in der trockenen Erde bloß suchen?' Ich hielt an und schritt auf die gebückte Gruppe zu. Auf meine Frage, was sie dort auszugraben gedachten, erhielt ich die Antwort: 'Pater, unsere Familie hat nichts mehr zu essen und so graben wir nach der Ondowurzel.' Die Ondowurzel wird nur in Zeiten der Hungersnot gesucht und gegessen. 'Seid ihr die einzigen in eurem Dorf, die nichts mehr zu essen haben?' fragte ich den Mann. 'Alle leiden Hunger, Pater.'

Es schmerzte mich, die ausgemergelten kleinen Körper der Kinder, die mich mit großen Augen ansahen und das abgezehrte und früh gealterte Gesicht des Mannes zu sehen. Es ist nicht gut und es bedrückt, um den Hunger der Menschen zu wissen, und nicht helfen zu können. Die Ondowurzel, müssen Sie wissen, ist giftig; denn sie ist sehr blausäurehaltig. Die Leute legen die Wurzel einige Zeit ins Wasser, damit die Blausäure ausgespült werden kann. Mir fiel in meiner Hilflosigkeit als einziger Rat nur ein, die zerkleinerten Wurzelstücke mit dem Laub von Lamtoro zu vermischen, da die Blätter ja sehr eiweißhaltig sind, und ich fuhr weiter zur Regierung in Maumere.

Als ich dort ankam, und die Beamten alle um den Tisch sitzen sah, erschien es mir doch etwas makaber, beraten zu wollen, was bei der nächsten Hungersnot zu tun sei. 'Es ist schon zu spät,' sagte ich zu ihnen, 'wir können nicht mehr lange beraten, was zu tun ist, wenn die Hungersnot kommt. Sie ist schon da. Die Menschen in den Dörfern hungern.' Und ich berichtete von der Begegnung unterwegs.

So ist das immer. Keiner der Dorfbewohner protestiert, schreit seinen Hunger heraus. Still erdulden die Menschen die vielen Plagen, die lange Trockenzeit, den ausbleibenden Regen, die Krankheiten und den Hunger, bitten Gott und die Götter um Erbarmen. Gut muß man hinsehen und gut muß man die Menschen kennen, um zu merken, wann ihre Vorräte zu Ende sind.

Die Regierung importierte Reis von anderen Inseln Indonesiens und verkaufte ihn billig an die Bevölkerung. Und ich versuchte Geld aufzutreiben, um Reis zu kaufen für diejenigen, die nicht die paar Groschen für ein Kilo Reis besaßen."

Und wieder standen wir am Rande der kleinen Straße, sahen vor uns die Berge und hinter den Bergen lag das im Dunst schimmernde Meer. Rechts und links neben uns Berge, die steil und tief ins Tal münden und dort, auf diesem Bergrücken, lag versteckt hinter Palmen und Bäumen Watublapi. Auf dem höchsten Punkt des Bergrückens blickte die Kirche ins Tal. Die Berge standen mit ihren Heckenreihen im leuchtend hellen Grün, das vom Dunkelgrün der Kokospalmen abstach, und zwischen den Heckenreihen, im Wechselspiel ihrer Reife, die Früchte der Felder. Ein Bild harmonischer Komposition zeigte sich unseren Augen.

"Heute noch kann ich es kaum fassen," sagte Pater Bollen neben mir, versunken in die Betrachtung der Berge, "daß so viele Menschen dieses Programm mitvollzogen haben, auch wenn ich jeden Tag die Berge sehe. Zigtausende waren es, die die mühevolle Arbeit auf sich nahmen. Ich selber bin von Dorf zu Dorf gezogen, habe jede Gelegenheit wahrgenommen, mit den Menschen zu sprechen, sie für diese Idee zu begeistern. Und sie ließen sich begeistern. Einer steckte den anderen an. Sehen Sie sich die Hütten der Leute an, versteckt im dichten Grün der Bäume und Sträucher von Lamtoro. Wirken diese ansonsten doch so einfachen Bambushütten im Grün von Lamtoro nicht wie Paläste? - 'Paläste' der Armen.

Es ist nicht nur eine Landschaftserhaltung erreicht, sondern auch eine weitere Versteppung des Bodens verhindert worden. Dem Alang-Alang-Gras mit seinem kaum ausrottbaren Wurzelgeflecht konnte Einhalt geboten werden. Das früher in der Brache liegende Land kann nun mit Handelsgewächsen, wie Gewürznelken, Kaffee, Vanille, Muskat, Kakao, den immer noch so kostbaren und begehrten Gewürzen des Ostens, bepflanzt werden. Hungersnöte wurden seltener. Flüsse führten auf einmal wieder Wasser, und ihr Bett grub sich tiefer ein. Die Erosion ging zurück, und die gute Erde wurde nicht weggeschwemmt. Das bedeutet auch, daß der Ertrag der Handelsgewächse die Menschen vor einer schlechten Ernte absichert. Sie können nun leichter, wenn die Ernte knapp ausfällt, importierte Nahrungsmittel wie Reis und Mais von dem Erlös ihrer Handelsgewächse kaufen."

"Und trotzdem treten noch immer Hungersnöte auf, Pater Bollen." "Ja, das ist richtig, aber sie sind seltener geworden. Es gibt sie meist dann, wenn die schon ohnehin lange Trockenzeit von ca. acht Monaten überschritten wird, oder wenn der Regen zu früh aufhört. Dann können immer wieder alle diese Plagen auftreten. Wenn ich aber so recht bedenke, ist Lamtoro eine Wunderpflanze, eine Pflanze mit vielen Möglichkeiten. Sie dient als Bodenverbesserer, ihr Laub kann als Viehfutter und Dünger Verwendung finden, und ihr Samen ist sehr eiweißhaltig und kann als proteinhaltiges Gericht zum 'Tempekäse' zubereitet werden. Ihr Geäst und ihre Stämme sind willkommenes Brennmaterial. Reichlich steht es zur Verfügung. Ein Projekt zur Herstellung von Holzkohle aus den schnell wachsenden Bäumen des Lamtoro-Waldes ist in der Planung. Auf jeden Fall ist es ein Segen für die Menschen, daß es diese Pflanze gibt, und wir ihren hohen Nutzwert erkannt hatten. Das Leben der Menschen verbesserte sich.

Eine große Überraschung war es dann für uns, als wir, das 'Biro Sosial', und die Soziale Stiftung YASPEM, eine Auszeichnung vom Präsidenten der Republik Indonesien für erfolgreiche Umweltschutzmaßnahmen im Maumere-Gebiet erhielten. Der Umweltminister wollte hiermit auch einmal die Arbeit der Katholiken würdigen."

Es war einige Monate später, als die große Katastrophe hereinbrach. Aus Flores kam die Schreckensnachricht: 'Die Läuse sind im Lamtoro.' Die ehemals grünen Berge standen in trostlosem Braun der blattlos verkümmerten Lamtorohecken. Als dunkle Linien zogen sich die Heckenreihen über die Berge hin. Die Hütten, einmal im überschwenglichen Grün eingebettet, standen frei in kahler Verlassenheit.

Über den ganzen Tropengürtel hatte sich der Lamtoro-Schädling 'Heteropsylle cubana' (auf Flores: kutu loncat') ausgebreitet. In Florida wurden Ende 1983 die ersten Schäden beobachtet. Im April 1984 zeigten sich die ersten Läuse auf Hawai. 1985 gelangten sie zu den Philippinen, und Anfang 1986 entdeckte man die ersten Schädlinge auf Indonesien, vornehmlich im Sikka-Gebiet auf Flores und im Amarasi-Gebiet auf Timor.

Fachleute sahen in der biologischen Bekämpfung durch natürliche Feinde des Schädlings, derer es mehrere gibt, wie 'Curimus coeruleus', eine Marienkäferart, die auf Hawai anzutreffen ist, die wirksamste Methode. Alternativpflanzen als Ersatz für Lamtoro oder in Mischkultur, wie 'Gliricidia sepium ('Gamal' auf indon.), Kaliandra, oder Moringa olifera

(Gemüsebaum) boten sich ebenfalls an.

Überall machte sich Entsetzen und Niedergeschlagenheit breit. Vereinzelt begannen die Bauern wieder ihr Feld mit der Brandrodung zu bestellen. Die verbrannten Baumstümpfe sahen trostlos aus.

"Es ist nicht einfach, darüber bin ich mir im klaren," sagte Pater Bollen, "aber wir müssen etwas tun. Die Regierung in Maumere hat der Landwirtschaftsschule einen kleinen zehn ha großen Acker geschenkt. Ich habe dem Leiter der Schule, Goris Gleko, versprochen, ihm alle finanzielle Hilfe zukommen zu lassen, die mir möglich ist, um mit Gamal oder Gliricidia sepium in Abständen von vier bis sechs Metern Versuchsreihen anzulegen, damit die Bevölkerung Saatgut bekommen kann. Gleichzeitig kann die Landwirtschaftsschule Versuche mit Gliricidia als Viehfutter machen, da in einigen Gebieten das fehlende Laub von Lamtoro Futterprobleme, besonders bei den Rindern aufwirft. Noch einen Vorteil hat Gliricidia; die Pflanze ist sehr feuerbeständig und wird durch Flächenbrände nicht ausgerottet. Schon bevor die Läuse gekommen waren, hatte ich empfohlen, Gliricidia verstärkt als Erosionsschutz in den Steppen des Tanahai-Gebietes einzusetzen, da es dort besser gedeiht als Lamtoro."

"Ich hörte, Pater Bollen, daß die Leute nunmehr bei allen Schädlingen, die auftreten, sagen, 'das ist die Lamtoro-Laus.' Sie scheint nun für jeglichen Schädlingsbefall herzuhalten."

"Die Menschen werden lernen, daß es nicht so ist. Und jetzt, wo sie bedroht sind, wird ihnen immer mehr bewußt, wie lebenswichtig der Anbau von Lamtoro gewesen ist. Die Zeichen, die gesetzt wurden, haben einen Weg gewiesen, der aus Hunger und Not herausführt. Ohne Zweifel jedoch stehen wir vor einer neuen Herausforderung, der es sich zu stellen gilt.

Alle schauten gebannt auf jeden noch gesund aussehenden Lamtoro-Zweig oder -Strauch. Und alle hofften in banger Sorge auf ein Wunder, ein Wunder in Gestalt eines natürlichen Feindes der Lamtoro-Laus.

Als die Regenzeit des zweiten Jahres der Plage zu Ende ging, geschah dieses Wunder. Braunes Geäst der Heckenreihen, bei denen man hoffte, daß ihre Wurzeln noch einige Zeit das Erdreich würden halten können, zeigten zarte junge Triebe, wurden kräftiger. Üppiges Blattwerk schaute herab von den Bergen und erfreute alle, die es sahen.

"Lamtoro wie eh und je, vielleicht können wir guten Mutes sein" lautete die überraschende Nachricht in jenem Jahr, 1987, von Pater Bollen aus Flores.

WOLOFEO

Abgelegen in den hohen Bergen liegt das Dorf Wolofeo. Und zu diesem Dorf waren wir unterwegs, d.h. Pater Bollen hinter dem Steuer des Geländewagens, Gisela von Mengden - sie ist Deutsche und lebt in Holland, züchtet prächtige Kanarienvögel, die sie über alles liebt, und hat ein großes landschaftliches Areal zu einem naturbelassenen Campingplatz gestaltet - sowie mein Sohn Ingo und ich.

Als Pater Bollen mit dem Wagen in einer großen Schleife den Weg abwärts nahm, sahen wir unter uns ein weites grünes Tal. "Sehen Sie die beiden Brücken über den Fluß?" fragte er und wies mit seiner Hand auf das Tal unter uns. "Vor einigen Jahren gab es sie noch nicht."

Ein träge dahinfließender Fluß lag zu unseren Füßen und zog sich in windenden Krümmungen durch das breite Tal. Naßreisfelder schimmerten zu uns herüber. Sanft schmiegten sie sich an den Fuß der Berge und verloren sich in der Weite. "In der Regenzeit war es vor einigen Jahren noch nicht möglich, den Fluß zu überqueren," erzählte Pater Bollen. "Breit und wild überschwemmte und zerstörte er das Land. Und sehen Sie dort die kleine zerstörte Brücke? Pater Brüggemann hatte den Bewohnern des Dorfes Aipupu dringend geraten, ihr Dorf zu verlassen. An der Brücke stauten sich schon die hin und her treibenden, entwurzelten Bäume. Der Fluß war reißend und führte Hochwasser. Die Dorfbewohner befolgten seinen Rat und ließen sich in den höher gelegenen Bergen nieder. Kurze Zeit später stürzte die Brücke ein. Das Hochwasser erreichte das Dorf. Zuerst nur leise gurgelnd umspülte das Wasser die Bambuspfeiler der Hütten, um sie dann in reißender Wildheit, wie zerstreut hingeworfene Streichhölzer, fortzutragen, dem Meer entgegen. Das Dorf war vernichtet, und die Dorfbewohner hatten keine Bleibe mehr. Und hier sehen Sie?" wir fuhren gerade daran vorbei, "steht das neu errichtete Dorf, mit Wänden aus schön gemustertem Mattengeflecht. Alle Hütten haben nun ein Steinfundament.

Von einem Dorfbewohner kaufte ich eineinhalb Hektar Land für eine Neuansiedlung des vernichteten Dorfes. Zur Auflage machte ich aber, daß jede Hütte auf einem Steinfundament errichtet werden müsse. Der Grund hierfür ist sehr einleuchtend. Wenn ein Stück Land brach und unbebaut liegt, ist z.B. eine Hütte abgebrannt oder vom Sturm zerstört worden, gehört nach hiesigem Brauch demjenigen das Land, welcher zuerst hierauf einen Baum pflanzt oder eine Hütte errichtet.

Da ein Steinfundament große Schäden an der Hütte übersteht, bleibt ihr Bewohner, auch wenn die Hütte nicht mehr existiert, nach wie vor der Eigentümer des Landes. Der Mann, von dem ich das Land gekauft habe - sehen Sie dort hinten? - hat mit dem Geld des verkauften Landes ein Steinhaus mit Blechdach gebaut."

Der Fluß und die Brücken lagen hinter uns. Der Weg verengte sich so sehr, daß uns die am Rande stehenden Büsche und hohen Gräser streiften. "Gleich werden wir einmal kurz in einem kleinen Dorf anhalten." sagte Pater Bollen. Die kleine Straße führte mitten durchs Dorf. Rechts und links standen die Bambushütten. Als wir anhielten, strömten die Erwachsenen und Kinder herbei, die uns voller Neugier und Gekicher betrachteten. "In diesem Dorf gibt es etwas Seltenes, Hockgräber aus Stein, zu sehen. Es war hier Sitte, die Toten in hockender Stellung mit dem sie umschließenden Stein bei den Hütten aufzustellen. Wie alt diese Steingräber sind, weiß keiner so recht. Heute liegen die Toten, die Ahnen, nahe bei den Hütten unter der Erde und werden, wie es Sitte ist, hoch verehrt."

Es ging nun weiter durch die Furt eines kleinen Flusses und wieder in die hohen Berge. Langsam kämpfte sich der Wagen ein Stück des steilen Weges hoch, bis er nicht mehr weiter kam. Jetzt hieß es aussteigen. Den Rest des Weges ging es zu Fuß nach

Wolofeo zu Schwester Regine, einer einheimischen Schwester. Sie betreut die Kranken in den Dörfern und war für die TBC-Station verantwortlich. Heute lebt sie in Jakarta, wie so viele, die ihre Inseln verlassen. Die von ihr bewohnte Bambushütte schaute recht lustig aus mit den leuchtend blau angestrichenen Fensterrahmen und Türen. Gleich in der Nähe strömte reichlich Wasser aus einem Rohr den Hang hinab zu den Naßreisfeldern. Welch eine Wohltat war es nun, nach der Anstrengung des steilen Fußweges in dieser großen Hitze für Gesicht, Hände und Arme unter kühlem Naß Erfrischung zu finden.

Wir hatten zu Abend gegessen und saßen nun auf der Bank vor der Hütte von Schwester Regine. Kurz nur konnten wir die Berge um Wolofeo betrachten. Mit den letzten Strahlen der Sonne kroch langsam, fast unmerklich, die Dämmerung mit ihrem feinen, grauen Schleier über die Gipfel der Berge. Allzu schnell, so, als hätte sie etwas zu versäumen, überzog die Nacht mit ihrer Schwärze alles Land.

Ein leichter Wind kam von den Bergen und brachte ein wenig Kühlung. Und Pater Bollen begann zu erzählen:

"Damals, 1978", und er wies mit einer weit ausholenden Armbewegung auf die Berge rings um uns, auf das Dorf und die Kinder, die uns neugierig betrachteten, "gab es kaum einen, der kein Hungerödem hatte. Sehen Sie sich die Menschen heute an," sprach er mit verhaltener Begeisterung in der Stimme, "und betrachten sie nun die Berge. Bis in die höchsten Gipfel hinein sehen sie die Lamtoro-Terrassen. In diesem Gebiet hier häuften sich die Hungersnöte. Die Menschen hatten sich daran gewöhnt, daß die Ernte einmal schlechter ausfiel und ein anderes Mal besser. Zu spät bemerkten sie, daß die Mißernten und damit die Lebensmittelknappheit zunahmen. Ja, da waren einmal die zerstörerischen Stürme und die lange Trockenzeit, die als Ursachen für die Hungersnöte anzusehen sind. Gleichwohl, die bedeutendste Ursache der von Jahr zu Jahr geringer werdenden Ernten war jedoch die Bodenerosion als Folge der Brandrodung und der Vernichtung des Waldbestandes. Die Erde war dem Wegschwemmen durch die starken Regenfälle schutzlos preisgegeben. Die Stürme konnten ungehindert über die mehr und mehr kahler werdenden Berge hinwegfegen und großen Schaden anrichten.

Ja, so war es: Mit dem Brief des indonesischen Priesters Lukas Bau vom November 1977 aus Wolofeo fing eigentlich erst alles an: Er schrieb, daß im weiten Umkreis seiner Pfarrei die Menschen hungerten. 'Die Menschen sind so hungrig, daß sie sich sogar gegenseitig die giftige Ondowurzel stehlen,' schrieb er. Im Jahr zuvor berichtete er schon einmal vom Hunger der Menschen, und wir schickten ihm einige Tonnen Bulgor-Weizen. Indessen schien in diesem Jahr eine besonders große Not zu herrschen. So sandte ich ihm einen größeren Geldbetrag, damit er selbst Lebensmittel kaufen könne. Wiewohl mir meine Gedanken und Sorgen keine Ruhe ließen. 'Am besten ist es, du fährst zuerst einmal selber nach Wolofeo und machst dir ein Bild von der Situation,' dachte ich und machte mich auf den Weg. Unterwegs hielt ich auf einer Anhöhe und schaute ins Tal und auf den Fluß. Ich erschrak, denn was ich dort unter mir sah, war nur schäumendes, wild fließendes Wasser, das Tal wie ein Meer. Da war nichts zu machen. Enttäuscht und niedergeschlagen fuhr ich wieder zurück nach Watublapi und mußte, wie schon so oft, vor den verheerenden, unkontrollierbaren Eingriffen der Natur passen.

Einige Zeit später begab sich nun Marie-Jeanne Colson, unsere belgische Entwicklungshelferin, von den Bewohnern zärtlich 'Mama Belgi' genannt, mit einigen Helferinnen auf den Weg. Sie hatte Glück. Das Hochwasser war zurückgegangen, und sie kamen durch. Was sie in den schwer zugänglichen Bergdörfern sahen, war erschreckend. 'Welches Kind hungert hier eigentlich nicht?' fragten sie sich entsetzt. Die Dorfbewohner fanden sie in tiefer Apathie, meist wortkarg, erschöpft und halb verhungert vor den Hütten sitzend. Die Vorräte an Nahrungsmitteln waren aufgebraucht, oder nur noch ein kläglicher Rest vorhanden.

Dann kam der Tag, der so wie alle vorherigen Tage begann, an dem sie die Gewalten der Natur in unbändiger vernichtender Kraft erlebten. Ein Wirbelsturm, der alles, was er fassen konnte, mit sich fortriß, fegte über die kahlen Berge. Er zerstörte Hütten, ließ Bäume entwurzeln und trieb Äste und Blattwerk vor sich her. In ihrer Not suchten die Menschen schützende Erhebungen und Vertiefungen auf. Als der Sturm sich langsam legte, betrachteten sie traurigen und entsetzten Blickes sein vernichtendes Werk. Doch das Schlimmste, was er ihnen angetan hatte, war die Vernichtung der gesamten Maisernte. Das war das dritte Mal, das ihnen dies widerfuhr. Und jetzt gab es nur noch ein hoffnungsloses Hineinschicken in scheinbar Unabwendbares; standen doch die Menschen vor dem Nichts.

Marie-Jeanne war zurück aus den Bergen. Und ich war froh, sie heil wiederzusehen. Wir saßen zusammen und in Tränen aufgelöst sagte sie immer wieder, "da ist nichts mehr zu machen, nein, da ist nichts mehr zu machen. Die Menschen müssen alle sterben." Wir beruhigten sie und trösteten sie ein wenig. Als sie über alle ihre Erlebnisse berichtete, da erinnerte ich mich wieder an die große Hungersnot 1965/66 auf Flores und ich ahnte nichts Gutes.

Schnell galt es jetzt zu handeln, waren doch ganze Dörfer, ca. 18.000 Menschen, vom Hungertod bedroht. Zuerst fegte ich alle meine Konten leer und kaufte in den Geschäften von Maumere alles Eßbare, was überhaupt vorrätig war. Doch es reichte nicht. Ich machte bedenklich hohe Schulden. Auch das reichte nicht. Die vorwiegend chinesischen Geschäftsleute bat ich um Hilfe, und, wie schon so oft, gaben ihre Hände großzügig. Aber auch dies reichte nicht.

Ausgerechnet in diesem Jahr gab es eine extrem lange Trockenzeit. Die Regenzeit kam mit zwei Monaten Verspätung, so daß die Bauern in den Bergen in diesem Jahr keine Zwischenernte einbringen konnten und die spärlich vorhandenen Vorräte gestreckt werden mußten.

In dieser Ausnahmesituation galt es, einen Versuch zu wagen. Er mußte einfach gewagt werden. Ich wandte mich an die übrige Bevölkerung in Maumere und in den Dörfern, und bat sie um das, was auch bei ihnen rar war. Ich bat sie um Nahrungsmittel. Von Pfarrei zu Pfarrei bin ich gezogen, habe die Menschen gebeten ihr Weniges zu teilen mit denen, die ansonsten verhungern und sterben müßten, und die Menschen teilten und gaben von ihrem Wenigen. Vollbeladen mit Reis, Mais und Gemüse, sogar Kleidung war dabei, kamen die Lastwagen von YASPEM von den Dörfern zurück. Es war beschämend für uns, so viel Hilfe von denen zu erfahren, die selber der Hilfe bedurft hätten.

Das, was hier geschah, war in der Tat schon eine Besonderheit: Leben doch die Menschen in den Dörfern, dem Ausgangspunkt ihrer Existenz, immer noch sehr zurückgezogen und von der Außenwelt abgeschlossen. Ihr Denken, ihre Interessen gelten zuerst einmal ihrem eigenen Clan, ihrem Dorf. Doch die Götter und Geister waren ihnen einmal näher als die Menschen in den Nachbardörfern. Nun aber zeigte sich hier die so oft beschworene Solidarität dem Nächsten gegenüber, der Gemeinsinn über die Grenzen des eigenen Dorfes hinaus, in eindrucksvoller Weise.

Inzwischen hatten wir drei Rehabilitations- und Versorgungszentren für die Kinder und Erwachsenen errichtet; eins in Wolofeo, welches das größte war, sowie je eines in Wolobela und Woloara. Alle Nahrungsmittel schafften wir in die Dörfer und in diese Zentren. Marie-Jeanne und ihre einheimischen Helferinnen, Steyler Schwestern sowie Ärzte aus Jakarta arbeiteten nun unermüdlich Tag und Nacht in den Zentren, in denen vorwiegend Kinder Aufnahme fanden. Langsam und vorsichtig wurden sie hochgepäppelt und ihre Krankheiten behandelt. Doch einige von ihnen werden sich ihr ganzes Leben mit bleibenden Schäden herumplagen müssen. Und wie viele von ihnen sind Hungers gestorben! Einmal kamen wir in ein Dorf und suchten die vom Hunger Geschwächten und die Kranken. Wir betraten eine Hütte und sahen uns um. Dort, in der hintersten Ecke, lag besinnungslos ein etwa zwölfjähriges Mädchen. Behutsam nahm ich sie auf meine Arme, trug sie in den Jeep und so schnell wir fahren konnten, brachten wir sie in eines der Kinderzentren. Als ich sie aus dem Jeep herausnehmen wollte, war sie tot. Ich stand neben dem Jeep, das tote Mädchen in den Armen und schaute fassungslos auf sie herab. Das habe ich nie vergessen - einfach tot war sie.

Weitere schlechte Nachrichten erreichten uns noch aus den Orten Watunesso und Maullo, die gleichfalls Hungersnot meldeten. Auf uns alleine gestellt, das wurde mir nun immer deutlicher, konnten wir der Lage nicht Herr werden. Es waren zu viele, die bis zur nächsten Ernte ernährt werden mußten, und das bis in die entlegendsten Dörfer hinein.

Jetzt setzte ich alles in Bewegung, um die Regierung in Jakarta auf die Hungerkatastrophe in Flores aufmerksam zu machen, damit eine umfangreiche Hilfsaktion gestartet werden konnte. Wir erreichten, daß die Zeitungen in großer Aufmachung mit Hilfe der von uns zugeschickten Fotos über die Hungersnot berichteten. Viele Hände regten sich, um zu helfen.

Die Regierung entsandte den Sozialminister Saparjo, der mit einem Hubschrauber auf einem Plateau landete. Eine ganze Strecke des Weges mußten er und seine Begleiter zu Fuß gehen, um zwei Zentren mit hungerkranken Kindern zu besuchen. Ganz elendig aussehend verließ er sie wieder. Daraufhin spendete Präsident Suharto nach der Rückkehr des Ministers Geld für die Hungernden.

Die Regierung schickte nun Hubschrauber mit Nahrungsmitteln. Sehr böse waren die Hubschrauberpiloten, als sie mit ihren Nahrungsmitteln landeten und keiner anpackte, um die Säcke zu entladen. Als sie aber erkannten, wie elend und teilnahmslos die Menschen aussahen, begriffen sie, daß keiner helfen konnte. Die Menschen waren zu schwach, sie konnten sich kaum regen. Weitere Hilfen erreichten uns aus Australien, von der Welthungerhilfe und von Spendern aus Deutschland.

Das war eine gelungene Hilfe für eine akute Notsituation. Gleichwohl, so konnte es ja nicht alle Jahre weitergehen. Wir mußten das Übel an der Wurzel packen. Hier mußte Grundlegendes geschehen. Die Menschen brauchen jedes Jahr eine gute, satte Ernte, damit sie genügend zu essen haben. Eine Regierungsdelegation aus Jakarta besuchte das Gebiet und inspizierte alles. Das so oft praktizierte und umstrittene Umsiedlungsprogramm (Transmigrasi), ein bevorzugtes Rezept der Regierung, sollte auch hier seine Anwendung finden. Ca. 18.000 Menschen sollten ihre Heimat verlassen und irgendwo neu angesiedelt werden. Da sah ich ein kleines Fleckchen Land, hoch im Berg, terrassiert und mit Lamtoro bepflanzt. 'Dort, sehen Sie, Herr Minister, das Stück Land oben im Berg, bepflanzt mit Lamtoro? Die Menschen brauchen nicht umgesiedelt zu werden. Das ist die einzige Möglichkeit, ihnen auf Dauer zu helfen. Eine großflächige Anpflanzung von Lamtorohecken mit einhergehender Terrassierung.'

Und so geschah es. Geholfen hat dabei die Atmajaya-Catholic-Universität in Jakarta, die mit uns und in Abstimmung mit der

Regierung ein großes Strukturprogramm für dieses abgelegene Gebiet erarbeitete. Um dieses Programm zu verwirklichen, bedurfte es bedeutender finanzieller Mittel, die wir nach einigen Bemühungen von einem belgischen Hilfswerk erhielten. Zudem bedurfte es der Zustimmung und der Mitarbeit der gesamten dort ansässigen Bevölkerung.

So waren es nachher 150 Tonnen Lamtorosamen, die von den Bewohnern bis in die höchsten Gipfel der nun terrassierten Berge ausgesät wurden. Seit jener Zeit wurden die Ernten von Jahr zu Jahr ertragreicher, und eine Hungersnot in diesem Ausmaß hat es nicht mehr gegeben."

LANDWIRTSCHAFTSSCHULE

Am Anfang war das Land unfruchtbare Steppe

Fährt man weiter von Maumere aus kommend über den Floresweg in Richtung Larantuka, führt der Weg an Waigete vorbei, einem kleinen Dorf an der Nordküste. Das Klima hier ist sehr heiß. Der sandige Boden an der Küste geht über in unfruchtbare Steppe mit dem hohen Alang-Alang-Gras und dem vereinzelt dastehenden Buschwerk.

So ist es eine Überraschung, die kleine Straße entlangzufahren und plötzlich, eingetaucht im üppigen Grün der Bäume und Büsche, das große landwirtschaftlich genutzte Areal zu sehen. Dort, wo die großen Bäume am Straßenrand stehen, sie etwas Platz machen, ist der Eingang der Landwirtschaftsschule.

"Das Land für die Landwirtschaftsschule," erzählte Pater Bollen, "hat vor einigen Jahren die Regierung von Maumere zur Verfügung gestellt. Es waren 4,5 ha. Später konnte ich von einem Landbesitzer, der in Geldschwierigkeiten steckte, für die Schule zwei ha Land an der Küste hinzukaufen. Es kamen nochmals zehn ha Land von der Regierung hinzu, etwa einen halben Kilometer hinter Waigete. Auf diesem Land wurden unter der Anleitung von Cathlen und Alain, einem jungen belgischen

Entwicklungshelfer-Ehepaar, Anpflanzungsversuche durchgeführt, um Alternativpflanzen für Lamtoro zu züchten. Von Beginn ihrer Gründung an stand die Schule unter der einheimischen Leitung von Goris Gleko, einem sehr tüchtigen Mann. Einheimische Lehrer gestalten den Unterricht."

Auch dieses Mal, wie die anderen Male zuvor, erreichten wir die Schule in der heißesten Zeit des Tages, in der Mittagszeit. Drückend lag die Hitze über den Gärten. Jeder Schritt war nur eine schleppende Bewegung. Nach allen Richtungen zweigen breite, saubere Wege ab, die wiederum in kleine Pfade zu den Gärten der Schüler münden. Längs der Wege steht kleines Lamtoro-Buschwerk, und zwischen den Feldreihen als Abgrenzungen wieder Lamtorosträucher.

Am Wegrand, im kühlen Schatten eines kleinen Buschwerkes, lag schlafend, lang ausgestreckt und leise grunzend, ein winziges, rosiges Schweinchen. Goris Gleko erzählte uns, daß das Muttertier gestorben sei und es nun von den Schülern großgezogen werde. Wenn es nicht gerade schlafe, liefe es frei herum und sei sehr zutraulich. Aber die meiste Zeit liege es zufrieden grunzend im Schutze eines schattenspendenden Baumes oder Strauches und schlafe.

Schwer hängen die Bananen an ihren Stauden und süß, sehr schmackhaft sind sie. Aus Stecklingen werden sie gezogen. Vor dem kleinen, von Goris Gleko und seiner Familie bewohnten Haus, standen ein Limonenbaum mit seinen kleinen, runden, sauren Früchten und ein Papajabaum. Rankende Gewächse, blühende Sträucher und Blumen vorm Haus ließen alles sehr freundlich aussehen. Nelkenbäume, Kokospalmen, Avocados wachsen zwischen verschiedenen Baumsorten. Die Ananas mit ihren aus der Erde herausragenden, sich hochstreckenden länglichen Blättern sahen wir am Rande der Wege vor den kleinen buschigen Lamtorosträuchern. Alle Früchte der Schule stehen in einem scheinbaren Durcheinander. Tatsächlich aber wachsen sie in einer wohldurchdachten Ordnung. Verschiedene einheimische Gemüsesorten finden sich neben Kartoffeln, Tomaten und Trockenreis. Sämlinge werden gezogen, und die jungen Pflanzen in kleinen Töpfen zum Kauf angeboten.

Am Anfang war das Land unfruchtbare Steppe, und jetzt

konnten wir die gute, schwarze Erde sehen. Dieser Prozeß hat sich langsam vollzogen und bedeutete harte Arbeit. Der Kompost des Lamtoroblattwerkes und anderer Gründünger, der Viehdung sowie die tief greifenden Wurzeln des Lamtoro mit ihren Knöllchenbakterien geben der Erde ihre Fruchtbarkeit. Kunstdünger findet nach den Aussagen von Goris Gleko nur minimale Anwendung.

"Im Durchschnitt leben in der Schule ca. 60 Schüler während der zweijährigen Ausbildung," sagte Pater Bollen, als wir auf der kleinen schattigen Terrasse des Hauses von Goris Gleko vor unserem Getränk saßen. "Außerdem bietet sie einen nur sechsmonatigen Kurs an. Frühestens zwei Jahre nach der sechsjährigen Volksschule werden die jungen Männer für diese zweijährige Landwirtschaftsausbildung aufgenommen. Die Ausbildung ist überwiegend praxisbezogen. Sie teilt sich täglich in 70% praktische Arbeit und in 30% Vermittlung von theoretischem Wissen auf. Die praktische Arbeit geschieht auf den kleinen Feldern von 50 Metern Länge und drei Metern Breite, die jeder Schüler zu bewirtschaften hat. Als Begrenzungen der einzelnen Felder stehen Lamtoro-Hecken, deren Laub als Gründünger und Kompost Verwendung findet. Zu dem kleinen Garten der Schüler gehört ein offener, aus Bambus erbauter Schweine- und Ziegenstall mit dem Grasdach. Für diese kleine Modellfarm ist allein der jeweilige Schüler verantwortlich. Von dem Ertrag der von ihm angebauten Feldfrüchte und der Viehhaltung erhält er die Hälfte des Erlöses. Wenn er das möchte, kann er seinen Gewinn in die schuleigene Spar- und Kreditgenossenschaft einzahlen oder, wenn die Eltern das niedrig gehaltene Schulgeld nicht aufbringen können, kann er es selber erwirtschaften."

Zwei junge Männer kamen vorbei. Auf ihren Schultern balancierten sie ein Tragegestell voll beladen mit Abfällen und brachten alles zum Komposthaufen. Hier schnitten die jungen Männer mit ihrem Parang, der als Sense dient, in gebückter Haltung den Trockenreis. Auf den kleinen Feldern wurde gehackt und gejätet. In den Schweineställen lagen die rosigen, dicken und zufriedenen Schweine. "Die Schweinepest ist auf Flores unbekannt," sagte Pater Bollen versunken im Anblick der Schweine, "aber dafür gibt es bei ihnen eine Geschlechtskrankheit."

Unter dem schattenspendenden Grasdach standen wiederkäuend die kleinen, zähen Bali-Rinder. Der große, weiß leuchtende Fleck am Hinterteil und die wie hohe Stiefel aussehenden weißen Unterbeine des ansonsten braunen Felles der Rinder, sahen lustig aus. Einige junge Männer säuberten den festgestampften Boden der offenen Ställe. Als Hauptfutter erhielten die Rinder das Laub des Lamtoro. Die vor einiger Zeit auf Kredit gekauften zehn Rinder, hat die Schule durch Zucht auf weitere 20 vermehren können.

Ein Hühnerstall in der Nähe des Eingangs, der von allen Schülern gleichermaßen betreut wird, rundet die kleine Modellfarm ab.

"Diese Schule besteht nun seit 1978", sagte Pater Bollen. "Starke Impulse sind von ihr ausgegangen. Die Lehrer gehen in die Dörfer und vermitteln den Kleinbauern neue und veränderte Anpflanzmethoden in Kursen und Gesprächen. Gemeinsam, wie es stets in Indonesien Brauch ist, wird lange diskutiert und geredet, bis sich alle einig sind - 'so kann es gemacht werden, so können wir arbeiten.' Bei der Lamtorisierung sowie heute auf der Suche nach geeigneten Alternativpflanzen für Lamtoro spielt die Schule eine bedeutende Rolle. Und wer, frage ich Sie, ist, wenn er die Schule gesehen hat, nicht von ihr begeistert?"

"Und was ist mit den jungen Männern, wenn sie in ihre Dörfer zurückkehren?" "Ja, das ist eine gute Frage. Dieser Frage ist die Schule nachgegangen. Sie hat festgestellt, daß kaum einer dieser Schüler sein Dorf verlassen hat. Mit ganz wenigen Ausnahmen sind sie in der Landwirtschaft geblieben. Nach wie vor pflegen sie einen guten Kontakt zu ihren ehemaligen Lehrern und der Schule. Zugleich sind sie bleibende Ansprechpartner für die Schule, wenn es um Kurse oder andere landwirtschaftliche Fragen und Belange geht. Und wer weiß, vielleicht wird der eine oder andere von ihnen einmal Bürgermeister sein."

Es war 1989, im dritten Jahr der Läuseplage des Lamtoro, als ich die Schule das letzte Mal besuchte. Josef Doing hatte mich nach Waigete gefahren. Der große Lamtorobaum in der Nähe des Eingang, einmal ein willkommener Schattenspender, sah nun mit hängender Krone, die Blätter gelb und welk, traurig zu uns herunter. Als Josef Doing mit seiner Hand über eine verkümmerte Lamtorohecke strich, flog sogleich ein großer Schwarm von Läusen auf und setzte sich auf eine Bananenstaude nieder. Ja, so sah es in jenem Sommer mit Lamtoro aus.

Als sich jedoch die Regenzeit ihrem Ende näherte, zeigten die stehengebliebenen Heckenreihen kleine zarte Triebe. Langsam und behutsam entfalteten sie sich zu federleichtem, weichem Blattwerk, und der kaum zu spürende vorbeiziehende Windhauch ließ es in seiner Durchsichtigkeit sanft erzittern.

'Hatte der Schädling nun endlich seinen natürlichen Feind gefunden?' fragten die Menschen in banger Hoffnung.

TEMPE-KÄSE - UND DIE ROTEN HAARE DER KINDER

Es war auf dem Weg ins Tanah-ai-Gebiet entlang der Küste über den Floresweg in östlicher Richtung. Eine kleine Abzweigung rechts des Weges führte hoch in die Berge, zu den Bewohnern von Tanah-ai. Es war der Tag, an dem sich der erste Malaria-Anfall von Pater Bollen zeigte, und wir vorzeitig unsere Fahrt abbrechen mußten. Ursprünglich war es unsere Absicht, Cathlen und Alain in den höher gelegenen Bergen zu besuchen, und ihre Fortschritte bei den Anpflanzversuchen von Alternativpflanzen für Lamtoro anzusehen.

Ein Musikverleger mittleren Alters begleitete uns auf der Fahrt. Steil, holprig und sehr steinig windet sich der Weg in die Berge hinauf. Das Land lag trocken und rissig in den Hängen der Berge. Die nackten, verkohlten Baumstümpfe ragten verloren aus der lehmfarbigen, trockenen Erde heraus. Das so durch Brandrodung gewonnene, im Berg gelegene Land, blickte hoch von oben herab auf die ausgebreitete kleine Hügelkette, die in einem weiten Bogen das klare blaue Meer, unterbrochen vom Grün der Korallenriffe, umrahmte. Und dort, wo die Hügelkette vor dem Meer zurückweicht, liegen ausgebreitet wie Perlen im Meer die winzigen Inseln vor dem entzückt schauenden Betrachter.

Wie leicht macht die Schönheit der Insel das Auge trunken.

Eines Magiers Zaubermantel gleich ist diese Schönheit. Weil er der Schönheit allzusehr huldigt, sie ihn gleichsam Lachen macht vor Freude, schämt er sich der Armut der Menschen, ihres Elends in vielerlei Gestalt. So legt er seinen Zaubermantel wie einen undurchsichtigen Schleier auf die Herzen und Seelen derer, die ein weniger aufmerksamer Blick des Verstehens, Erkennens und Mitfühlens auszeichnet. Denn ein Panzer von gefälligen Eitelkeiten, verletzender Gleichgültigkeit und Interessenlosigkeit hält sie umfangen und macht sie arm im Herzen.

Die Filmkamera auf der Schulter, das beste Motiv abwägend, ließ der Musikverleger nun seine Kamera surren. Er filmte das Meer und er filmte die Berge.

Schlecht sah es im Tanah-ai-Gebiet aus. Vor den vereinzelt dastehenden Bambushütten zogen sich die Frauen, wenn sie unserer ansichtig wurden, scheu und schnell in ihre Hütten zurück. Viele Kinder sahen schlecht und mangelhaft ernährt aus. Das kleine Mädchen, das uns mit seinen roten Haaren neugierig betrachtete, sah mit seinem lang und wirr abstehenden Haar aus wie der Struwelpeter persönlich. Andere Kinder schauten nicht viel besser aus. Kommt es über einen längeren Zeitraum bei ihnen zur Mangelernährung, kann das zu schweren gesundheitlichen Schäden bis zur geistigen Behinderung führen. Die Menschen im Tanah-ai leben in ihrer mutterrechtlich ausgerichteten Gesellschaftsform sehr zurückgezogen und abgeschlossen. Doch auch hier hatte man sich den neuen Ideen geöffnet und damit begonnen, die Steppen mit Lamtoro zu bepflanzen.

Die Kinder im Tanah-ai erinnerten mich an das Ernährungsprogramm, das die Herstellung des eiweißreichen Tempe-Käses und anderen Gerichten aus Lamtoro-Samen vorsieht.

"Wie es manchmal der Zufall so will," erzählte Pater Bollen, "entdeckte ich eines Tages in einer amerikanischen Zeitschrift einen Artikel, in dem von der Herstellung von Tempe-Käse aus Lamtoro-Samen, einer Art Bohnenkäse, in Yogyakarta, auf Java am Fuße des Berges Kidul gelegen, berichtet wird. In Java wird dieser Tempe-Käse meist aus Sojabohnen hergestellt. Er ist dort eine Art Ersatzfleisch und als wichtiger Proteinträger sehr verbreitet. Jedoch übersteht die Keimkraft der Sojabohne nicht die lange Trockenzeit hier auf Flores.

Lange haben wir suchen müssen, bis wir eines der Dörfer am Berg Kidul in Java fanden, in dem Tempe-Käse aus Lamtoro-Samen hergestellt wird. Wir suchten ein Mädchen aus, das wir dorthin schickten, um den Herstellungsprozeß dieses Käses zu erlernen.

Als das Mädchen zurückkam, versuchten wir, den Herstellungsprozeß an die hiesigen Gegebenheiten anzupassen. Wir waren in Sorge, ob auch alles klappen würde. Bei dem hier vorherrschenden Eiweißmangel, der Fehl- und Unterernährung, wäre dieser Käse die ideale Alternative zum Fleisch, das meist nur bei einem großen Fest gegessen wird. Insbesondere sind es die Kinder, die unter Eiweißmangel leiden, was sich an ihren roten Haaren zeigt.

Die Herstellung von Tempe-Käse gelang uns. Weitere Gerichte mit dem Samen von Lamtoro ergänzten die neue Ernährungsgrundlage. YASPEM stellte ein mobiles Team zusammen, das unter der Leitung einer jungen Frau und zwei Helferinnen bis in die unzulänglichsten Dörfer fährt. Nach einer vorherigen Anmeldung wird das Dorf besucht, und alles strömt zusammen, um den Video-Film auf dem Fernsehgerät, was immer eine kleine Attraktion bedeutet, zu sehen. Der Film vermittelt alles sehr eingängig und plastisch: Die Arbeit des Zubereitens und Kochens, die Bewegungen der Hände, das züngelnde Feuer, die Zusammenstellung der Nahrungsmittel. Nach dem Film findet eine kleine Kochvorführung mit einem anschließenden Probeessen statt."

Einer solchen Vorführung konnten wir eines Tages in einem von Moslems und Christen bewohnten Dorf beiwohnen. Die Dorfbewohner, Kinder, Frauen und Männer standen vor einer angebauten Brüstung eines kleinen Hauses. Ruhig und aufmerksam hörten sie den Ausführungen der jungen Frau zu. Mit einfachen Worten erklärte sie die Bedeutung des Tempe-Käses und der zusammengestellten Gerichte. Sie wies die Umstehenden auf die roten Haare ihrer Kinder hin, ein Zeichen von Fehl- und Unterernährung und die Ursache von vielen Krankheiten.

Aber wie einfach sei es doch, mit Hilfe des Lamtoro-Samens etwas dagegen zu tun.

Währenddessen bereiteten die beiden Helferinnen in hockender

Stellung, wie die Frauen es gewohnt sind, auf drei länglichen Steinen der hergerichteten Feuerstelle mit dem Lamtoro-Holz in einem großen Metall-Schalentopf verschiedene Gerichte zu. Sie bruzelten und dufteten geradezu einladend zu uns herüber. Es war einmal eine Mischung aus Reis, Gemüse, Zwiebeln, Maniok-Mehl, Lamtorosamen, Gewürzen. Wenn vorhanden, kann ein Ei hinzugegeben werden. Desweiteren buken sie in Kokosöl in kleine Streifen geformte würzige Küchelchen.

Die Herstellung von Tempe-Käse bedarf einer längeren Vorbereitungszeit. Zuerst wird der Samen mit der Schale kurz gekocht. Alsdann wird er mit einem nassen Glas gerollt und kommt in eine Wasserschüssel. Die Schalen, die auf der Wasseroberfläche schwimmen, werden mit der Hand abgeschöpft, und die noch nicht gelösten Schalen müssen nun noch entfernt werden. Der nunmehr geschälte Samen wird in Maniok-Mehl gewälzt und in Fladen geformt. Diese werden in vorher mit Wasser gereinigte große Blätter eingewickelt und zusammengebunden. Zwei bis drei Tage muß nun alles ruhen. In dieser Zeit beginnt die Fermentierung. Hierdurch werden essentielle (lebensnotwendige) Aminosäuren-Eiweißbausteine freigesetzt, die der Körper selber nicht herstellen kann und die normalerweise durch tierisches Eiweiß zugeführt werden. Sind die zwei bis drei Tage vergangen, werden die Fladen in Kokosöl gebacken.

Mehrere Wochen sind verstrichen. Und jetzt gehen die jungen Frauen von YASPEM erneut in die Dörfer, in denen eine solche Kochvorführung stattgefunden hat. 'Haben die Frauen unsere Anregung aufgenommen und den Lamtoro-Samen ihrem Essen beigefügt?' fragen sie sich, wenn sie in die Dörfer kommen.

Als sie von einigen Frauen des Dorfes zu einer Hütte geführt werden, bleiben sie erstaunt unter dem Vordach stehen. Überrascht erblicken ihre Augen einen aus Bambus gefertigten langen Tisch voll mit Schalen von Tempe-Gerichten, deren Duft betörend in ihre Nasen steigt, und um den Tisch stehen aufgereiht die Frauen, sehen sie kurz mit einem Anerkennung erheischenden Blick an, senken ihre Köpfe und lächeln leise.

DAS MOSLEMISCHE FISCHERDORF WURING

Nachdem die niederländische Regierung am 8. Dezember 1941 den Japanern den Krieg erklärt hatte, wurde schon im Februar 1942 ihre kleine Flotte völlig überraschend von den Japanern vernichtend geschlagen. Der indonesische Archipel kam innerhalb von nur einigen Wochen in den Besitz der Japaner. Hiermit begann für Indonesien eine neue Zeit. Die 350 Jahre währende Kolonialherrschaft der Niederlande sollte sich ihrem Ende zuneigen.

Der Eroberung durch die Japaner folgte die Internierung der auf den Inseln lebenden Europäer, so auch der Missionare, und gleichzeitig die Freilassung der von den Holländern verbannten oder eingesperrten Freiheitskämpfer, u.a. von Sukarno und Hatta. Sie arbeiteten nun eng mit den Japanern zusammen, verhandelten mit ihnen und versuchten, Kompromisse zu schließen.

Nach der anfänglichen Freude der Indonesier über das Ende der holländischen Kolonialherrschaft kam die große Enttäuschung, als sie erkennen mußten, daß eine Fremdherrschaft die andere ablöste. Widerstandsgruppen der Nationalisten, Sozialisten und Kommunisten bildeten sich. Sie gingen in den Untergrund, was Massenhinrichtungen durch die Japaner zur Folge hatte.

Vor der Insel Flores machte der Krieg, wie vor vielen anderen Inseln, ebensowenig Halt. Als die Japaner den Angriff auf Australien zu Beginn des Jahres 1944 vorbereiteten, verlegten sie ihren Marinestab für Ostindonesien von der Insel Ambon, die zu den Molukken gehört, nach Flores in die kleine Stadt Ende an der Südküste. In aller Eile wurde Maumere an der Nordküste zum Luft- und Seestützpunkt ausgebaut. Die kleine Stadt Maumere wurde nun, für mehr als ein Jahr, zum bevorzugten Angriffsziel der alliierten Streitkräfte und schließlich dem Erdboden gleichgemacht. Ähnlich erging es Ende. Zwanzig Luftangriffen war die Stadt ausgesetzt. Unter den vielen Toten, die zu betrauern waren, befand sich unter anderem der Bischof der Stadt, Bischof Levens.

Aus irgendwelchen ihnen genehmen Gründen, veranlaßten

die Japaner eine Zwangsumsiedlung der auf der kleinen, nur acht Quadratkilometer großen Insel Pamama lebenden Bewohner moslemischen Glaubens nach Flores, auf eine schmale Landzunge in der Nähe von Maumere. Die Umsiedler erbauten auf dieser unwirtlichen kleinen Landzunge Pfahlhäuser. Sie nannten ihr neues Dorf Wuring. Wie in ihrer Heimat, leben sie auch hier vom Fischfang.

Sehr malerisch liegt das Fischerdorf mit seinen 4.000 Einwohnern am Rande eines Mangrowenwaldes, der u.a. auch für Brennholz sorgt. Die bunt angestrichenen Pfahlbauten stehen auf nackter, sandiger Erde, oder über schmale Stege führend, im Schlick des Meeres. An den Häusern, am Rande der Dächer und auf Leinen, hängen die Schätze des Meeres, die Fische, zum Trocknen aus. Bäume und Sträucher sind nirgends zu sehen. Das Gezeitenmeer hinterläßt an den Ufern der Landzunge große und kleine Pfützen. Boote, die ohne Niet und Nagel, nur mit Holzbolzen von den Männern gefertigt werden, schaukeln leise am Ufer. Und auf dem Meer, in den sich sanft hin und her wiegenden Booten, gebären die Frauen ihre Kinder.

Vor einigen Jahren erhielt Wuring einen Dorfbrunnen, der zum Treffpunkt der wasserschöpfenden und waschenden Frauen wurde. Wenn die Cholera ausbrach, dann war der Herd der Krankheit in Wuring zu suchen. Wasserknappheit oder verseuchtes Wasser schufen den Nährboden von Cholera, Haut- und Wurmerkrankungen und vielen anderen Krankheiten.

Mit ihren kleinen Booten fahren die Männer aufs Meer, allerdings nicht so weit wie ein kleiner Kutter. Um aber an reichere Fanggründe zu gelangen, muß die Fahrt weiter hinaus aufs Meer gehen. So vermittelte Pater Bollen über eine große Hilfsorganisation in Deutschland zwei Fischerboote mit Außenbordmotoren. Die Ausbeute des nun insgesamt reichlicheren Fischfangs findet Käufer auf dem Fischmarkt in Maumere und in den Dörfern. Sie sichert ihnen täglich zwei bescheidene Mahlzeiten aus Reis oder Mais, ein wenig Gemüse und bisweilen ein bißchen Fleisch. Die Menschen sind zufrieden, wenn sie nicht hungern müssen, wenn ihr Bauch gefüllt ist und wenn ihre Kinder für die Schule versorgt sind. An viel mehr ist nicht zu denken.

Heute war der Tag, an dem die Ernährungsvorführung mit

Tempe-Käse durch das Team von YASPEM sein sollte. Noch war keiner von den YASPEM-Leuten zu sehen, und so spazierten wir die Dorfstraße entlang. Aus allen Ecken strömten die Kinder herbei, einige mit Krätze, die anderen nackt oder spärlich bekleidet. Laut kreischend, lachend und belustigt zogen sie hinter uns her. Besonders turbulent ging es zu, als Pater Bollen das Dorf, die Kinder, die Frauen und Männer filmte.

Das YASPEM-Team war eingetroffen. Auf dem Balkon eines Hauses wurde das Fernsehgerät aufgestellt, und der kurz zuvor aufgenommene Film lief ab. Das ganze Dorf schien vor dem Fernseher versammelt. Es war die reinste Gaudi. Von unbändiger Freude erfüllt, wurde das Geschrei und Lachen rings um uns zu einem ohrenbetäubenden Lärm, als sich dieser oder jener auf dem Bildschirm wiedersah. Zweimal lief der Film ab, dann war es Zeit für die Ernährungsvorführung. Die Frauen und einige Männer blieben auf dem Platz und drängten nach vorn, um gut zuhören und sehen zu können. Die Kinder liefen wieder hinter uns her über die Dorfstraße.

Scheu und zurückgezogen lebten die Menschen von Wuring in den ersten Jahren auf ihrem kleinen Fleckchen Land. Fremde in ihrem Dorf sorgten für einen Volksauflauf und für neugierige Blicke. Mit Unwillen und Abwehr wurden die fremden Besucher betrachtet. Aber das änderte sich mit der Zeit.

"Das malerische Dorf Wuring zog mich schon immer an," sagte Pater Bollen. "Wenn ich die Straße von Maumere aus kommend entlangfuhr, bog ich plötzlich, wie einer Eingebung folgend, nach rechts ab in den kleinen Weg, der nach Wuring führt. Mitunter, so wie es sich gerade ergab, sprach ich mit den Leuten. Die Kinder liefen wie immer laut schreiend und lachend hinter mir her. Wenn der Bürgermeister zu Hause war, besuchte ich ihn und hielt mit ihm ein kleines Schwätzchen. An einem dieser Tage erzählte er mir von den Bauarbeiten an der Moschee. Alle waren zufrieden über den Fortgang der Bauarbeiten. Reihum, von Familie zu Familie, halfen die Männer beim Bau. 'Aber jetzt,' sagte mir der Bürgermeister, 'fehlt uns das Geld für die Bedachung der beiden Kuppeln.' Ich überlegte, wie ich helfen könnte. Einige Zeit später konnte ich dem Dorf 1.000 Dollar für die beiden Kuppeln der Moschee überreichen. 'Der immerwährende Segen Allahs, des Allerhöchsten, soll dich begleiten', bedankte er sich im Namen Allahs und des Dorfes."

Inmitten des Dorfes steht nun die Moschee. Bis weit hinaus aufs Meer leuchten die beiden kuppelförmigen, silbern glänzenden Dächer mit dem Halbmond und grüßen die vorbeiziehenden Fischerboote mit ihren Segeln. Und sie grüßen mit ihrem silbernen Funkeln das am Rande des Küstenstreifens langsam dahinziehende Flugzeug in den Lüften.

TBC - BEKÄMPFUNGSPROGRAMM

"...ich sinke dort in die Tiefe hinab"

"Früher einmal," so erzählen die alten Leute auf Flores, "und das ist schon lange her, hat es die TBC nicht gegeben. Wir haben sie nicht gekannt." Vielmehr scheint es jedoch, daß sie sehr selten auftrat, ihre Symptome unbekannt waren. Da in diesen vergangenen Zeiten die Ernten auch reichlicher ausfielen, die Bevölkerung nicht so zahlreich und der Boden noch nicht so überbeansprucht war wie später, hatten die Menschen ausreichend zu essen, abgesehen von den immer wieder auftretenden Katastrophen.

Dr. Tan aber mußte viele Jahre später, 1968, aus dem Krankenhaus in Lela berichten, daß fast 50% der Untersuchten TBC-krank und über 50% aller Sterbefälle der TBC zuzuschreiben seien. Die Krankheit wird begünstigt durch mangelhafte Ernährung und durch ihre schnelle Ausbreitung innerhalb der Familien, auf die Nachbarn und ganze Dörfer.

Wurde zumeist noch der 'ata busung', der Zauberarzt, bei den verschiedenen Krankheiten gerufen, versagten bei der TBC alle seine Heilkünste. Wenn man in Betracht zieht, mit welchen Vorstellungen die Ursachen der vielen Krankheiten erklärt und welche Behandlungsmethoden noch angewandt wurden, ist es zu verstehen, wie fremd und ungewohnt die Diagnose und Heilung dieser Krankheit mit unseren Mitteln den Menschen vorkommen mußte. 'Diese kleine runde Medizin, und nichts anderes, soll die Heilung bringen?', fragten sie sich. Ganz sicher mußte auch hier ein großer Zauber dahinterstecken, denn wie sonst konnte dieses große surrende Ding (der Röntgenapparat) den Körper des Menschen durchsichtig, sein Inneres schauen und die Krankheit sehen machen?

Nicht selten suchten die Menschen die Ursachen der Krankheiten im Zauber des 'ata busung', in seinen magischen Kräften. Er konnte das Land verhexen und, wenn man es betrat, wurde man krank. Oder es war der Geist der Winde, der über einen schwebte. Es waren die Vulkane, die von ihren Höhen auf die Menschen herabblickten, in denen es im Inneren rumorte, und ehe der Mensch sich versah, spuckten sie kochende Lava aus und ließen die Erde erbeben. Es konnte aber auch das 'weibliche Meer', die Flores-See im Norden sein, die den Menschen die Krankheiten brachte.

Der Herrscher über alle Krankheiten, dachten die Menschen, war ein schlauer und großer Geist, dessen Wohnstatt hoch auf dem Berg, auf dem Vulkan Egon an der Flores-See, zu finden war. Eine Riesenhöhle mit neun Häusern bewohnte er und als einziger Gast war ihm nur der 'ata busung gete', 'der große Zauberer', willkommen.

Liegt einer schwer erkrankt danieder, kann es heute noch vorkommen, daß die Familie des Erkrankten den großen Zauberarzt ruft. Schnell weiß er die Ursache der Krankheit zu ergründen: 'Die 'nitu ueng', die Geister der Verstorbenen, haben dich innerlich verletzt und einen Stein in deinen Leib gebracht. Der muß entfernt werden,' sagt er. Nun betet er leise vor sich, wobei sich seine flüsternden Lippen immer schneller bewegen. Dann holt er aus seiner großen Tasche ein bestimmtes Heilkraut heraus, dessen Heilkraft ihm, wie die vieler anderer Kräuter, wohlbekannt ist, kaut es zusammen mit Sirihpinang (Betelnuß) und spuckt es auf den kranken Körperteil. Jetzt preßt er mit seinen Fingern auf diesen Körperteil, saugt und zieht und nun, was hat er plötzlich in der Hand? einen Stein, den er strahlend und stolz dem Kranken zeigt. 'Da ist das verhexte Ding. Die 'nitu ueng' haben dir den Stein in deinen Körper gelegt. Du hast es an der nötigen Ehrerbietung fehlen lassen.

Darum müssen wir sie versöhnen und ihnen ein Opfer bringen.'
Ein Schwein oder eine Ziege werden geschlachtet und mit dem
Reis zusammen geht der 'ata busung' zum Opferplatz. Dort
unter den hohen alten Bäumen, stößt er wie ein Gehörnter mit
seiner Stirn gegen die Bäume, legt die Opfergaben nieder und
spricht: 'Oh Großvater und Großmutter, die ihr über uns erzürnt
seid, da wir eurer vergessen, euch vernachlässigt haben, iß, Großmutter und Großvater, und verleihet uns, euren Nachkommen,
daß dieser Kranke seine Gesundheit wieder erhalte.'

(aus "Mythologie, Religion und Magie im Sikkagebiet" nach Pater Paul Arndt SVD, Seite 98)

Hat der Zauberarzt viele Heilerfolge aufzuweisen, ist sein Ansehen entsprechend groß. Sollten aber alle seine Medizinen und
Zauberkräfte versagen, dann hat die Seele des Kranken schneller
als der Wind, schneller als er sie mit seinen Händen hätte fassen
können, den Körper verlassen und ist heimgegangen zu den
Ahnen.

"Kam ich in dieses oder jenes Dorf, so glichen sich die
Bilder. Dort sah ich einen noch jungen Mann mit müden Gesichtszügen sitzen, da eine Frau, mager und schwach aussehend,
und hier saß ein kleines Kind hustend und ansonsten teilnahmslos in der Nähe seiner Mutter," erzählte Pater Bollen. "Und
jedes Mal war es erschreckend, den einen hier und den anderen
dort Blut spucken zu sehen.

Langsam, so wie hier alles seine Zeit braucht, reifte der Plan
heran, der TBC Einhalt zu gebieten. Es entwickelte sich im
Laufe der Jahre ein großes TBC-Bekämpfungsprogramm. Alle
Altersgruppen waren von dieser Krankheit betroffen, besonders
die Schwachen. Ganze Dörfer verarmten und so wurden viele
Menschen Opfer der Seuche.

Alles, wozu die Familie in der Lage war, wurde für den
Kranken getan, auch wenn sie ihr kleines Stück Land, das doch
Nahrung und Existenz für sie bedeutete, hergeben, es verpfänden
oder verkaufen mußte, um den 'ata busung' und seine Medizin
zu bezahlen. Alles geschah für den Kranken. Oft war all ihre
Mühe, waren all ihre Opfer umsonst: Der Kranke, nach langem
Siechtum, starb."

Vielleicht, in den Ängsten des Todes, betete der Kranke

dieses alte Gebet:

"Ich sinke dort in die Tiefe hinab, laß mich los, daß ich hinauf gehe, nach Osten und Westen wandere, ich sinke hinab, sehe mich um und sehe nichts, mein Ohr horcht und hört nichts, meine Tränen rinnen unaufhörlich, ich sehe wohl hin, aber sehe nichts mehr (von meiner Familie) ich lausche und höre nichts mehr (die Stimme der Meinigen), daher haben sich meine Tränen verdoppelt, daher lausche ich, höre aber keinen Laut, nicht das geringste; ich habe gedacht, die Erde ruft erst, ehe ich sterbe, ich habe gemeint, die Erde müßte überfüllt sein, dann erst solle ich verschwinden mit gebrochenem Herzen, die Erde hat festgesetzt, daß wir sterben, erst wenn wir weit gewandert sind; hat es gesagt, daß wir verschwinden werden, nachdem wir erst Feste gefeiert haben; so soll es geschehen, und ich nehme es an."

_(aus "Mythologie, Religion und Magie im Sikkagebiet", P.Paul Arndt SVD, Seite 113/114)

"Ausgangspunkt der Hilfe für die TBC-Kranken war Watublapi," setzte Pater Bollen seine Erzählung fort, "die später, 1977, durch die Soziale Stiftung YASPEM in Zusammenarbeit mit dem staatlichen Gesundheitsdienst im Rahmen der internationalen Tuberkulose-Bekämpfung, auf das ganze Maumere-Gebiet ausgedehnt wurde.

Einmal im Monat, an einem Röntgentag, kam anfangs ein Lastwagen und brachte Bewohner der Pfarrei Watublapi zur Untersuchung in das Krankenhaus nach Lela. Kranke mit einer leichten TBC wurden ambulant behandelt, und die Schwererkrankten verblieben stationär im Krankenhaus.

Die Bekämpfung der Tuberkulose wurde zu meinem ganz persönlichen Anliegen. Zu viel Not und Elend verband ich mit dieser schleichenden Krankheit. Immer drängender forderte sie eine durchgreifende Bekämpfung. Hierbei dachte ich an die vorbildliche staatliche Vor- und Fürsorge der an Tuberkulose Erkrankten in Deutschland. In Flores hingegen war seitens der Regierung, der hierzu die finanziellen Mittel fehlten, nichts Vergleichbares zu erwarten. Der einzige Weg nun dieser Seuche Herr zu werden, lag in der kostenlosen Vorsorgeuntersuchung und zugleich in einer Behandlung der Erkrankten. Nur das konnte einen Erfolg garantieren. Die Familien waren in guten

Erntejahren in bescheidenem Maße Selbstversorger, wenn sich nicht irgendwelche Katastrophen einstellten, mehr nicht. Zusätzliche Mittel für Medikamente konnte sie nicht aufbringen, zumal wenn die Arbeitskraft eines Elternteiles ausfiel.

Jahr für Jahr die entsprechenden finanziellen Mittel für Medikamente, für die Betreuung der Kranken durch geeignetes Personal und in Mangelzeiten für Nahrungsmittel aufzutreiben, schien bei nüchterner Überlegung aussichtslos. Immer kam es mir einem Wunder gleich, wenn die Finanzierung einigermaßen gelang. Auf keinen Fall aber durfte die Behandlung eines TBC-Patienten unterbrochen werden.

Im Laufe der Jahre entstanden zwölf TBC-Stationen neben den zwölf staatlichen Stationen. Günstig wirkt sich bei uns aus, daß kaum ein Kranker die Behandlung abbricht; denn er weiß, daß eine spätere Neuaufnahme aus Kostengründen nicht mehr möglich ist, warten doch zu viele andere Kranke auf eine Aufnahme.

Heute erfolgt die Betreuung und Behandlung der Kranken nur noch ambulant in den Dörfern. Ein Bewohner des Dorfes ist für die Kontrolle der regelmäßigen Einnahme der Medikamente, die jeweils für zwei Wochen ausgegeben werden, verantwortlich. Ob nun tatsächlich die Medikamenteneinnahme immer regelmäßig erfolgt, wer weiß es? Ein Mitarbeiter von YASPEM besucht in regelmäßigen Zeitabständen die Dörfer, bringt neue Medikamente und kontrolliert noch einmal alles. Nunmehr achten die Menschen darauf, wenn einer Blut spuckt, was vor Jahren noch kaum denkbar war, und sorgen für eine Untersuchung. Die mikroskopische Untersuchung, die heute Vorrang hat, hilft sehr schnell bei der Erkennung der Krankheit. Die durch die Erkrankung verursachte Verarmung ganzer Familien konnte wesentlich eingeschränkt werden.

Das hört sich heute alles sehr einfach an. Aber was es alleine schon bedeutet, geeignetes Fachpersonal heranzuziehen, kann sich kaum einer vorstellen. Der Weg ist umständlich und kostenaufwendig. Zum Beispiel mußten wir, um Fachkräfte für eine mikroskopische Untersuchung zu erhalten, Krankenpflegerinnen nach Jakarta in das Mikroskopische Institut schicken, weil zu diesem Zeitpunkt eine Ausbildung auf Flores nicht möglich war.

So ist das meistens auf Flores. Wenn es um eine qualifizierte Ausbildung für technische Berufe geht, werden die jungen Leute, wie wir das z.B. mit vielen Mitarbeitern von YASPEM praktiziert haben, nach Jakarta geschickt. Einmal jedoch wird sich der Kreis schließen, und Flores wird eine ausreichende Zahl von Ausbildern für technische, kaufmännische und dienstleistende Berufe hervorgebracht haben."

Es war in den letzten Tagen von Pater Bollen auf Flores. Die Menschen kamen und nahmen Abschied von ihm. Als ich an einem Tag das Haus betrat, standen hinter dem großen runden Tisch, fein nebeneinander aufgereiht, vier junge Frauen, bekleidet mit ihren besten Ikat-Sarongs. Stumm schauten sie mich an, ein leises Lächeln zur Begrüßung auf den Lippen. Zu mir gewandt sagte Pater Bollen: "Die jungen Frauen gehören zu den geheilten TBC-Kranken. Sie sind gekommen, mir auf Wiedersehen zu sagen. Einen weiten Weg haben sie hinter sich, aber sie sind so scheu, daß sie kaum etwas sagen und hier, wie es scheint, bis in alle Ewigkeit stumm stehen bleiben. Die Menschen sind sehr gute Beobachter, jede Mimik, jede Geste wird von ihnen sehr genau beobachtet und später können sie, wenn sie alleine unter sich sind, stundenlang über jede Kleinigkeit reden." Nach einer Weile verabschiedeten sich die jungen Frauen und schritten aus dem Haus.

In der Nähe von Watublapi, in Baomekot, befand sich damals eine TBC-Station, der wir einen Besuch abstatteten. Wie im täglichen Leben, so hatten sich die Kranken auf dieser Station eingerichtet. Die typische einfache Bambushütte diente zum Leben und Schlafen. Geschlafen wurde auf Bambusmatten, die auf in Reihen aufgebauten Bambusstelzen lagen. An den Wänden der Hütte hingen Tabellen mit der Therapie der einzelnen Patienten. Ein kleines Therapie-Heftchen für jeden Kranken gab sehr plastisch in Wort und Bild Aufschluß über die TBC. Die zentrale Küche wurde in den Zeiten vor der Ernte, wenn die Vorräte der Familien sich ihrem Ende zuneigten, mit zusätzlichen Lebensmitteln, wie Reis, Mais, Milchpulver und Gemüse, versorgt. Bei besonderen Härtefällen beispielsweise, wenn ein Elternteil erkrankt ist, erhalten die Familien eine kleine Unterstützung.

Es war Regenzeit. Als ich die Hütten inmitten der aufgeweichten Erde, die den Regen in dieser unbändigen Fülle gar nicht aufzunehmen vermochte, sah, fragte ich mich, ob die Kranken in diesen Unterkünften überhaupt gesund werden können. Vieles war nicht so, wie wir das bei einer Krankenstation erwarten. Große Pfützen hier und dort. Neugierig strömten die Kranken herbei, die sich vor der Behandlungshütte des Pflegers versammelten. Die von der Krankheit gezeichneten ausgemergelten Gestalten, ihre erschöpften und müden Gesichtszüge hinterließen ein trauriges Bild. Ruhig, geduldig und ergeben schienen sie sich in ihre Krankheit zu fügen und hofften auf Heilung. Da der Heilerfolg sehr hoch ist, werden auch sie sicher zu den mehr als 14.000 TBC-Kranken gehören, die im Laufe dieses Programms geheilt wurden. Die Krankheit, als Volksseuche in allen Ländern der Dritten Welt gefürchtet, ist auf Flores um Zweidrittel zurückgegangen.

DAS HOTEL

Keiner kannte die Beweggründe, warum sich Alexandra, eine Italienerin, und ihre Familie ausgerechnet auf der Insel Flores niederließen, um dort ein Hotel aufzubauen. Es mußte schon ein Stück Pioniergeist in ihnen stecken, Lust am Abenteuer und eine gute Portion Risikobereitschaft, daß sie trotz widriger Umstände am Strand von Waiara Land kauften, mit Hilfe von Einheimischen Bäume rodeten, Hütten aus Bambus mit Duschen und Toiletten für die Gäste errichteten; waren doch die Zeiten keineswegs so, als daß die Gäste in Scharen kommen würden.

Aber vielleicht war es auch die Schönheit der Inselwelt, der Reiz des Fremden mit seinen Geheimnissen aus einer anderen Welt, was sie bewogen haben könnte hier zu leben.

Aufgrund der damaligen Ost-Timor-Krise durfte kein Flugzeug, außer den Militärmaschinen, auf Flores landen. Touristen bzw. Reisende konnten nur über den Land- und Seeweg auf die

Insel gelangen. Dies hatte zur Folge, daß die Reisenden nur in beschränkter Zahl die beschwerliche Reise auf sich nahmen. Jedoch war es voraussehbar, daß sich irgendwann die Insel nicht mehr hinter ihren hohen Bergen verkriechen konnte, ihre Abgeschiedenheit einmal vorbei sein würde.

Aber auch nach der Beendigung der Blockade hatte das Hotel schwer zu kämpfen. Es bot sich die Gelegenheit, das Hotel zu verkaufen. Nun waren Alexandra und ihre Familie nicht mehr die Besitzer, aber sie konnten als Manager mit einem entsprechenden Gehalt das Hotel weiter führen. Da aber den neuen Besitzern des Hotels keine Gewinne aus dem Hotel zuflossen, die laufenden Gehälter indessen bezahlt werden mußten, wechselte das Hotel erneut seinen Besitzer. Und das geschah nun mehrmals. Einmal hatte das Hotel zwei Eigentümer zugleich, die nichts voneinander wußten. Es war alles in allem ein verworrenes und undurchsichtiges Geflecht von Eigentumsverhältnissen.

Mehrere Jahre nun lebten Alexandra und ihre Familie mehr schlecht als recht auf Flores, hier und dort um Geld bittend. Ihre Schulden wuchsen in einem Maße, daß an eine Tilgung - denn nur spärlich fanden sich die Gäste ein - nicht mehr zu denken war. Zuerst nur leise meldeten sich die Gläubiger, dann immer drängender pochten sie auf die Rückzahlung der Schulden. Alexandra hoffte auf ein Wunder und sie hoffte bis zuletzt, weiter auf Flores leben zu können. Das Wunder blieb aus, die Schulden blieben und konnten nicht zurückgezahlt werden. 'Hals über Kopf' verließ sie mit ihrer Familie Flores.

Das war einen Monat vor meiner ersten Ankunft auf Flores. Es schien nun so, daß Pater Bollen und die Soziale Stiftung YASPEM in der Patsche säßen. Alexandra hatte seiner Zeit der Sozialen Stiftung eine Beteiligung am Hotel angeboten. Auf den Rat von Pater Bollen kam die Beteiligung aufgrund der vorgelegten günstigen Bilanz zustande, nicht wissend, daß das Hotel überschuldet war und die Bilanz nicht den Tatsachen entsprach. Sinn und Zweck dieser Beteiligung sollte sein, die Soziale Stiftung YASPEM möglichst auf eigene Füße zu stellen, so daß sie aus eigenen Kräften Hilfsmaßnahmen finanzieren kann, um Katastrophen begegnen zu können. Es sollte eine gewisse Unabhängigkeit gewährleistet werden.

Nachdem Alexandra und ihre Familie Flores verlassen hatten, gab es für die Stiftung und Pater Bollen viel Ärger und Verdruß. Die Stiftung besaß nun ein mehr oder weniger heruntergekommenes Hotel. Seitens der Mitbrüder kamen Fragen auf: 'Warum muß eine soziale Stiftung ein Hotel führen? Und warum half ausgerechnet ein Priester zum Gelingen dieses Unternehmens und kümmerte sich darum? Gehörte das zu ihren Aufgaben?' Doch weder die Mitarbeiter von YASPEM noch Pater Bollen ließen sich beirren.

An der Westküste und in Mittelflores/Maumere ist man dabei, weitere Hotels zu bauen. Taucher möchte man an die wohl schönsten Tauchergründe, die, wie behauptet wird, vor Flores liegen, locken. Manch einer mag das bedauern und wird nicht glücklich über diese Entwicklung sein. Waren es doch bislang die einzelnen Reisenden, die einen kaum merklichen Einfluß ausübten.

Zwei Jahre waren vergangen, seit Alexandra Flores verlassen hatte. Oft noch wurde über sie gesprochen. Ihre Schönheit wurde bewundert, ihr blondes Haar, das in der Sonne golden leuchtete, entzückte. Manch einer bewunderte ihre Klugheit, ihren Geist und Esprit. Nicht zuletzt war es ihr Charme, der betörte. Es war ein leichtes Flimmern, ein sprühender Funke in der Luft, wenn sie im Türrahmen erschien, den Behang mit leichtem Schwung zur Seite schob, die große Hotelhalle mit dem hohen Grasdach mit ihren langen, weit schwingenden Röcken betrat, dann kam das dem Auftritt einer großen Diva, einer Dame von Welt gleich.

Nach zwei Jahren zeichnete sich langsam der Durchbruch, der Erfolg des 'Sea World Club', ab. Es wurde investiert und verschönert.

"Bei solch einem wunderschönen Fleckchen Land, wie es der Strand von Waiara mit dem Blick auf das weite Inselmeer ist, und den fernen Fischerbooten, sollten da die Gäste nicht entzückt sein ob all der Schönheit?" fragte Pater Bollen.

Eines Tages hielt ein Bemo (Kleinbus) in Watublapi und ihm entstieg etwas unverhofft Gisela von Mengden. Sie kam aus Jakarta angereist. "Warum hat mich denn keiner am Flughafen in Maumere abgeholt?" fragte sie vorwurfsvoll und ganz verschwitzt. "Ist denn mein Telegramm nicht angekommen? Vor über einer Woche habe ich es schon in Jakarta aufgegeben." Fragend schauten wir uns gegenseitig an. Nein, ein Telegramm war nicht angekommen. Es kam dann einige Tage später. Gisela wurde mit einem Gläschen Schnaps versöhnt.

Gisela wollte sich ein wenig um das Hotel, den 'Sea World Club' in Waiara, kümmern. Erfahren im Umgang mit Gästen und ihren Wünschen durch ihren großen Campingplatz in Holland, wohnte sie nun im Hotel, gab Ratschläge für die Gartengestaltung, für den Strand, half aufräumen, packte selber mit an, schaute nach den Bambushütten für die Gäste, und sah nach der Küche, denn bald wurden aus Bali neue Gäste erwartet.

Wir saßen in der großen Hotelhalle. Gisela schaute auf die schweren, eckigen Stühle und meinte zu Pater Bollen gewandt: "Andere Stühle müßten schon her, auf diesen sitzen sich die Gäste müde. In Maumere gibt es sicher schönere und bequemere zu kaufen." "Nein, es gibt hier keine Stühle zu kaufen. Die Leute brauchen keine Stühle," gab er lakonisch zur Antwort. Gisela machte ein etwas ratloses und betroffenes Gesicht und schwieg für einen Augenblick. "Sie wollen doch hiermit nicht sagen, daß es auf Flores keine anständigen Stühle zu kaufen gibt?" Aufseufzend sagte er: "Genau das möchte ich sagen. Es gibt fast nichts, was nicht von Java oder Bali importiert werden müßte, auch keine Stühle. Europäischer Lebensstandard läßt sich auf Flores nur mit Hilfe von für hiesige Begriffe teuren Importen erreichen, und auch das nur bedingt. Das gilt für Bettwäsche, Matratzen, Lampen, Tische, Fliesen, Tischdecken, Porzellan, Glas, Bestecke, europäische Kleidung, Autos, Baumaterialien und vieles mehr. Um den Ansprüchen einer europäischen Küche zu genügen, muß das, was für die deutsche Hausfrau griffbereit im Regal steht, ebenso importiert werden. Doch manches läßt sich bei den Chinesen in Maumere kaufen oder bestellen, die es wiederum importieren.

Die achtmonatige Trockenzeit läßt kaum ausreichendes Essen für die Familien zu, so daß sie schwerlich etwas zum Kauf anbieten können. Die Gäste aus Australien und Europa wären beileibe nicht mit diesem Speisezettel zufrieden. Es käme so wenig auf den Tisch, daß keiner satt würde. Und so muß man das

Nötige für die Gäste von anderswo herbeischaffen.

Zum Beispiel ist erst vor einigen Jahren von der Pertamina, der indonesischen Erdölgesellschaft, aufgrund einer Anregung der Distriktregierung und von YASPEM ein Treibstoffdepot an der Küste bei Maumere erstellt worden. Die Treibstoffpreise sind auf Flores, wie in ganz Indonesien, einheitlich. Bis dahin waren es kleine Schiffe, die den Hafen von Maumere anliefen und ihren Treibstoff und das Schweröl, der Energieträger für Strom, in kleine Tanks löschten. Tja, so einfach ist das alles nicht und immer wieder ist es das fehlende Vorstellungsvermögen, wie schwierig, kostenaufwendig und fremd, wie wenig entwickelt nach unseren Begriffen die Insel ist. Europäischer Standard ist schwerlich in alle Bereiche hineinzuzaubern. Vielleicht ist er auch gar nicht immer erstrebenswert. Die Menschen hier sind für viele Dinge, die die westliche Zivilisation hervorgebracht hat, noch nicht bereit.

Alle saßen wir nun still und schwiegen. Jedoch Gisela dachte an die Gäste, die von Bali kommen sollten, wo die Schönheit, von den Göttern geschenkt, Flügel hat, und hub zögernd zu sprechen an: "Ich habe auf dem Markt in Maumere schön geflochtene Körbe gesehen," meinte sie hartnäckig. "Ein bißchen lockerer geflochten, und sie könnten die dunklen Lampenschirme aus Kokosnuß ersetzen." "Mal sehen," sagte Pater Bollen, "vielleicht läßt sich so etwas in einem Dorf herstellen. Die Leute brauchen in ihren Dörfern keine Lampenschirme. Wer von ihnen hat schon Strom?" Gisela schien die letzten Worte kaum gehört zu haben, denn ihr Blick war auf die Wände der Halle aus Bambus gerichtet, wo, schön drapiert, einige kostbare Ikat-Tücher hingen. "Gibt es denn nicht noch etwas anderes für die Wände, als nur diese Ikat-Tücher? Die Kinder könnten doch etwas schönes Buntes malen." "Den Kindern fehlt das Papier und sie haben keine Malstifte. Und malen, nun ja, ich habe noch keine Zeichnung bei ihnen gesehen." Für den Moment gab sich Gisela geschlagen und schwieg.

Ein Maurer war bestellt. Einige Bambushütten sollten ein neues Badezimmer mit einem Steinfundament erhalten. Die Wände sollten aus Stein gemauert werden. Gisela kam an der Hütte, an der gerade gemauert wurde, vorbei und schaute den

Arbeiten des Maurers und seines Gehilfen interessiert zu. 'Fein säuberlich und gerade sind die Wände gemauert', dachte sie. 'Aber irgendetwas stimmt hier nicht.' Sie ging von einer Seite zur anderen, sah hoch, sah genauer hin und dachte: 'Das ist es also, das Fenster fehlt, das haben sie vergessen.'

Einige Tage später, es war kurz nach der Mittagszeit, fuhren wir wieder zum Hotel nach Waiara. Dort traf ich das junge holländische Mädchen, welches mit ihrem Freund ein Praktikum ableistete. Wir sprachen ein wenig und, wie zuweilen aus Höflichkeit gerade etwas gesagt oder gefragt wird oder um ein Gespräch weiterzuführen, so fragte ich sie: "Was gab es denn heute zu essen. War es Thunfisch?" "Nein, heute gab es keinen Thunfisch" und verlegend lächelnd zögerte sie. Auf ihr Zögern hin schaute ich sie fragend an. "Es gab die Schildkröte zu essen", kam es bedauernd über ihre Lippen. "Was! die Schildkröte? Sie sollte doch ins Meer." "Die Leute im Hotel meinten, sie sei zu schade fürs Meer, wir sollten sie essen."

'Die schöne, große Schildkröte', dachte ich. Ich sah sie wieder langsam, ganz behäbig, als spiele Zeit für sie keine Rolle, im kleinen Betonbecken des Gartens hin und her schwimmen. Nur ihr allein gehörte das Becken. Am Rande des Beckens stehend, blickte ich vor einigen Tagen auf die Schildkröte herunter, bewunderte ihren dicken schweren Panzer, unter dem sich die kleinen Beinchen im Zeitlupentempo im Becken herauf und herunter bewegten. "So ganz alleine in diesem Becken. Ob sie sich nicht einsam fühlt?" fragte ich auf der gegenüberliegenden Seite des Beckens Pater Bollen. "Sehr oft habe ich hier am Becken gestanden und die Schildkröte beobachtet. Es wirkt sehr beruhigend, ihren langsamen Bewegungen mit den Augen zu folgen. - Ich werde den Leuten Bescheid sagen, daß sie die Schildkröte ins Meer bringen, wo sie auch hingehört."

Und jetzt war die große Schildkröte tot, gekocht und gegessen, denn die Leute sagten, sie sei zu schade fürs Meer. Und für Pater Bollen war sie in ihrem Element, dort, wo sie hingehört, im Meer.

DIE HERSTELLUNG VON IKAT-TÜCHERN

"....auch ich schlage das Webholz und lasse das Klangholz singen..."

Fast jeden Tag kamen die Frauen aus den Dörfern mit ihren Ikat-Sarongs nach Watublapi, die sie in ihrer Kleidung, eben diesen Ikat-Sarongs, verstaut hatten. Ein bis drei Ikat-Tücher kamen so zum Vorschein. Da gibt es die indigoblau gefärbten und die aus den Wurzeln des Kebuka-Baumes braun gefärbten Tücher. Sie standen an der Brüstung der Terrasse, breiteten ihre Tücher aus und warteten geduldig auf Pater Bollen. Er ging zu ihnen und begutachtete die Tücher nach den Farben und der Webkunst. Es wurde gefeilscht, gelacht und der Preis ausgehandelt. Meistens kaufte er ein oder zwei Tücher, die er in Jakarta weiter zu verkaufen versuchte.

Unserem westlichen Kulturkreis ist es kaum verständlich zu machen, daß ein technischer Ablauf und eine künstlerische Arbeit, wie die Ikat-Webkunst, mit mythischen und mystischen Vorstellungen und Handlungen einhergehen, ja, erst hierdurch eine Seele erlangen. Da es sich zum einen bei der Ikat-Webkunst um die Kunst schlechthin im Sikka-Gebiet und weiteren Gebieten auf Flores handelt, zum anderen hier sehr gut verdeutlicht werden kann, wie tief und eindringlich Kultur, Religion, Arbeit und Festlichkeiten ein Ganzes, nichts Trennendes, ein fließendes Ineinanderaufgehen und Verschmelzen sind, soll sich der Blick durch die folgende Darstellung der Webkunst ein wenig öffnen für eine andere Lebens- und Vorstellungswelt dieser Menschen. Darum seien die Arbeitsabläufe mit einigen Mythen und den sie begleitenden heiligen Handlungen bei der Herstellung eines Ikat-Tuches erzählt.

Die Ikat-Webkunst auf Flores kommt ursprünglich aus dem Sikka-Sprachgebiet, d.h. von dem Ort Sikka an der Südküste. Sie besteht darin, die Kettfäden da, wo das Muster entstehen soll, mit einem Bambusbast zu umwickeln (ikatten), d.h. abzubinden; denn der abgebundene Baumwollfaden der Kette läßt die einzelnen Färbevorgänge an der Stelle, wo der Bast das Muster markiert, nicht durchdringen. D.h. also, daß durch das Abbinden des Bastfadens im Kettfaden zuerst das Muster entsteht, es vorgegeben ist, dann erst, vor dem Webvorgang, wird die Kette gefärbt.

Die Familien leben vom Fischfang der Männer, so daß die Frauen kaum Feldarbeit verrichten müssen. Überall da, wo eine Sikka-Frau eingeheiratet hat, ist die Ikat-Webkunst anzutreffen, oder da, wo einst die Kriegszüge der Sikkanesen hinführten. Vergebens hält man im Sikka-Gebiet nach anderen Kunstfertigkeiten Ausschau. Es scheint, als ob alle künstlerische Gestaltungskraft und Entfaltungsmöglichkeit, alles schöpferische Denken und alles Vorstellungsvermögen sich ausschließlich in der Herstellung der kostbaren Ikat-Tücher offenbarte.

Es fängt mit dem Aussuchen des Feldes mit sandartigem Baden für die Saat der Baumwolle an und endet mit dem Webvorgang des Ikat-Tuches. In dieser Zeitspanne ist alles Leben und Denken der Frauen und heiratsfähigen Töchter, die in diese hohe Kunst eingeführt werden, konzentriert auf das Gelingen der einzelnen Arbeitsvorgänge. Es bedarf für das Gelingen der Arbeit guter Träume und der Opfergaben, z.B. der Leber eines Huhnes oder eines kleinen Schweines, vielleicht auch Reises, die auf dem Opferstein an der Hütte dargebracht werden, sowie der Fürsprache der Ahnen, des gütlichen Sprechens zu der Wolle, als auch der Feste und Tänze des Dankes.

Es werden 'die Menschen des bösen Geistes', die 'ata ueng', welche als Dämonen und Hexen gefürchtet sind, beschworen, die mit ihren Zauberkräften den Menschen schaden, aber auch helfen können. Für alle Unbill sind sie verantwortlich: Für Krankheit und Tod, zu reichlich und zu wenig Regen, für gute und schlechte Ernten. Sie können sich in vielerlei Gestalten verwandeln. So schlüpfen sie z.B. in die Gestalt eines Tieres. Während sie schlafen, besitzen sie die Fähigkeit, durch die Lüfte zu schweben. Erkennen kann man sie daran, daß sie Menschenfleisch essen. Wenn sie die Seelen der Menschen essen, müssen diese sterben.

Weicht eine Familie oder ein einzelner in den Augen der Dorfbewohner von normalen Lebensgewohnheiten ab oder erscheint anders als seine Mitmenschen, konnte es bis in die sechziger Jahre hinein noch geschehen, daß sie von einigen ausgesuchten Männern des Dorfes als gefürchtete und unheilbringende Menschen des bösen Geistes auf grausige Weise getötet wurden.

Noch heute durchdringen viele mythische Vorstellungen mit ihren Wünschen, Hoffnungen und Ängsten die Frauen. Sehr tief sind sie in ihrem Bewußtsein verankert. Beim Säen der Baumwolle darf z.B. nicht gesprochen werden, und die wohlwollenden Seelen der Ahnen, die 'nitu', werden flüsternd um eine gute fruchtbringende Ernte beschworen. Am Abend vor der Ernte wird den Ahnen ein Opfer dargebracht.

Wenn die Baumwolle geerntet ist, muß sie sich zuerst von den Anstrengungen des Wachsens und Reifens ausruhen, und man legt sie in eine ruhige Ecke des Hauses. Die Frau des Hauses betet nun im singenden Tonfall:

"...Das Erntefest hebe nun an mit Togo-Tanz, Sang und Klang. Töne, Trommel, töne hell und stark. Zittere Geige, zittere zart und fein. Klinge Klangholz, klinge rein und weich, wir wollen nun feiern und fröhlich sein..."

(Käthe Tietze: "Sitten und Gebräuche beim Säen, Ernten, Spinnen, Ikatten, Färben und Weben der Baumwolle im Sikka-Gebiet (östliches Mittel-Flores"). Herausgeber: Dr. Andreas Scheller, im Auftrag des Vereins zur Förderung des Rautenstrauch-Joest-Museums für Völkerkunde der Hansestadt Köln)

Der Togo-Tanz ist bei den Sikkanesen der bedeutendste Tanz, der bei festlichen Anlässen getanzt wird.

In einem fröhlichen Beisammensein der Frauen wird die Wolle geklopft. "Die Sonne macht die Wolle stark," sagen die Frauen, und sie wird nun drei Tage in die Sonne gelegt. Dann beginnt das Mangeln der Wolle. Zwei wie Schrauben gedrechselte Walzen sind waagerecht übereinander in einem Gestell angebracht, die sich durch eine Kurbel in entgegengesetzter Richtung drehen. Die Baumwolle wird entkernt. Die Samenkörner werden herausgepreßt.

Danach wird auf einem fein säuberlich vorbereiteten Platz die Wolle mit den Schlägern aus Rotang von zwei Frauen im abwechselnden Gleichmaß flachgeschlagen. Am Anfang konzentrieren sich die beiden Frauen vollends auf den richtigen gleichmäßigen Takt der Schläge. Doch der Rhythmus wechselt, er wird schneller und schneller. Stunden dauert dieses abwechselnde Spiel mit dem aufpeitschenden Rhythmus, der, ebenso wie die heiße Sonne, die Sinne erregt. So kann es geschehen, daß sich die Frauen, was sonst nur in der Dunkelheit der Nacht beim Togo-Tanz geschieht, 'beriechen', sich küssen. Drei Tage dauert das Flachschlagen der Baumwolle für die Herstellung eines Sarongs und am Ende dieser Tage ist das Fest 'Toeteo kapa'. In der ganzen Nacht wird mit den Männern Togo getanzt. Es wird berichtet, daß dies die wildesten Togo-Nächte seien.

Die Baumwolle wird nun auf einer hölzernen Nadel von Zigarrengröße aufgerollt. Wenn die Röllchen die richtige Stärke haben, zieht man die Nadel heraus. Hat die Frau eine Tochter, ist das der Anlaß, ihre Tochter in die Geheimnisse und die Geschichte der 'kuat' einzuweihen. 'kuat' ist ein Verwandtschaftsgefühl zwischen Menschen, die in totemistischer Beziehung, z.B. zu Tieren und Pflanzen stehen. Mutter und Tochter gehen ans Meer, baden sich und setzen sich ans Ufer. Die Mutter nimmt ihren Rock und zieht ihn über den Kopf, und die Tochter macht das gleiche. So sitzen sie und schweigen eine lange Zeit, bis die Mutter die Geschichte ihrer 'kuat', die Geschichte ihrer großen Familie, erzählt. Dem jungen Mädchen sind von klein auf die Tabus bekannt. Es weiß nur nicht, warum das so ist. Nun erzählt die Mutter, warum dieses nicht gegessen werden darf und jenes nicht berührt, darüber nicht gesprochen wird und man dieses nicht tut. Für alles gibt es einen Grund.

Ungefähr vier Wochen benötigt man, um die Baumwolle für einen Sarong zu spinnen. Die Spinnerin sitzt auf einem alten Rock auf dem Boden mit übereinandergeschlagenen Beinen. Sie dreht mit der linken Hand den Faden, der zwischen ihren Zehen hindurchführt und auf die Spindel geleitet wird. Mit der rechten Hand dreht sie das Spinnrad. Geschicklichkeit, Kraft und die Liebe zur Arbeit gehören zum gleichmäßigen Spinnen, denn es ist wichtig, daß der Faden gleichmäßig gesponnen wird und daß er nicht so oft reißt, damit keine Knoten gemacht werden müssen. Die Spinnerin bittet 'Dua Ludar Wulang' (Frau Mondträgerin), ein zwergenhaft aussehendes, riesiges Wesen, das nach einem Mythos mit dem 'Ludar Wulang' (Mondträger) der Sonne und dem Mond bei deren Aufgang mittels einer Bambusstange ihre Schwere abstützen hilft, um die Kraft ihrer

Hände, die Beweglichkeit ihrer Finger und um die Ausdauer ihrer Glieder. Sie verspricht ihr als Opfer das erste Gewebe von der neuen Ernte, umwickelt ihr Hand- und Fußgelenk mit Garn und glaubt nun, die Kraft der Mondträger ströme in ihre Hände und Füße.

Es heißt, ist eine gute Spinnerin im Haus, so findet die Armut keinen Einlaß, denn gesegnet ist dieses Haus, eine Quelle des Reichtums und des Wohlstandes. Gilt ein heiratsfähiges Mädchen als eine gute Spinnerin, so kann sie eines hohen Brautpreises gewiß sein. Heute jedoch ist nicht selten der Beruf der jungen Frau ausschlaggebend, wie z.B. der der Lehrerin, der begehrt ist.

Mit dem Aufspannen der Kette kann nur begonnen werden, wenn die Frau des Hauses nicht von 'Dua Toe-Robong' träumt. Sie ist eine diebische Frau mit langen Brüsten, die sie sich beim Laufen über den Rücken werfen muß, damit sie nicht stolpert. Im Rücken hat sie ein Loch, in dem sie alle gestohlenen wertvollen Gegenstände verstecken kann. Wie schnell könnte sie den vollgespannten Ikat-Rahmen mitnehmen und sich flink davonmachen.

Wieder wird den Ahnen geopfert, und ein Zauber- und Abwehrmittel aus 'koli-wetan', aus den Blättern der Lontarpalme und einer Hirseart, hergestellt. Es schützt vor unheilbringenden Geistern und wird auf den Opferstein gelegt. Die Frau betet:

"Du, Mutter, oben am Wolkenanfang (im Himmel), Du, Seele meiner Urgroßmutter unten im Reiche der Ahnen, es gilt heute den Ikatrahmen voll zu spannen und mit Fleiß und Ausdauer ein Werk zu verrichten, das beim 'eang goemang wawi' (etwa fünf Uhr nachmittags) beendet sein muß, damit die große, festliche Arbeit begonnen werden kann. Doch sieh dort hinter dem Mangobaum versteckt 'Dua Toe Robong', diese häßliche Frau, die nur darauf wartet, unsere Arbeit zu stören, uns durch Schabernack abzulenken, um im unbewachten Augenblick das Werk unserer Hände zu stehlen."

(Käthe Tietze, S.42)

Die Frau wirft einen magischen Stein im großen Bogen um sich und da, wo er hinfällt, setzt sie den Ikatrahmen auf die Erde. Denn hier, ganz gleich, ob ihr der Platz günstig oder nicht erscheint, wird sie der 'ueng', der böse Geist, nicht stören.

Mutter und Tochter, eine Verwandte oder Nachbarin bespannen nun gemeinsam den Ikatrahmen. Das Knäuel Garn wird in einer Kokusnußschale hin- und hergereicht. Währenddessen darf bis zur Fertigstellung der Arbeit kein Wort miteinander gesprochen werden. Gegessen wird erst nach getaner Arbeit. Das Essen haben Verwandte zubereitet. Die Frau selber ist während der Zeit des Ikattens von aller Arbeit auf dem Feld und im Haus befreit. So verrichtet nun eine Frau aus der Verwandtschaft die häuslichen Arbeiten. Dies geschieht jeweils im gegenseitigen Wechsel.

Nach ihrer Verheiratung und der vollständigen Bezahlung des Brautpreises gehört die junge Frau zu der Sippe des Mannes. Der jungen Frau ist es erlaubt, das Ikatmotiv ihrer Familie beizubehalten, aber nur im untergeordneten Sinn. Das Ikatmotiv der Familie ihres Mannes erfährt sie erst dann, wenn sie ihr erstes Kind erwartet, denn erst dann gehört sie voll zur Familie. Wenn sie noch lebt, ist es die Schwiegermutter oder ansonsten die Schwester des Mannes, die sie in das Ikatmotiv einführt.

Im Sikka-Gebiet ist die junge Frau an das Motiv der Familie des Mannes gebunden. Sie kann aber in vielerlei Abwandlungen und Gestaltungen dieses Motiv variieren. Ihrer Phantasie und ihrem Können sind hier keinerlei Grenzen gesetzt. Jede Sippe hat ihr eigenes Motiv und Totem, das Zeichen der Sippe. Das Totem ist dem Ikatmotiv untergeordnet.

So gibt es als Ikatmotiv den Beringingbaum, die Heuschrekke, das Eichhörnchen, die Katze, die Ratte, die Seeschildkröte, den Hund, das Muschelhalsband, das Schwein, den weißen Kakadu und vieles mehr. Zuweilen kann sich das Ikatmotiv mit dem Totem decken. Die Motive können so sehr symbolisch verschlüsselt sein, daß das eigentlich Dargestellte für den Fremden nicht mehr zu erkennen ist.

Die Ikat-Technik besteht darin, die auf dem Ikatrahmen aufgespannten Kettfäden mit Bambusbast zu umwickeln bzw. abzubinden und ein Muster entstehen zu lassen. Ohne Vorlage, außer dem auf einem Bananenblatt gezeichneten Grundmotiv, nur aus dem Gedächtnis heraus, entsteht das Muster. Das scharfe Bambusmesserchen schneidet 2 mm hinter dem Knoten den Bast ab.

Die Arbeit am Ikatrahmen läßt die Sauberkeit und den Ordnungssinn einer zukünftigen Schwiegertochter erkennen.

Auch vor der Arbeit des Ikattens darf kein böser Traum die Frau bedrängen. Träumt sie einen guten Traum, wie vom Vogelweibchen Bliro, das acht Steine auf die Erde warf, sind die Zeichen gut und das Ikatten kann beginnen.

Am frühen Morgen des nächsten Tages gehen Mutter und Tochter zu dem heiligen Hain, zu den dunklen großen Bäumen, dem heiligen Beringingbaum mit seinen herunterhängenden Luftwurzeln, dem Lebensbaum. Der Gebieterin dieses Haines, der roten Schlange 'Naga Laka', deren Biß tödlich ist, bringen sie ein Opfer. Nur der 'Tanah-Puang', der Landverteiler oder sein Sohn kennen ein Gegenmittel. Doch dieses Mittel ist so teuer, daß man sich entweder verschuldet oder daran arm wird, wenn man es bezahlen muß. So ist es besser, die 'Naga Laka' zu besänftigen und ihr Wohlwollen zu erlangen, als von ihr gebissen zu werden.

Danach gehen Mutter und Tochter zu ihrer Hütte an den Ikatrahmen, wobei die Tochter der Mutter beim Ikatten zuschaut und lernen soll. Wenn die Ikatseele die Mutter umschwebt und sich bei ihr niedergelassen hat, darf nur über die Arbeit gesprochen werden. Später darf keiner sie mehr ansprechen, ihr Fragen stellen oder laut werden. Viele Gebete an die göttlichen Wesen im Himmel, zu den guten Geistern und Ahnen bitten um gute Gedanken und Einfälle. Ist die Frau mit dem Ikatten fertig, klatscht sie in die Hände und alle beglückwünschen sie. Sie verläßt ihren Arbeitsplatz und setzt sich um auszuruhen. Die Nachbarinnen kommen herbei und möchten ihr etwas Gutes tun. Sie erweisen ihr einen Liebesdienst, indem sie vielleicht ihr Haar nach Läusen absuchen. Für den 'Tanz aus Freude', der 'togo laro', der bis zum frühen Morgen dauert, wäscht sie sich am Strand und kleidet sich festlich als Dank an die guten Geister und Ahnen.

Von der Qualität des Ikattens und des Garnes hängt es ab, zu welchem Zweck die Tücher einmal Verwendung finden. Für ein Festkleid muß das Muster besonders schön klar und ohne technische Fehler sein. Denn hier lohnt es sich, die Kette einer jahrelangen mühevollen Färbung zu unterziehen. Ist die Kette fehlerhaft oder das Garn schlecht gesponnen, wählt man diese Kette mit den kürzeren Färbevorgängen als Arbeitskleid.

Für die Färbung des Tuches werden wochenlang die Blätter des Indigostrauches, der wild wächst, für das Indigoblau sowie die Wurzel des Kebukabaumes für die Farbschattierungen der Brauntöne gesucht und gesammelt. Die Wurzeln werden vor dem Färben noch einer gesonderten Behandlung, dem Weichklopfen mit einem Stein, unterzogen. Die Blätter und die Wurzeln werden jeweils so lange in Wasser mit einem Kalkzusatz eingeweicht, bis es zur Gärung kommt. Dann wird das dickflüssige Wasser durch ein Tuch gesiebt und die gereinigte Färbeflüssigkeit in einem Tongefäß aufgefangen.

Eine alte Tradition läßt im Sikka-Gebiet nur die blaue und braune Farbe mit abweichenden Schattierungen als vornehm gelten. Heute findet man in vielen Tüchern, die meist für den Weiterverkauf gedacht sind, rote oder grüne Streifen. Für die Sikkanesinnen wirken diese Farben aufdringlich und herausfordernd.

Meistens färben mehrere Frauen gleichzeitig die Kette, damit sie sich gegenseitig helfen können, falls die Farbe ausgehen sollte. Um den Frauen das Färben der Tücher zu erleichtern, hat die Regierung in Maumere heute eine Färbestelle eingerichtet. Es finden sich hier große Behälter mit der jeweiligen Farbe, die von mehreren Frauen, vorwiegend aus der näheren Umgebung, gleichzeitig genutzt werden können.

Die Kette wird zum Färben in einen Holztrog gelegt und vorsichtig mit Farbe übergossen. Langsam soll die Kette die Farbe trinken, damit sie bis ins Innere des Fadens eindringt. Drei Monate muß die Kette im Farbbad liegen. Danach wird sie ausgewrungen und getrocknet. Dieser Prozeß wiederholt sich nach weiteren drei Monaten. Ein Ikat-Sarong ist umso wertvoller, je öfter er dem Vorgang des Färbens unterzogen wurde. Das kann bei einem Fest- oder Besuchssarong fünfundzwanzig Mal der Fall sein, also mehr als sechs Jahre. Bei der normalen Alltagskleidung geschieht das Färben sechs- bis achtmal, ungefähr zwei Jahre. Also eine sehr langwierige Prozedur.

Zudem gibt es bei den Festsarongs Färbevorgänge, bei denen die Bastfäden von der Kette gelöst werden, um sie fünf- bis sechsmal in schwacher, rotbrauner Farbe zu färben. Später wiederholt sich das zwei- bis dreimal mit einer leichten Farblösung. So können im Hintergrund der dunkelbraun gefärbten Kette 10 bis 20 verschiedene braune Farbtonschattierungen entstehen. Es ist ein leuchtendes, in sich bewegtes und wunderschönes Tuch, der Stolz der Besitzerin. Dieser festliche Sarong verleiht der Feier eine besondere Note und zieht die bewundernden Blicke der Männer auf sich sowie die anerkennenden, manchmal auch neidvollen der Frauen. Solch ein Sarong wird als wertvoller Schatz in der Sippe bewahrt und hat für den Brautpreis eines Mädchens besonderen Wert.

Nach dem Färben der Kette wird sie in Reiswasser, es hat die Funktion eines Stärkemittels, und aufgelösten Tamarindebohnen gewaschen und muß drei Monate trocknen, bis sie auf den Webrahmen gespannt wird.

Nachdem die Weberin wieder mit Opfern die bösen Geister von dem Platz, den sie zum Weben als geeignet betrachtet, vertrieben hat, stellt sie den Webrahmen auf und geht zum Opferstein des Hauses, legt ihre Gaben nieder und betet ganz leise: "Als am Anfange die Erde noch öde war, irrten die Menschen einsam umher und fragten weinend: 'Erde, wo ist unsere Mutter?' Da sandte 'Deot Amapoe' alle möglichen Dinge zu ihnen, auch die Hölzer des Webstuhles. Seit du uns diesen Trost gabst, Mutter am Wolkenanfang, haben die Webhölzer nicht aufgehört zu schlagen und die 'wawaks' (durchlöchertes Bambusstück, das an den Kettbaum gebunden wird und bei jedem Anschlag einen hellen, melodischen Ton abgibt) nicht aufgehört zu klingen. Auch ich beginne heute zu weben, du meine Mutter, auch ich schlage das Webschwert und lasse das Klangholz singen. Darum bitte ich dich, gib mir von der Kraft deiner Hände, damit die Meinen beim Anschlag nicht schnell ermüden, stärke mein Rückgrat, daß es die Last des Jochs zu tragen vermag und laß mich aufmerksamen Sinnes sein. Hier hast du Reis und Fisch, 'Deot Amapoe', mit dem du dich bis zum Überdruß sättigen kannst. Ein tausendmal besseres Opfer wird dein Lohn sein, wenn du mir hilfst, die Arbeit gut und ungestört zu vollenden!"

(Käthe Tietze, S.62)

Um bequem sitzen zu können, liegen an ihren Füßen hölzerne

Pflöcke zum Abstützen, und an ihrem Rücken befindet sich ein mit einer Lehne versehener Balken. Nun fängt sie an zu weben und führt das Webschwert zwischen die Kettfäden.

Eine geschickte Weberin, der es möglich ist, von morgens bis abends am Webstuhl zu sitzen, kann ein Tuch zwischen acht und zwanzig Tagen fertig gewebt haben. Wer nicht so viel Zeit hat, benötigt ungefähr vier Wochen.

Das fertige Tuch wird zum Stärken abermals in Reiswasser gewaschen, und zwischen zwei Bambusstangen aufgehangen und glatt gezogen. Für viele Gelegenheiten wird ein Ikattuch verwendet. Es ist ein ehrenvolles Geschenk, das den Beschenkten in hohem Maße auszeichnet und verpflichtet. Es ist ein wertvolles Hochzeitsgeschenk, ein Geschenk für die Geburt eines Kindes, eine Wiedergutmachung für ein begangenes Unrecht und für den Toten das letzte Kleidungsstück.

Inwieweit heute noch alle erzählten mythischen Handlungen und Vorstellungen bei den verschiedenen Arbeitsgängen für die Herstellung eines Ikattuches existieren, ist im Einzelnen nicht genau zu bestimmen, da die Kenntnisse über die Pflege der alten Traditionen nicht immer genau zu erfassen sind.

"Ikatweberei hat heute noch mythische Bedeutung, besonders beim Weben von Adatmustern, wie in Watublapi das Motiv der Nagaschlange (Unterweltschlange). Tücher, welche bei der Beerdigung unter der Leiche lagen, werden als beseelt angesehen und beim Gedenken hervorgeholt," schreibt Pater Bollen.

Die hohe Kunst des Ikatwebens ist weiterhin eine gelebte Kunst. Überall in den Dörfern des Sikka-Gebietes, wie in anderen Gebieten auf Flores, tragen die Frauen ihre Ikat-Sarongs, die von den Bewohnern in den kleinen Städten aber langsam durch europäische Kleidung verdrängt werden. Doch nach wie vor sind sie eine kostbare Besonderheit.

DIE WOCHE DES ABSCHIEDNEHMENS

Ankunft in Watublapi

Als uns Paul in Jakarta den japanischen Kleinbus, der für ein Projekt, die Technische Schule in Maumere, bestimmt war und über die Inseln bis Flores überführt werden mußte, mit den Worten übergab: "Genießt die Reise über die Inseln. Ihr wißt ja gar nicht, wie schön und interessant diese Reise sein wird und was ihr alles zu sehen bekommt. Dies ist eine einmalige Chance. Nie mehr werdet ihr so eine Gelegenheit haben," standen wir ein bißchen dumm da und dachten, 'nun ja'. Aber wie recht Paul doch hatte. In der ganzen Fülle schillernder Vielfältigkeit breiteten die Inseln, die wir bereisten, ihren liebenswert exotischen Zauber vor uns aus. Und wie sehr stechen die Unterscheidungsmerkmale jeder einzelnen Insel mit ihrem eigenen Charme hervor.

Die Dunkelheit war schon hereingebrochen, als wir in Mittelflores und an Watunesso, dem Dorf an der Küste, an dem im Mondlicht schimmernden, glitzernden Meer vorbeifuhren. Heute abend noch wollten wir in Watublapi sein, der Endstation unserer Reise. Die Reise führte uns von Jakarta zum Osten Javas, vorbei an den rauchenden Vulkanen, von dort über das Meer nach Bali, 'der Insel der Götter', wie die Menschen sagen. Es ging nach Lombok, den im westlichen Teil der Insel zu sehenden hinduistischen Tempeln und zu den heiligen Quellen. Und weiter ging es über die schöne, bizarre, von Moslems bewohnte Insel Sumbawa mit den auffallend hübschen Mädchen. Nach neun Stunden Fahrt auf der Fähre erreichten wir den kleinen Hafen von Labuhan Bajo in Westflores.

Von der Küste aus, in Kewapante, bogen wir von der Straße in die Berge ab. Gegen 22.30 Uhr hielten wir vor dem Platz an der Kirche in Watublapi an. "Gott sei Dank, es brennt noch Licht," sagte ich erleichtert. Steif, wackelig und müde, auch etwas aufgedreht, kletterten wir aus dem Auto. Da öffnete sich auch schon die Tür des Hauses, und Pater Bollen kam uns entgegen. Wir waren alle glücklich, besonders Amran, der das Auto, uns und das Gepäck heil über die Kette der Inseln gebracht hatte, daß die Reise gut, ohne daß einer Schaden genommen hatte, überstanden war.

Auf Flores scheint die Welt, scheint Indonesien zu Ende zu sein. Der 'Floresweg' ist 1926 durch die Holländer mit Hilfe der Bevölkerung fertiggestellt worden. Ein großer aufgestellter Felsbrocken mit einer Inschrift und der Jahreszahl 1926 erinnert am Rande des Weges an den Bau dieser Straße.

Der Weg verläuft in zahlreichen Windungen und Krümmungen durch die ganze ca. 360 km lange Insel; von der Manggarai im Westen bis zum äußersten Osten nach Larantuka, vorbei an den grünen Bergen, den Vulkanen, den weiten Ebenen, den verschwiegenen und traumhaften kleinen Buchten und dem Meer. Der Weg nimmt seinen holprigen und steinigen Verlauf durch die langhingestreckten Ebenen der Manggarai und die Naßreisfelder von Lembor, er führt weiter in die neblig verhangenen Berge bei Ruteng, die noch mit Urwald bewachsen sind. Weiterhin verläuft der Weg durch die durch Wolkenbrüche verursachten Schlammstrecken, die nur im Schritt-Tempo zu befahren sind, und vorbei an den Reisterrassen bei Ende, die sich hoch über einen durch eine felsige Schlucht fließenden Fluß an die Hänge der Berge schmiegen. Schäumend und sprudelnd kämpft sich der Fluß durch die wie von eines Riesen Hand hingeworfenen, mächtigen, gigantischen Felsbrocken.

Der Weg führt weiter nach Maumere in Mittelflores, vorbei an den hohen Bergen mit seinem Alang-Alang-Gras, den immergrünen Lamtoro-Pflanzen, und er führt noch weitere 135 km bis nach Larantuka, dem östlichen Zipfel auf Flores, durch tiefe Schlaglöcher, über Erdspalten, holprige Steine, trockene, staubige aufgeworfene Erde, die in alles eindringt und alles bedeckt, durch das Bett eines Flusses, und wie überall über kleinere und größere Brücken, die es in sich haben. Denn die Schluchten sind tief, und die Bohlen der Brücken oft wackelig und lose. In der Regenzeit kann es durchaus vorkommen, daß für die Strecke von ca. 145 km, von Maumere bis Ende, zwei bis drei Tage benötigt werden, weil durch Matsch und Schlammassen kein Weiterkommen ist. So haben wir für den 50 km langen Streckenabschnitt zwischen Ruteng und Ende mehr als fünf

Stunden gebraucht.

Doch ab und zu wartet das Band der Straße mit einer Überraschung auf. Es beginnt eine asphaltierte Straße, die plötzlich wieder endet. Da liegen große Steinhaufen am Rande der Straße. Große Straßenbaumaschinen sind zu sehen, die den Floresweg ausbessern und verbreitern sollen. Die Weltbank hat Indonesien für den Bau von Straßen und Wegen große Kredite bereitgestellt. Die bis heute vom Tourismus kaum erschlossene Insel soll für diesen entdeckt werden. Flores, die traumhaft schöne, urwüchsige Insel wird ihr Gesicht verändern.

Ja, er ist schon ein Schrecken, dieser Floresweg. Er ist zugleich ein Abenteuer und ein großes Erlebnis, der ein Bild von der unvergeßlichen Schönheit der Insel wiedergibt.

Eine Beule an der hinteren Stoßstange war nicht zu vermeiden. Das Schlammloch und der überfließende Bach hinter Labuhan Bajo, dem westlichsten kleinen Hafenort auf Flores, war zu tief, als daß man hätte hindurchkommen können. Das Auto stand und rührte sich trotz aller Bemühungen lange nicht. Glücklicherweise hatten wir Daniele, eine Französin wie aus dem Bilderbuch, mit einem Charme, den vielleicht nur eine Pariserin ausstrahlen kann, und Patrice, ebenfalls aus Paris, die wir im Hafen von Sape in Sumbawa kennenlernten, als Reisebegleiter dabei. Alleine hätten wir das Auto nicht aus dem Loch herausmanövrieren können.

"Das ist nicht so schlimm, die Beule. Da werden noch weitere folgen. Das kann repariert werden," meinte Pater Bollen zu unserer Erleichterung. Amran sah auch schon beruhigter aus. Während dieser Reise zeigte er sich als ein wahrhafter Gentleman. Er stammt aus Tegal an der Nordküste von Java. Ulla von Mengden in Jakarta vermittelte ihn als Fahrer für diese Reise. Er vervollkommnet in sich die gelassene Vornehmheit und Höflichkeit eines Javaners durch seine bedächtige Sprache, durch sein bescheidenes, ruhiges Wesen. Denke ich an ihn, denke ich zugleich an den Führer des Kratons in Yogyakarta. Denn seine Sprache war die gleiche bedächtig, getragene Sprache, nur noch ausdrucksvoller in seiner Stimmodulation. Ich vermeinte in ihm, in seiner Mimik und Stimme, einen Märchenerzähler aus 'Tausend und einer Nacht' zu hören, wenn er langsam und geheimnisvoll mit 'es war einmal vor langer, langer Zeit' begann, und die Menschen in eine wundersame, verwunschene Geschichte hinein träumen ließ.

"Weil die Javaner eine so langsame Sprechweise haben, kommen die Sprecher vom Rundfunk oder Fernsehen meistens von den Außeninseln," wird ein wenig spöttisch behauptet.

Wie anders, erinnerte ich mich, war unsere Ankunft in Watublapi vor einem Jahr, und wie verschieden verlief diese Reiseroute gegenüber der jetzigen. Unser Reisebüro konnte damals nur einen Flug bei der indonesischen Fluggesellschaft 'Garuda' buchen, der von Amsterdam über Jakarta nach Denpasar führte. Danach ging nichts mehr. Es war offen, ob wir von hier aus über Kupang/Timor nach Maumere oder direkt nach Maumere fliegen konnten. Wir machten also in Denpasar Zwischenstation und konnten uns von dort aus direkt ein Ticket nach Maumere besorgen.

In Denpasar lernten wir Frau Thinnes durch Pater Bollen kennen. Sie spricht fließend indonesisch und vertritt in Indonesien einen deutschen Reisedienst.

"Wenn Sie nach Flores kommen, können Sie alles vergessen, was Sie hier auf Bali gesehen haben. Es ist nicht zu vergleichen. Die Menschen sind anders, viel einfacher. Sie werden die reiche Kultur dort nicht vorfinden. Die Insel ist sehr unterentwickelt. Von Straßen kann man gar nicht reden. Bali hingegen ist voller Kunst, die aus der alles durchdringenden Religiösität des Hinduismus schöpft. Sehen Sie nur die Altäre mit den Opfergaben vor den Häusern, die Tempel, den Hausbau und überall die Götterfiguren. Die jedes Stück Erde ausnutzenden Reisterrassen mit ihrer kunstvollen Bewässerung sind wohl einmalig," sagte sie zu uns. Bali war für uns eine fremde Welt, und Flores sollte also wieder eine andere fremde Welt sein.

Langsam zog die Turbo-Prop-Maschine über dem Meer eine Schleife. Vor uns lagen die grünen Berge, und wir landeten auf dem kleinen Flugplatz von Maumere, der Hauptstadt des Kabupaten (= Landkreis mit ca. 250.000 Einwohnern) Sikka. Maumere zählt ungefähr 20.000 Einwohner. "Es wird uns wohl einer abholen," meinte Pater Bollen. "Weiß man denn Bescheid, wann wir kommen?" "Sie hören ja das Flugzeug, und sie wissen auch, wann die Maschine landet, dann wird wohl einer da sein," sagte er lakonisch. Und tatsächlich, draußen standen der Geländewagen, ein junges holländisches Paar, welches ein Praktikum in einem Landwirtschaftsprojekt absolvierte, und der Fahrer. Die Fahrt ging durch Maumere mit seinem kleinen Häuserkomplex in die Berge nach Watublapi, der Missionsstation und ehemaligen Pfarrei von Pater Bollen. Watublapi, zu deutsch 'gestapelter Stein', liegt ca. 450 m hoch. Dort ist es noch in der heißesten Jahreszeit einigermaßen erträglich.

Gewohnt, gut gefedert über deutsche Straßen zu fahren, war die Fahrt mit dem Geländewagen, der hopste wie ein Kängeruh, holprig und sehr kurvenreich. Mehr Weg als Straße, hatte er vor kurzem einen Untergrund aus schweren Steinen, die gleichmäßig zerkleinert auf den Weg geschichtet wurden, erhalten. Darauf wurde unter Zuhilfenahme eine Büchse mit durchlöchertem Boden langsam hin und her schwenkend eine dünne, kochende Teerschicht aufgetragen. Ungefähr zwei Kilometer vor Watublapi bestand die Straße aus grobgeschichteten Steinen und führte weiter hoch auf den ursprünglichen Weg mit tiefen Spurrinnen und Schlaglöchern, der in der Regenzeit kaum zu befahren ist.

Der japanische Geländewagen war ein Geschenk der deutschen Caritas für die Projektarbeit. Als anläßlich des Besuches eines deutschen Caritas-Direktors auf Flores die Bremsen des von Pater Bollen gefahrenen Autos zweimal während der Abfahrt in den Bergen versagten, schien es wie ein Wunder, daß das Auto weder an einem Baum landete noch den Abhang herunterstürzte. Das Ergebnis dieses gefährlichen Erlebnisses war dann dieser Geländewagen.

In Watublapi angekommen, standen wir vor dem von Pater Bollen bewohnten Haus. Wir betraten die vorgebaute überdachte Terrasse, die in den zentral gelegenen Raum führte, der Eß-, Aufenthaltsraum und kleine Küche zugleich war. Pater Bollen schritt nun von einem Zimmer ins andere. Langsam folgte ich ihm, blieb da und dort am Türeingang stehen. Das Büro mit den vielen Ordnern und dem Schreibtisch hatte einen Ausblick in den Nutzgarten. Da war das Schlafzimmer, das Gästezimmer mit zwei Betten und der sog. Speicher, ein Abstellraum mit dem

Bücherregal, den Säcken, den Resten von Gebrauchtkleidern und einem Bett für den Gast. Bad und Toilette waren in einem Anbau auf dem Hof untergebracht.

Ich sah auf den nackten Fußboden, blickte auf die beiden Landschaftsbilder und die Landkarte mit den Inseln Indonesiens und auf die ansonsten kahlen Wände. Ich betrachtete das einfache, spärliche Mobiliar und etwas fassungslos sah ich ihn an und meinte, "Sie wohnen aber einfach." "So, einfach nennen Sie das?" Nach unseren Begriffen ist dieses Haus ein einfaches Haus, jedoch ist die Einfachheit einer Bambushütte mit ihm nicht vergleichbar.

Durch ein Diesel-Aggregat werden das Pfarrhaus und das Haus von Pater Bollen für drei Stunden am Abend mit Licht versorgt. Ein Sonnenkollektor von einem halben Quadratmeter speist die Funksprechanlage und eine Notbeleuchtung. Einen Kühlschrank gibt es in ganz Watublapi nicht. Essensreste fallen hier nicht an. Wasser, das meist für die achtmonatige Trockenzeit ausreicht, wird in der Regenzeit in Zisternen aufgefangen.

Dieses 'einfache' Haus wurde uns jedoch von Tag zu Tag mehr, nach oft anstrengenden Fahrten, ein Zuhause, Zuflucht für Geborgenheit und Wohlbefinden. Für uns wurde es immer weniger ein einfaches Haus.

Und nun, ein Jahr später, war das nicht erst gestern, als wir dieses Haus in Watublapi betraten, nicht ein Stück 'nach Hause kommen?' Alles war unverändert: Die Terrasse, der große runde Tisch im Zimmer und die hohen Palmen auf der gegenüberliegenden Seite des Dorfweges. Trotz später Stunde sitzen wir auf der Terrasse bei einem Willkommenstrunk. Wir sind froh, uns zu sehen. Eine kurze Woche noch sollte Pater Bollen in Watublapi sein. Vielleicht konnten wir ihm beim Packen helfen. Es stellte sich dann heraus, daß nur zwei Koffer zu packen waren. Die Bücherkisten waren schon per Schiff unterwegs nach Jakarta.

Wir sahen Marie-Jeanne unverändert wieder sowie die Kinder im Kinderzentrum. Wir sahen Pater Schouten, den Vogelkundler, mit über 70 Jahren noch sehr rüstig auf der Terrasse des Hauses sitzen, vor sich seinen morgendlichen indonesischen Kaffee.

Und es begann die Woche des Abschiednehmens.

ABSCHIED IN TALIBURA

"Wir sind zum Abendessen in Talibura an der Küste vom Assistenten des Provinzials, einem indonesischen Priester, eingeladen. Er wird nach Lio/Westflores versetzt," sagte Pater Bollen zu uns. So ein Abschiedsfest oder ein Festessen ist immer verbunden mit einem Wiedersehen der Missionare und einheimischen Priester, die sich lange nicht gesehen und gesprochen haben. Denn jeder ist meist alleine in seiner Pfarrei, eingebunden in seiner Arbeit.

Es gab ein lecker zubereitetes Festessen, gekocht von Bruder Otmar. Gefeiert wurde bei dem einheimischen Pfarrer, der erst vor kurzem in das neu errichtete Pfarrhaus eingezogen war. Am Fuße des Vulkan Egon liegt das Gemeindezentrum.

Und für alle gute sichtbar, steht die aus Stein erbaute, halbrunde Kirche mit den bemalten Glasfenstern. Sie springt ins Auge, und wie von selbst fragt man sich, wie kommt ein solches Bauwerk auf diese abgelegene Insel? Die Schweizer Spendergemeinde erklärte sich nur dann bereit, Geld für den Bau einer Kirche zu geben, wenn sie gleich der ihrigen erbaut würde. Da halfen kein Protest, kein gutes Zureden, keine Intervention und keine Erklärungen aus Flores, wie unpassend und fremd eine solche Kirche für die Menschen sei, es fehle ihnen hierzu jeder Bezug. Jedoch, es blieb dabei, diese Kirche oder keine. Und so steht sie da als Zeichen von Unwissenheit und Starrköpfigkeit, weil nur das für andere gut scheint, was einem selber gut dünkt. Unübersehbar steht sie da, nicht weit von der Straße, mächtig, rund und protzig als Fremdkörper in einer Welt der Einfachheit und Armut. Die von Bruder Franz gemalten wunderschönen, bunten Glasfenster versöhnen den Betrachter ein wenig.

Vielleicht werden diese Bauten einmal in späteren Jahren als der Beginn einer neuen, modernen Zeit der Insel betrachtet und gerühmt, als Zeichen des Fortschritts. Oder sie gelten einmal als Symbol der Verdrängung und Zerstörung, und als Verlust einer viele tausend Jahre alten Kultur, der die Zeit, eigene Gestaltungsformen aus den vorhandenen Baustilen zu entwickeln, versagt geblieben ist.

Die Gegensätze und die Verschiedenheit der Gäste zeigten sich darin, wie die Stühle besetzt wurden. Die weißen Missionare, alte und jüngere, saßen beisammen, aßen, lachten und machten Späße. Neben ihnen, und wie ganz selbstverständlich in einer Gruppe, saßen die indonesischen Priester, die sich kannten und vertraut miteinander waren. Sie ihrerseits machten Späße und brachen immer wieder in ein neues herzhaftes Lachen aus. Und doch lag etwas Trennendes in diesem gemeinsamen Essen und Feiern. Es waren nicht die gleiche Sprache, die gleiche Herkunft, der gleiche Witz, die gleichen Interessen. Es gab Worte der Begrüßung, herzliche und freundliche, und Worte des Abschieds, Wünsche für das weitere Wohlergehen, ebenso herzlich und freundlich. Es war nun keineswegs so, daß diese gemeinsame Feier ein mißliebiges Gefühl hinterlassen hätte. Nein, so war es nicht. Im Gegenteil. Fröhliche Stimmen umschwirrten mich, hier von dieser und dort von jener Seite.

Ich war der einzige weibliche Gast und im Nachhinein bedauerte ich es, daß ich nicht von diesem Tisch zu jenem gegangen war, mich nicht dazugesetzt hatte. Vielleicht war es das Fremdsein, die fehlenden Sprachkenntnisse, die Überbrückung von unsichtbaren Schranken, die mich davon abhielten.

Pater Bauer von Nele saß neben mir. Wir unterhielten uns. Er erzählte von seiner Enttäuschung. Alle hatten sein silbernes Priesterjubiläum vergessen. Nun sollte Ende der Woche die Feier zusammen mit Pater Bolchers fünfzigjährem Priesterjubiläum nachgeholt werden. "Jetzt habe ich gar keine Lust mehr, an dieser Feier teilzunehmen, wo man noch nicht einmal rechtzeitig an mich gedacht hat," meinte er. Die Jubiläumsfeierlichkeiten im Seminar in Ledalero fanden dann doch gemeinsam mit ihm statt.

MALARIA

"Wir sehen uns einmal die Ersatzpflanzen für 'Lamtoro' bei Talibura, im Tanah-ai-Gebiet an. Zuerst fahren wir noch ins Hotel und nehmen einen Gast mit," sagte Pater Bollen. Wir nahmen den Weg entlang der Küstenstraße in östlicher Richtung. "Vielleicht ist es besser, wir fahren zuerst hoch in die Berge. Ich möchte sehen, wie es da jetzt, in der Trockenzeit und durch die schlechte Ernte aussieht," kam der Vorschlag von Pater Bollen.

Halsbrecherisch war der Weg in die Berge, und es ging nur langsam vorwärts. Eine Weile fuhren wir durch enge Kurven und tiefe Löcher. Wir betrachteten die Bambushütten, begegneten einigen Leuten und sahen die unterernährten Kinder und ein Stück Land, das abgebrannt im Hang lag. Aber dann achtete ich nicht mehr so sehr auf die Umgebung und den Weg. Pater Bollen saß am Steuer. Warum sah er auf einmal so rot aus? "Mir ist nicht gut. Heute morgen schon, als ich aufstand, fühlte ich mich nicht wohl. Ich glaube, die Malaria hat mich wieder erwischt. "Am besten fahren wir schnell wieder zurück," schlug ich vor. "Ach wo, so schlimm wird es nicht werden, der Anfall wird gleich vorbei sein."

Aber bald fühlte er sich schlechter. Seine Stirn war voller Schweißtropfen, die ihm langsam über das Gesicht rannen. Ich brauche Kühlung, mir ist ganz heiß," sagte er und wollte die Frischluftzufuhr aufdrehen. "Ja, und sich dabei eine Erkältung zuziehen", warnte ich. So schnell es die schmale, holprige Straße zuließ, wendeten wir und traten den Rückweg an. Pater Bollen ließ sich im Krankenhaus von Kewapante Blut für eine Untersuchung abzapfen.

In Watublapi angekommen, kam Marie-Jeanne und sagte immer wieder kopfschüttelnd, "das ist nur die Psyche, nichts als die Psyche. All die vielen Aufregungen. Da soll sich einer nicht wundern."

Am anderen Morgen kam das Ergebnis des Krankenhauses. Es war Malaria, und die Fansidar-Tabletten lagen schon bei. Morgens und abends schluckte er je zwei Tabletten. "Und in zwei Tagen muß ich sie auskuriert haben," nahm er sich vor.

Wir erledigten nun die Einkäufe in Maumere und begegneten Pater Klaus in Kewapante, der nach Pater Bollen fragte. "Ja, der hat die Malaria." "Dann hat er sich bestimmt wieder aufgeregt," meinte er. Wir fuhren weiter nach Ledalero zu Pater Klein. Er stellte die gleiche Frage nach Pater Bollen. "Er hat sich wieder aufgeregt", meinte auch er.

DIE DORFBEWOHNER NEHMEN ABSCHIED

Drei Tage später war die Malaria abgeklungen und Pater Bollen noch etwas geschwächt, aber wieder auf den Beinen. "Es wird ein Abschied nach 'Adat' sein, sagte er zu uns. "Hoffentlich schütten sie mir kein Schweineblut über den Kopf," meinte er scherzhaft.

Es kamen die Frauen, Männer und Kinder. Sie nahmen Abschied und brachten ihre Geschenke. Scheu lächelnd kamen die Frauen langsam ins Haus, überreichten in einer dünnen Plastiktüte oder einem Stoffbeutel drei, vier oder fünf Eier. Manchmal war es ein lebendes Huhn oder ein Hahn, die von Essi, der Haushaltshilfe, von einem Korb in den anderen verfrachtet wurden. Und was tat so ein Hahn als erstes, wenn er sich in einem anderen Korb wiederfand? Er reckte seinen Hals, versuchte seine Flügel zu spreizen, stand angespannt da und schrie ein lautes 'kikeriki' heraus. Es gab nun jeden Tag Hühnchen oder Hähnchen zu essen. Andere Frauen breiteten vor ihm ihr Geschenk, einen selbstgefertigten Sarong aus, gestreift oder kariert gemustert. Es kamen so viele Sarongs, daß ein Leben gar nicht reichen würde, sie alle zu tragen und zu verschleißen.

Ein Geschenk bedarf eines Gegengeschenkes, so wie es alter Brauch ist. Die Schulkinder erhielten ein Heft und einen Bleistift für die Schule. Im Heft steckte ein 5.000 Rupiah-Schein (ca. DM 5,—). "Zu großzügig ist er," meinte Marie-Jeanne. Als er dann feststellen mußte, daß das Geld ausgegangen war und er sich neues beschaffen mußte, schaute er etwas betreten aus.

Ich war auf der Suche nach Marie-Jeanne und fand sie auf der Terrasse des Pfarrhauses. Eine Frau mit drei kleinen Kindern stand bei ihr und erzählte und erzählte. "Sie ist Witwe und hat vier Kinder. Die gesamte Kokosernte ist ihr abgebrannt und nun hat sie keine Mittel, um das Schulgeld ihrer Kinder und den Lebensunterhalt zu bestreiten. Ihr Sohn sei der Primus der Klasse und solle einmal eine weiterführende Schule besuchen. Ich glaube, es wäre besser für die Familie, wenn der Sohn keine weiterführende Schule besuchte, im Kampung bei seiner Familie bliebe und auf dem Feld arbeitete. Durch den jahrelangen Schulbesuch wird er sich entfremden und die Familie könnte enttäuscht sein, wenn der Sohn andere Wege zu gehen beginnt," sagte mir zugewandt Marie-Jeanne. "Dann kann sie auch, wenn der Sohn keine weiterführende Schule besucht, den Verlust der Kokosernte verkraften." Die Mutter und ihre Kinder sind still gegangen.

Einen Tag später kam diese Mutter wieder mit ihren Kindern. Dieses Mal standen sie in Pater Bollens Zimmer am runden Tisch. Sie erzählte und erzählte auch hier. Nach einer Weile, als die Frau fertig war mit Reden, erhob sich Pater Bollen seufzend von seinem Stuhl, schritt in das rückwärtige Zimmer, kam mit einem Kuvert heraus und überreichte es ihr. Kurz leuchteten ihre Augen auf und dankbar lächelnd verschwand das Kuvert in ihrem Ikat-Sarong.

DAS ABSCHIEDSFEST

Nun begannen die vielen Vorbereitungen zum Abschiedsfest von Pater Bollen. Junge Männer saßen auf den Stufen der Kirche, schnitten Kokospalmblätter in lange Streifen, bogen ihre Stiele zu einem Rundbogen und stellten hohe Bambusstangen vor dem großen Kirchplatz sowie vor Pater Bollens Haus auf. Am oberen Ende jeder Bambusstange wurde der Bogen gespannt, und herunter hingen als flatternde hellgrüne Bänder die in Streifen geschnittenen Kokospalmblätter. Blühender Hibiscus und andere Pflanzen rankten am nackten Bambus empor. Es war ein festlicher Schmuck, wie man sich einen Triumphbogen aus lebenden, leuchtenden Blumen und Pflanzen nur vorzustellen vermag. Jetzt schleppten die jungen Männer weitere lange Bambusstangen und zogen mit ihnen zum großen Platz neben der Kirche. Hier sollten die Festlichkeiten sein. Aus den Bambusstangen wurde ein großes Gerüst als Pergola gebaut, die den ganzen Platz einnahm. Mit dünnem Bambus errichtete man eine Verstrebung für die Bedachung aus Kokospalmblättern. Eine Menge Stühle wurden organisiert und aufgestellt sowie eine festlich geschmückte Bühne mit Ikattüchern und Girlanden aufgebaut.

Der Bupati stiftete ein Sapi, ein Rind, für das Fest. Er selber war noch immer geschwächt durch einen vor kurzem erlittenen Blinddarmdurchbruch. Marie-Jeanne und einige Frauen aus dem Dorf trugen das ihrige dazu bei und spendeten ein Schwein. Auf einem freien Platz hockten die Männer, hackten und schnitten auf den ausgebreiteten Bananenblättern und auf dicken, schweren Holzklötzen das Fleisch des geschlachteten Rindes und Schweines in Stücke. Es fand hierbei keine Auswahl der nach unseren Begriffen verschiedenen Fleischsorten statt. Alles kam zusammen, wurde entweder gekocht, gebraten oder an kleinen Spießen gegrillt.

Die Frauen zerkleinerten das Gemüse und kochten das Essen in den zur Verfügung gestellten Räumen oder im Freien. Große Tische standen dazu bereit, oder sie gingen, wie sie es gewohnt sind, auf eine sehr ziemliche Weise bei ihrer Arbeit in die Hocke. Sie strichen ihren Sarong über ihre Oberbeine und setzten sich breit auf ihre Fersen. Sehr lange und ausdauernd konnten sie so sitzen.

Wo man vorbeischritt, roch es wohlduftend nach Gebratenem und Gekochtem. Es dampfte und rauchte. Die Feuerstelle bestand aus aufgebauten Steinen. In der Mitte war das aufgeschichtete Holz, und über allem kam der große offene Schalentopf.

Der großen Abschiedsfeier gingen zwei Tage Festessen für die Dorfbewohner voraus. Der Tuak, der Palmschnaps, durfte dabei nicht fehlen. Die Männer saßen in langen Reihen auf ihren

Stühlen und wurden von den Frauen bedient. Die Frauen saßen abseits im Freien oder in einem der Räume in hockender Stellung an den Wänden gelehnt, aßen und waren unter sich, so wie es Sitte ist. Lange schon war es dunkel, bis die letzten Gäste sich still zurückzogen.

Pater Bollens Büro, fast vergessen wegen seiner Malaria, der Besprechungen mit Josef Doing, Donatus Hoere und anderen, wartete aufs Aufräumen und Aussortieren. Noch immer geschwächt, nahm er lustlos hier und dort ein Papier zur Hand. Ich dachte, 'so können die Papierberge nie ausgemistet, sortiert und vernichtet werden.' So fragte ich ihn, ob wir ein wenig helfen könnten. Ja, wir konnten. Er saß erschöpft und etwas müde auf seinem Stuhl. Und wir leerten eine Schublade nach der anderen, ebenso die Fächer, zeigten ihm die Stöße, das einzelne Stück Papier und schnell und kurz entschied er: "Wegschmeißen. Nein hier hin." Da lagen die verschimmelten Dias, Fotos und Videobänder. Nichts wird von der Feuchtigkeit in den Tropen, vor allem in der Regenzeit, verschont. Ich wollte es nicht glauben, daß so vieles nicht mehr zu verwerten war. Doch überall war der Schimmel.

Zum Schluß standen nur noch die Aktenordner in den Schränken, die von YASPEM entweder aussortiert oder archiviert werden sollten. Ein großer Berg von Papier und sonstigem Kram häufte sich auf dem Boden. "Wenn das alles verbrannt werden soll, muß wohl das Feuer länger brennen," meinte ich. "Nehmt den ganzen Kram und stellt alles mal hinter das Haus, denn sehen wir weiter," sagte er. So geschah es.

Am anderen Morgen, in aller Frühe, weckte mich ein schnatterndes Stimmengewirr. 'Was mag nur draußen unter meinem Fenster los sein?' dachte ich. Langsam verebbten die Stimmen, und ich schlief wieder ein. Als ich heraustrat und ins Badezimmer ging, suchten meine Augen vergebens das Papier, die Filme, Fotos und die Kassetten. Alles war verschwunden. Das ganze Dorf mußte in der Nacht erschienen sein und hatte alles an sich genommen. Die Vorstellung war belustigend, bald in jeder Hütte des Dorfes ein beschriebenes Blatt Papier, ein verschimmeltes Foto, alte Kalender und anderes von Pater Bollen zu finden. Wer weiß, vielleicht, irgendwann einmal, gehören diese zu einem mystischen Erinnerungsschatz.

Es war Samstagmorgen, der vorletzte Tag von Pater Bollen in Watublapi. Im sogenannten Speicher, dem Abstellraum des Hauses, hörten wir es rumoren. Ich sah Pater Bollen in einer Kiste herumwühlen. Er hob ein Hemd, eine kurze und lange Unterhose hoch, und legte alles wieder zur Seite. Jetzt hatte er einen Pullover in der Hand, den er prüfend betrachtete und wieder weglegte. "Suchen Sie etwas Bestimmtes?" "Ich suche ein Hemd mit langen Ärmeln oder einen Pullover, die mir passen. Das meiste von meinen Sachen ist schon in Jakarta, und abends ist es zu kühl, um nur mit kurzen Ärmeln und meiner Soutane bekleidet zu sitzen. Ich angelte ein Hemd heraus. "Das müßte Ihnen passen, ich glaube, es ist die richtige Größe." "Nein, nein, das sehe ich auf den ersten Blick, das paßt nicht. Ich brauche die Größe XXL. Diese Größe fanden wir unter den Hemden nicht. Aber einen Wettermantel aus den fünfziger Jahren fand sich, zwar zu kurz, aber einigermaßen paßte er.

Mittags kam die belgische Entwicklungshelferin Mianne van der Biest aus Wolofeo, die schon mehrere Jahre unter den Menschen im Bergmassiv des Wolofeo-Gebietes lebt, und zusammen mit den Dorfbewohnern auf den Feldern arbeitet. Langsam strömten die Menschen aus Watublapi und den umliegenden Dörfern herbei. Sie standen auf dem Platz vor der Kirche, saßen auf ihren Stufen im Festtagsgewand, und mitten unter ihnen der Zauberpriester mit seinem flatternden Schal und seiner geschlungenen Kopfbedeckung aus hellem Stoff.

Als die Hl. Messe begann, war die Kirche voller Menschen. Während des Gottesdienstes kamen nach Adat-Brauch die geheilten TBC-Kranken an die Stufen des Altares. Pater Bollen nahm vom Altar eine Schale mit Schweineblut und schritt auf die Geheilten zu, tauchte seinen Daumen in die Schale, und mit dem Blut des Schweines als Zeichen des Dankes an Gott und die Ahnen für die Heilung, bekreuzigte er ihre Stirn.

Als Ingo, mein Sohn, wie es abgesprochen war, auf ein Zeichen von Pater Bollen hin, diese Szene fotografieren wollte, schritt hoch erhobenen Hauptes die festlich geschmückte Frau des Lehrers Woga neben die geheilten TBC-Patienten, die gar nicht dorthin gehörte.

An der linken Seite des Altares stand der gemischte Chor, dirigiert von einem jungen Mädchen. Ihr ganzer Körper bewegte sich im Rhythmus der Musik. So wie die meisten Kirchenlieder sind, getragen und stimmungsvoll, sang der Chor die Lieder. Die Atmosphäre schien traurig und gedrückt. Doch plötzlich, aus der hintersten linken Ecke der Kirche, ertönte von den jungen Männern ihr fröhliches, lustiges, ja freches Spiel auf den Bambusflöten. Neben mir hörte ich Mianne sagen: "Ja, und das ist Watublapi, original Watublapi. Watublapi wie es leibt und lebt." Mit dem Spiel dieser Melodie verwandelte sich die Kirche. Ein Aufatmen ging durch ihre Reihen, etwas Befreiendes. Alles Drückende und Traurige war wie weggewischt. Die Fröhlichkeit des Flötenspiels breitete sich aus und nahm Besitz von den Menschen. So frei und unbekümmert die jungen Männer auf ihren Bambusflöten spielten, so sind sie auch im Leben.

Der Gottesdienst war zu Ende und alle schritten unter die große Pergola. Das Blätterdach aus Kokospalmblättern vermittelte ein anheimelndes Gefühl. Die aufgestellten Stühle wurden Reihe für Reihe nach bestimmten Regeln besetzt. Wer keinen Platz mehr auf den Stühlen fand, stand zwischen und hinter den Stuhlreihen. Es sah alles sehr festlich aus. Die Flötenspieler schritten zur Bühne, spielten in mehrmaliger Wiederholung ihre lustige Melodie, und andere Musikgruppen führten mit ihren Bambusstöckchen auf den Bambushalbrohren und anderen klingenden Instrumenten ihre Musik auf.

Feierlich wurde Pater Bollen von der Kirche unter die Pergola auf seinen Stuhl in der ersten Reihe geleitet. Neben ihm saß die sogenannte Prominenz, der ehemalige Bupati Laurenz Sai sowie der Stellvertreter des jetzigen Bupatis, der Zauberpriester, der Bürgermeister, Lehrer Woga, seine Frau und andere.

Zwei Frauen kamen von der Bühne auf Pater Bollen zugeschritten und überreichten ihm eine indigoblau gefärbte Ikat-Scherpe mit kleinen, aufgesteckten rosa Blümchen. Diese Scherpe trug er nun den ganzen Abend über seinem kurzen Wettermantel und darunter lugte die Soutane hervor. Und jetzt wurden ihm seine Abschiedsgeschenke überreicht. Er wurde zur Bühne geleitet und im Klang der Musik kam tanzenden Schrittes der Zauberpriester auf ihn zu, in der Hand die Schale mit heiligem

Wasser, das Wasser aus einer heiligen Quelle. Mit einem Feigenblatt besprengte er ihn und sprach dabei die Worte: "blatang anu wair" (kalt wie Wasser), was die unheilbringenden Geister fernhalten sollte. Mit dieser Zeremonie war er nach Adat-Brauch verabschiedet.

Jetzt war die Zeit der Reden, des Dankes und der guten Wünsche. Als letzter sprach Pater Bollen, und noch immer habe ich seine eindringliche Stimme im Ohr.

Ein junger Mann führte mit seinen Ansagen voller Witz und Temperament durch den offiziellen Festakt. Organisiert wurde das Fest von den Mitarbeitern von YASPEM. Die jungen Mädchen sangen und tanzten. Die jungen Männer führten eine Parodie auf.

Der offizielle Teil des Festes war zu Ende. Langsam, unter dem Spiel der Flöten und der Bambusschlaginstrumente, zogen die tanzenden Frauen in ihren kostbaren Sarongs durch die mittlere Reihe zur Bühne. Sie schwenkten nach dem Rhythmus der Musik die in einem Quast zusammengefaßten bunten, feinen Seidenstreifen und breiteten dabei ihre Arme aus. Die weit ausholenden schwingenden Bewegungen ihrer Arme sollten die bösen Geister vertreiben. Dabei wiegten sie ihre Körper in vollendeter Grazie im Tanz.

Die Männer kamen hinzu, ebenfalls mit ihren Sarongs bekleidet. Auch sie breiteten ihre Arme weit aus. Ihre Bewegungen waren wie der schwingende Flügelschlag eines hoch am Rande der Wolken fliegenden großen Vogels. Sanft und fließend bewegten sie sich im Tanz. Die Gäste wurden zum Tanz gebeten. Die Europäer hatten es etwas schwer, die leicht aussehende Tanzweise mit der gleichen Anmut nachzuvollziehen. Die Tanzfläche füllte sich, und Pater Schouten vollführte zum Vergnügen der Leute besonders schöne Bewegungen mit seinen Armen.

Die Reihen der Europäer lichteten sich. Es war schon später Abend, und wir gingen zurück ins Haus. "Jetzt fängt das Fest für die Leute erst richtig an. Bis zum frühen Morgen werden sie tanzen und feiern," sagte Pater Bollen. Kurze Zeit später begann das prasselnde Geräusch des Regens. Ganz unerwartet regnete es in heftigen Schauern. Es drang lachendes Gekreisch und Schreien zu uns, das langsam verebbte, und dann wurde es still. Nur noch das Rauschen des Regens war zu hören.

RÜCKBLICKE

Es war Sonntagmorgen. Die Aktentasche in der Hand, schritt Pater Bollen zum Auto, und Josef Doing folgte ihm. Er fuhr nun uns und so viele Leute, wie noch Platz im Auto fanden, zum kleinen Flughafen nach Maumere. Es war der so oft gefahrene Weg. Wir blickten auf die am Wegrand stehenden Bambushütten, auf die terrassierten Berge und sahen die Menschen, wie sie lächelnd hinter uns her winkten. Und wie es immer war, wenn wir ein Dorf betraten, zogen hinter Pater Bollen Scharen von Kindern, die hopsten und schrien, lachten und ihre Späße machten. Die einem vor lauter Symphatie in die Arme kniffen, ein Zeichen von großer Zuneigung. Wie auch jetzt, folgten sie lachend und schreiend ein Stück unserem Auto.

"Trotz dieser Katastrophe mit der 'Lamtoro-Laus' ist so viel in den vergangenen Jahren für die Menschen erreicht worden," sagte er, als wir zum Flughafen fuhren. "Ich bin nicht so pessimistisch wie Marie-Jeanne und einige andere Leute hier. Die Einheimischen werden es schaffen, denn sie müssen es schaffen. Wenn hinter ihnen eine Brücke abbricht, werden sie sie schon wieder aufbauen. Und wenn die einheimischen Priester merken, daß hier und dort die Gemeinden abzubröckeln beginnen, werden sie sich sehr schnell etwas einfallen lassen und eben wieder aufbauen, halt auf ihre Art. Was alleine ist in den letzten Jahren nicht alles geschehen? Keiner hätte das für möglich gehalten! Die Menschen sind trotz allem bewußter geworden. In vielen Dingen wissen sie sich zu helfen. Wie viele ausgebildete einheimische Kräfte gibt es heute. Nein, ich selber bin sehr optimistisch und teile den Pessimismus nicht," sprach er mit tiefer Überzeugung.

Am Flughafen angekommen, sahen wir die vielen, die noch einmal Abschied nehmen wollten. Einige Frauen weinten laut und herzerbärmlich. Andere standen und wischten sich leise die Tränen aus den Augen. Hände wurden geschüttelt. Dann kam der Aufruf zum Abflug der Maschine. Ich schaute Pater Bollen nach, wie er den Weg zur Rollbahn auf das Flugzeug nahm und keinen Blick mehr zurück warf.

Das kleine Flugzeug der privaten Fluggesellschaft Bouraq zog eine Schleife am Rande der Berge, und meine Augen folgten der immer höher steigenden Maschine, bis sie im fernen Dunst des Horizonts eintauchte. Heute abend, nach Zwischenlandungen in Denpasar auf Bali, in Surabaya und Bandung auf Java, wird sie in Jakarta landen.

Ich erinnere mich an seine Abschiedsrede. Sehr eindringlich und voll Vertrauen sprach er zu den Menschen. Er sprach von den Jahren des Aufbaus, den vielen Leistungen, die die Bevölkerung vollbracht hatte, und sinngemäß: "...sowie die Eltern ihre Kinder leiten und erziehen, sie zur Reife führen, glaube ich, seid ihr nun reif und fähig, alles Notwendige, was in Zukunft auf euch zukommt, in eigenständiger Verantwortung zu übernehmen. Doch sollte ich mich irren und es jetzt den Berg heruntergehen, so muß ich mir die Schuld zuweisen. Dann habe ich Fehler gemacht. Aber sicher wird es weiter aufwärtsgehen. Das ist wichtig für euch und eure Kinder; denn dann war die vergangene Zeit eine gute, fruchtbare Zeit..."

Und ich erinnere mich an seine Traurigkeit, seine Niedergeschlagenheit. Auf achtundzwanzig Jahre Flores, Jahre des Aufbaus, der Veränderungen blickte er zurück. Er liebt die Insel und ihre Menschen. Sie wurde ihm zur zweiten Heimat. Wie eine Geliebte hat er sie sich erobern müssen. Sie zeigte sich geheimnisvoll und glänzte in ihrer Schönheit, sie kam auf ihn zu, um sich kokett wieder zu entfernen, - und doch gewann er die Menschen und die Insel.

Alles war bestens geordnet. Josef Doing wurde als Mitarbeiter für die soziale Stiftung YASPEM gewonnen. Die Regierung in Maumere, bei der er bis dahin tätig war, stellte ihn in Erkenntnis der Bedeutung dieser neuen Aufgabe frei. Viel ist noch zu tun.

Ich erinnere mich an die Gespräche und an meine Fragen nach seiner Abreise: "Und nun, was denken die Menschen, was sagen sie dazu, daß Pater Bollen Flores verlassen hat?" "Nein, sie verstehen das nicht. Sie sind traurig und betrübt. Wenn einer nicht mehr aus und ein wußte mit seinen Sorgen und Nöten, Pater Bollen hat immer geholfen. Immer war er zu sprechen und verstand sie. Er hat so viel getan für die Armen. Alle schauten zuerst auf ihn. Da konnte ein anderer sagen, was er wollte. Wie er sich bei einer Sache verhielt, war für die Menschen maßgebend. Die Menschen lieben ihn und sie verehren ihn. Er ist für sie wie 'Gott Vater persönlich'."

So ist es mir erzählt worden.

Heute ist Pater Heinrich Bollen als Seelsorger für die 'deutschsprachige katholische Gemeinde Jakarta' tätig und untersteht dem Sekretariat für deutschsprachige Auslandsseelsorge und Tourismus in Bonn.

Seine Tätigkeit als Sozialbeauftragter für den Maumeredistrikt, die er ca. zwanzig Jahre inne hatte, wird nunmehr von einem florenesischen Priester wahrgenommen.

1985 ernannten ihn die Steyler Ordensprovinziale zum Direktor des Sekretariates für 'Justitia et Pax' (Gerechtigkeit und Frieden) - 'Option für die Armen'. Die von ihm ins Leben gerufene Rechtsberatungsstelle VERITA in Jakarta wird von Einheimischen geführt.

PATER FRANZ SCHAAF IN JAKARTA

Zeitenwandel

Wann und wo die Gespräche mit Pater Franz Schaaf jeweils stattfanden, kann ich nicht mehr so genau sagen. War das in dem von Pater Bollen bewohnten Haus, unweit des großen Stadions von Jakarta, in der Prokur der Steyler Missionare auf der Jalan Matraman Raya, oder inmitten des großen Zoos von Jakarta, im Haus oder auf der Terrasse von Ulrike von Mengden, von ihren Freunden kurz Ulla genannt? In mir finden sie sich alle zusammen als ein einziges Gespräch, in verschiedenen ineinander verwobenen Bildern, wieder.

"Ich bin der letzte, der letzte der weißen Missionare, der diese Aufgabe wahrnimmt. Nach mir kommt keiner mehr. Für mich wird man einmal zwei Leute einstellen müssen. Der nächste Prokurator der Steyler Missionare in Java wird ein Einheimischer sein, und das ist gut so," sagte er in einem Gespräch.

Sie treten langsam ab, durch Tod, Versetzung oder aus Altersgründen, die weißen Missionare aus Europa, vorwiegend aus Holland und Deutschland. Zudem bleibt Nachwuchs aus Europa aus. Mit ihnen neigt sich dieser Teil der 450 Jahre alten Missionsgeschichte Indonesiens ihrem Ende zu. Ein Zeitenwandel hat begonnen. Eine Ära geht zu Ende. Alle, mit denen wir sprachen, waren sich dessen bewußt, daß sie in dieser Form die letzten, die letzten weißen Missionare sind, die nicht nur in Indonesien eine Weltkirche aufbauen halfen; hierbei verstehen sie sich als die Nachfolger der Generationen vor ihnen.

Nicht nur hier, sondern generell finden sich in der Missionsgeschichte viele Elemente menschlicher Schwäche und Unzulänglichkeiten wieder. Die christliche Botschaft des Friedens, der selbstlosen Nächstenliebe als Substanz und erstrebenswertes Ideal, trat allzuoft hinter die Denkweise und das Fehlverhalten derjenigen zurück, die sich berufen fühlten, den 'Ungläubigen, den 'Heiden' die Wahrheit zu verkünden. Gerade jedoch in jüngster Zeit sind es die beachtlichen Leistungen vieler Missionare und Schwestern, die durch ihre Hinwendung zu den Armen und Bedürftigen, die Bekämpfung von Hunger und Krankheit dieses Idealbild näher bringen.

In der Erfüllung der ihnen gestellten Aufgabe, der Verkündigung der Botschaft Jesu Christi, der Heranbildung einheimischer Priester, dem Aufbau funktionierender Missionsstationen bzw. Pfarreien, der Errichtung von Bistümern und der Schaffung von zahlreichen sozialen Einrichtungen, haben sie eine einheimische Kirche aufgebaut und werden mehr und mehr überflüssig, zum 'Hemmschuh' und lästigen 'Stellenbesetzer' als Pfarrer auf den Missionsstationen. Besonders trifft es die, die seit mehreren Jahrzehnten dort wohnen und arbeiten und ihre zweite Heimat gefunden haben. Allein, sie sind einsichtig und gewohnt, Verzicht zu üben. 'In den Willen Gottes und der Kirche' schickt man sich, gleichwohl es schmerzt und weh tut. Es wird nicht viel darüber gesprochen, man spürt jedoch den Wandel und seine Auswirkungen auf den einzelnen, seine Hoffnungen, Befürchtungen und Enttäuschungen im offenen Gespräch, oder auch nur in kurzen Andeutungen, im Blick seiner Augen, in der Mimik seines Gesichtes, vielleicht nur in seinem Schweigen.

Wie auch könnte er leichten Herzens Geliebtes, das, was man geschaffen hat, das Wissen um das Gebrauchtwerden, die Liebe zu den Menschen verlieren und verlassen? Aber wie könnte er den einheimischen Mitbruder alleine lassen. Vieles wird dieser anders machen, manches unterlassen, indessen er Gleicher unter seinesgleichen ist. Wurde nicht jeder vom anderen reich beschenkt? Was der eine mit seiner Kultur, seinem Wissen, seinen Aktivitäten und finanziellen Mitteln einbringen konnte, glich der andere mit seinen Kenntnissen, dem Erschließen seiner Kultur, seiner Unkompliziertheit und seiner Erfahrung in seinen Lebensbereichen aus. Es ist ein gegenseitiges Geben und Nehmen.

Die Jalan Matraman Raya, in der sich die Niederlassung und eine Kirche der Steyler Missionare für Java befindet, ist eine sehr verkehrsreiche Straße. Die Wände des Hauses, und das überrascht, lassen die Geräusche der Straße kaum in die Räume eindringen. Der Garten hinter dem Haus vermittelt Kühlung und Erfrischung. Die Büroräume sind einfach und praktisch ausgestattet. In ruhiger Gelassenheit, ohne ein lautes Wort, bewegt sich Pater Schaaf zwischen seinen Mitarbeitern, den Mädchen, Frauen und Männern, schaut, gibt kurze leise Anordnungen und erklärt. Wieder diese Gastfreundschaft. Schnell wird ein Getränk gereicht und dankbar nimmt man es entgegen, denn nur selten verläßt einen das Durstgefühl.

Nicht immer war Pater Schaafs Arbeitsfeld in Jakarta. Acht Jahre hat er auf Flores gelebt, Jahre die prägten, die Erfahrungen vermittelten, die ihn lehrten und die ihn ein Stück weiser werden ließen. "Wenn man nicht selber mit den Menschen gelebt und unter ihnen gewohnt hat, versteht man sie nie richtig. Es bleibt einem so manches fremd und unbegreiflich an ihnen, ihren Sitten und Gebräuchen, dem Reichtum ihrer Kultur, ihrem einfachen, bescheidenem, von Katastrophen begleitetem Leben. Man versteht sie halt nicht, wenn man ein Fremder bleibt, ein Fremder mit weißer Haut und deshalb allein schon ein Fremder," erzählte er.

WASSER FÜR LEMBOR IN DER MANGGARAI / FLORES

Acht Jahre hat Pater Schaaf in der Manggarai gearbeitet, u.a. in Waenakeng bei Lembor. Es war eine erfüllte Zeit.

"Nie werde ich das vergessen. In meinem ganzen Leben wird diese Erinnerung gegenwärtig bleiben." Er erzählte:

"Eines Tages ritt ich über das Land und neben mir hörte ich das beruhigende, plätschernde Wasser, das, geführt durch Kanäle und Gräben, sich auf die Naßreisfelder ergießt. Dann kam ich an die Stelle, an der das Wasser ein kleines Staubecken bildete, und inmitten des Beckens stand eine alte Frau. Das Wasser reichte ihr bis zur Brust und sie wusch sich. Sie sah auf, erblickte mich und lächelte. Sie rief mir aus der Tiefe des Beckens zu.: "Du bist wie Jesus! Du hast uns Wasser gegeben!"

Dieser Ausruf traf mich bis in mein tiefstes Innere. Noch kein einziges Mal hatte ich ein Wort des Dankes, keine Anerkennung gehört und nicht ein freundliches 'auf die Schulter klopfen' erfahren. Es waren die einzigen anerkennenden, guten Worte, die ich je hörte, und diese Worte kamen von einer alten Frau.

Wie oft haben die Leute versucht, eine funktionierende Wasserversorgung für die Bewässerung ihrer Felder zu schaffen. Alle Versuche schlugen fehl. Die Regierung staute den Fluß mit einem Damm, doch es traten technische Mängel auf, und die Leute verloren nun allen Mut und keiner fand Lust, noch einmal anzufangen. Später wurde dieser, von der Regierung errichtete Damm, in unser Projekt einbezogen und ausgebessert. Bei mir hat es dann funktioniert. Es gab Ärger und Aufregungen und noch einmal Ärger und Aufregungen. Wenn Sie dort hinkommen, nach Lembor, sehen Sie sich das alles einmal an."

Auf der Reise von Jakarta über die Inselkette nach Flores haben wir Lembor gesehen und sind über die endlos lange Dorfstraße gefahren, die kein Ende zu nehmen schien. Lembor liegt in einer weiten Ebene, begrenzt durch die kahlen Berge. Wir sahen das langgezogene Dorf, die Lastwagen, die Reis aufluden, die auf Stelzen gebauten Vorratshütten aus Bambus und davor den auf Bambusmatten zum Trocknen ausgelegten Reis. Wir sahen das reichlich vorhandene Wasser und hörten es durch die breiten, engen und tiefen Gräben glucksen und plätschern. Es war ein verzwicktes und kunstvolles Leitungssystem, viele Kilometer lang, das sich in der Weite der Ebene verlor. Wir sahen die gebückten Frauen auf den Reisfeldern arbeiten. Sie richteten sich kurz auf, als sie uns sahen, und die Kinder, die halfen, winkten uns zu.

"Die Dorfbewohner halfen beim Bau des Projektes," erzählte Pater Schaaf weiter, "das eingebunden war in den 'Flores-Timor-Plan'. Sie schaufelten, schleppten Steine, gruben und glätteten die Erde. Es war Schwerstarbeit. 25 Prozent Eigenleistung mußten erbracht werden. Ein ansässiger Regierungsbeauftragter wurde als Aufseher über die Arbeiten eingestellt. Der Kanal sollte durch einen Felsen geführt werden. Gesprengt wurde der Fels von einem Polizisten, der sich als ein geschickter Sprengmeister erwies. Die Regierung mit ihrem technischen Strukturprogramm 'Pekerjaan Umum' = PU, zuständig für den Straßen- und Brückenbau, die Wasserversorgung usw., sollte bei

Beginn unserer Arbeiten alle Brücken gebaut haben. Doch leider wurden nicht alle fertig, was dann zu Verzögerungen führte. Dafür beanspruchte sie alle technischen Mittel nach Fertigstellung des Projektes, die noch vorhanden waren.

Zu viele hielten die Hände auf. Die gut eingespielte Korruption hemmte auch hier und ließ sich nicht überall ausschalten. Aber alles konnten wir auf keinen Fall durchgehen lassen. Es wurden ganz klare Grenzen gesetzt, Kompromisse geschlossen und Gegenleistungen gefordert." Hierbei wurde Pater Schaaf sehr bestimmt und energisch. Sogar seine Stimme wurde lauter. "Es waren die reichen Bauern, die sich das neu erschlossene Land aneignen wollten. Um das zu verhindern, hat es viele Kämpfe gebraucht."

Der Beamtenapparat, wie auch anderswo auf der Welt, in seiner Schwerfälligkeit, mit seiner personellen Überbesetzung und der schlechten Bezahlung, die oft fehlenden Entscheidungskompetenzen, die Korruption und Bestechlichkeit, die 'guten Beziehungen' - in Deutschland sind sie uns auch nicht fremd - stehen oft hemmend und hindernd wie ein Klotz in alten eingefahrenen Gleisen. Von der Korruption profitieren nicht nur die Reichen. Sicherlich sind sie diejenigen, die den meisten Nutzen aus diesem eingespielten System ziehen. Doch jeder, an der richtigen Stelle, mit den entsprechenden Möglichkeiten, ist 'Mitinhaber' und profitiert.

Auf der Fähre von Lombok nach Sumbawa sprach ich mit einem jungen Mann, der ein dreijähriges technisches Studium in Amerika absolviert hatte und heute als Dozent an einer Universität auf Bali tätig ist. Er ist der Träger eines bekannten und bedeutenden Namens. Eine Straße in Jakarta ist nach seinem Großvater benannt. Im Laufe des Gespräches fragte ich ihn nach den Ursachen der Korruption. "Die Menschen haben Angst vor der Zukunft. Die meisten leben in ständiger Unsicherheit und bangen um die Versorgung im Alter. Es bangt ihnen vor auftretenden Krankheiten. Die Kinder sollen eine gute Schulbildung erhalten. Sie haben viele Verpflichtungen der großen Familie gegenüber. Alle sind in der Geborgenheit der Familie in einem Füreinander eingebunden. Es gibt noch weitere Gründe. Von der sozialen Absicherung, die in Deutschland gegeben ist, davon läßt sich in unserem Land nur träumen." Aus seinen Worten war keine Zustimmung zu verspüren, vielleicht ein Hinnehmen des Unausrottbarem.

"Das Wasser für die beiden Staudämme kommt aus den nahen Bergen," erzählte Pater Schaaf weiter. "Die Wasser sammeln sich zu einem Fluß, der durch sein tiefes Bett an den mit allerlei Bäumen und Sträuchern, den Lianen und hohen Gräsern bewachsenen steilen Berge vorbei strömt. Die Staudämme speichern das Wasser des Flusses in der Regenzeit, um es später nach einem ausgeklügelten Plan an die Naßreisfelder abzugeben."

Am Beginn des Projektplanes stand die Landvermessung. Nachdem die erste Landvermessung ungenau ausgefallen war, gab es Ärger und alles stockte. Pater Schaaf ließ daraufhin einen Vermessungstechniker aus Belgien kommen, und dieser leistete gute Arbeit. Die Bauzeit dieses Wasserprojektes, an dem ein indonesischer und ein holländischer Ingenieur beteiligt waren, wurde auf drei Jahre angesetzt. Es kam des öfteren zu Verzögerungen und Unlust. Die Leute mußten immerzu neu motiviert werden. Es wurde geschimpft und nach langem, geduldigen Zureden ging es wieder für eine Zeit weiter. Nach fünf Jahren Bauzeit war das Projekt abgeschlossen. Ohne dieses Projekt gäbe es heute keine Naßreisfelder, wären, wie schon seit alten Zeiten, keine Ernten in der Trockenzeit möglich. Die Ernährungssituation verbesserte sich spürbar, und für die dort herrschenden Verhältnisse bildete sich ein bescheidener Wohlstand heraus.

Als diese Arbeit zu Ende ging, initiierte Pater Schaaf die Gründung einer Genossenschaft für den Reisankauf. Es ließ sich alles gut an: Die Dorfbewohner machten mit. Es war ihm nur für ein Jahr möglich, die Arbeit der Genossenschaft zu leiten, zu kontrollieren und Verantwortung zu übertragen. "Ein Jahr ist zu kurz gewesen. Es gab dann später, als ich nicht mehr da war, Schwierigkeiten," sagte er bedauernd.

"Warum, Pater Schaaf, sind Sie nicht in Lembor geblieben?" fragte ich ihn. "Haben Sie sich nicht mehr wohl gefühlt?" "Natürlich fühlte ich mich wohl. Vergleichen Sie mich mit Pater Bollen. Ich war für manch einen zu tüchtig und zu mächtig und wurde zu einem Eckstein. So habe ich für mich die Konsequenzen gezogen und bin freiwillig gegangen."

"Ich möchte mich vorsichtig ausdrücken," meinte ich. "Oft hatte ich auf Flores das Gefühl, jeder schielt in Richtung des anderen und betrachtet alles das, was der Nachbar tut und macht, mit sehr kritischen Augen. Zuweilen dachte ich, daß es zu hart zugehe." "Gut, das dachten Sie! Jeder, der hier arbeitet, hat sein Augenmerk und seine Tätigkeit auf das gerichtet, was ihm als das Wesentlichste erscheint. Jeder ist anders. Der eine kann sich besonderer Gaben rühmen, die er einzusetzen versteht. Und wenn er auch noch Erfolg hat, mißt man sich ganz unbewußt an ihm. Daraus können sich Unstimmigkeiten und Zwiespältigkeiten ergeben, die mit kritischer Beurteilung einhergehen, oder auch Anerkennung, Bewunderung und Stolz nach sich ziehen können, - 'denn das ist eine/einer aus unseren Reihen,' heißt es dann.

Die Welt hier auf Flores ist klein und jeder sieht und kennt jeden. Es spielen so viele menschliche Wesenszüge, gute wie schlechte, eine Rolle, die auf jedem Flecken der Erde, auf dem Menschen leben, anzutreffen sind."

DIE FLUCHT DES MÄDCHENS

An einem Tag, der genauso heiß und schwül wie alle anderen Tage war, erzählte Pater Schaaf von der Flucht eines Mädchens, - eine Liebesromanze.

"Eines Tages flüchtete das Mädchen aus seinem Dorf, dem Haus seiner Eltern und machte sich auf den langen Weg zum Dorf ihres Liebsten. So etwas kommt hin und wieder vor.

Als die Familie das Verschwinden ihrer Tochter bemerkte, wurden die Männer der Familie und des Dorfes herbeigerufen und unterrichtet, was sich ereignet hatte. Eilends bestiegen sie ihre Pferde, nahmen ihren Parang in die Hand und machten sich auf die Suche nach ihr. Drei Tage sind sie geritten. Greifbar nahe lag das Ziel, das Dorf des jungen Mannes, schon vor ihnen. Kurz vor dem Dorf entdeckten sie das Mädchen. Es wurde von den Männern ergriffen und so sehr es sich gegen den Zugriff der vielen Hände und Arme auch wehrte, weinte und schrie, es wurde aufs Pferd gesetzt, und es ging wieder den gleichen langen Weg zurück. Im Dorf angekommen, übergaben die Männer das Mädchen den Eltern. Immer noch war es verzweifelt und ganz aufgelöst. Nachdem das Mädchen die Hütte der Familie betreten hatte und seinen Eltern gegenüberstand, brach es wieder in heftiges Schluchzen aus.

Doch eines Tages war das Mädchen zum zweiten Mal verschwunden. Es war erneut unterwegs zu dem Mann, den es zu heiraten wünschte. Sein Verschwinden bemerkte man erst später, und damit war ihr Vorsprung größer. Wieder stiegen die Männer auf ihre Pferde, nahmen ihren Parang zur Hand und dieses Mal baten sie auch mich, sie zu begleiten.

Drei Tage saßen wir nur auf den Pferden, nachts mit einer kurzen Unterbrechung. Die Hitze des Tages machte mir sehr schwer zu schaffen. Total erschlagen fühlte ich mich. Als wir das Dorf des jungen Mannes erreichten, kamen wir, wie wir das erwartet hatten, zu spät. Das Mädchen war im Dorf und hatte die Hütte des jungen Mannes bereits betreten. Hiermit war es unantastbar für uns geworden.

Nun geschah das, was in solchen Fällen immer nach Adat-Brauch zu geschehen hat. Zwischen den beiden Familien begann die große Beratung, denn der Brautpreis mußte ausgehandelt werden. Hätte ich geahnt, was mir bevorstand, wer weiß, was ich getan hätte.

Drei lange, schier endlos lange Tage dauerten die Beratungen an. In diesen Tagen war es nicht erlaubt, etwas zu essen noch zu trinken. Im nahen Bach fanden wir Erfrischung und konnten uns baden. Vielleicht wird der eine oder andere dabei auch etwas getrunken haben.

Ich selber saß nur stumm bei den Verhandlungen dabei, hörte zu und schwitzte, war durstig und hungrig. Nie würde das ein Ende nehmen. Bis in die kleinsten Einzelheiten hinein wurde alles ausgehandelt: Die Schweine für das Hochzeitsmahl, die Büffel, das Pferd, der alte Elfenbeinzahn und anderes. Alles wurde begutachtet, auf Fehler untersucht und Mängel mit anderem ausgeglichen.

Nach drei Tagen, in denen ich nur zugehört und stumm

dagesessen hatte, nach denen mir das endlose Feilschen und Begutachten noch in den Ohren klang, und ich auch gar nichts vor Erschöpfung sagen konnte, waren sich die Brauteltern mit den Familien einig über den Brautpreis und alle Gesichter zeigten Zufriedenheit. Gelöst und lächelnd traten sie nun auf mich zu.

Mit den größten Lobes- und Dankesworten überhäuften sie mich, und ich verstand gar nicht warum. Hatte ich doch zum Gelingen des Aushandelns so gut wie nichts beigetragen. Das Ende der schnellen Verhandlungen sei nur mir ganz alleine zu verdanken. Durch mein Hinzutun und meine Anwesenheit sei alles zu einem schnellen und guten Ergebnis gekommen. 'Sollte denn meine Schweigsamkeit in diesen für mich nicht enden wollenden Tagen tatsächlich der entscheidende Beitrag gewesen sein?' fragte ich mich. Vielleicht, es mußte wohl so sein. Denn wie sonst hätten die Beratungen und Verhandlungen zwischen den beiden Familien ein so rasches Ende finden können?

Jetzt, wo alle glücklich und gelöst saßen, standen oder hockten, dabei lachten und scherzten, beschlossen die Familien als Dank an die Ahnen, für das glückliche Ende der Geschichte ein Festessen zu geben. Die Frauen kochten ein gutes Essen. Zusammen mit dem gereichten Palmschnaps war das Balsam für meine Seele und wie erst für meinen hungrigen und knurrenden Bauch."

ÜBER DAS LÄCHELN

"Was ich in Deutschland vermissen werde, Pater Schaaf, ist das Lächeln der Menschen hier." "Ja, das glaube ich Ihnen." "Oftmals frage ich mich aber: Ist das ein ehrliches, ein aufrichtiges Lächeln, welches aus dem Herzen kommt, was mir entgegengebracht wird, oder ein Lächeln, das sich nur äußerlich zeigt, nur aufgesetzt scheint." "Wenn wir zu mehreren zusammensaßen, haben wir uns schon ähnliches gefragt, und jeder für sich hat die gleiche Frage gestellt. Wenn ich vom Erlebten, von den vielen Kontakten und Gesprächen mit Indonesiern ausgehe, sage ich, ja, es ist ein ehrliches Lächeln. Wenn die Menschen lächeln, lächelt ihr Herz. Ihr Lächeln kann durchaus ihre Traurigkeit und Kümmernisse, die Härte des Lebens überdecken. Es bleibt aber dennoch ein ehrliches Lächeln."

Hierbei denke ich an Amran, Amran aus Tegal, auf Java, unseren Fahrer, der immer gleichbleibend höflich und freundlich, der nie ungeduldig war, der uns anlächelte, wenn wir dies und jenes mit Gesten, ein paar Wörtern Bahasa Indonesia fragten und dessen Ruhe und Gelassenheit uns gleichsam ruhig und gelassen machte. Daß er in Ungewißheit und Sorge diese Reise antrat, davon spürten wir nichts. Das erfuhren wir erst durch Schwester Virgula in Cancar auf Flores, als sie mit ihm sprach. Ebenso ruhig und höflich, wie all die Tage zuvor, manchmal mit einem kleinen Lächeln auf den Lippen, erzählte er:

Nein, seine Frau und er hätten keine Kinder. Doch nun, nach mehreren Fehlgeburten, sei seine Frau zur Freude der gesamten Familie wieder schwanger, aber krank. Als er die Reise antrat, die für ihn drei Wochen dauern sollte, sei sie gerade einen Tag zuvor aus dem Krankenhaus entlassen worden. Es war nicht sicher, ob sie ihr Kind austragen könne.

Nur der, der um die große Kinderliebe der Indonesier weiß, kann die Besorgnis und Traurigkeit, die aus seiner Erzählung klang, nachempfinden. Jedoch Amran lächelte, war höflich, leise und hilfsbereit. Auch auf dem letzten Abschnitt der Reise über den abenteuerlich zu fahrenden Floresweg, lächelte er uns und die Leute an, redete sie mit 'mas' an (großer Bruder, javanisch), wenn er nach dem Weg fragte, so wie wir es bei ihm gewohnt waren. Lächelnd, bedauernd und traurig zugleich verabschiedeten wir uns voneinander in Watublapi. Gerne möchte ich ihn, das Kind auf seinen Armen und die Frau neben ihm in Tegal wiedersehen.

In Jakarta übernahm Pater Bollen von seinem Vorgänger das gemietete Haus. Das Beste hingegen was er übernahm, war Tarno. Als erstes erhöhte er Tarnos Lohn. "Er muß doch leben, und Jakarta ist teuer. Er hat Familie, für die er sorgen muß." Mit Tarno übernahm er einen Schatz. Tarno, der das Haus hütet und der den Eisschrank repariert, Tarno, der einfach perfekt ist.

Er hatte einmal in der deutschen Botschaft als Koch gearbeitet. Seine Kochkünste können für einen Genießer von schmackhaften Gerichten, eine Mischung von deutscher und indonesischer Küche, geradezu unwiderstehlich sein. Um was kümmert er sich eigentlich nicht in diesem Haus? Leise bewegt er sich durch die Räume, leise pflegt und ordnet er die Dinge des Hauses.

Was mir an Tarno als erstes auffielen, waren seine ernsten Augen. Sie spiegelten den Ausdruck seines Gesichtes wieder. Betrachtete ich seine Augen genauer, waren es mehr als nur ernste Augen. Sorgenvoll und betrübt schauten sie mich an. Wenn ich ihm indessen einige Worte sagte und das, was ich nicht sagen konnte mit der Sprache der Hände, des ganzen Körpers auszudrücken versuchte - sicherlich sah das etwas komisch aus - formten seine Lippen ein leises Lächeln. Dieses Lächeln lief über sein Gesicht bis hin zu den Augen, die kurz aufleuchteten, und ihr sanftes Lächeln ließ mein Herz erwärmen. Und doch, was mochte hinter diesen sorgenvollen Augen stecken?

TROCKENER REIS UND TROCKENE BOHNEN - WEIHNACHTEN IN DER MANGGARAI

Pater Franz Schaaf erzählte:
"Es war am Heiligen Abend. Die Schwester und ich waren unterwegs zu einem abgelegenen Dorf. Die Dorfbewohner warteten auf uns, um mit uns die Hl. Messe zum Heiligen Abend zu feiern. Es war Regenzeit. Die Wege dorthin waren aufgeweicht, matschig und rutschig. Nur langsam konnte sich das Auto durch die tiefen Fahrrinnen kämpfen. Bald mußten wir am Fluß sein, und hoffentlich war er uns bei unserem Fortkommen kein Hindernis. Aus der Ferne schon schimmerte sein Naß zu uns herüber. Der Fluß war über seine Ufer getreten. Breit strömte das Wasser vor uns über das Land. Was nun? An ein Weiterkommen war nicht mehr zu denken. Nicht weit von hier lag ein mir bekanntes kleines Dorf. Vielleicht konnten wir dort die Nacht zum Heili-

gen Abend verbringen.

Der Weg zum Dorf war beschwerlich. Als wir das Dorf erreichten, traten die Menschen aus ihren Hütten. Erstaunt und erfreut betrachteten sie uns und das von schlammiger Erde bedeckte Auto. Heute, am Heiligen Abend, ein Priester und eine Schwester in ihrem Dorf? Gastlich wurden wir aufgenommen und in eine Hütte geführt. Flink suchten die Frauen eine Hütte aus, die von ihnen für den Gottesdienst hergerichtet wurde. Die Dorfbewohner strömten alle, als der Gong ertönte, zum Gottesdienst. In ihren Gesichtern war die Freude zu erkennen, solch eine Weihnacht zu erleben.

Für mich folgte nun ein noch nie dagewesenes Weihnachtsfest.

Nach dem Gottesdienst versammelten sich alle vor der Hütte. 'Was tuscheln die Leute? Warum scheinen sie verlegen zu sein?' fragte ich mich. Ein würdig aussehender älterer Mann, der Dorfvorsteher, trat langsam aus dem Kreis der Männer heraus, kam gemessenen Schrittes auf uns zu und sprach gleichsam mit entschuldigender und bedauernder Stimme: 'Pater, wie du weißt, sind wir alle sehr glücklich und froh, daß du und die Schwester heute bei uns seid. Gott hat uns reich beschenkt und dafür sagen wir Ihm und den von uns verehrten und beschützenden Ahnen Dank.

Du siehst, wir sind arm. Ja, auch heute sind wir arm. Wir alle, unsere Frauen und wir Männer bitten um Verzeihung, wenn wir euch nur trockenen Reis und trockene Bohnen an diesem festlichen Abend reichen können. Doch dieses einfache Mahl soll sich in eurem Munde wandeln zum besten Stück des Schweines, was wir euch leider nicht geben können. Jedoch war Jesus nicht gleichfalls arm? Gott wird durch deine Hände diesen Reis und diese Bohnen in reicher Fülle segnen.'

'Was war das für eine Welt,' mußte ich denken. Beschämt war ich, in ihrer Armut so viel Größe und Würde zu erfahren. Ich wandte mein Gesicht zur Seite und ich schämte mich meiner Tränen, die ich mir verstohlen aus den Augen wischte.

'Ja, Bapak (Vater, Herr), sicherlich ist so. Es war das Wohlwollen Gottes, das uns zu euch führte, der uns alle segnet. Wir wollen Ihm offenen und freudigen Herzens danken, daß Er uns zusammengeführt hat. Welche Mahlzeit kann schon reicher und wertvoller sein als die eurige? Wird sie doch aus dem beglükkenden Gefühl einer hohen Gastlichkeit, eines freudigen Beschenkens, einer offenen Hand von guten Menschen angeboten. Dieses, euer bescheidenes Mahl, wird reich gesegnet sein.'

Die Frauen verteilten trockenen Reis und trockene Bohnen. Kein großes Festessen konnte uns besser schmecken, und keine Weihnacht hat es vorher noch nachher in meinem Leben gegeben, die so viel Harmonie, Wohlbefinden und Fröhlichkeit unter den Menschen aufkommen ließ. Für mich bleibt dies mein schönstes Weihnachtsfest.

Und der Friede lag über dem Dorf und seinen Menschen."

DAS HAUS IM ZOO IN JAKARTA/JAVA

Ulrike von Mengden

Der Zoo von Jakarta soll einer der größten der Erde sein. In diesem Zoo, nicht allzu weit entfernt von seinem Eingang, steht im schattigen Grün seiner Bäume ein Haus. Es ist das Haus von Ulla von Mengden. Ein Haus, das einlädt. Eine Mischung von deutscher Gemütlichkeit und exotischen Besonderheiten. Hier fühlt man sich wohl und ist willkommen.

Als Botschaftsangehörige oblag ihr die Betreuung der Deutschen auf allen Inseln des Inselstaates, was auch mit Reisen verbunden war. Sie engagierte sich über ihren Beruf hinaus. Inzwischen ist sie pensioniert und arbeitet einige Stunden am Tag in der Botschaft weiter.

Einige Freunde, wie Pater Schaaf, Pater Bollen und auch ich wollten uns von Ulla von Mengden verabschieden. Sie beabsichtigte, für einige Wochen ihre Schwester in Kanada zu besuchen. "Wenn ich sehe, was meine Schwester an Fertigkeiten und Geschick aufweist - in allem ist sie vorbildlich und ordentlich - kann ich dagegen gar nichts. Weder kann ich stricken noch nähen, und was ich sonst noch alles nicht kann. Doch mit Tieren kann ich umgehen. Ich liebe alle Tiere hier im Zoo." Wir saßen auf der Terrasse ihres Hauses. Es war schon dunkel und um uns strich kühlend ein leichter Windhauch. Dabei hatten sich wieder alle Moskitos bei mir verabredet. Ich schlug hier und dort hin, kratzte da und dort, bis ich mich endlich mit einem Mittel einrieb. An diesem Abend gab es Reibekuchen, rheinische Reibekuchen in Jakarta. Ich sehe Pater Schaaf noch immer hin und her laufen, von der Küche auf die Terrasse und wieder zurück. Jeder bekam von ihm reihum einen Reibekuchen auf den Teller gelegt. Wie das Reibekuchen so an sich haben, sind sie immer schneller weggegessen als Nachschub kommt.

Seit vielen Jahren kümmert sich Ulla von Mengden um die Tiere im Zoo von Jakarta. Sie schaut nach dem Futter, benötigt nur einen kurzen prüfenden Blick für den Bären und weiß, wann er krank oder verletzt ist. Sie sieht nach den Elefanten und den Affen. "Was rege ich mich darüber auf, wenn ich sehe, daß der Wärter den Käfig des Bären ausspritzt, ihn auch noch abspritzt und die große Wunde, die das Tier hat, sieht er nicht. Es wird eine gewisse Gleichgültigkeit an den Tag gelegt. Die meisten Menschen hier haben kein Gefühl für Tiere. Sie sind da, man läßt sie in Ruhe und akzeptiert sie, fühlt sich aber letztlich nicht für sie verantwortlich."

Im großen Zoo von Jakarta, gleich neben Ulla von Mengdens Haus, leben ihre Orang-Utans aus Borneo, ca. 30 an der Zahl. Liebevoll werden sie von ihr versorgt und betreut. Da sie sich selten in der Unfreiheit vermehren und sie vom Aussterben bedroht sind, bemüht sie sich mit großem Engagement, den Menschenaffen einen neuen Lebensraum, eine neue Heimat, zu schaffen. Für dieses Projekt wurden Regierungsstellen angesprochen, damit eine geeignete, unbewohnte oder nur schwach bewohnte Insel gefunden werden kann. Ihre Umsiedlung würde wohl einige Komplikationen hervorrufen, da sie wieder lernen müßten, in der Freiheit zu leben.

Der Orang-Utan (Wald-Mensch) ist der einzige Menschenaffe in Asien. Einige Tausend von ihnen leben noch auf Kalimantan (Borneo) und Sumatra. Ihr Lebensraum, wie der vieler anderer Tierarten, wird immer mehr, u.a. durch das Abholzen der Regenwälder, eingeengt. Einige Jahre braucht es, bis ein Orang-

Utan-Kind erwachsen ist und gelernt hat, selbständig zu leben und seine Nahrung zu finden. Der alleinige Feind des Orang-Utan ist seit tausenden von Jahren der Mensch, der ihn jagt und verspeist. Um ihn, als Geist des undurchdringlichen Dschungels, weben sich bei einigen Völkern Indonesiens Sagen und Märchen.

Zu der Zeit, als wir in Jakarta waren, kam bei Ulla von Mengden, ein Orang-Utan-Baby zur Welt. Eine Orang-Utan-Mutter war so zahm, daß sie mit ihrem Baby frei herumlief.

Meistens hat Ulla von Mengden Gäste. In ihrem Haus ist stets Bewegung: ein Kommen und Gehen. Es sind die flüchtigen Begegnungen mit den Besuchern der Orang-Utans. Oftmals sind es Gäste der deutschen Botschaft. Im bewegten Wechsel von Freunden und Gästen verweilen diese für kürzere und jene für längere Zeit. Wiewohl Ulla von Mengden in ihrer Beständigkeit da ist und bleibt. Nur wenn sie verreist ist, wirkt ihr Haus tot und leer. Der Pol, um den sich alles dreht, fehlt nun. Scheinbar unberührt von der Zeit, sieht sie die Menschen an sich vorbeiziehen, da eine immerwährende Erinnerung zurücklassend und dort für einen Augenblick verweilend.

Die beschaulichen Gespräche am Abend, wenn nur noch die leisen Geräusche des Zoos, das Summen der Moskitos zu hören sind, und ab und zu der Papagei gleich neben uns ein Wort oder einen Laut von sich gibt, sind ein bleibendes und schönes Erlebnis, und so ruhig und wohltuend wie ein leise rauschendes, sprudelndes Bächlein. Ganz besondere Gäste sind ihr die Missionare von Jakarta oder von welcher Insel oder Gegend sie gerade kommen mögen. "Ich liebe sie alle so, wie sie da sind." Stets haben die Missionare etwas Packendes und Erzählenswertes zu berichten. Kaum ein Thema wird ausgeschlossen. So kamen wir eines Tages auf die leidige und schlimme Ost-Timor-Frage zu sprechen.

"Damals bin ich in Ost-Timor gewesen und die ganze Grenze zwischen Ost- und West-Timor entlanggefahren," begann Pater Bollen. "Ich sah die Flüchtlinge an den Grenzen campieren. Ungefähr 40.000 waren es, die vor den Übergriffen und Kämpfen der sich streitenden Widerstandsgruppen in Ost-Timor nach West-Timor geflohen sind. Ich habe die Flüchtlingslager, und das Elend dort gesehen. In einem von ihnen traf ich einen Pater, der so gut es ging, die Flüchtlinge betreute. Sehr verzweifelt war er. 'Was soll ich nur anfangen mit all den tausend Flüchtlingen hier? Um die Versorgung dieser Menschen ist es schlecht bestellt, und den ganzen Tag sitzen sie herum und wissen nicht, was sie tun sollen. Wenn sie wenigstens auf dem Land ein wenig arbeiten könnten. Aber es ist kein Werkzeug für sie da. Ich habe zwar eine Lieferung Hacken für ein Landwirtschaftsprojekt in Timor erhalten, doch die Flüchtlinge brauchten noch dringender Hacken.' 'Dann laß das Projekt doch im Augenblick einmal Projekt sein. Die Leute hier haben doch gar nichts. Gib ihnen die Hacken, damit sie arbeiten und für ihre Ernährung sorgen können.' 'Das geht doch nicht. Und wovon soll ich neue kaufen? Ich habe doch kein Geld dafür.' 'Du wirst demnächst eine Menge Geld erhalten, so wie ich die Lage einschätze. Verteile ruhig die Hacken an die Flüchtlinge.'

"Und so geschah es. Die Flüchtlinge bebauten das ihnen zugewiesene Land, konnten für ihre Ernährung sorgen, und es gab so reichlich Geld, daß die Hacken später nachgekauft werden konnten."

Aufgrund der vielen politischen Probleme und Ärgernisse werden die armen und einfachen Menschen oftmals nicht beachtet. Kaum einer spricht von ihnen und von denen, die damit konfrontiert werden, die versuchen, ihre Not zu lindern und das Bestmögliche für sie zu tun.

Nachdem die Portugiesen ihre 450 Jahre alte Kolonie Ost-Timor (ca. 19.000 Quadratkilometer groß) verlassen hatten, plädierten einige Gruppierungen für einen Anschluß an Indonesien, andere ließen den Wunsch erkennen, weiterhin portugiesische Kolonie zu bleiben. Die 'Fretelin' (de Frente Revolucionaria do Timor Leste Indepente), die für eine Unabhängigkeit Ost-Timors eintrat, rief am 30.11.1975 die 'Demokratische Republik Timor' aus. Der Bürgerkrieg zwischen den widerstreitenden Parteien, der schon im Gange war, wurde durch den Guerillakampf der 'Fretelin' gegen die am 7.12.1975 gelandete indonesische Armee, die ihr Eingreifen anfänglich als unproblematisch ansah, fortgesetzt. Doch diese Jahre anhaltender Kämpfe forderten zwischen 100.000 und 150.000 Menschenleben.

Und der Krieg brachte Not, Vertreibung, Elend und Hunger.

Er brachte alle die Grausamkeiten, die ein Krieg nur bringen kann. Mit den Menschen in Uniform, als Sinnbild von Kampf und Grausamkeit, ist heute noch für viele der Einwohner ein normaler Umgang schwer, wenn nicht unmöglich. Das gleiche gilt für die Führer der Guerillas aus den Bergen, die es verstehen, die Unwissenheit und Gutgläubigkeit der sehr einfach lebenden Menschen ihren Zwecken dienlich zu machen. Die vorwiegend jungen Männer aus den abgelegenen Bergen werden für einen Kampf gewonnen und mißbraucht, der nicht der ihre sein kann. Sie kämpfen nicht nur gegen die indonesische Armee, sondern suchen raubend und mordend die Dörfer heim. Eine Vergeltung zieht die andere nach sich. Viel Schmerzliches ist mit diesen Kämpfen verbunden; denn kaum einer Familie ist die Trauer um einen Toten, Verletzten oder Verschleppten erspart geblieben.

Nachdem der Weltsicherheitsrat der UNO Ende 1975 und im April 1976 Indonesien aufforderte, die Kampfhandlungen einzustellen, wurde Ost-Timor im Juli 1976 als 27. Provinz Indonesiens eingegliedert. Kaum ein Bewohner der Inselwelt käme auf den Gedanken, Ost-Timor als nicht zum indonesischen Staat zugehörend zu betrachten. Heute versucht die indonesische Regierung für die überwiegend katholische Bevölkerung mit dem Bau von Straßen, der Errichtung von Schulen, dem Aufbau eines Sozialwesens, so auch mit Hilfe der dort ansässigen Missionare und einheimischen Priestern, eine Befriedung Ost-Timors zu erreichen. Es ist ein Versuch, das große Versäumnis Portugals, Ost-Timor seiner Rückständigkeit und Unwissenheit überlassen zu haben, wiedergutzumachen.

"Ich habe mit einem Führer der Aufständischen gesprochen," sagte Pater Bollen. "Er lebt jetzt in Jakarta und sagt dazu, daß er aus heutiger Sicht falsch gehandelt habe, daß dieser blutige Kampf zu vermeiden gewesen wäre. Die wirtschaftlichen, sozialen und geographischen Voraussetzungen ließen eine tatsächliche Unabhängigkeit als kaum wahrscheinlich erscheinen.

Ost-Timor ist mehr als ein Stein des Anstoßes. Die Menschen auf Timor haben einen hohen Preis bezahlt; einen hohen Preis für 'Indonesia Raya' - Großindonesien.

Ein anderes Mal sprachen wir über die Javaner und die

Sundanesen auf Java. Dabei erinnerte ich mich an einen Ausspruch von Ulla von Mengden, der so typisch für sie ist. Mit ihrer leicht dunklen Stimme meinte sie: "Die Javaner, das sind besondere Menschen. Sie schweben immer zehn Zentimeter über der Erde und sind von leicht flockigen Rosenwölkchen umgeben."

Pater Schaaf kam zu Besuch und fragte: "Habt ihr noch etwas von Ulla gehört?" "Nein, wieso, sie ist doch schon in Kanada." "Ach wo, gestern Abend hat sie mich noch angerufen, daß sie schon zwei Tage auf dem Flughafen festsitzt. Ihre Maschine hatte einen Defekt und sie wartete auf den Abflug. Aber wenn sie sich nicht mehr gemeldet hat, wird sie inzwischen abgeflogen sein."

PATER MIGE RAYA SVD IN MATARAM AUF LOMBOK

Die Wege von Adonara nach...

Bald, nachdem wir mit der Fähre durch die enge Bucht zwischen den hohen Bergen den kleinen Hafenort Labuhan Lembar auf Lombok, von Bali aus kommend, erreicht hatten, mußte die Dämmerung hereinbrechen.

Meinen Zettel mit den angegebenen Adressen der einzelnen Missionsstationen von Pater Bollen in der Hand, machten wir uns auf den nicht weit entfernten Weg nach Mataram, der Hauptstadt der Insel Lombok und der Provinzhauptstadt von Lombok und Sumbawa, auf die Suche nach Pater Mige Raya. Mataram mit den breiten Straßen, den großen Geschäftshäusern, den Behörden, und den vielen Einfamilienhäusern mit ihren großen Gärten, ist eine saubere, kleine Stadt.

Inzwischen war es dunkel geworden und eigentlich, abends um 8 Uhr, eine unpassende Zeit für einen unangemeldeten Besuch, dennoch klopften wir an der Haustür der Missionsstation in der Jalan Pjanggik an. Unser unerwartetes Zurückkommen am anderen Mittag, genau zu der Zeit, wenn die Hitze des Tages zu einem Mittagsschläfchen einläd, konnte man ebenso nicht unbedingt als höflich bezeichnen.

Morgens sahen wir dann unsere kleine Fähre, die vom Rumpf über die Planken bis hin zu den Nieten, nur aus Holz bestand, mit der großen, offen stehenden und klaffenden Einfahrt für die Autos, die aussah wie das aufgerissene Maul eines Riesentieres, aus dem Hafen von Labuhan Lombok aufs offene Meer in Richtung Sumbawa ohne uns auslaufen. Nun lag es nahe, den Weg zurück quer über Lombok noch einmal zu Pater Mige Raya zu fahren. Wir konnten so das kleine Krankenhaus in Ampenan an der Küste, welches von javanischen Schwestern geführt wird, und Pater Gierlings, einen gebürtigen Holländer und früheren China-Missionar, besuchen.

Als die Tür des Hauses sich abends öffnete, schob uns als erstes ein Riesenhund seinen Kopf entgegen und begrüßte uns mit lautem Bellen. Der junge Mann, der uns die Tür geöffnet hatte, ließ uns in das große Zimmer eintreten und bat, am runden Tisch Platz zu nehmen, nachdem er uns nach unserem Begehr gefragt hatte. Ja, unser Besuch galt Pater Mige Raya, der uns auf deutsch mit einem leicht erstaunten, freundlichen 'guten Tag' begrüßte.

"Ihre Adresse, Pater Mige Raya, haben wir von Pater Bollen, der jetzt in Jakarta lebt und sie herzlich grüßen läßt. Das Auto, das uns hergebracht hat, gehört zu einem Projekt in Maumere. Es wird von uns nach Flores überführt," sagte ich zu ihm. "Oh, da haben Sie sich ja einiges vorgenommen. Hoffentlich kommen Sie gut an." "Das hoffen wir auch. Amran wird uns sicherlich heil nach Flores bringen, Pater."

Pater Mige Raya ist ein ruhiger, freundlicher und sanfter Mann. Mit ruhigen Bewegungen reicht er uns Kaffee und Kekse und bedächtig erzählt er ein wenig über sich, und über dies und jenes in Deutschland und Indonesien. Er spricht ein sehr gutes Deutsch, was uns die Unterhaltung erleichtert. Zu seinen guten Sprachkenntnissen trug der zweijährige Aufenthalt in Augsburg bei. Erst sechs Monate weilte er auf Lombok, und leitete seitdem die Missionsstation in Mataram. Die Gemeinde zählt ca. 1.200 Katholiken und besteht vorwiegend aus Frauen. Glocken dürfen durch eine Bestimmung der Regierung in Lombok nicht läuten. Aber dafür gibt es den großen Gong, der, wie die Menschen es im hinduistischen Teil von Lombok gewohnt sind, mit seinem tiefen, klangvollen Ton die Gläubigen zum Gottesdienst ruft.

Zehn Jahre hat er in Irian Jaya gearbeitet. Es folgten drei Jahre in Rom, wo er im Generalkapitel der Steyler Missionare mit der Bearbeitung der Austrittsgesuche von Ordensmitgliedern beschäftigt war. Gleichzeitig war er Beauftragter seines Ordens für die 'Kongregation für die Evangelisierung der Völker', früher 'Propaganda Fide', die für alle Fragen der Evangelisierung in den sogenannten 'Missionsgebieten', der einheimischen Kirchen in Afrika, Asien und Lateinamerika, der Missionsorden sowie der schon lange christianisierten Länder zuständig ist. Für seinen Orden fiel z.B. die Frage der Übernahme von neuen Missionsgebieten an, sowie die Bestätigung an die Kongregation über die nach dem Zweiten Vatikanischen Konzil nach Jahren der Erprobung neu gefaßten Konstitutionen, oder die Bitte von Ordensmitgliedern um Entbindung von ihren Gelübden.

"Nach drei Jahren dachte ich, es sei langsam Zeit, das Arbeitsfeld zu wechseln. Alles in allem wurde es mir zu viel. Ich ging zum Provinzial und sagte ihm: 'Ich kenne inzwischen alle Gründe, die es geben könnte, um aus dem Orden auszutreten. Es sei sehr aufschlußreich und interessant, sie kennenzulernen, es sei jedoch nun genug von alledem. Damit war für mich die Zeit in Rom zu Ende,' schloß Pater Mige Raya.

"Aus welchen Gründen, denken Sie, ist der Priesternachwuchs im Vergleich zu Europa in Indonesien oder beispielsweise in Indien, so groß? Die vom indonesischen Staat anerkannte Theologische Hochschule in Ledalero auf Flores hat, so viel ich weiß, ca. 800 Seminaristen. Alle werden sicher nicht den Beruf des Priester wählen, aber ihre Zahl indessen ist doch sehr hoch", sagte ich zu ihm. "Sehr arm sind die Menschen auf Flores und den anderen katholischen Inseln. Sehr arm sind sie. Vielleicht ist es die große Armut, die bei dieser Wahl eine Rolle spielt. Die Ausbildung ist sehr gut und eröffnet vielen jungen Männern noch andere Möglichkeiten. Ein armes Kind erhält nur in Ausnahmefällen eine Chance zum Studium," erwiderte er.

Pater Mige Raya ist aus Adonara gebürtig. Adonara ist eine kleine vorgelagerte Insel vor Ostflores und soll mit den Inseln Solor, auf der sich eine alte portugiesische Festung befindet,

Lembata, Alor und Pantar sowie anderen kleinen Inselchen zum schönsten Inselmeer Indonesiens gehören. Von der kleinen Stadt Larantuka aus ist Adonara und Solor gut zu sehen. Ihre Berge sind meist mit Alang-Alang-Gras bewachsen. Hinter dem Berg auf Adonara erstreckt sich eine weite, fruchtbare Ebene. Man denkt, ein Riesenschritt reiche, um von Larantuka nach Adonara zu gelangen. Östlich von Flores findet sich eine Kette von kleinen Inseln, getrennt durch schmale Meerengen. Kutterboote, die in der kleinen Hafenbucht von Larantuka ankern, regeln den Personen- und Güterverkehr zwischen den Inseln. Eine Fahrt mit dem Kutterboot von Larantuka nach Lembata dauert ungefähr vier Stunden.

"Was ist noch an alten Traditionen und Gebräuchen in ihrer Heimat übriggeblieben, Pater Mige Raya?" "Nicht mehr sehr viel. So viele alte Traditionen sind verlorengegangen. Schade ist das, sehr schade ist das. Meine alte Mutter lebt noch und sie weiß noch einiges." "Vielleicht lassen sie sich von ihr, von dem, was noch erhalten ist, erzählen und schreiben es nieder, ehe alles verloren geht und dem Vergessen anheim fällt," kam mein Vorschlag. "Wissen Sie, sie ist sehr alt. Wie alt sie an Jahren ist, weiß keiner. Aber sie ist sehr alt. Zu alt ist sie, um von den alten Sitten und Bräuchen zu erzählen. Es ist wirklich schade, daß so viel verlorengegangen ist." Es klang so viel Bedauern in seiner Stimme, daß es einen ergreifen konnte.

In meiner Erinnerung gibt es ein Erlebnis von Marie-Jeanne in Watublapi, das sich vor einiger Zeit zugetragen hat, und handelt von einem nicht gerade bewahrenswerten Brauch. Aber es hat diesen Brauch gegeben.

Es gab einmal einen Streit. Warum es Streit gab, ist hier unwichtig. Es stritten sich ein Mann aus Adonara und einige Florenesen miteinander. Der Wortwechsel zwischen ihnen wurde immer heftiger. Verärgert wandte sich nach einiger Zeit der Mann aus Adonara Marie-Jeanne zu, die ruhig da saß und dem Streit interessiert folgte, und sprach zu ihr: "Früher hätten wir von diesem hier die Leber gegessen." "Hast du schon einmal eine Leber von einem Menschen gegessen?" kam es wie aus der Pistole geschossen von Marie-Jeanne. "Natürlich habe ich das," gab dieser spontan zur Antwort. Als er den Satz zu Ende gesprochen hatte, begriff er, was er da laut gesagt hatte, schaute verlegen zur Seite und schwieg.

Lombok ist eine kleine Insel mit ca. 1,9 Mill. Einwohnern und liegt während des Süd-Ostmonsums im Bereich einer langen Trockenzeit. Nur eine Ernte im Jahr ist möglich. In Lombok haben wir durchweg freundliche Menschen gesehen. Es bot sich uns ein buntes Bild auf den Märkten und Straßen. Die kleinen Pferdefahrzeuge, indon. 'Dokar', transportieren Fahrgäste, Reissäcke und andere Güter. Die kleinen Pferdchen, mit bunten Papierblumen geschmückt, und das zweirädrige Fahrzeug in allen Farben bemalt, sehen lustig und farbenprächtig aus.

Ist der Westen der Insel im Juli/August noch grün, so wird die Landschaft scheinbar übergangslos gegen Osten braun und kahl. Die Erde ist brüchig, und die Pflanzen sind vertrocknet. Nur die hohen Berge in der Ferne zeigen ihr Grün. Da das Klima nur eine Ernte im Jahr zuläßt, hat es schon bei langanhaltender Trockenzeit, bei zu spät eintretendem Regen, Hungersnöte gegeben. Der größte Teil der Einwohner ist moslemisch. Ihre Bräuche und Sitten haben sich mit den alten Religionen und dem Hin-duismus mischen und verweben können.

Überall waren die Frauen und Männer bei der Feldarbeit. In großen Gruppen haben wir sie den Reis ernten und dreschen sehen. Als ich die vielen Frauen und Männer zusammen arbeiten sah, mußte ich an Pater Mige Raya denken und an das, was er erzählt hatte: "Viele Ehen werden heute kurz vor der Ernte geschlossen," begann er. "Die Frauen müssen nun hart auf den Feldern arbeiten. Sobald die Ernte vorbei ist, erhalten viele Frauen ihren Scheidebrief." "Ja, und dann, Pater?" "Es bleibt ihnen nichts anderes übrig, als wieder zu ihren Familien zurückzugehen. Wenn sie ein Kind bekommen, wird es in der Familie der Mutter großgezogen. Sehr arme Kinder sind das. Sie werden es nicht leicht im Leben haben."

"Aber wenn die Frauen das doch wissen oder damit rechnen können, von den Männern ausgenutzt zu werden, warum schließen sie diese Ehe?" "Das ist schwer zu sagen. Vielleicht denken sie, daß sie nicht diejenigen sind, die wieder gehen müssen. Vielleicht dominiert der Wunsch nach einem Kind alles andere - wer weiß es!"

DER CHINA-MISSIONAR PATER HENRICUS GIERLINGS

Das kleine Krankenhaus in Ampenan

Am nächsten Mittag begleitete uns Pater Mige Raya nach Ampenan, eine kleine Stadt an der Küste, die sich übergangslos an Mataram anschließt. Das kleine Krankenhaus dort ist eine freundliche Idylle. Die Indonesier lieben ihre exotischen Gewächse, ihre bunten Blumen, Bäume und Sträucher. So fanden wir auch hier, im Atrium des kleinen Krankenhauses, einen wunderschönen Garten vor. Heute, an dem Tag unseres Kommens, gab es keine voll belegten Krankenzimmer. Die wenigsten Menschen können die Medikamente bezahlen und noch weniger können sich einen Krankenhausaufenthalt leisten. Diesen Schritt geht man nur, wenn es keine andere Hilfe mehr gibt. Schwester Katharina sprach von einer häufig vorkommenden fiebrigen Erkrankung, die mit Blutungserscheinungen, Gelenk-, Kopf- und Rückenschmerzen, vorwiegend bei jungen Leuten, einhergeht (evtl. handelt es sich um das Denguefieber - eine Viruserkrankung). Entbunden wird meist zu Hause in den Familien, und nur wenn bei der Geburt Komplikationen auftreten, wird die Gebärende ins Krankenhaus gebracht.

"Gleich wird Pater Gierlings hier sein," antworteten die Schwestern, als wir nach ihm fragten. Als er ins Zimmer trat, war er unverwechselbar als alter China-Missionar zu erkennen. Seine Augen zeigten die gleiche Schräge, wie bei Pater Mahr. "Es ist der Staub Chinas," wird behauptet, "der die Schräge der Augen entstehen läßt."

"Kommen Sie mit auf mein Zimmer, dort können wir uns ein wenig unterhalten," lud er uns ein. Was als erstes ins Auge fiel, waren die chinesischen Schnitzerarbeiten und an der Wand der Spruch:

"Weisheit des Ostens: Wer ist weise? Wer von jedermann lernt. Wer ist stark? Wer sich selbst überwindet. Wer ist reich? Wer sich mit dem Seinigen begnügt. Wer ist achtbar? Wer die Menschen achtet."

"Sie sind ein alter China-Missionar, Pater Gierlings. Wie

lange haben Sie in China gelebt?" "Ich hatte eine Gemeinde in den Bergen. In China habe ich von 1935 bis 1949 gelebt. Pater Mahr war ja ebenfalls in China, und wissen Sie, wo wir uns zum ersten Mal gesehen haben? Hier in Indonesien. China ist groß.

Viele meiner Gemeindemitglieder sind während der Revolution umgekommen oder geflohen. So hatte ich keine Gemeinde mehr in den Bergen. Anfangs bin ich mit einem alten Motorrad auf der Suche nach den Geflohenen und anderen Katholiken unterwegs gewesen.

Das wurde dann immer gefährlicher, denn das Motorrad war zu laut. Wenn ich damit durch die Ortschaften fuhr und das ratternde Geräusch des Motors zu hören war, sowie die aufgewirbelte Staubwolke hinter mir, war ich keineswegs zu übersehen noch zu überhören. Einige Male gab es wilde Verfolgungsjagden, denen ich jedoch immer glücklich entkam. So verkaufte ich das Motorrad und beschaffte mir ein Fahrrad. Ein Fahrrad ist verhältnismäßig schnell und ich bin hiermit gar nicht aufgefallen. Nach wie vor ist es das meist gebrauchte Fortbewegungsmittel in China. Wenn Sie mich so fragen, eine Zeitlang konnte ich mich überall durchlavieren," und dabei lächelte er verschmitzt. "Dann kam der Tag, an dem man mich aufgriff und ich interniert wurde. Darüber möchte ich nicht sprechen. 1949 mußte ich China verlassen und bin nach Indonesien gegangen. Von dieser Zeit an lebe ich auf Lombok. So lange ich gebraucht werde, so lange werde ich hier in Lombok bleiben, denn ich bin zufrieden hier."

Bali ist von Lombok nicht weit entfernt. Der Hinduismus und die durch ihn geschaffene und gewachsene hohe Kultur, fand hier ihren Eingang und Niederschlag. Während die Eroberungen vom Westen, von Bali und seinen Königreichen ausgingen und der Hinduismus dort eine reiche Blütezeit erlebte, kamen die moslemischen Kaufleute aus Makassar/Sulawesi in den Osten von Lombok. Sie bekehrten den Adel zum Islam, der sich langsam unter der Bevölkerung ausbreitete. Die alten Religionen und Bräuche haben im Hinduismus als auch im Islam Eingang gefunden.

"In Bali gibt es ein Dorf," erzählte Pater Gierlings, "das von Brahmanen bewohnte Dorf Mas (bedeutet Gold oder auch älterer

Bruder), das als Schnitzerdorf bekannt ist, denn die Bewohner dort sind große Künstler von Schnitzarbeiten. In diesem Dorf habe ich einen besonders begnadeten Künstler kennengelernt. Er erhielt den Auftrag, eine Christusfigur zu schnitzen. Was sich unter seinen Händen formen sollte, dem mußte er eine Seele geben, es bei der Betrachtung durch die Menschen sprechen lassen. Seine Ausdruckskraft sollte in wundersamer Weise die Herzen der Menschen rühren und öffnen.

Bevor nun dieser Künstler zu schnitzen begann, besorgte er sich eine Bibel und las die Leidensgeschichte Christi. Er wurde eins mit dieser Geschichte. Er fühlte und dachte mit ihr so sehr, daß er selber das Leiden des Gekreuzigten durchlebte. Es entstand durch die Feinfühligkeit des Künstlers, durch seine Versenkung in längst vergangenes Leid, eine einzigartige Christusgestalt. So viel nachempfundenes menschliches Leid und menschlichen Schmerz habe ich noch kein anderes Kunstwerk ausstrahlen sehen. Das Gesicht, die Haltung des Kopfes, der ganze Körper geben allen Schmerz wieder, den der Mensch erleiden und erdulden kann. Dieses Kunstwerk hat ein Brahmane, ein hinduistischer Priester aus Bali, geschaffen. Ein wahrhaft großer Künstler. Auch hier spürt man die Hellsichtigkeit in der Sinneswahrnehmung, das Leben der Balinesen mit Gott, ihren Göttern und der gesamten Schöpfung als ein sich Ergänzendes, Allumfassendes."

Wenn ich sehe, wie die Balinesen ihre Wächterfiguren und Göttergestalten aus dem weichen Stein ihrer Insel heraushauen, so kommt es mir vor, als wenn diese Figuren nicht schnell genug aus dem Stein heraustreten könnten, als wenn sie ungeduldig dem Hämmern und Meißeln zusähen und darauf warteten, von dem sie umschließenden Stein befreit zu werden," sagte mein Sohn Ingo neben mir.

"Ich habe einmal dabei zusehen können, wie zwei Künstler zugleich an einer Figur arbeiteten. Der eine beschlug den Stein mit seinem Meißel von der rechten Seite, und der andere arbeitete an der linken Seite. Im langsamen Gleichmaß arbeiteten sie aufeinander zu. In der Mitte der Figur trafen sie sich. Beide hatten das Ebenbild des anderen geschaffen. Es war eine Einheit entstanden. Es schien mir wie ein Wunder. Leider sind so viele

Touristen auf Bali. Hoffen wir, daß die Balinesen ihre alte Kultur, so wie seit vielen Jahrhunderten, bewahren können," sagte Pater Gierlings.

"So viele Touristen schienen uns gar nicht auf Bali zu sein," meinte ich. Ich weiß zwar nicht, was mich zurückgehalten hat, die von Mauern umschlossenen Dörfer, die wie Wehrdörfer aussehen und die unheilbringenden Geister fernhalten sollen, zu betreten. Es wäre mir wie ein gewaltsames Eindringen in Verbotenes, die Verletzung eines Tabus vorgekommen. Trotzdem hätte ich zu gerne ein Dorf betreten. Aber dazu hätte es sicherlich einer Einladung bedurft." "Dieses Gefühl, Fremdes zu achten und nicht durch aufdringliche Neugier zu verletzen, ja, das ist heute selten," meinte er.

Es folgte der Abschied mit der Hoffnung auf ein Wiedersehen, irgendwann. "Kommen Sie das nächste Mal wieder hier vorbei und sagen Sie 'Guten Tag', rief uns Pater Mige Raya zu. An diesem Tag, nach stundenlangem Warten im kleinen Hafen von Labuhan Lombok, verpaßten wir keine Fähre. Doch während der Zeit des Wartens wurde unser guter, mit wunderschönen Fotos ausgestattete Reiseführer Opfer der vielen Kinderhände, die uns und das Auto be- und umlagerten. Sie waren vollauf mit diesem Buch beschäftigt, so daß sie uns ganz vergaßen. Mit wahrer Begeisterung blätterten sie diesen dicken, in deutsch geschriebenen Reiseführer Seite um Seite um, benannten dieses Foto und das nächste, erkannten in den Fotos die Menschen der einzelnen Inseln. Ich erntete einen mißbilligenden Blick von Ingo; denn wie konnte ich nur unseren kostbaren Reiseführer aus der Hand geben.

SCHWESTER VIRGULA IN CANCAR

Das Lepradorf

Bevor man Ruteng, die kleine Stadt in den nebelfeuchten Urwaldbergen, über den Floresweg erreicht, biegt eine schmale Straße in Richtung Cancar ab. In Cancar gibt es ein Lepradorf, gebaut von Schwester Virgula. Ihr und diesem Dorf sollte unser Besuch gelten.

Der Komplex des Lepradorfes mit dem kleinen Krankenhaus ist leicht zu finden. Der junge Mann, der uns das kleine Tor öffnete, führte uns an kleinen Büschen und Sträuchern vorbei in ein kleines Haus. Wir, Daniele und Patrice aus Paris, Ingo, Amran und ich, warteten hier auf Schwester Virgula, die man irgendwo suchen mußte. Da kam sie schon freundlich lächelnd und etwas erstaunt, einen bunten Kittel über ihrer weißen Bekleidung tragend, auf uns fünf zu und begrüßte uns. "Wie schön ist es, seltenen Besuch aus Deutschland und Frankreich zu erhalten." Glück hatten wir, denn eben erst war sie aus dem nahen Ruteng zurückgekehrt. "Mit dem Auto von Jakarta sind sie also unterwegs. Dann liegt noch einmal ein schwieriger Reiseabschnitt vor ihnen," sagte sie zu uns. Das sollte sich dann bestätigen.

Vielleicht trinken wir zuerst eine Tasse Kaffee. Ehe es dunkel wird, gehen wir noch schnell durch das Dorf und sehen uns alles an." Von Haus zu Haus, von Stall zu Stall, von Krankenzimmer zu Krankenzimmer und von Werkstatt zu Werkstatt sind wir gegangen. Die Schweine, Ziegen und Hühner wurden gerade in ihre Umfriedung getrieben, als wir bei den Ställen anlangten. Die Schweine waren eine Züchtung aus deutschen und indonesischen Schweinen. Schwer, rosig und gesund sahen sie aus. Der Eber, grau und schwerfällig, lag lang ausgestreckt in seinem Stall. Die Ziegen drängten alle auf einmal durch das Gatter, und die Hühner gackerten dazwischen. "Wir sind Selbstversorger, was das Fleisch anbelangt. Reis müssen wir kaufen und einiges, was wir nicht selber anbauen. Obst und Gemüse ziehen wir selbst. Mein Bestreben geht dahin, das Dorf aus sich heraus existenzfähig zu machen, so daß wir so gut es geht, von Spenden unabhängig, alles aufrecht erhalten können. Das ist nicht leicht und wird wohl nie ganz zu erreichen sein, aber viele kleine Schritte zeigen schon Erfolge."

In der Schreinerwerkstatt werden Möbel, wie Betten, Tische und kleine Schränke sowie das benötigte Holz für den Hausbau, entweder für den Eigenbedarf oder auch auf Bestellung von Einheimischen, meist aus Ruteng angefertigt. "Wenn Bruder Josef aus Ruteng nicht wäre, der einige junge Männer im Schreinerhandwerk angelernt hat, wäre ich ziemlich hilflos." Da gibt es noch die Kunstwerkstatt. Fromme Bilder mit Motiven von Heiligen, Maria und Jesus werden von den Behinderten des Dorfes umrahmt und gestaltet. Freunde und Helfer in Deutschland versuchen die Bilder gegen eine Spende abzugeben. Der Erlös kommt den Kranken zugute. Aus dem auf dem Gelände befindlichen Steinbruch wird eine Art Kalksandstein gewonnen. Der wiederum für den Eigenbedarf Verwendung findet. Die hellen Steine standen aufgeschichtet in dichten Reihen. "Aus diesem Stein sind alle unsere Häuser gebaut," sagte sie nicht ohne Stolz.

In der kleinen Schule für die Kinder des Dorfes saßen die Jungen und Mädchen und begleiteten mit den Musikinstrumenten ihre Lieder.

'Das alles soll diese Frau geschaffen haben?' fragte ich mich. Ein Haus zu errichten, ein Krankenhaus zu bauen, Gärten anzulegen und Schweine zu züchten, neben den seit langen erprobten Behandlungsmethoden unkonventionelle Wege für die Behandlung der Kranken zu suchen und vieles mehr, ist eine beeindruckende Leistung. Was einem indessen sofort ins Auge springt, ist der Geist, der hier herrscht. Die freie, fröhliche und friedliche Atmosphäre, die alles erfaßt, was das Dorf beinhaltet. Es ist das Strahlen der Augen der Menschen, wenn sie Schwester Virgula sehen. Ihr Lächeln, ihr Lachen und die Ruhe, die von ihr ausgehen, sind etwas Unaussprechliches, nicht Erklärbares. Man muß das alles erlebt haben. Wie sonst sollte man beschreiben können, daß ein Dorf von Ausgestoßenen, von Verkrüppelten und geistig Behinderten ein glückliches Dorf ist. Ein Dorf, in dem man sich niederlassen möchte.

EINZIGE TOCHTER EINER GROSSEN FAMILIE

"Das Dorf, in dem ich zu Hause war, liegt am äußersten Zipfel der Diözese Trier. Das Haus meiner Eltern stand am Rande eines scheinbar unberührten Waldes, der in seiner Verwunschenheit den Wechsel der Natur in den schönsten, malerischsten Bildern zeichnete. Die freiligenden Wurzeln der Bäume, die knorrigen Äste, das lichte, helle Grün der sanft spielenden Blätter im Wind, ließen in meiner kindlichen Phantasie bizarre und unwirkliche Gestalten entstehen. Die Jahreszeiten am Rande des Waldes begleiteten mich: Im Winter, wenn das Sonnenlicht den schimmernden Schnee glitzern ließ; im Frühjahr, wenn der Duft alles Sprießenden, die Zartheit der Knospen mich frohlocken ließen, im Sommer, wenn die gebündelten Sonnenstrahlen durch die Zweige und Äste der Bäume die Blätter leuchten machten, sodann im Herbst, wenn die Nebel das Verborgene in sich ruhen lassen und dabei der modernde Geruch alles Vergänglichen leisen Schrittes der Gefährte war.

So, wie der Wald meine Phantasie beflügelte, mir ein Geschenk war, so wunderbar wuchs ich in einer Familie auf, die mir eine glückliche Kindheit schenkte und mein Leben formte.

Mein Vater war Lehrer und ein ruhiger Mann. Alles bei uns hatte eine mit leichter Hand geführte Ordnung. Ich habe noch neun Geschwister. Und stellen Sie sich vor, ich bin die einzige Tochter und habe neun Brüder. Mein Bruder Leo ist Steyler Missionar und arbeitet auf den Philippinen in den Slums einer großen Stadt. Wir sind eine musikalische Familie. Jeder von uns erlernte ein Musikinstrument. Heute noch sehe ich meinen Vater, wie er jeden Abend durch unsere Zimmer schritt und nachsah, ob wir auch alle unsere Sachen, Kleidung, Schuhe und Bücher in unserem Fach eingeordnet hatten. Jeder hatte sein eigenes kleines Fach. Zu dieser Zeit war es auch sehr einfach, Ordnung zu halten. Es gab nicht viel, und zudem war unsere Familie nicht mit großen Reichtümern gesegnet. Die Kleidung war sauber und einfach. Wir hatten gerade das Nötigste und waren zufrieden damit.

Immer war bei uns zu Hause etwas los. Das Haus war voller

Leben. Die Freunde meiner Brüder kamen ins Haus. Es wurde musiziert und gebastelt. Ich hatte meine Freundinnen, und mein Vater gab Klavierunterricht.

Meine Mutter war der gute Geist des Hauses. Sie versorgte das Haus und den großen Haushalt still, ohne laute Worte zu machen. Ja, oftmals schien es, als wenn sie gar nicht arbeiten würde, so einfach und leicht ging ihr alles von der Hand.

Sie beschränkte sich nicht nur auf die Versorgung ihrer eigenen Familie, überall wo es Not tat, sprang sie ein und half.

Ich war eine glückliche Tochter in einer großen Familie, selbstbewußt und aufgeschlossen. Wenn mir einer als junges Mädchen gesagt hätte, du wirst einmal eine Ordensschwester sein und auf einer abgelegenen Insel leben, hätte ich ihn ausgelacht.

Einmal, dazu habe ich mich auch noch überreden lassen, begleitete ich meine Freundinnen bei einer Wallfahrt. Als wir in der Kirche knieten und beteten, kam mir wie ein Blitz aus heiterem Himmel der Gedanke: 'Du könntest eine Ordensschwester werden.' Doch unmittelbar darauf wies ich diesen Gedanken weit von mir. Ich und mein Unternehmungsgeist, meine Unabhängigkeit, mein Temperament, wie könnte ich! Aber, dieser Gedanke einmal gedacht, verselbständigte sich. Er war da, und ich lebte die meiste Zeit, tief im Inneren verdrängt, doch mit ihm. Neun Jahre später trat ich in die Kongregation der Schwestern vom Heiligen Geist ein und wurde eine Steyler Schwester.

Ich habe mit mir einen Kampf geführt. Da waren meine Mutter, mein Vater und ich war die einzige Tochter, und sie sollten ohne diese geliebte Tochter leben? Und doch gaben sie mir für meine Wahl ihren Segen.

Von Beginn an war es mein Wunsch, für die Leprakranken zu arbeiten. Mein Wunsch ging in Erfüllung. Einige Monate arbeitete ich auf einer Leprastation in Afrika und seit über 20 Jahren lebe ich hier auf Flores."

DIE KRANKEN

"In einer kleinen, einfachen und selbstgebauten Bambushütte hat auf Flores alles angefangen. Zu wenig Medikamente, kein Geld, so stand ich vor den Kranken. Aber da fanden sich Freunde in Deutschland. Es bildete sich ein Freundeskreis, der half. Stein für Stein wurde gelegt, Krankenzimmer für Krankenzimmer für die Leprakranken, das kleine Krankenhaus und alles, was Sie sonst noch sehen, sind entstanden." Noch immer strahlt Schwester Virgula eine nicht ermüden wollende Unternehmensfreude und Vitalität aus.

"Kommen Sie mit zu den Leprakranken. Sie freuen sich, wenn sie Besuch sehen." Ja, die Kranken freuten sich, als sie uns sahen. Die Krankenzimmer sind einfach und sauber. Dieser junge, von Lepra befallene Mann, kam aus dem Sikka-Gebiet. Die Hände verbunden, saß er aufrecht im Bett. Sehr müde sah er aus und abgemagert war er. Er lächelte, als wir eintraten und ihn mit 'Selamat sore' begrüßten. Lächelnd beantwortete er Schwester Virgulas Fragen. "Es steht sehr ernst um ihn. Zu der Lepra kam noch die Tuberkulose hinzu. Diese Kombination tritt öfter auf. Mit herkömmlichen Medikamenten können wir ihn nicht behandeln. Auf alle reagiert er allergisch. Ich habe jetzt verschiedene Heilkräuter zusammengestellt. Eine neue Allergie zeigt sich zwar nicht, der Heilerfolg jedoch ist sehr fraglich. Es sieht mehr nach einer Linderung als nach einer Heilung aus und ich mache mir sehr große Sorgen um ihn. Wie alle Kranken hier, ist er geduldig und klagt nicht.

Nun kamen wir zu den leprakranken Frauen und Männern, die auf dem Weg der Genesung waren. "Sie können ihnen allen die Hand geben. Bei keinem von ihnen besteht Ansteckungsgefahr." Verstümmelte und verkrüppelte Hände streckten uns entgegen. Es waren aber geheilte Hände. Die von Lepra zerstörten Füße und hinkenden Beine schritten auf uns zu.

Ein älterer Mann, der am Bettpfosten lehnte, begrüßte uns. "Er wird wohl in den nächsten Tagen sein rechtes Bein verlieren. Es muß amputiert werden." "Warum denn das?" "Durch die Lepra leidet er an starken Schmerzen, die sich eher verstärken als vermindern werden, so daß er sie kaum ertragen kann. Er sagt: "Lieber das Bein weg, als immer diese Schmerzen ertragen."

Eine kleine Frau unbestimmten Alters saß zusammengekauert auf ihrem Bett. "Heute ist sie gesund und kann wieder arbeiten. Viele Jahre bin ich in die Dörfer gegangen und habe alle Leprakranken, die ich finden konnte, zu unserer Leprastation St. Damian gebracht. Sie haben richtig gehört. "Finden" ist das passende Wort. Stellen die Dorfbewohner bei einem ihrer Mitglieder Anzeichen von Lepra fest, wird der Kranke ausgestoßen und der Kontakt mit ihm ist untersagt. Die Kranken darben dahin, und je mehr die Krankheit fortschreitet, desto hilfloser ist er seiner Umwelt ausgesetzt, weil die Krankheit ihn bei allen seinen Tätigkeiten hindert, und er große Schmerzen verspürt. Die Lepra gilt für viele Menschen hier als unheilbar und als eine Bestrafung der Götter. Der einzige Schutz für die Gesunden ist es, den Kranken zu verbannen.

Es war in den Anfängen in Cancar, als ich von dem Besuch eines Dorfes zu Fuß durch waldiges Gelände kam. 'Was liegt denn hier am Baum? Was ist das? fragte ich die mich begleitenden Dorfbewohner. "Das sind nur räudige Hunde,' erhielt ich zur Antwort. Unbeweglich sah die Gruppe aus. Kein noch so leises Winseln war zu hören, kein Bellen schlug uns von den Zusammengekauerten entgegen. 'Das ist eigenartig,' dachte ich. 'Hunde springen einen an oder kommen herbeigelaufen, wenn sie einen Fremden sehen.' Der Schatten des Baumes ließ aus dieser Entfernung keine genaue Sicht zu. 'Ich werde nachsehen, was dort liegt,' sagte ich zu meinen Begleitern. 'Schwester, bleib hier! Es ist nicht gut, wenn du dort hingehst.' 'Ach wo, was soll das denn bedeuten,' und ich schritt auf die Gruppe zu. Als ich näher kam, erschrak ich. So etwas Grausiges und Abstoßendes hatte ich noch nicht gesehen. Beileibe waren das keine räudigen Hunde, die da zusammengekauert lagen und hockten. Es waren Menschen, starr vor Angst. Wie viele waren es? Ich mußte genau hinsehen und dann zählte ich. Eine von Lepra verunstaltete Frau im fortgeschrittenen Stadium und fünf Kinder, verlaust, verdreckt und halb verhungert. Sie waren Ausgestoßene. Ausgestoßen aus einer Gemeinschaft, die nur so sich vor einer Ansteckung schützen konnte, die unbarmherzig sein mußte, wo ansonsten der Schutz der Dorfgemeinschaft allen zuteil wird.

Ich habe es geschafft, sie alle in unsere Station zu bringen. In den ersten Tagen ihres Hierseins duckte sich die Frau wie ein verwundetes Tier, kroch scheu in die hinterste Ecke des Bettes. Sie wurde gepflegt, erhielt ihre Medikamente und, wie Sie sehen, ist sie gesund. Alle ihre Kinder wurden geheilt und gediehen prächtig. Einer ihrer Söhne ist Priester geworden.

Vor Jahren bin ich regelmäßig in die Dörfer gegangen und habe die Lepraverdächtigen untersucht, die Kranken besucht und sie behandelt und ich habe die gesucht, die irgendwo außerhalb der Dörfer, versteckt im Wald oder in den Büschen, ihr Leben fristeten. Die Kranken im fortgeschrittenen Stadium sind in unser Dorf gebracht worden. Die meisten von ihnen sind nach einer erfolgreichen Behandlung wieder in die Dorfgemeinschaft eingegliedert worden.

Die Lepra hat sich in den vergangenen Jahren in der Manggarai erneut ausgebreitet. Die Regierung hat Stationen eingerichtet, und die Beamten haben ihre Administration gut organisiert. Aber kaum einer geht mehr in die Dörfer, dorthin, wo schon die ersten Anzeichen der Krankheit festzustellen sind. Dabei brauchte sie über ihr Anfangsstadium erst gar nicht herauszukommen, wenn sie frühzeitig bekämpft würde. Die Kranken, die Sie sehen, sind in unser Dorf aus eigener Initiative oder durch die Angehörigen gekommen."

Von der Weltgesundheitsorganisation, WHO, wird geschätzt, daß ca. 12 Millionen Menschen an Lepra erkrankt sind. Die Dunkelziffer soll mehr als das Doppelte betragen. Durch die von der WHO und von einem deutschen Ärzte- und Forschungsteam zweigleisig und etwa zur gleichen Zeit entwickelte Kombinations-Therapie von mehreren Medikamenten, u.a. Isoniazid und Rifampizin, kann die Lepra in eineinhalb bis zwei Jahren geheilt werden. Das deutsche Forschungsteam unter der Leitung von Prof. Dr. Enno Freeksen in Borstel bei Hannover, hat diese Kombination zehn Jahre lang erprobt. Ein wichtiger Gesichtspunkt hierbei ist, daß diese Therapie Allergien kaum noch aufkommen läßt, im Gegensatz zu dem älteren Medikament DDS, bei dem öfters Allergien auftreten können, und die Behandlung über einen lebenslangen Zeitraum erfolgen muß. Die Forschungsarbeiten des deutschen Ärzteteams wurden vom 'Deutschen Aussätzigen Hilfswerk' in Würzburg finanziert. Die Behandlungskosten eines Patienten für einen Monat belaufen sich bei dem DDS-Präparat auf DM 2,70 und bei der neu entwickelten Therapie auf DM 30,—.

(DAHW Würzburg)

Wir verließen die Leprakranken, wendeten uns einem anderen Gebäudekomplex zu und betraten einen Raum mit zwei übereinander gestellten Betten. Zwei Mädchen saßen hier. Die eine, kleinere, vielleicht 13 oder 14 Jahre alt, kicherte leise vor sich hin und kämmte sich fortgesetzt in geduldiger Wiederholung ihr Haar. Stetig begann sie vom oberen Kopf abwärts das Haar über die Stirn zu kämmen.

"Nun kann sie schon sitzen und sich freuen," sagte neben mir Schwester Virgula. "Sie kommt aus einer total zerrütteten Familie. Die Kinder wurden von klein auf mißhandelt. Das Ergebnis all dessen ist dieses Kind und ihre Schwester. Ihre Schwester, sie ist vielleicht 16 Jahre alt, befindet sich in einem bedeutend besseren Zustand. Sie trug am ganzen Körper Verletzungen davon und war so schwach, daß sie kaum gehen konnte. Langsam mußten wir bei beiden mit einer leichten Kost anfangen. Die größere Schwester hat alle Chancen wieder gesund zu werden. Und nun, da es ihr besser geht, was denken Sie, was sie sagt?" "Ich wünschte, meine Schwester wäre tot, dann wäre ich frei."

Bevor wir das nächste Zimmer betraten, sagte Schwester Virgula: "Hier liegt ein junges Mädchen, dessen einzige Ausdrucksfähigkeit und Verständigungsmöglichkeit in ihrem Lachen und ihrem Weinen besteht. Sie kann nicht laufen, nicht sprechen, nicht sitzen, sie kann nur liegen und ist geistig behindert. Sie hat jedoch immer das richtige Empfinden fürs Lachen und fürs Weinen. Sie reagiert sehr einfühlsam auf die Menschen, die zu ihr kommen." Da lag sie lang ausgestreckt in ihrem Bett. Als sie uns sah, brach sie in herzhaftes Lachen aus. Als wir ihre Hände berührten, lachte sie. Sie lachte, wenn ich sie ansah und sie lachte bei allen von uns. Heute weinte sie nicht.

Alle hatten wir einen Fotoapparat dabei. Meiner steckte in der

Tasche. Keiner von uns fotografierte die Kranken. Es war eine unausgesprochene Absprache zwischen uns, ein stilles Einverständnis, nicht durch das kalte Auge der Fotolinse menschliche Schwäche, wenn der Mensch am hilflosesten in übler Krankheit darniederliegt, festzuhalten.

"Wir können noch zu den Kindern ins Krankenhaus gehen, ehe wir zu Abend essen." Wir zogen alle hinter Schwester Virgula her. "Vor einigen Jahren noch hatten wir zu wenig Betten, um alle die Säuglinge und Kleinkinder aufzunehmen. Heute, durch die verbesserte Gesundheitsfürsorge der Regierung mit den kleinen Krankenstationen in den Dörfern, kommen nur noch schwere Fälle oder Waisen zu uns. Den einheimischen Betreuerinnen und Pflegerinnen ist es schwer, wenn nicht gar unbegreiflich, den Kindern mehr als nur Versorgung angedeihen zu lassen. Die persönliche, liebevolle mütterliche Zuwendung sucht man bei ihnen vergebens. Das Kind ist mehr ein Ding, welches zappelt, schreit, wenn es Hunger hat und dem man die Windeln wechseln muß. Ich muß sie die Zärtlichkeit, die Liebe zu den Kindern, ein wenig Mütterlichkeit erst lehren. Es ist nicht leicht, das zu begreifen, wenn ich auf der anderen Seite erfahre, wie groß der Kinderwunsch der Frauen ist und wie sehr sie ihre eigenen Kinder vergöttern.

Lange habe ich mir große Sorgen gemacht, ob ich eine geeignete Nachfolgerin für mich finde. Es muß ja einmal ohne mich weiter gehen. Ich glaube und hoffe, sie gefunden zu haben. Es ist eine Chinesin, sie ist sehr tüchtig. Leider ist sie heute nicht hier."

Im Nachhinein kam mir der Gedanke, daß die Gründe für das Verhalten der Pflegerinnen im Zusammenhang mit der Ahnenverehrung zu sehen sein könnten. Steht doch jede Generation als neues Glied in der Kette der zu verehrenden und schutzbringenden, mythischen Ahnen. Die fremden Kinder aber gehören nicht der eigenen Familie an, und somit stehen sie nicht in der Nachkommenschaft ihrer Ahnen.

"Und nun können wir einmal in die Küche hineinschauen, denn die Frauen sind dabei, unser Abendessen zu kochen. "Diese Küche konnte nur eine Frau planen, die eine jahrelange Tropenerfahrung hat. Die Küche ist hell, freundlich und gut durchlüftet. Der Boden hat leicht zu pflegende Fliesen, ebenso die Arbeitsplatten und die Regale. Dort stehen große Kochkessel mit brodelndem Inhalt und auf den Öfen Pfannen und Töpfe und hier ist eine praktische Spülvorrichtung. Unter pflegeleichten und praktischen Gesichtspunkten wurde die Küche geplant und gebaut. Über 120 Mahlzeiten täglich müssen gekocht werden. Ehemals Kranke, Mädchen wie Frauen, sind die Köchinnen und Helferinnen. Einigen von ihnen sah man ihre Behinderung noch an.

Etwas eng beisammen, saßen wir nun alle im kleinen Zimmer. Schüsseln und Schüsselchen mit allerlei Dampfendem wurden gereicht. Schweinefleisch aus der eigenen Schlachtung, Reis mit Schrot und Gemüse. "Die Leute lassen in unserer Reismühle ihren Reis entschroten. Weißer Reis ist begehrt, denn er ist nach ihren Begriffen kostbar. Und der Schrot wird als Viehfutter verwendet. Wir selber mischen Maiskörner und Reisschrot unter die Gerichte, weil sie das Wertvollste sind. Viele Male habe ich den Leuten schon gesagt: "Laßt den Reis, so wie er ist. Er ist für euch und eure Kinder so viel gesünder." Der eine oder andere ist unserem Beispiel gefolgt. Doch die Menschen wünschen ihren weißen Reis.

Unerwartet saß mir Andrea, eine Medizinstudentin aus Deutschland, die hier im Krankenhaus ihre Famulatur absolvierte, gegenüber. Noch zweimal sollte ich sie an anderen Orten zufällig wiedertreffen. Hellauf begeistert war sie. Heute hatte sie 'ein Mädchen zur Welt gebracht.'

Alles war glatt verlaufen. Die Mutter und das Kind waren gesund.

"Ist das Kind auch wirklich gesund?" fragte Schwester Virgula. "Ja, es ist kerngesund." "Dann ist es dieses Mal gut gegangen. Die Mutter hat nämlich alles mögliche versucht, die Schwangerschaft abzubrechen. Bei ihrer Nachbarin ist dieser Versuch unglücklich ausgegangen. Das Kind ist behindert zur Welt gekommen.

Die Frauen, müssen Sie wissen, wollen heute nicht mehr so viele Kinder kriegen. Da werden manchmal die bedenklichsten Mittel angewandt. Zuweilen geht es gut und dann wieder nicht. Die Frauen sind es immer, die die direkt Betroffenen und Leidtragenden sind.

So kommen hier häufig Geschlechtskrankheiten vor." "Das verstehe ich nicht," warf ich ein, "wo es doch die strengen Heiratsbestimmungen gibt." "Das hat nicht viel zu sagen. Auch hier ist es so, wie überall. Es fehlen die Möglichkeiten einer rechtzeitigen Untersuchung, und die Behandlung erfolgt daher oft zu spät. Mehrmals schon haben wir geschlechtskranke schwangere Frauen behandelt. Man versteckt die Krankheit und schämt sich ihrer. Daneben gibt es noch viele Krebskranke, denen man kaum helfen oder Erleichterung verschaffen kann. Uns fehlen die Mittel. Eine Operation ist kaum zu bezahlen, zudem schwer durchführbar. Da eine Nachbehandlung ebenso kaum gewährleistet ist, müssen die Menschen sehr leiden.

Auf dieser scheinbar paradiesischen Insel verbirgt sich oft viel menschliches Leid und Elend."

DER FLUGZEUGABSTURZ

Geradus, der uns auf unserem Rundgang begleitete und jetzt mit uns zusammen am Tisch saß, ist von Schwester Virgula als geistig- und körperbehinderter, vernachlässigter kleiner Junge aufgenommen worden. Den Gesprächen kann er heute folgen. Seine Sprechweise ist etwas schwerfällig, aber verständlich. Überall möchte er sich nützlich machen.

Schwester Virgula erzählte: "Vor einigen Monaten war ich auf der Rückreise über Bali nach Ruteng. Per Zufall traf ich in Bali deutsche Bekannte, die auf der Rückfahrt nach Deutschland waren und deren Flugzeug mittags nach Jakarta abfliegen sollte. Meine Maschine nach Ruteng sollte etwas früher abfliegen. Wir freuten uns, uns so unverhofft zu sehen, und erzählten und erzählten. "Nein, dich lassen wir nicht mehr weg. Du mußt uns zu unserem Flugzeug begleiten und auf Wiedersehen sagen." "Aber meine Maschine fliegt doch früher als eure." "Buche sie um, das wird gehen." Ich ließ mich überreden und konnte meinen Flug umbuchen. So blieb ich bis zum anderen Tag und habe meine Bekannten in Ruhe verabschieden können.

Dieses Flugzeug, welches ich abbuchte, ist an den Bergen von Ruteng zerschellt. Keiner hat diesen Absturz überlebt. Ich selber habe das erst in Ruteng erfahren, als ich am anderen Tag dort landete.

Und was war alles in dieser Zeitspanne in Cancar geschehen! Alle wußten, daß ich mit dieser Maschine zurückkehren sollte. Ich war, als die Nachricht über den Absturz das Dorf erreichte, für die Menschen verunglückt und tot. Alles, was laufen konnte, lief aufgescheucht, haltlos und ängstlich umher. Ein lautes Wehklagen begann. In den Häusern, den Krankenzimmern, der Schule und überall wurde gejammert und geweint. Nur einer behielt einen klaren Kopf, und das war Geradus. 'Nein,' dachte er, 'so geht es nicht.' Er rief die Menschen zu einem Gebet in die kleine Kirche, und alle, die laufen konnten, folgten ihm nach. Die, die knien konnten, knieten, die anderen saßen oder standen. Geradus betete laut zu Gott und bat ihn im Namen aller um seinen Segen. Er möge Seine Hände schützend über das Dorf ausbreiten. Schweigend verharrten die Menschen in der Andacht ihres Gebetes. Plötzlich, in die Stille der Kirche hinein, hörten die Anwesenden die laute Stimme von Geradus': "Ihr braucht alle keine Angst und Sorge mehr zu haben, ich weiß es ganz sicher, Schwester Virgula lebt, sie ist nicht tot." Sollte man ihm glauben? Für viele waren die Worte Geradus' ein Hoffnungsschimmer und ein Trost und ruhiger, als sie die Kirche betreten hatten, verließen sie sie.

Am Nachmittag des darauffolgenden Tages erreichte ich Cancar. Für das Dorf und die ganze Gegend war ein Wunder Gottes geschehen."

DIE FRAU MIT DEN WUNDERTÄTIGEN HÄNDEN

Es dämmerte, als Schwester Virgula zu uns sagte: "Bevor sie Cancar verlassen, sehen Sie unsere Lotosteiche und die Seerosen an. Hören Sie die Frösche quaken, die Enten und Gänse gackern und werfen Sie einen Blick auf die nahen Urwaldberge von Ruteng. Vor der Terrasse unseres Hauses aus können Sie ein kleines paradiesisches Wunder erleben."

Vor uns, auf der Terrasse, breitete sich ein Wunder von Schönheit aus. Das schimmernde Wasser der Teiche, die abgekühlte Luft, die exotischen Pflanzen, die in der Ferne liegenden dunklen, hohen Berge und die Geräusche des frühen Abends verwandelten diesen Ort in eine zauberhafte Welt.

"Vor wenigen Jahren noch war das ein Ort alles Unheimlichen, den die Menschen mieden. Einen großen Bogen schlug man um dieses Land: Die giftigen Dämpfe und die Gase, die aus seinem Grund strömten, das Blubbern und Glucksen der Erde, die Wasserblasen. Das moorige Land war ein Hort und die Wohnstatt unheilbringender Geister, ein verfluchtes Land.

Eines Tages bot sich mir die Gelegenheit, dieses Land günstig zu kaufen. Da wurde ich für die Leute unheimlich. Bei mir ging es wohl nicht mehr mit rechten Dingen zu.

Nun begann eine Zeit mit harter Arbeit. Wir alle aus dem Dorf, die gesund waren und Zeit hatten, zogen Gräben und entwässerten das Land. Wir führten einen Teil des Wassers zu den angelegten Teichen. Es ging nicht alles von heute auf morgen. Und heute ist die gute schwarze Erde die beste weit und breit. Ihre Fruchtbarkeit scheint unerschöpflich. Ein paradiesischer Garten mit allen nur denkbaren Nutzpflanzen ist entstanden. Sogar einen Kräutergarten von seltenen und wertvollen Heilkäutern habe ich angelegt.

Für die Menschen habe ich die unheilbringenden Geister vertrieben." In ihren Augen wurde sie die Frau mit den wundertätigen Händen.

PATER LUDGER LENSING SVD IN DETUKELI/FLORES

Als der Himmel den Menschen einmal nah war...

Es war der Teil des Floresweges, der die Kirchen und ihre Türme, die Seminare und Schulungshäuser vor und hinter der kleinen Stadt Ende in Richtung Osten mit ihrer moslemischen und katholischen Bevölkerung in verhältnismäßig schneller Folge zeigte. Hier, wo die Bambushütten mit ihren Grasdächern, vereinzelt sind sie auch mit Blechdächern zu sehen, weich und anschmiegsam mit der Landschaft eins werden, wirkt der uns so vertraute Baustil der Kirchen und anderer Zweckbauten fremdartig. Als Kompromiß zwischen alten Traditionen und Fortschritt, finden sich manchmal Hütten auf einem Steinfundament mit einer halbhohen Steinmauer. Auf dieser sind die Bambusmattenwände befestigt. Das dicke aufgepolsterte Grasdach auf dem Bambusdachstuhl ist der Schmuck der Hütte. Solch eine Hütte hat eine längere Lebensdauer und bietet mehr Lebensqualität. Wird doch der aufgewirbelte Staub der Erde durch das untere Mauerwerk etwas abgehalten.

Ende ist Sitz des Erzbischofs und symbolisiert die Dominanz der Katholiken auf Flores. Sie ist eine kleine Stadt an der Südküste, im Rücken die Berge und Vulkane. Sie glänzte für den Unabhängigkeitstag am 17. August im buntesten Schmuckwerk. In gerade ausgerichteten Reihen standen am Rande der Straßen und rings um die Plätze die Fahnenstangen. Die schmalen, segelförmig zugeschnittenen Fahnen schillerten in pink, gelb, rot und grün, in leuchtender und flatternder Farbenpracht. Die moslemischen Schulmädchen kamen uns in ihrer wehenden weißen, beigen, seltener in schwarzen Kopfbedeckungen, auf dem Weg zur Koranschule entgegen.

Ende ist der Ort, an dem der Ingenieur Achmed Sukarno und einige seiner Mitstreiter sowie M. Hatta und einige Kommunisten wegen ihres Kampfes für ein unabhängiges Indonesien 1933 von den Holländern für zehn Jahre verbannt wurden.

Zwischen Ende und dem erloschenen Vulkan Kelimuto mit seinem Drei-Farbensee liegt Detukeli, umringt von den hohen

Bergen. Pater Engels sollte hier anzutreffen sein. Da stand eine Kirche und auf dem Vorplatz eines Hauses hielten wir an. Vielleicht hatten wir Glück und trafen den Pater an. Vorsichtig klopften wir an die Tür des kleinen Hauses. Nichts rührte sich. Langsam öffneten wir die Tür, schauten hinein und riefen "Hallo". Es erschien ein Mann mittleren Alters mit buntem Batikhemd und begrüßte uns freundlich. "Guten Tag, Pater Engels" - und gerade wollte ich mein Sprüchlein aufsagen, als er mich schon unterbrach und sagte: "An Pater Engels sind sie schon vorbeigefahren. Ich bin Pater Lensing." "Das ist schade, aber ihren Namen habe ich auch aufgeschrieben, und wir sind froh, Sie anzutreffen. Im Augenblick sind so viele Missionare in Rom, auf Sumatra oder sonstwo." Es folgte das Hin und Her von Fragen und Antworten. Schnell saßen wir vor unserem Getränk. Pater Lensing entschuldigte sich, denn nebenan warteten noch einige Besucher, um die er sich kümmern mußte. Etwas später gehörte seine Zeit uns. Wir lernten einen Mann voller Herzlichkeit und Freundlichkeit kennen. Als erstes bestellte er bei den javanischen Schwestern drei Gerichte. Neben dem Schulungsheim, in dem Kurse in Ernährungslehre und Hygiene stattfinden, führen die lächelnden und freundlichen Schwestern ein kleines Gästehaus. Das Haus, der Garten, die Landschaft und die Ruhe laden zum Verweilen ein.

Als wir alle bei Tisch saßen, fragte ich Pater Lensing nach den noch nicht vergessenen Mythen und Legenden hier rings aus den Dörfern. Dabei mußte ich an den großen Schatz der indonesischen Mythen, Sagen und Märchen denken. In ihnen versinnbildlicht sich die uralte Geschichte der Völker mit den Sehnsüchten und Träumen der Menschen, die das Unerklärbare, die Geheimnisse der Menschheitsgeschichte und das Wunder der Schöpfung, zu einem Zauberreich des Phantastischen machen.

Faszinierend schön sind die Märchen Indonesiens mit ihrer blumenreichen Sprache und ihrem Zauber, der gefangenhält. Da wird der verwandelte Prinz von dem Fluch der Götter durch ein wunderschönes Mädchen erlöst. Da möchte ein starker und junger Tiger tief im Dschungel ein schönes Mädchen, weitab in einem Dorf wohnend, zu seiner Frau machen und reiht sich ein in die Heiratskandidaten. Beinahe gelingt es ihm auch, sie zur Frau zu nehmen. Er konnte sich zwar in eine Menschengestalt verwandeln, aber sein Schwanz blieb ihm. Da sah eine weise, alte Frau in der Hütte seinen Schwanz, wie er über ihr durch den Spalt der Decke herunterbaumelte. Sie erkannte seine Verwandlung und schlug ihm kurzentschlossen den Schwanz ab. Und nun irrt er, verspottet von allen Tieren des Dschungels, ziellos und traurig umher. Die Kinder der Götter verlieben und verbinden sich mit den Menschenkindern, um doch später, nun gemeinsam, in das Reich der Götter, der Unsterblichen, hoch über den Wolken einzugehen.

Das listige und witzige Schabernackspiel eines Affen mit dem dummen Krokodil ist voller Poesie und Klugheit. Die Vögel erzählen ihre Legenden und Sagen. Es schweben die Geister der Winde und des Meeres über die Menschen. Die Dämonen gilt es zu überlisten, und die Erdgeister zu beruhigen, die guten und bösen Geister zu versöhnen. Da ist der sagenhafte Schattentheaterspieler, der Dalang, der im Wayang-Theater mit seinen Zauberkräften die Puppen zum Leben erweckt, der die Dämonen vertreibt, die guten Geister beschwört und in der Versunkenheit des Gebetes zu den Göttern Weisheit und Erkenntnis sucht.

"Es gibt den Mythos, Pater Lensing, nach dem einmal der Himmel den Menschen ganz nah war. So nah, daß sie über einen Regenbogen oder eine Rotanleiter in den Himmel zu den Göttern gelangen und dort ein- und ausgehen konnten." "Ja, das ist richtig, genau diesen Mythos gibt es hier. Die Menschen erzählen von ihm. Diesen Mythos habe ich fortgeführt und hinzugefügt: "Und da heute der Himmel den Menschen so fern ist, sie nun nicht mehr im Himmel ein- und ausgehen, und sie die Götter nicht mehr besuchen können, hat Gott den Menschen seinen Sohn gesandt. Durch ihn ist der Himmel den Menschen wieder ganz nah. Während ich diese Geschichte erzählte, hörten mir die Menschen mit großen aufmerksamen Augen zu und lächelten leise.

Hier auf Flores, in der Mission, bin ich erst ein Mensch geworden. Etwas weltfremd war ich, als ich hierhin kam," und bei diesen Worten legte er seinen Kopf zur Seite und seine zusammengelegten Hände berührten dabei sein Kinn. "So viel

Menschliches gibt es hier, mit dem man tagtäglich in Berührung kommt und konfrontiert wird. Viel habe ich von den Menschen auf Flores gelernt.

Anfangs, als ich noch mit dem Pferd über die Berge zu den Dörfern ritt, und ich oft die Wege dorthin noch nicht kannte, fragte ich die Vorübergehenden nach dem rechten Weg, und wie lange ich noch zu reiten habe. 'Es ist nicht weit Pater, wenn du diese Richtung des Weges und dann diese Richtung reitest,' dabei sahen sie mich freundlich und forschend an, 'brauchst du vielleicht eine Stunde bis du dort bist.'

'Gott sei Dank', dachte ich. Ich bedankte mich bei ihnen und ritt erleichtert weiter. Das ging ja. Ich ritt eine Stunde, zwei Stunden und nun war es schon die vierte Stunde und als dann die fünfte Stunde vorbei war, sah ich endlich das gesuchte Dorf vor mir. So wütend war ich, wie es ein Mensch nur sein kann. Wie konnten die Leute mich so anlügen. Einige Zeit später, als ich die Menschen besser kennenlernte, verstand ich, warum sie sich so verhalten.

Als ich sie ansprach und nach dem Weg fragte, wie sah ich denn aus, was sahen sie in mir? Einen in Schweiß gebadeten Weißen, müde, etwas ungeduldig, ein mit herunterhängendem Kopf schwitzendes Pferd voll Hoffnung, bald das gewünschte Dorf zu erreichen. Konnte man einen solchen Menschen enttäuschen? Konnte man ihm jegliche Hoffnung nehmen, das Ziel so nah vor sich zu haben? Sie freuten sich, als sie sahen, welch glückliches Gesicht ich machte, und wie zielstrebig ich davon ritt, gar nicht mehr müde und entmutigt.

Was denken Sie, ist das bei näherer Betrachtung nicht eine wunderbare Sitte, den Menschen, um sie nicht zu enttäuschen, etwas vorzuflunkern, was sie ja doch sehr schnell merken werden. Diese Sprache mußte ich erst verstehen lernen. Langsam gewöhnte ich mich an ihr Flunkern, das hier als Höflichkeit und Rücksichtnahme gilt. Denn wie kann man einen Menschen in seiner Schwäche durch eine hart ausgedrückte Wahrheit noch schwächer machen?

Was mich aber an ihnen stört, ist ihre Empfindlichkeit, wenn es um ihre eigene Person geht. Über den anderen läßt sich gut spotten und lachen und das nach Herzenslust. Aber wehe, das gleiche geschieht einem selbst. Sehr böse werden sie, und manch übler Streich wird dann gespielt. Oft habe ich sie schon darauf aufmerksam gemacht, daß jeder Mensch in der gleichen Weise empfindet wie der andere, und daß ein vorsichtiger und behutsamer Umgang besser sei, weil er dem friedlichen Miteinander nur dienlich sein kann.

Möchten Sie einige Tage hier verweilen? Morgen fahre ich in die Berge zu den Dörfern. Gerne können sie mich begleiten." "Zu gerne würden wir bleiben, Pater Lensing. Jedoch, es ist die letzte Woche von Pater Bollen auf Flores, und so schnell wie möglich möchten wir in Watublapi sein." "Das ist verständlich." "Wenn wir das nächste Mal über den Floresweg kommen, wäre es sehr schön, hier für einige Tage Station zu machen." "Sehr wahrscheinlich bin ich dann nicht mehr hier. Sehen Sie die Berge dort in der Ferne? Vielleicht bin ich bei ihrem nächsten Besuch hinter diesen Bergen zu finden und fange noch einmal von vorne an. Wir bauen wieder Kapellen, kleine Straßen, sorgen für Wasser und was sonst noch alles so anfällt. Was ich dort ganz sicherlich vermissen werde, das ist das gute Essen der javanischen Schwestern, die mich viel zu sehr verwöhnen. Schauen Sie sich meinen Bauch an." Und wir mußten alle lachen, als wir auf seinen kleinen runden Bauch blickten.

Die günstigste Zeit auf den Kelimutu zu fahren oder zu gehen, sei morgens in aller Frühe. Man erreicht den Gipfel dann gegen fünf oder sechs Uhr. Die Landschaft unter ihm sei um diese Zeit in voller Pracht zu sehen. Später sei sein Gipfel meist in den Wolken verborgen, berichten die Reiseführer. Nun standen wir auf dem großen Platz abfahrbereit an unserem Auto und es war Nachmittag. Zum Kelimutu wollen Sie noch? Warten Sie, ich sehe mal hin. Ja, er ist wolkenfrei und in gut einer Stunde, gegen fünf Uhr, können Sie dort sein." Wir sahen zwar den mächtigen Gebirgszug, aber konnten in ihm keinen Kelimuto erkennen. 'Er wird es ja wissen', dachten wir und verabschiedeten uns auf ein Wiedersehen irgendwann, vielleicht im nächsten Jahr.

Der Kelimutu, als Sehenswürdigkeit der Insel Flores gepriesen, war wolkenfrei, als wir ankamen. Die Landschaft an seinem Fuße, die im üppigen Grün versteckt stehenden Bambushütten, die Naßreisterrassen und die ebenen Reisfelder, gehören wohl zu den schönsten auf Flores. Amran und das Auto brachten uns bis etwa einen Kilometer vor den Gipfel. Der Kelimutu ist dicht mit Urwald bewachsen, und der Gipfel zeigt karstige Erde. Auf dem großen Plateau liegen die Seen eingebettet in ihre felsigen Becken. Zu unserer Linken lag schwer in seiner dunklen, schwarzroten Farbe einer der drei Seen. Während halbrechts zwei Seen hintereinander leuchtendes Grün im erstarrten, glattflächigen Wasser zeigten. Schilfgrün, in wärmerer Tönung, lag der erste See neben uns. Der zweite hinter ihm hatte ein lichteres Grün. Genau das schien die richtige Farbe für die Heimstatt und das Paradies der Frösche zu sein, wiewohl kein Laut, kein Froschkonzert zu hören und kein sanfter Wellenschlag an den Ufern in der Tiefe der Becken zu sehen war. Die glatten, steilen Kraterwände wehren jeden Besucher von den tief in ihnen ruhenden Seen ab.

Wie ein die Farben wechselndes Chamäleon, so wechseln die drei Seen ihre Farbe. Vor einiger Zeit noch hatte jeder von ihnen eine andere Farbe. So leuchteten sie vor bald vierzig Jahren in den Farben milchig-weiß, grün und blau aus ihren Becken. Die Ursache für den Farbwechsel ist jedoch noch nicht erforscht. Ein Wunder der Schöpfung sind sie, der Berg und die Seen.

Es war still auf dem Kelimutu. Nur der Wind ließ sein leises Säuseln hören, und berauschend schön war die Landschaft um uns. Gemächlich und leise kreisten die Wolken die Nachbarberge ein. Den Berg vor uns hatten sie mit einem weißen Reif umschlossen, so wie ein Elfenbeinreif am Arm die kleinen Mädchen und Frauen auf Flores schmückt. Sie ließen den Gipfel des Berges zur Betrachtung frei. Die Wolken um uns wurden immer dichter, doch wir standen noch im gleißenden Licht der Sonne. Das leise Säuseln des Windes wurde zu einem leicht pfeifenden Geräusch. Mit den lautlos ziehenden, dichter werdenden Wolken war es einsam, wurde es mir unheimlich auf dem Kelimutu, und ich drängte zum Rückweg.

DIE GESCHICHTE VON DEM DUMMEN ESEL UND ANDERES

Wir waren der Einladung von Pater Paul Klein zum fünfzigjährigen Priesterjubiläum Pater Bolchers und dem fünfundzwanzigjährigen Pater Bauers gefolgt und Gäste des Seminars in Ledalero.

Das Priesterseminar von Ledalero liegt im Sikka-Gebiet, (Maumeredistrikt) in den Bergen. Hier läßt sich die Hitze des Tages leichter ertragen. Die Gebäude, Eßräume, die Räume für die Dozenten und Priester, die Kirche, das kleine, mit viel Liebe ausgestattete Museum mit seinen Kostbarkeiten - im Augenblick wird es von Pater Petu, der deutsch spricht, geleitet - und die Hörsäle gliedern sich um ein Atrium mit einer Gartenanlage. Der Rektor, der vom indonesischen Staat anerkannten Theologischen Hochschule, ist ein indonesischer Priester und gehört dem Steyler Missionsorden an. Die Hochschule ist die bedeutendste und größte der Steyler Missionare überhaupt, und hat mit dem in der Nähe errichteten weltlichen Priesterseminar mehr als 800 Seminaristen.

Am Vortag der Feier hörten wir die letzten Proben des Chores in der Kirche. Am nächsten Tag fand der feierliche Gottesdienst statt. Die Seminaristen mit ihren langen weißen Soutanen nahmen fast die ganzen linken Sitzreihen der Kirche ein. Schlanke und attraktive junge Männer, kleine wie große, standen sehr würdig in den langen Bankreihen. Sie verstanden es, mit ihren weißen Soutanen graziös und würdevoll zu schreiten und sich zu bewegen. Als sie draußen vor der Kirche versammelt waren, sich hierhin und dorthin bewegten, sahen sie aus wie große weiße, herumschwirrende Vögel. Florenesische und europäische Priester zelebrierten die Hl. Messe. Es war alles sehr feierlich. Malerisch und farbenprächtig leuchteten die Gewänder der Priester.

Ausgerichtet wurde das Fest von den florenesischen Priestern. Und wer kam uns da strahlend entgegen? Pater Lensing. Das war eine freudige Überraschung. Für die Jubiläumsfeierlichkeiten hatte er sich freigemacht, denn noch lange nicht alle

Tage gibt es ein Goldenes und Silbernes Priesterjubiläum zu feiern. Langsam strömten die Gäste in den großen Vortragssaal. Die Band von Pater Klaus - er ist einer der jüngsten Missionare auf Flores - und die hübschen Sängerinnen stellten sich auf und stimmten ihre Instrumente. Das Mikrophon wurde gerichtet. Es begannen die Reden, die Spiele, und die Band begleitete den Gesang der Mädchen, die großen Beifall und begeisterte Pfiffe ernteten.

Neben mir saß Pater Lensing. Langsam, feierlich, mit viel Beifall bedacht, wurden die Jubilare zu ihren Plätzen geleitet. Da hörte ich neben mir Pater Lensing belustigt sagen: "Wie preisgekrönte Ochsen sehen die beiden aus." Ich mußte lachen und stellte mir zwei Ochsen vor, die feierlich durch den Saal geführt werden. Es waren die goldenen und silbernen aus Papier gesteckten glänzenden Girlanden, die man ihnen schmückend umgehangen hatte, die zu diesem Vergleich einluden.

Der noch von seiner Krankheit geschwächte Bupati hielt eine Rede. Er gehörte einmal zu den Pfarrkindern Pater Bolchers. Die Mitbrüder hielten ihre Lobesreden. Als alle bei einer solchen Rede in herzhaftes Lachen ausbrachen, bat ich Pater Lensing, mir die Ursache dafür sagen. "Gleich, wenn die Geschichte zu Ende ist, erzähle ich Sie ihnen. Es ist eine Metapher, die er gebraucht hat", und Pater Lensing begann, mir die Geschichte von dem dummen Esel nachzuerzählen:

"Als Jesus auf einem Esel am Tage des Passah-Festes, dem Gedenkfest der Juden an den Auszug aus Ägypten, in Jerusalem einritt, jubelten ihm die Menschen begeistert zu und mit wedelnden Palmzweigen in den Händen begrüßten sie ihn. Wie erstaunt aber war der Esel, so viele Menschen um sich zu sehen, die nur nach ihm schauten und alle freundliche Gesichter machten; waren doch diese begeisterten und freudigen Rufe für ihn etwas völlig Ungewohntes. Denn anstrengend und fordernd war ansonsten der Umgang der Menschen mit ihm. Wurde er doch nur für die Lasten, die man ihm auf dem Rücken legte, gebraucht. Und zuweilen, wie jetzt, saß ein Mensch auf seinem Rücken und baumelte mit seinen langen Beinen über seinem Bauch, was ihn störte. Aber das sah man, wenn man ihn aufmerksam betrachtete, nur an seinen Ohren, die hin und her zuckend sich nach hinten legten. Die herunterhängenden Beine um seinen Bauch bemerkte er nun nicht mehr, nichts störte ihn. Er hörte nur noch diese lauten, berauschenden Jubelrufe der Menschen, und es schien ihm, als ließen sie ihn schwebend davon fliegen bis in die Bläue des Himmels hinein. Nur der, der das Erdenleben eines Esels kennt, weiß, welch eine Wohltat es für seine geknechtete Seele, welch eine Freude es für ihn war, so im Mittelpunkt der Begeisterung zu stehen.

Leicht wurde ihm seine Last, und der Mensch auf seinem Rücken war wie eine Feder so schwerelos. In seinem Irrtum befangen, reckte sich sein Hals, sein Kopf hob und streckte sich, der doch meist trübsinnig, mehr zur Erde geneigt den Staub der Straße in seinen Nüstern verspürte, als seine Umwelt betrachtete.

Alles an ihm streckte sich. Er wurde größer und größer. Seine Beine, sonst störrisch und langsam ausschreitend, zogen sich in die Länge und wuchsen und wuchsen, so daß es aussah, als schritte er majestätisch auf den Spitzen seiner Hufe daher. Heute war er glücklich, glücklich wie noch nie in seinem Leben und stolz über so viel Ehre, die ihm zuteil wurde. Wer hat je von einem Esel gehört, der so etwas Erhebendes erlebt hat?

Indessen, wie sehr irrte sich der arme Esel, galten doch die Huldigungen, der Jubel der Menschen nicht ihm, sondern dem Mann auf seinem Rücken, Jesus. Wie gut und barmherzig war es für ihn, daß er so dumm war und diesen Irrtum nicht erkannte.

Und so ähnlich ist das mit den Jubilaren zu verstehen. Findet doch diese Feier und Ehrung eigentlich zu Gottes Ehre statt. Denn Ihm allein gebührt sie. Indem wir Pater Bolcher und Pater Bauer ehren und ihnen danken, danken und ehren wir in ihnen Gott. Da sie nicht so dumm sind wie der Esel, wissen sie um die Ehre Gottes."

"Eine schöne Geschichte ist das, Pater Lensing. Sehr bildhaft und blumenreich ist ihre Sprache." "Ja, sie sind Meister im Gebrauch und im Umgang mit ihren Worten."

Nun belebte sich die Bühne. Einige junge Männer gingen zur Bühne und stellten sich auf. Ruhig, langsam schreitend, ein langes Gewand an und sehr brav und harmlos aussehend, stand der junge Seminarist in der Rolle von Jesus auf der Bühne. Es kamen der Stumme, der Taube, der Blinde und der Aussätzige herbei, hoben ihre Arme um Erbarmen flehend zu Jesus, dem Heiler und Wundertäter. Er machte den einen sehend, die anderen konnten wieder sprechen, hören und wurden gesund.

Weiter hinter uns entstand ein Gekicher, wurde zum lauten Lachen und pflanzte sich von Reihe zu Reihe fort. Die johlenden Pfiffe vermengten sich mit dem Gelächter. Was war los? Durch den Mittelgang der Sitzreihen kam der Verkrüppelte. Mit krummem Rücken zog er sein lahmes Bein nach. Er hinkte und schleppte sich langsam zur Bühne.

"Warum lachen denn alle, Pater Lensing?"-"Man muß schon mitlachen, wenn man nicht weiß, warum sie lachen. Alle Seminaristen kennen den jungen Mann, der den Lahmen spielt. Sie finden ihn zum Lachen komisch in seinem Hinken und seiner Verkleidung. Und wie gut er den Lahmen spielen kann! Es sieht zu lustig für sie aus. Zum Totlachen ist es. Sie sehen in ihm nicht den Verkrüppelten, der auf Gesundung hofft, sondern den gesunden Freund, der etwas spielt, was er gar nicht ist. Die fromme und lang geprobte Geschichte geht unter. Das ist immer so. Abstraktes Denken ist ihnen fremd. Jedes Theaterstück gerät aus den Fugen, weil der Inhalt des Stückes von der wirklichen Person des Spielers überdeckt wird. Und wie Sie sehen, steckt das Lachen an, so daß nachher alle lachen müssen. So wird alles zur Komik, gerät zu einem Lustspiel, selbst die traurigste Geschichte.

Im Augenblick war eine kleine Pause. Alle sprachen miteinander, und ich weiß nicht, wie es dazu kam, daß Pater Lensing auf die Dreifaltigkeit Gottes: Gottvater, Gottes Sohn und Heiliger Geist zu sprechen kam. Ich sehe ihn noch neben mir sitzen. Seine Hände sprachen ihre eigene Sprache. Sie fragten und suchten. Sie wollten etwas greifen und festhalten - und sie griffen ins Leere. Sein Gesicht verriet die angespannte Konzentration, Unerklärliches zu verstehen, zu erkennen, vielleicht sogar zum Wissen werden zu lassen.

"Gottvater als Person ist ja einfach zu verstehen und der Geist auch, denn alles hat seinen Geist, ist durchgeistigt. Gottes Sohn, als zweite Person, ist schwieriger zu ergründen. Zwar läßt sich die menschliche Verbundenheit des Vaters mit dem Sohn erfassen, doch es bleiben zwei Personen in einer einzigen.

"Warum suchen Sie zu verstehen, Pater Lensing, was nicht zu verstehen ist? Erinnern Sie sich an die fromme Legende des Knaben, der eine kleine Grube in den Sand am Meer buddelte und dann Eimerchen für Eimerchen das Meerwasser in diese kleine Grube schüttete, und es so aussah, als wolle er in sie alle Meere dieser Erde füllen? Dann kam ein Heiliger, der große Kirchenlehrer Augustinus, des Weges, der dem Knaben einige Zeit zusah. Nun verstand Augustinus, daß er das unergründliche Geheimnis der Dreifaltigkeit nicht werde lösen können, als der Knabe zu ihm sprach: 'So wie du nicht alle Meere in die kleine Grube schütten kannst, so wenig wird es dir gelingen, das Geheimnis der Dreifaltigkeit zu lüften.'

"Ja, ja, ich kenne diese Legende. Dieses Geheimnis jedoch beschäftigt mich allzuoft." "Sind es aber nicht gerade die Geheimnisse um uns, die unsere, des Menschen Phantasie beflügeln und uns in unbekannte Räume, in immer wieder neu zu erforschende Weite führen und vorstoßen lassen, um ein Geheimnis aufzudecken und wieder ein neues zu finden, Pater Lensing?"

PATER OTTO BAUER SVD IN NELE/FLORES

Der Baumeister

Nele, eine alte Missionsstation der Jesuiten, wo das Land mit den vielen Palmen sanft hügelig ansteigt, ist von Maumere landeinwärts zu erreichen. Die Patres und Brüder der Jesuiten hinterließen eine prächtige Kirche, deren bunte Glasfenster durch die Strahlen der Sonne farbig leuchten. Sie hinterließen ein Pfarrhaus, welches inzwischen durch das von Pater Bauer neuerbaute Haus ersetzt wurde, und einen Friedhof neben der Kirche, dessen Grabsteine aus den wild wuchernden Pflanzen herausschauen und wo die Toten in der Versunkenheit der Zeit ruhen. Es ist schon lange her, daß ein Weißer dort seine ewige Ruhe fand. Die Menschen auf Flores kennen normalerweise keine Friedhöfe, auf denen die Toten zu weit entfernt für die

Lebenden ruhen. Eng verbunden, gleich neben ihren Hütten, ist die Stätte der Toten in Stein oder Zement gefaßt. Ehrend gedenkt man ihrer und verehrt sie mit den täglichen Opfergaben. Sind sie doch der Weg zurück bis hin zu dem mythischen Urahn, zu den Göttern. Im Tanah-ai-Gebiet ist der Platz zur Verehrung der Ahnen die Mitte der Hütte. Dort liegen die Opfergaben.

Pater Klein aus Ledalero saß am Steuer des Autos, als wir die lange und unwegsame Straße nach Nele zu Pater Bauer fuhren, der uns zum Abendessen eingeladen hatte. "Jetzt muß ich aufpassen. Da ist es schon, das tiefe Loch mitten auf der Straße." Vorsichtig umfuhr er das Loch. "Zehn Jahre existiert dieses Loch schon und alle, die Fahrer der Kleinbusse und die wenigen, die mit dem Auto diese Straße befahren, kennen es. Weil alle um diese Gefahrenstelle wissen, gibt es keine Unfälle. Die Dorfbewohner stört dieses Loch nicht. Wer fährt denn schon von ihnen ein Auto? Und vielleicht, wenn Sie das nächste Mal nach Flores kommen, ist es zugeschüttet und ausgebessert." (Inzwischen ist die Straße neu gebaut worden).

Das Pfarrhaus hatte noch den Geruch des Neuen an sich: Einfache Steinfliesen auf dem Fußboden, leicht getönte Wände und das Dach mit der von Pater Bauer entwickelten Dachkonstruktion.

"Das alte Pfarrhaus war baufällig," erzählte Pater Bauer, "so wurde es abgerissen. Inzwischen habe ich einige junge Männer in handwerklichen Arbeiten ausgebildet. Sie sind sehr tüchtig und halfen beim Abbruch des Hauses. Nun stand nur noch eine Mauer, die es abzubrechen galt. Ich dachte, jetzt noch einen Schlag an der richtigen Stelle, und die Mauer kippt um. Das tat sie dann auch. Sie begrub mich jedoch dabei. Alle schrien laut auf, als sie mich unter den Steinen, dem Geröll und der dicken Staubwolke verschwinden sahen. Danach war alles ruhig. Gelähmt vor Schreck standen die Männer einige Sekunden unbeweglich. Doch dann, so flink wie die Wiesel, begannen sie, das Geröll beiseite zu schaffen. Als sie meine leise Stimme unter dem Berg von Geröll vernahmen, lachten sie und waren heilfroh, daß ich noch lebte. Nachdem ich befreit worden war, stellte ich fest, daß ich außer einigen Schrammen keinerlei Schaden davongetragen hatte. Das war noch einmal gut gegangen. Wie neugeboren fühlte ich mich."

Pater Bauer stammt aus einer in der Schweiz ansässigen alten Baumeisterfamilie. Sein Bruder schuf als Baumeister das Grimselwerk, die drei dazugehörenden Stauseen mit mehreren Abstufungen im Berneroberland. Pater Bauer oblag die Bauleitung des 'Wisma Nazareth', der Familienbildungsstätte mit dem neuen 'Haus der Jugend' in Maumere und von anderen Bauten. Er ist Architekt, Bauingenieur, Maurer, Restaurator, Elektriker, alles in einer Person. Sein Erfindergeist entwickelte eine dem Klima und den Möglichkeiten entsprechende Dachkonstruktion aus Aluminium, deren kreuz und quer laufende Verstrebungen wie es scheint, zierlich und schwerelos das auf dem Gemäuer aufsitzende hohe Dach tragen. Sie stellen ein kleines Kunstwerk dar. Silbern glänzt das Dach herunter, und der Blick will nicht von dem Silbrigen über einem loskommen.

Das Aluminium kommt per Schiff aus Java und wird in Maumere von chinesischen Fachkräften maßgerecht zugearbeitet. Die Technik der Dachkonstruktion aus Aluminium wurde schon von florenesischen Bauleuten übernommen.

Erstaunt habe ich ihn gefragt: "Haben Sie ein Bauhandwerk oder ein Studium als Bauingenieur bzw. Architekt absolviert? Woher können Sie das alles?" "Manchmal wundere ich mich über mich selbst. Sagen, woher ich all die Berechnungen kenne, wieso ich eine Bauzeichnung zustande bringe, kann ich Ihnen nicht. Bis heute habe ich mich noch kein einziges Mal verrechnet. Tief verborgen in mir ruht dieses Wissen, wie alles anzupacken ist. Alles, was ich wissen muß, spuckt mein Gedächtnis wie ein Computer aus. Seit mehreren Generationen ist meine Familie eine Baumeisterfamilie. Von klein auf, so lange ich zurückdenken kann, hörte ich Zahlen, Berechnungen, hörte von Materialien und sah Bauzeichnungen. Das Leben meiner Familie war geprägt von Technik, Mathematik und Bauwerken. Ich kann es nicht leugnen und es nicht abstreifen: Ich bin das Kind einer Baumeisterfamilie und so macht mir das Bauen Freude. Es bereitet mir geradezu ein Vergnügen, obwohl mir die Arbeiten, die zu bewältigen sind, oftmals zu viel werden."

Die Frauen hatten ein gutes und reichliches Essen gekocht. Alle aßen mit großem Appetit, ebenso Bruder Franz, der Künstler aus Talibura, der die Glasmalereien in der dortigen Kirche schuf. Noch hundeelend und krank von der Reise nach Larantuka schaute ich dem Eßvergnügen der anderen neidlos zu. Ich konnte kaum einen Bissen von dem mit viel Liebe und Mühe zubereiteten Essen herunterschlucken. Einige Tage später wiederholte ich meinen Besuch.

AUFBAU IN TALIBURA

Es war früher Abend. Bevor die Dunkelheit hereinbrach, gingen Pater Bauer und ich noch einmal in die Kirche, blickten später auf die Dächer des 'Wisma Nazareth' und auf die hohen schmalen Grabsteine des Friedhofes. Langsam schritten wir ins Haus. Beim Essen erzählte Pater Bauer ein wenig von diesem und jenem, so wie der Abend, der die Hitze des Tages mit leicht kühlender Erfrischung ablöst, in seiner Ruhe und Gemächlichkeit zum Erzählen halt einläd.

"Ich bin Frühaufsteher." "Im Gegensatz zu mir, der ich ein Nachtmensch bin, Pater Bauer." "Ja, bei mir beginnt schon um halb fünf der Tag mit dem Beten des Breviers. Danach frühstükke ich und erledige meine Post. Das kann ich am besten in der Frühe, wenn ich noch frisch und munter bin. Die Stunden darauf bis zum Abend sind ausgefüllt mit der Arbeit in der großen Pfarrei, den Bauarbeiten und allem, was damit zusammenhängt. Abends um 10 Uhr gehe ich zu Bett, nun ist es für mich Zeit zu schlafen."

Eine immer noch nicht erloschene Sehnsucht läßt ihn von Talibura, wo er viele Jahre gelebt und gearbeitet hat, erzählen, dem Dorf an der Küste am Fuße des noch tätigen, mit Wald bewachsenen Vulkans Egon, der mit seiner abgesprengten Spitze mächtig und lang hingestreckt aus allen Richtungen zu sehen ist. Die bei den Ausbrüchen herausgeschleuderten Steinbrocken liegen wie achtlos hingeworfene Riesenbälle verstreut in der weit auslaufenden Ebene zum Meer hin.

"Und wieder einmal," erzählte er, "waren in jenen Jahren

die Ernten schlecht. Keine Hütte gab es, in der nicht der Hunger einkehrte. Die Kinder wurden schwächer, ihr Übermut und Lachen leiser. Still saßen sie herum, verkrochen sich in die Ecken, so wie die Erwachsenen immer schweigsamer wurden. Viele erkrankten. Einige von ihnen starben. Die schwächsten im Alter zwischen einem Jahr und fünf Jahren suchten wir heraus. Sie erhielten dreimal in der Woche eine gute Mahlzeit, die ihnen half, kräftiger und gesund zu werden. Auf diese Weise waren es 300 Kinder, die wir betreuen und durchbringen konnten. Diese Hilfe für die Kinder haben Spender aus der Schweiz ermöglicht."

Als er die Pfarrstelle in Talibura übernahm, gab es in der Pfarrei zwei Lehrer. Heute sind einhundert Lehrer an den elf sechsklassigen Volksschulen tätig. Die Gemeinde kann auf 3.000 getaufte Katholiken blicken. Die Kapellen in den verstreut liegenden Dörfern laden zu Gebetsandachten und Meßfeiern ein.

Nach mehr als einem Jahrzehnt wechselte Pater Bauer von Talibura nach Nele über. In Talibura hinterließ er eine Reis- und Maismühle, die, angetrieben durch einen Dieselmotor, in einer Stunde 100 kg Mais oder Reis mahlen konnte und von den Dorfbewohnern freudig begrüßt wurde. Sie brauchten nun nicht mehr den langen Weg nach Maumere zu Fuß gehen oder, wer Geld hierzu hatte, mit dem Kleinbus zu fahren. Der Erlös der Mühle kam der Sozialarbeit zugute.

Einen kleinen Laden (Toko), in dem die Leute das, was sie benötigten, zum gleichen Preis kaufen konnten wie in Maumere, und ebenso ein gut ausgestattetes Pfarrhaus mit Bettwäsche, Geschirr und anderem Hausrat hinterließ er seinem einheimischen Nachfolger.

"Das Pfarrhaus ist total 'ausgeraubt' worden. Nichts blieb mehr übrig. Alles das, was ich in jahrelanger mühseliger Arbeit erwirtschaftet, erarbeitet und gefertigt hatte, war weg," sagte Pater Bauer noch immer ganz fassungslos und enttäuscht. Als der Bischof in Ende im Laufe der Zeit davon hörte, setzte er seinen Nachfolger nach zwölf Jahren als Pfarrer ab.

Wie konnte so etwas geschehen? Der florenesische Priester, jahrelang im Seminar erzogen, unterrichtet in katholischer Theologie, bekannt mit abendländischer Philosophie und abendländischem Denken, erhält, nachdem er zum Priester geweiht worden ist, eine gesunde, blühende Pfarrei. Er und seine große Familie freuen sich. Die Familie ist stolz auf ihren Sohn. Ein Familienmitglied hat es weit gebracht, und ihr Ansehen in den Dörfern ist eminent.

Voll Staunen werden die Schätze des Pfarrhauses betrachtet. Was der weiße Priester nicht alles besessen hatte! Ein unerschöpflicher Reichtum breitet sich vor ihren Augen aus. Alles ist voll von guten Dingen, von denen einige noch zu erkunden waren. Das, was die Inselbewohner auszeichnet, aber sie auch arm machen kann, ist ihre Einstellung zum Eigentum und ihre große Gastfreundschaft. Letztere geht über alles und ist Verpflichtung für alle, auch für den Priester. Die große Familie ist eine geschlossene, soziale und wirtschaftliche Einheit. Geht es einem schlecht, helfen alle. Geht es dem anderen gut, profitieren alle. Der Schutz und die Geborgenheit sowie die Anpassung und Verhaltensprinzipien gelten für alle, auch für den Priester. Die bewährten Sitten und Verhaltensweisen, erprobt seit uralten Zeiten, garantierten den Fortbestand, das Überleben der Volksgruppe. Es ist ein Verstoß gegen die Adat, sich diesen Normen zu entziehen, oder sich gar gegen sie zu vergehen. Die Sorge für die Eltern, für die ganze Familie, auch wenn die Tochter oder der Sohn das Brot auf einer weit entfernt liegenden Insel verdienen, ist selbstverständlich, ist Pflicht.

Der Priester, im letzten geprägt von der Erziehung seiner Familie und in Verbundenheit mit ihr, streift wie eine Haut all das von der Familie Trennende, vieles, was die Europäer ihn im Seminar lehrten, ab und ist wieder Teil seiner Familie. Aber vielleicht erschienen ihm auch für seine Augen die neuen technischen Errungenschaften und Einrichtungsgegenstände im Pfarrhaus, die für den weißen Priester so erstrebenswert und wichtig, für seine Arbeit gar nicht so wesentlich zu sein.

Heute, aufgrund mehrerer solcher Erfahrungen, werden die indonesischen Priester, z.B. aus Flores, auf einer anderen Insel eingesetzt. So kann es vorkommen, daß ein Florenese eine Pfarrei in Timor übernimmt und ein Priester aus Timor in Flores arbeitet. Hiermit möchte die Kirche Konflikten ausweichen und ihnen vorbeugen. Wie gut kann ich mir aber vorstellen, daß die meist jungen Männer Heimweh nach ihrer Insel, Heimweh nach ihrer Familie haben.

DIE MENSCHEN IM TANAH-AI-GEBIET

Eine der interessantesten und sehr zurückgezogen lebenden Volksgruppen von Flores, sind die Menschen von Tanah-ai (Land-Wasser). Bis vor kurzem noch kaum erforscht, hat ein Völkerkundler mehrere Monate dort gelebt und ist ihren alten Mythen, ihren Sitten und Gebräuchen nachgegangen, und hat die Menschen erzählen lassen. Seine Forschungsarbeit liegt inzwischen vor. Ihre Sprache ähnelt dem Sikkanesischen. Sie ist jedoch für die Sikkanesen nicht zu verstehen.

In früheren Zeiten zeichnete sich das Tanah-ai-Gebiet durch seine Fruchtbarkeit aus. Die Ernten waren so reichlich, daß der Überfluß an Nahrungsmitteln verkauft werden konnte. Heute ist das Land in den Bergen, nahe der Nordküste, ca. 30 km von Maumere in östlicher Richtung gelegen, ein permanentes Hungergebiet. Die Brandrodung als auch die Bodenerosion haben hierzu sicherlich ihren Teil beigetragen.

Die meiste Zeit des Jahres leben und wohnen die Familien in den Gärten. In der Mitte der Felder bauen sie nach Adat-Brauch Reis und Mais an. Was sie am Rande ihrer Felder anpflanzen, vielleicht ein Knollengewächs, ist jedem einzelnen überlassen. Ihre Hütten errichten sie auf ihren Feldern. Wenn sie auf ein anderes Feld ziehen, wird die Hütte abgebaut und auf das zu bebauende Feld wieder neu errichtet. So ziehen sie von Feld zu Feld mit ihren Hütten. Das Dorf bleibt meist unbewohnt, und so stehen die besseren Hütten auf ihren Feldern.

Wie auf den meisten Inseln, ausgenommen diejenigen mit einer moslemischen Bevölkerung, kommt auch hier dem Hausschwein sowie dem von ihnen gezüchteten Wild- und Stachelschwein große Bedeutung zu. Als Sühneopfer für die Götter und Ahnen, als Opfer für einen Verstoß gegen die Adat sowie für die Ernährung spielt es eine wichtige Rolle. Ihre Ziegen aber dürfen sich nur noch in den Gebieten aufhalten, die die Regierung für sie bestimmt hat.

Die mutterrechtlich ausgerichtete Volksgruppe von Tanah-ai setzt sich aus sieben Sippen (Stämmen), jede mit eigenem Namen, ihren eigenen Mythen, kultischen Handlungen und Zeremonien zusammen. Die Frauen sind Eigentümer des Landes und arbeiten auf den Feldern. Die den Männern obliegenden kultischen Handlungen werden von Versen begleitet. Wird z.B. ein Schwein geschlachtet, ist der Segensspruch in Versen gefaßt. Die alten Mythen berichten von der Sonne und dem Mond als Welteltern. Zur Versöhnung und Verehrung der Götter und Ahnen findet alle vier Jahre das Sonnen- und Mondfest statt. So sind auch Sonne, Mond und der Pfahl in der Form eines gegabelten Stammes, das Symbol für das Ernte-Dank-Fest, für die von den Göttern geschenkte Fruchtbarkeit der Erde.

Nach ihren Vorstellungen leben die Geister in den Quellen und Bäumen. Wie fast bei allen Altvölkern Indonesiens, wird aus Kostengründen das Totenfest für mehrere Tote gemeinsam gefeiert. Hierbei ist es Brauch, die Fingernägel und die Augenbrauen der Toten abzuschneiden, und sie in Bambusrohren zum Gedenken an sie aufzubewahren.

Von Dorf zu Dorf, von Familie zu Familie ist Pater Bauer im Tanah-ai-Gebiet gezogen. Er hat mit den Menschen zusammen gegessen, gewohnt und gelebt. Er hat ihnen von dem Gott der Christen und seiner Heilsbotschaft, dem Gott aller Menschen erzählt; ihnen, deren Leben voll durchdrungen ist von einer 'All-Religiösität.'

Als er seinen Heimaturlaub antrat, rechnete er damit, daß er nicht mehr nach Nele zurückkommen könnte. "Denn zu viele indonesische Priester warten schon auf diese Pfarrstelle." Immer noch wünscht er sich nach seiner ersten Pfarrstelle in Talibura, zu den Menschen im Tanah-ai zurück. Eine leise Sehnsucht und Wehmut schwingen in seiner Stimme, wenn er von seiner ersten Arbeit spricht und sagt: "Ich wünschte, ich könnte nochmals in meiner früheren Pfarrei arbeiten und dort leben. Aber vielleicht hat der Bischof andere Pläne, und die sind kaum zu ändern.

PATER ADOLF BRÜGGEMANN SVD

"Auf daß sie das Leben in Fülle haben"

Auf dem Rückweg von einem Besuch des Seminars in Ledalero sagte Pater Bollen zu uns: "Pater Brüggemann ist krank. Er ist im Missionskrankenhaus St. Elisabeth in Lela. Wir sagen ihm kurz 'guten Tag'. Im Augenblick arbeitet er in Lela und ist verantwortlich für den Neubau eines Schwesternheimes und anderer Bauarbeiten im Krankenhaus."

Pater Brüggemann freute sich über unseren Besuch, schaffte Stühle herbei, und wir setzten uns auf die Terrasse. Es ging ihm besser, und er sollte in einigen Tagen entlassen werden.

Nunmehr auf der schattigen Terrasse vor dem Krankenzimmer von Pater Brüggemann zu sitzen, war eine Erholung. "Heute habe ich mein Bett versetzt und schräg gestellt. Es stand auf einer Wasserader," sagte während der Unterhaltung Pater Brüggemann. Befremdet und etwas ungläubig sah ich ihn an. "Glauben Sie mir etwa nicht? Warten Sie, ich werde es Ihnen beweisen.

Sehen Sie, hier verläuft die Wasserader." Er stellte den rechten Fuß etwas vor, legte den linken Arm angewinkelt auf den Rücken, und die rechte Hand hielt eine Kette mit einer Kugel. Langsam schritt er Zentimeter um Zentimeter vor. Zuerst schwankte die Kugel nur ein wenig hin und her. Je weiter er jedoch vorwärts schritt, um so mehr bewegte sie sich, bis sie leicht zu kreisen begann, um dann ihre Kreise immer schneller zu ziehen. "Und hier stehe ich jetzt genau über der Aderkreuzung. Kommen Sie, schauen Sie sich die Sträucher in dieser Reihe an. Halb eingegangen sind sie. Unter ihnen fließt die Wasserader. Und sehen Sie erst den verdorrten Baum hier. Eine Wasserader macht alles krank, auch den Menschen. Die Babies im Krankenzimmer haben fast den ganzen Tag geschrien. Sie konnten trocken und satt sein, trotzdem schrien sie immer weiter. Ich habe den Raum ausgemessen, und was war? Unter diesem Haus verläuft eine Wasserader. Die Schwestern habe ich gebeten, die Babies in ein anderes Zimmer zu legen. Nun, so ganz überzeugt waren sie nicht von meinem Vorschlag. Aber jetzt liegen sie in einem anderen Raum und nun schreien sie nur noch, wenn sie naß sind oder Hunger haben. Das ständige Geschrei hat aufgehört."

Währenddessen saß Pater Bollen ungerührt auf seinem Stuhl. "Wenn von uns einer Wasser gesucht hat, wurde Pater Brüggemann schon öfter gebeten, Wasser ausfindig zu machen. Mehrmals schon hat er Wasser gefunden," sagte er wie selbstverständlich.

Als Bewunderer und Freund der Schnitzerkunst auf Bali sammelte Pater Brüggemann einige schöne Schnitzereien, Figuren und Reliefs von der Insel. Es heißt, jeder Balinese sei ein Künstler, ob Bauer, Handwerker, Fischer, Fürst, Kind, Mann oder Frau. Auf Flores ist diese, in ihrer vollendeten Schönheit ausgeführte Kunst, nicht anzutreffen. Kunst- und Kunsthandwerk sind hier, ausgenommen die Ikat-Webkunst, weitestgehend unbekannt. Doch eines Tages traf er einen jungen Florenesen bei einer Schnitzerarbeit an, dessen Hände das Spiel der Formgebung leicht und mühelos zu spielen verstanden. 'Es lohnt sich, ihn, diesen jungen talentierten Mann, in der Schnitzkunst auf Bali ausbilden zu lassen,' dachte er.

Bei einem Besuch in seinem Haus führte er uns in eines der Zimmer und wies auf eine große geschnitzte Madonnenstatue mit dem Jesuskind. Sie stellte eine der Arbeiten des jungen Künstlers dar. Hier gingen balinesische Stilelemente, die aus dem Hinduismus ihre schöpferischen Gestaltungsformen entnehmen, mit den Elementen christlichen Gedankengutes eine glückliche Verbindung ein.

Wie wenig aber würde man Pater Brüggemann gerecht, wenn man es nur bei diesen Bildern von Neigungen und Interessen bewenden ließe und seiner Arbeit, die ihn überwiegend beanspruchte, nicht die gebührende Beachtung schenkte.

Dreiundzwanzig Jahre in den Tropen, die an der Gesundheit zehrten, an die Nerven gingen, liegen hinter ihm. Aufregungen, die ihn zu Zornausbrüchen verführten, um in versöhnenden Worten und Gesten zu enden. Das, wovon ihm einmal träumte, die Verwirklichung des Idealbildes eines Missionars, der für das Seelenheil der Menschen Sorge zu tragen habe, wurde zerstreut gleich einem wirbelnden Wind, löste sich auf im Alltäglichen von Zahlen, Abrechnungen, Buchführung, Abwicklungen und Berechnungen und endete in einem Berg von Papier der ca. 1.800 Entwicklungshilfe-Projekte, die in dieser oder jener Form über seinen Schreibtisch liefen.

Diese Projekte kamen, ausgenommen hiervon waren die im pastoralen Bereich, allen Bevölkerungsgruppen, ob den Menschen moslemischen, hinduistischen oder christlichen Glaubens, zugute. Als Schwerpunkte seien die Verbesserung der Landwirtschaft, des Fischereiwesens, die Bekämpfung der Brandrodung, der Bau von Zisternen für die Trinkwasserversorgung, die Förderung von Handwerk, Kleinindustrie, Bildungs- und Erziehungswesen sowie Waldwirtschaft, die Familienplanung, die Ernährungslehre usw. genannt.

Als Direktor des von der regionalen Bischofskonferenz ins Leben gerufenen 'Institut für Soziales, Forschung und Entwicklung' (Institut of social research and development), koordinierte er die Arbeit der jeweils durchzuführenden Projekte gemeinsam mit den sieben Sozialdelegierten der Diözesen, dem vorhandenen Fachpersonal von Schwestern, Brüdern, Patres und Lehrern, den Vertretern des diözesanen Sozialkomitees sowie mit dem Institutssekretariat und den einheimischen Helfern, deren Unerfahrenheit, ihr fehlendes Wissen, gepaart mit einer mangelhaften Ausbildung, Zeit und Kraft kosteten. Heute betrachtet er den bisher mit allen gemeinsam, mit nur einheimischem Personal beschrittenen Weg, als gefährdet.

Hinzu kamen die Verhandlungen mit den Regierungsstellen, die zwar diesen Arbeiten wohlgesonnen gegenüberstanden, ansonsten aber einen finanziellen Beitrag kaum aufzubringen vermochten. Planungsarbeiten, lange Beratungen, die Abwicklung mit den Geberorganisationen usw. vervollständigen das Bild.

Jahre der beschwerlichen Reisen zwischen den Inseln Flores, Timor, Sumba sowie weiteren 30 Inseln in der Provinz von Nusa-Tenggara waren für ihn mit vielen Aufgaben verbunden, letzterdings der Armut der Menschen zu begegnen, sie zu bekämpfen. Es sollte ein Leben aus dem Koffer werden. Überall zu Hause zu sein, doch nirgends ansässig.

Der in Trägerschaft und in der Verantwortung von Misereor

durchgeführte und von der Bundesrepublik Deutschland zu 75 % finanzierte 'Flores-Timor Plan' mit ca. 500 Kleinprojekten, war wohl seine umfangreichste, verantwortungsvollste und aufregendste Aufgabe in der administrativen Abwicklung. Dieser Plan trug viel dazu bei, den Inseln Flores und Timor, die Tür für eine behutsame, allmähliche wirtschaftliche Erschließung, mit einer einhergehenden Verbesserung der Lebenssituation der Inselbevölkerung zu öffnen.

Der Missionsgedanke zeigte sich ihm im vielfältigen Bild in der Hinwendung zum ganzen Menschen, mit all seinen Bedürfnissen: Sei es sein Denken, sein Herz oder seine Seele, seien es sein Auskommen, seine Triebe, all seine Interessen, Hoffnungen und heimlichen Wünsche: 'auf daß sie ihr Leben in Fülle haben.'

Zuweilen schien ihm das, was er getan, das, wozu er beauftragt war zu tun, gleich dem des warmen, leicht flackernden, dem Auge wohltuenden Lichtes einer Kerze zu sein. Alsdann aber dünkte ihm, als stelle das grelle, gleißende Licht der Neonröhre alles Kantige, Unebene und Mühevolle überdeutlich dar, als träten die vielen Jahre auf den Inseln in ihr eigenes Schattendasein zurück. Beides miteinander abwägend, überwog in seiner Rückschau der warme, das Auge sanft umschmeichelnde Schein des Kerzenlichtes.

Von den Zwiespältigkeiten seines Lebens umfangen, charakterisiert er sich selber als 'Managerpriester', dem zu seinem Bedauern nur zehn Prozent seiner Zeit für die seelsorgerischen Anforderungen der Menschen verblieb. Desungeachtet spricht er von der sozialen Dimension jeglicher Missionsarbeit, die immer Bestandteil der Verkündigung gewesen sei.

Ist nun hier der Begriff des 'Managerpriesters' fehl am Platze? Bedeutet er gar eine Entfremdung des Priesterbegriffes schlechthin? Die Menschen wünschen den Priester - und nicht nur die, die das religiöse Leben mitvollziehen - nicht allein im engen Gewand seiner rituellen und kultischen Handlungen zu sehen: Fürwahr, ein hoher Anspruch! Ist aber nun das leibliche Wohl der Menschen nicht der Boden, aus dem ein gesunder und freier Geist entspringt und erst zur Entfaltung gelangt? Und versinnbildlicht sich nicht in ihm, diesem freien Geist, zugleich der Reichtum, die Schönheit der Seele, wenn sie mit beschwingtem Flügelschlag zum Himmel weist und sie der leise Hauch Gottes streift.

Die Krankheit traf ihn, den großen, mächtigen Mann, in der Blüte seines Lebens. Sie traf ihn überraschend und fürchterlich. In Deutschland unterzog er sich mehreren Operationen. Im Vertrauen auf seine neu erlangte Gesundheit und auf ein Geschenk Gottes für ein weiteres Drittel seines Lebens, kehrte er zurück nach Flores, eingebettet in die Erinnerungen von zwei Jahrzehnten Heimatgefühl, letztendlich dorthin zu gehören.

Die Krankheit aber entließ ihn nicht aus ihren Klauen. Er zog die Bilanz seines Lebens. Er fand Zeit zur Muße und Besinnung. Er ordnete das, was zu ordnen war. Und er begegnete sich wieder in dem jungen Mann, der mit einem hohen Ideal einst auszog ein Missionar zu sein.

PATER PAUL KLEIN SVD IN LEDALERO/FLORES

Der Hochschullehrer

Umringt von Bücherwänden mit meist theologischen und philosophischen Schriften saßen wir bei einem Schluck Bier an einem kleinem, runden Tisch in Pater Kleins Zimmer im Seminar von Ledalero in den Bergen. Sein Zimmer ist Wohn-, Schlaf- und Arbeitsstätte zugleich, wenngleich die Bücherwände die Atmosphäre des Zimmers bestimmen. Im Oktober 1987 feierte das Seminar Ledalero sein fünfzigjähriges Bestehen. Es legt Zeugnis der seit 1914 von den meist deutschen und holländischen Steyler Missionaren mit viel Idealismus übernommenen Missionsarbeit auf Flores ab, die Flores zum Zentrum des Katholizismus in Indonesien machten.

Der Hochschullehrer für Moraltheologie, Pater Paul Klein, erwies sich als eine Überraschung. Nicht nur an der staatlich anerkannten Hochschule in Ledalero tätig, betreut er zudem an den Wochenenden die Katholiken in Nara, einem kleinen Dorf in den Bergen, ist als Initiator der 'Marriage Encounter-Bewegung' ein leidenschaftlicher Verfechter der natürlichen Familienplanung, nach der 'Billings-Methode', gründete das 'Wisma-Nazareth' (Gästehaus) in Nele und ließ neben der Familienbildungsstätte das 'Haus der Jugend' in Maumere erbauen.

"Bleiben Sie ein halbes Jahr auf Flores und arbeiten Sie hier. Sie werden sich wundern, wie viele Möglichkeiten es gibt," war sein Vorschlag. "Zeit, Pater Klein, Zeit bräuchte ich dafür. Es klingt geradezu verlockend, hier zu arbeiten. Aber ach - es gibt so viele Achs und Aber."

Oftmals erschien er mir unbekümmert wie ein kleiner Junge, um gleich darauf wieder sehr ernst und bestimmt etwas darzulegen. Er strahlt Optimismus aus und gibt ihn ungetrübt, in anstekkender Weise an seine Umwelt weiter. Wie ein Fisch, scheint es, bewegt er sich in vielen Wassern, kennt sich aus, fühlt sich wohl.

Zu Anfang des Jahres 1987 als Gastdozent an der 'Yarra Theological Union' in Melbourne, schätzte er die vielen neuen Kontakte, die neu gewonnenen Freundschaften und das Angenehme der westlichen Kultur. Gleichermaßen schätzt er Flores und seine Menschen, die es verstehen, mit sehr viel Würde ihr einfaches, in Armut geführtes Leben, zu meistern.

Der Austausch von Gastdozenten an den Seminaren erfährt eine rege und erprobte Pflege. Pater Josef Rieger aus St. Augustin trafen wir in Jakarta, den wir später in Ledalero als Gastdozent bei Pater Klein wiedersahen. In Ledalero stand mir ein veränderter und gelöster Pater Rieger gegenüber, der glücklich und lächelnd die Welt von Flores betrachtete.

Wie überall auf den Stationen, war es auch hier die spontane, herzliche Einladung von Pater Klein, die Gastfreundschaft des Seminars, zu der fünfzig- und fünfundzwanzigjährigen Feier der Jubilare, die uns in Ledalero für einige Tage verweilen ließ. Immer wieder war es ungewohnt und zugleich wohltuend, diese offene und unkomplizierte Gastlichkeit zu erfahren.

Deutschland: ca. 84% nichtpraktizierende Katholiken und die um ihre Glaubwürdigkeit ringende Kirche. Flores: die Mission, ihre Erfolge und die Zahl von 90% Katholiken. Eine junge Kirche in der Welt der langsam hinwelkenden alten Stammesreligionen, der beschützenden Ahnen, der guten und unheilbringenden Geister und der alles bestimmende Adat als strenges Ordnungsprinzip, der, so lange die Menschen denken können, den Weg für Sitte und Recht weist. Wie von selbst ergeben sich Fragen. Und so viele Fragen sich auch stellen: es gibt nicht immer befriedigende Antworten, falls es überhaupt welche gibt.

"Wenn ich an die Furcht der Menschen vor den unheilbringenden Geistern denke, erzeugen dann nicht sie, die Missionare, noch einmal Angst mit den Vorstellungen der Hölle, des Fegefeuers, der Sünde und der Verdammnis, so wie das bei den meisten gläubigen Katholiken in Deutschland vor noch nicht allzu langer Zeit anzutreffen war?"

Bei dieser Frage an Pater Klein erinnerte ich mich der kleinen Dorfkirche im Nachbardorf meiner mütterlichen Vorfahren in der Vulkaneifel. In meiner Erinnerung sehe ich noch immer die großen Wandmalereien: Die lodernden Flammen, und in den Flammen die emporgestreckten Arme der Menschen, ihre flehenden Gesichter, die Augen voller Qualen, die hoffend auf Erlösung aus diesem Flammenmeer zu dem auf den weißen Wolken schwebenden, herabblickenden Christus mit Heiligenschein blickten. Diese Bilder in der kleinen Dorfkirche ließen in meiner Vorstellungswelt Angst und Beklommenheit aufkommen.

Acht Jahre war ich etwa alt und meine Mutter seit fünf Jahren tot, als mir meine drei Jahre ältere Freundin nach dem Gottesdienst eifrig und überzeugend von den Ablaßgebeten erzählte und mir auseinandersetzte, daß ich so viele 'Vaterunser' und 'Gegrüßet seist du Maria' für meine verstorbene Mutter beten müsse, wie ich nur beten könne, denn dann käme sie viel früher aus dem Fegefeuer in den Himmel. Immer habe ich meine Mutter vermißt und sie überall gesucht. Über ihr Aussehen wußte ich zwar nicht mehr viel, jedoch etliche frühe Erlebnisse hafteten in meinem Gedächtnis. Wie freute es mich, sie nunmehr mit meinen Gebeten von der Qual des Fegefeuers zu erlösen. Und ich betete und betete und jetzt, jetzt mußte sie, die nur in tiefer Erinnerung lebende Mutter, im Himmel sein.

"Aber nein! Wo denken Sie hin! Was haben Sie für Vorstellungen! Es ist der Gott der Liebe, von dem wir sprechen, von dem wir berichten. Der Gott der Barmherzigkeit, dessen Erbarmen und Liebe den Menschen sicher ist. Sie vergessen das Zweite Vatikanische Konzil mit seinen Reformen und der Achtung vor dem in eigenständiger Verantwortung denkenden Menschen. Ich glaube, wir Theologen sind heute viel weiter in dem sich vollziehenden wandelbaren Denkprozeß. Der Gott der Liebe, der verzeihende, verständnisvolle und hilfreiche Gott ist der Erlöser von uns allen, und Christus das Zentrum des Verstehens. Soll doch unser Glaube die Befreiung von all unseren Ängsten bewirken.

Sehen Sie, voriges Jahr wurden in Ledalero elf junge Männer zu Priestern geweiht. Die indonesische Kirche wächst und breitet sich aus. Bei mir ist leider die Nachfolge wieder offen. Ich selbst dachte in Dr. Theol.Ambros Pedo einen für mich geeigneten Nachfolger gefunden zu haben, und war sehr froh darüber. Er wurde jedoch krank, krebskrank, und wird wohl nach Deutschland zur Behandlung reisen. Sehr traurig ist das alles. Zwischenzeitlich hat sich Ambros Pedo einer Operation unterziehen müssen. Ein Arm wurde amputiert. Er mußte sich in chemotherapeutische Behandlung begeben. Er ist aber voller Zuversicht.

Die Sorge, Aufgebautes nicht in gute Hände übergeben zu können, und der Wunsch, der Bischof möge einen geeigneten Nachfolger finden, zeigt sich allenthalben bei den Missionaren. Die Befürchtung, die indonesische Regierung möge wieder die meist nur auf ein Jahr beschränkte Aufenthaltsgenehmigung nicht erneuern, kommt hinzu. Auch wenn die Schwester oder der Missionar auf den Inseln inzwischen ergraut sind, sie auf jahrzehntelange Arbeit zurückblicken können, und sie für die Verbesserung der Infrastruktur, des Sozialwesens ganzer Regionen einen wesentlichen Anteil haben, besagt das nicht viel, wenn es heute oder morgen heißt: "Alle Missionare müssen Indonesien verlassen," oder "alle Missionare, die länger als zehn Jahre im Land sind, erhalten keine neue Aufenthaltsgenehmigung."

Dennoch, die indonesische Kirche wächst. Die, die daran ihren Anteil haben, betrachten manches mit gemischten Gefühlen, etwas wehmütig und differenziert, wenn nicht skeptisch. Hingegen Pater Klein, voller Optimismus und Enthusiasmus, so wie es seiner Natur entspricht, schreibt: "...Das eine scheint sicher. Flores (und Timor) wird nie vergessen, wem es sein geistlich-religiöses Erbe verdankt. So gleicht der 'Count-down' der zu Ende gehenden Missionare auf Flores (und Timor) mehr der Verheißung vom 'Weizenkorn, das in die Erde fällt' (Joh.12,24) und eine neue, strahlende Zukunft ankündigt, als dem Schwanengesang eines Heldenmissionars, der endgültig von der Bühne der Weltmission abtritt."

(Steyler Missionschronik 1985/86 - 'Count-down')

FAMILIENPLANUNG - DIE BILLINGS-METHODE

"Wenn Sie etwas über die natürliche Geburtenkontrolle wissen möchten," sagte Pater Bollen, als ich ihn nach einer Geburtenkontrolle auf Flores fragte, "dann sprechen Sie einmal mit Pater Klein im Seminar von Ledalero. Er weiß sehr viel hierüber und beschäftigt sich intensiv mit dieser Problematik.

Geburtenkontrolle, kinderreiche Familien auf Flores, was fällt mir nicht alles dabei ein: Die Kräuter, die die Frauen zur Verhütung einer Schwangerschaft oder für einen Schwangerschaftsabbruch nehmen, Pater Fauster, der die Kindersterblichkeit im Tanah-ai-Gebiet auf ca. 50% schätzte. Dem steht das in den vergangenen Jahren festzustellende Bevölkerungswachstum mit einhergehenden Ernährungs- und Existenzproblemen auf Flores gegenüber. Kinderreiche Familien mit sechs und mehr Kindern sind keine Seltenheit, dazu trägt nicht zuletzt die in der Regel große Kinderliebe der Indonesier bei. Gleichzeitig denke ich an die Erzählungen von Schwester Gabriele, die von der hohen Müttersterblichkeit berichtete. "Die Frauen sind jung. Sie sind meist nicht so kräftig, um mehrere Geburten in schneller Folge zu verkraften und haben doch eine Geburt hinter der anderen. Und wie viele sterben bei der Geburt eines Kindes. Die Tote hinterläßt ihre Kinder der zweiten Frau ihres Mannes, der sehr schnell wieder heiratet, und die Kinder der zweiten Frau kommen zu den schon vorhandenen hinzu. Es kann durchaus vorkommen, daß eine dritte Frau folgt. Oft genug gibt es in solchen Familien das 'Stiefmutterproblem'. Die Kinder der 'anderen Frau' werden vernachlässigt, stehen hintenan, werden benachteiligt, und die eigenen kommen in den Genuß all dessen, was sich die Familie leisten kann, z.B. eine bessere Schulausbildung."

Ich erinnere mich an die riesigen Plakatwände mit Vater, Mutter und zwei Kindern, die die indonesische Regierung als Bild einer Wunschfamilie aufstellen läßt. Es ist jedoch zu fragen, welche Familie hat für die Pille, für Kondome, oder das Einsetzen einer Spirale bei den Frauen überhaupt Geld? Lebt doch die Masse der Bevölkerung in großer Armut. Als Papst Paul VI seine Enzyklika 'Humanae Vitae' verkündete, sprach die indonesische Bischofskonferenz sich gegen diese Enzyklika aus. Die Entwicklung im Inselstaat, der seit seiner Staatsgründung seine Bevölkerungszahl mehr als verdoppelte, von Hungersnöten heimgesucht wird, führte diese Enzyklika ad absurdum.

Die Überlegungen indessen, der armen und mittellosen Bevölkerung eine nachvollziehbare und wirksame Geburtenkontrolle nahezubringen, führten innerhalb der Kirche und so auch bei Pater Klein, zum Konzept der natürlichen Geburtenkontrolle. Ihre Propagierung erweist sich als mühevoll. Es ist schwer, die Masse der Bevölkerung überhaupt dafür zu interessieren, und sie für die praktische Durchführung zu gewinnen.

1978 fand in Melbourne ein internationaler Ärztekongreß statt, der sich mit der natürlichen Familienplanung befaßte. Dieser Kongreß gab für Pater Klein den Anstoß, sich intensiv mit der Frage einer natürlichen Geburtenkontrolle und Familienplanung zu beschäftigen. Dabei stieß er auf die 'Billings-Methode', die von Dr. Evelyn Billings unter der Mitarbeit von Anne Westmore entwickelt und publiziert wurde.

Diese 'Billings-Methode' zeigt den Frauen die Möglichkeit auf, durch eine genaue Körperbeobachtung, die sich über mehrere Periodenzeiten - von Frau zu Frau verschieden - erstrecken kann, mittels der Beschaffenheit der vaginalen Schleimbildung ihre potentielle Fruchtbarkeit zu erkennen. (In der Schulmedizin gilt sie allerdings als nicht ausreichend sicher.) Diese Methode der Familienplanung aber schien für Pater Klein der gangbarste Weg zu sein. In dem Ehepaar Kunigunde und Stephan Sugmone, sie ist Florenesin, er ein Javaner, fand er engagierte und tüchtige Mitarbeiter, die halfen ein Programm aufzubauen. Sie selbst haben zwei Kinder. Stephan Sugmone ist eigentlich Leiter der technischen Schule in Maumere, die nunmehr vom Staat übernommen wurde.

In der kleinen Stadt Maumere und in den Kampungs wurde diese Methode propagiert. Heute sind es 250 Frauen, die mit ihren Männern für die Durchführung der Billingsmethode gewonnen werden konnten. Sie werden von 20 ausgebildeten Helferinnen einmal wöchentlich zwei Jahre lang betreut und begleitet. Es ist für die Ehepaare der Anfang einer Bewußtseinsbildung, die dazu führen soll, zuerst einmal über die gewünschte Zahl ihrer Kinder nachzudenken und sie dann bestimmen zu können.

Der überwiegende Teil der Bevölkerung im Maumeregebiet lebt einfach, eingebunden in der großen Familie, noch verhaftet in den alten Überlieferungen und Gebräuchen. So kann im Augenblick davon ausgegangen werden, daß von diesem Programm mehr die sogenannten Eliten, Lehrerfamilien, Beamte, vielleicht auch Geschäftsleute erfaßt werden, sowie die, die sich um die Belange der Kirche kümmern und sich um sie scharen.

Und ein langer beschwerlicher Weg wird es sein, die Frauen in den entfernt liegenden Dörfern für die 'Billings-Methode' zu gewinnen. Es ist jedoch ein kleiner mühevoller Schritt in Richtung natürlicher Geburtenkontrolle auf Flores, wie auf Timor und anderen Inseln unternommen worden. Die Initiatoren und Propagierer dieser Methode können hierbei der ideellen Unterstützung und Anerkennung des indonesischen Staates gewiß sein.

ME - MARRIAGE ENCOUNTER

Ehe-Begegnung

"Baulich d i e Attraktion in der Stadt" (Maumere), schreibt Pater Klein über das neu erbaute 'Haus der Jugend'. Mit dem Haus der Jugend erfuhr die 'Familienbildungsstätte' eine Bereicherung. Es läßt sich nicht achtlos an diesem Bauwerk vorüberfahren, steht doch unübersehbar vor diesem Haus die von einem Künstler in Maumere gefertigte große Figurengruppe einer Familie mit zwei Kindern. Sie soll die Bestimmung dieser Gebäude symbolisieren.

'Das Haus der Jugend' beherbergt mit ca. 900 Büchern eine Jugendbibliothek und einen Lesesaal, Räume für Näh-, Koch- und Bastelkurse und den großen Festsaal für alle Veranstaltungen, die sich anbieten. Finanziert wurde das alles von Misereor, Missio und dem Kindermissionswerk. Die Bauleitung oblag Pater Otto Bauer.

Das 'Wisma Nazareth' (Gästehaus Nazareth), erbaut für Tagungen, Wochenendkurse für das ME-Programm (Ehe-Begegnung) mit Zweibettzimmern und Bad für Ehepaare, Schlafsälen, einem 'Jugendpavillon', Küche, Räumen für das Aufsichtspersonal, liegt in Nele, in der Nähe der Kirche und des alten Friedhofes, der seine Eigenschaft als die Heimstatt der Toten heute eingebüßt hat, in einer wunderschönen, blühenden Gartenanlage, wo einem der Duft der in allen Farben schillernden Blüten betörend in die Nase steigt. Finanziert wurde das 'Wisma Nazareth' von der Erzdiözese Köln.

Mit wahrer Begeisterung und Freude zeigte uns Pater Klein all diese Einrichtungen und Gebäude, die durch seine Initiative entstanden sind.

Wir betraten einen großen Raum, an dessen Stirnwand ein großes Plakat mit dem Gesicht einer Frau hing und in großen Lettern stand 'ME'. Was bedeuten dieses Plakat und die Buchstaben ME, Pater Klein?" fragte ich ihn, so dumm und uninformiert wie ich war. "Noch nie haben Sie von 'ME' - Marriage Encounter' gehört? Ich erzähle Ihnen ein wenig darüber:

"Die 'Marriage-Encounter-Bewegung' in Indonesien begann mit einem belgischen Ehepaar, das 1974 nach Jakarta kam und begeistert von dieser Bewegung erzählte. Der Erzbischof von Jakarta, Leo Soekoto SJ, ließ sich von dieser mitreißenden Erzählung anstecken und förderte diese Bewegung in Indonesien. Pater Pie Nooy SVD wurde vom Bischof gebeten, Wochenendkurse in Belgien mitzumachen und zu lernen. Nach seiner Rückkehr aus Belgien erfuhr die 'Encounter-Bewegung' in Indonesien aufgrund seiner gewonnenen Erfahrung eine wachsende Ausdehnung. Inzwischen besteht diese Bewegung hier 18 Jahre."

Marriage-Encounter-Bewegung ist nicht nur eine Sprach- und Verständigungshilfe für Ehepaare. Es nehmen Bischöfe, Priester und Schwestern daran teil. Mehr als 7.000 Ehepaare gehören ihr nunmehr an. Von Jakarta ausgehend, hat sie sich mit der Substanz des katholischen Glaubens im Rücken, in einigen Bezirken von Java, auf den Inseln Ambon, Flores und Timor fortgepflanzt. Andersgläubigen wird der Zugang zu den Kursen nicht verwehrt. Es ist dadurch schon öfter zu Bekehrungen gekommen. Die Ehepaare, die an den Kursen teilnehmen, sollten eine gute Beziehung zueinander haben. Probleme werden hier nicht gelöst. Ein Wochenendkurs wird von einem Priester begleitet, und drei Ehepaare stehen ihm zur Seite.

Für viele Ehepaare kann ME ein Weg sein, eine gegenseitige verständnisvolle Partnerschaft zu erfahren. Schritt für Schritt soll eine gute eheliche Beziehung aufgebaut und erarbeitet werden. In den Dörfern leben Mann und Frau meist jeder für sich, mit ihrem Aufgabenbereich. Ein Gespräch miteinander findet kaum statt. Vertrautheit und gedanklicher Austausch gibt es nur in Ansätzen. "Aber die Eheleute haben gemeinsame Kinder. Sie sind doch intim miteinander, Pater Klein," meinte ich. "Das geschieht leise in der Dunkelheit der Nacht und darüber wird nicht gesprochen.

Die Erarbeitung einer guten Partnerschaft fängt damit an, daß der eine den anderen fragen kann, wie es ihm geht, was er hierüber und darüber denkt. Es wird versucht, den anderen zu erkennen und kennenzulernen. Es wird z.B. ein kleines Briefchen geschrieben, wo jeder über das schreibt, was ihn am meisten beschäftigt und interessiert. Es wird ausgetauscht und es wird darüber gesprochen. An den Wochenenden, an denen die Zusammenkünfte stattfinden, sind die Eheleute alleine, ohne ihre Kinder und Familienangehörigen, und somit nur auf sich, in der Betreuung durch die Kursleiter, gestellt. Siebenmal kommen die Eheleute auf diese Weise zusammen. Die Ehepaare bezeichneten diese Wochenenden als Erlebnis, ja, als beglückend für ihre Beziehung, in der sie nun lernen miteinander zu sprechen, sich zu verstehen und ihren Empfindungen näherzukommen.

Es bleibt nicht aus, daß die gemeinsamen Erfahrungen der Eheleute auch in ihrer Beziehung zu den Kindern ihren Niederschlag finden. So können Eltern und Kinder der Familie ein neues Gesicht geben. Es führt ebenso zu neuen Aktivitäten in der Pfarrgemeinde. Wo kann geholfen werden? Da werden Eltern zu einem Treffen eingeladen, Kranke besucht, und es wird bei Eheschwierigkeiten geholfen usw."

Inwieweit die Bewegung das kleine Dorf in den Bergen erreicht, die scheuen, leisen und ruhigen Frauen in den Bergen, die so malerisch wie Fürstinnen mit ihren Ikat-Sarongs daherschreiten, bleibt eine offene Frage. An sie und an die Männer muß ich denken, die sich auf abgelegenen Pfaden mit ihren Kampfhähnen heimlich zum Wettkampf treffen, wo für die Menschen vieler Inseln in früherer Zeit das geflossene Blut des im Kampf getöteten Hahnes ein stellvertretendes Opfer darstellte, stellvertretend für das im Krieg fließende Menschenblut.

PATER GOTTFRIED FAUSTER SVD IN WATUBLAPI/ FLORES

Die Vertreibung der Ratten

Fünf Jahre nun war Pater Fauster Pfarrer in Watublapi, der großen Bergpfarrei. Als er 1962 nach Flores kam, erhielt er seine erste Pfarrstelle im Tanah-ai-Gebiet, in Nanga-Hale, inmitten einer dem Bischof bzw. dem Bistum gehörenden Kokosplantage. Vor Jahren war Nanga-Hale ein wichtiger Marktflecken für die umliegenden Dörfer, und so lag es nahe, hier eine Missionsstation zu errichten. Nach einem Jahr in Nanga-Hale folgten als Zwischenstationen zwei weitere Pfarrstellen, u.a. in Nita, (Richtung Ende).

Als er 1969 wieder zurück ins Tanah-ai-Gebiet kam, gründete er in dem 5.000 Einwohner zählenden Dorf Nebe eine neue Pfarrstelle. Die Pfarrei erstreckt sich weitflächig über die Berge mit ihren kleinen Dörfern. In den vielen Jahren seiner Tätigkeit bis 1981 war er der einzige Fremde in diesem Gebiet, mit Ausnahme von gelegentlichen Besuchern, die zu ihm kamen. Nicht selten fühlte er sich einsam. "Stundenlang," erzählte er, "können sich die Leute über ein Fest unterhalten. Jeder Schritt, jede Einzelheit wird bis ins Kleinste durchgesprochen, alles ist durch Adat geregelt. Wenn das Fest vorüber ist, sind die Geschehnisse auf dem Fest wieder beliebter Gesprächsstoff, und das tagelang. Das Leben der Menschen dreht sich um Geburt und Tod, die mythischen Ahnen, Krankheiten, die Feldbestellung, um die Ereignisse im Dorf sowie Hochzeiten, den auszuhandelnden Brautpreis, die Beschneidung. Alles uns vertraute technische Wissen, ist ihnen fremd. Im ewigen Kreislauf ihrer Geschichte haben sie so gelebt und überlebt, mit ihren Festen, den Göttern, Ahnen und Geistern, mit Plagen, Nöten und Hunger."

Die Wege zu den Dörfern sind unwegsam. Die Dörfer, meist abgelegen, bilden in sich eine geschlossene und autonome Einheit. Doch allzuoft werden die Menschen von Hungersnöten heimgesucht. Bevor Pater Fauster sein Haus verließ, um die Menschen in den Dörfern zu besuchen, griff er automatisch zu seiner kleinen Medikamententasche. Es war zu dieser Zeit nicht einfach, an Medikamente zu kommen. Die Familie in Deutschland und Freunde waren wertvolle und geschätzte Helfer, vor allem zu Beginn seiner Arbeit auf Flores. Wenn die Menschen hungerten, hungerte er mehr oder weniger mit ihnen, wären da nicht die Lebensmittelpakete von seiner Familie gewesen.

Von weitem schon erblickten ihn die Dorfbewohner und liefen ihm entgegen. Nach der Begrüßung wurde er als erstes nach Medikamenten gefragt und die Krankheiten aufgezählt. Der Krankheiten waren jedoch zu viele und der Medikamente zu wenige, um immer und überall helfen zu können. Seit einigen Jahren hat die Regierung schwerpunktmäßig mit der Errichtung von kleinen Krankenstationen in einigen Dörfern begonnen. Ein Pfleger betreut heute die Kranken, die für geringes Entgelt Medikamente kaufen können.

"Der Stolz einiger Dörfer," erzählte Pater Fauster, "war ihre sechsklassige Volksschule. Damit aber überhaupt ein Unterricht stattfinden konnte, mußte der Pfarrer zum Gehalt des Lehrers beitragen, denn die Regierung hatte hierfür kein Geld. So ist das bis heute geblieben."

Im Kampf gegen das Analphabetentum hat die Regierung in bald jedem Dorf eine Schule gebaut. Für die Lehrer aber müssen die Eltern mit dem zu zahlenden Schulgeld als auch die Mission aufkommen, ebenso für Ausbesserungsarbeiten und Reparaturen an der Schule, denn auch hierzu fehlen der Regierung die finanziellen Mittel. Wenn man jedoch eine vergleichende Gegenüberstellung der Leistungen des Schulwesens mit der holländischen Kolonialmacht vornimmt, mutet die Zahl von zwei Millionen Kindern in ganz Indonesien, die vor dem Krieg eine Schule besuchen konnten, beschämend an. Währenddessen heute schätzungsweise acht bis neun Millionen Kinder die Volksschule besuchen. Für die junge Republik des großen Inselstaates, die den Kampf gegen das Analphabetentum auf ihre Fahne geschrieben hat, bedeutet diese Zahl eine enorme Leistung.

"Die Bevölkerung im Tanah-ai-Gebiet ist nicht sehr volkreich," sagte Pater Fauster." Ungefähr 24.000 Menschen leben in der mutterrechtlich ausgerichteten Gesellschaftsform. Trotzdem ist die Kindersterblichkeit mit ca. 50% sehr hoch. Die Menschen leben auch hier nach dem uralten, manchmal hemmenden Gewohnheitsrecht, der Adat." Was ihn einmal zu dem Ausspruch verleitete, 'sollen sie doch mit ihrer Adat selig werden.'

"Adat, müssen Sie wissen, schreibt für viele der zu verrichtenden Tätigkeiten bestimmte Gebräuche und Handlungen vor. Nach Adat wird für die Feldbestellung der Sekundärwald mit Hilfe des Parang gerodet, und nur die Baumstümpfe läßt man stehen. Das Holz bleibt so lange zum Trocknen liegen, bis der Wind aus der richtigen Richtung weht. Jeden Tag prüfen die Männer nun die Windrichtung und wittern den Wind schon sehr früh. Ist er endlich da, wird nach Adat-Sitte ein Feuer entzündet. Die Flammen fressen sich langsam durch alles Holz und Geäst. Bedächtig erlischt das Feuer und mit dem erloschenen Feuer verzieht sich langsam der Rauch. Nur noch die verkohlten Baumstümpfe ragen bizarr aus dem Schwarz der Asche heraus.

Und nun warten die Menschen auf Regen. Kommt er endlich und ist er reichlich, beginnen sie auf den durch Brandrodung für zwei bis drei Jahre fruchtbaren Feldern zu säen. Ungefähr sieben Jahre braucht es, bis die stehengelassenen Baumstümpfe sprießen und aus ihnen wieder Buschwerk oder Bäume entwachsen, um sie erneut zu roden und wieder zu verbrennen.

So wandern die Menschen im Wechsel der Zeiten von Feld zu Feld, kommen irgendwann zurück, wenn der neue Wald wieder steht. Unterdessen wird der Wald von Jahr zu Jahr spärlicher. Er hat keine Zeit mehr zu wachsen und sich zu entfalten.

Mit dem karger werdenden Wald schreitet die Bodenerosion fort und hat erschreckende Ausmaße angenommen. Es wird zwar versucht, die Muttererde in den Bergen in einer Terrassierung mit Hilfe von Holzbalken oder Bambus zu schützen. Sie sind dem starken Tropenregen aber wehrlos ausgeliefert. Die gute Erde wird fortgeschwemmt, so daß die Balken ihren Halt verlieren und keinen Schutz mehr gegen die Erosion bieten. Seit 1976 sind Versuche unternommen worden, die Bewohner von Tanahai für die Anpflanzung von 'Lamtoro' mit einer einhergehenden Terrassierung zu gewinnen. Anfangs zögernd, wurde das Programm von den Dorfbewohnern aufgenommen und später in verstärktem Maße durchgeführt. Durch die 1986 auftretende Läuseplage in den Lamtoro-Pflanzen gab es auch hier nachhaltige Rückschlage.

"Neben der sporadisch auftretenden Raupenplage," erzählte Pater Fauster, "sucht mit einer unausweichlichen Regelmäßigkeit alle sechs bis sieben Jahre eine Rattenplage das Tanah-ai-Gebiet heim. Sind die Ratten da, bleiben die Menschen nach Sitte der Adat vier Tage in ihren Dörfern. Kein Fremder darf das Dorf betreten.

Es war zu Beginn meiner Zeit auf Flores, als ich während dieser Tage der Abgeschlossenheit in die Dörfer über das Land ging. Ohne es zu wissen, beging ich einen Verstoß gegen die Adat. Als ich über diese Sitte später Bescheid wußte, habe ich mich dementsprechend verhalten. Während dieser vier Tage der absoluten Ruhe darf es keine Waschung geben, kein Brennholz darf beschafft werden. Nur die Männer, die zur Jagd gehen, dürfen das Dorf verlassen.

Die Dorfbewohner haben ihre Vorratshütten vor den Ratten geschützt, indem sie diese Hütten auf hohen Stelzen bauen. In der Mitte der Stelzen befindet sich ein Vorsprung, so groß wie ein Teller, der für die Ratten ein Hindernis zu den Vorräten darstellt, denn dieses tellergroßförmige Hindernis können sie nicht überwinden.

Sind nun diese vier Tage vergangen, wird in jedem Dorf ein Rattenpärchen gefangen. Das Pärchen wird in ein Bambusrohr gesteckt und die Menschen gehen mit den im Bambus befindlichen Ratten zur Küste. Und nun setzen sie vorsichtig das Rohr mit den Ratten aufs Meer. Lange schauen die Menschen dem Bambusrohr nach, wie es langsam in den Wellen hin und her wiegend, von der Strömung erfaßt wird und sich von der Küste entfernt. 'Wir haben die Ratten vertrieben und sind nunmehr von dieser Plage befreit," denken die Menschen. Die symbolische Vertreibung der Ratten läßt in ihrer Vorstellung die Ratten nach einer Zeit das Dorf verlassen und weiterwandern."

DER BESUCH IN KLOANGPOPOT

Als wir in Watublapi ankamen, war eine meiner ersten Fragen an Pater Bollen, "wo können wir Pater Fauster antreffen?" "Der ist im Augenblick nicht da und wird sicher erst nächste Woche von seinen Besuchen in den Dörfern zurück sein." Da war nichts zu machen. Wir haben, wie Pater Bollen, Pater Fauster 1983 persönlich kennengelernt. Aufgrund seiner Erzählungen stellte ich ihn mir immer mit Regenschirm bewaffnet vor, der ihm auf seinen Wanderungen über die Berge vor der prallen Sonne oder vor dem Tropenregen Schutz geben sollte.

Einige Tage später sah ich Pater Fauster geduldig viele Male zwischen einem in Beton eingefaßten Brunnen und dem bepflanzten Randstreifen an der Kirche mit einem randvoll gefüllten, kleinen schwarzen Plastikeimer mit Wasser hin und her laufen. Auf diesem Randstreifen hat er die verschiedensten Blumensorten gepflanzt. Nun mußten sie gegossen werden; die hochgewachsenen Rosenstauden, die über zwei Meter hohen Christsterne, deren Blütezeit vorbei war, die orangeblühenden Tagetessträucher (Samtblume oder Studentenblume) und andere buntgescheckte großblättrige Pflanzen.

Kinder liefen und standen umher, die auf den Beginn des Kreuzweges warteten, sowie vereinzelt Frauen mit ihren in ihren Sarongs eingebetteten Kleinkindern. Alle freundlich und uns neugierig beobachtend. Eine Frau sagte zu Pater Fauster, ich sei so weiß, wie eine Chinesin.

In zwei Tagen war sein nächster Besuch, diesesmal in Kloangpopot, tiefer in den Bergen gelegen, vorgesehen. Wir baten ihn, uns mitzunehmen.

So ging es nach dem Mittagessen los. Mit dem Nötigsten, u.a. einem Schlafsack von Pater Bollen, versehen und mit einem Regenschirm zogen wir im starken Tropenregen los. Direkt am Rande von Watublapi strömten die Schulkinder zu uns und begleiteten uns laut und lachend bis zu ihren Dörfern. So ging das fast den ganzen Weg über. Überall standen Menschen oder sie kamen aus den Hütten gelaufen, um zu sehen, welche Leute da zu Fuß gingen. Ging einer den gleichen Weg wie wir, wurden wir nach dem Woher und dem Wohin gefragt. "Das ist so Sitte hier," sagte Pater Fauster, "die Menschen fragen einen immer, woher man kommt und wohin man geht." Teilten sich unsere Wege, entschuldigte sich unser Begleiter, daß er sich nun von uns trennen und einen andren Weg gehen müsse.

Der Weg war durch den starken Regen aufgeweicht und hatte so tiefe Spurrinnen, daß für einen Geländewagen kein Durchkommen wäre. Einmal war der Weg ganz unter einem kleinen See verschwunden. Unterwegs trafen wir immer wieder auf reißende, wild fließende Bäche, die über große Steinquader ihren Weg suchten. Da floß ein kleines Bächlein über den leicht abfallenden Weg. Nun versperrte uns ein kleiner Fluß das Weiterkommen. Zum Gaudi der Kinder zogen wir unsere festen Schuhe und unsere Strümpfe aus und durchwateten das Wasser. Auf dem Rückweg machten wir es uns einfacher und liefen mit den Schuhen am abschüssigen Rand, auf Steinblöcken balancierend, entlang.

Die Vegetation an den Fluß- und Bachrändern zeigte teilweise noch ursprünglichen Waldwuchs auf. Die steilen Berghänge waren üppig mit Sträuchern, Farnen und Bäumen bewachsen. Die Lianen rankten an den hohen Bäumen und dort, an den dicken Bäumen, ragte Blättergewächs heraus. Und hier lag ein schwerer Urwaldriese, der Baumrinde entblößt, über dem Bach. Durch die Heftigkeit des Regens verwandelten sich viele Wege zu kleinen Bächen, die, ausgewaschen von Erde, blankes Gestein zeigten.

Dreieinhalb Stunden brauchten wir bis Kloangpopot. Pater Fausters normale Zeit sind zwei Stunden. Aber da ich wie eine Schnecke die steilen Wege hoch kroch (vorher machte ich ihn darauf aufmerksam, daß er mit mir Geduld haben müsse), dauerte es solange. Mein Schneckentempo wurde ohne Murren akzeptiert. Pater Fauster mit seinem trockenen Humor schaffte es, auch bei dem steilsten Weg immer weiter zu erzählen, und ohne aus der Puste zu kommen, zügig voranzuschreiten. Auf dem Hinweg waren die Bäche bräunlich weiß gefärbt. Anderentags hatte der Wasserlauf eine satte braune Färbung. Ein Zeichen, daß gute Erde vom Regen weggeschwemmt wird.

An der höchsten Stelle von Kloangpopot, auf einem kleinen

Plateau, liegt die kleine Kirche mit Sakristei, in der wir schliefen, und einem Raum für die Übernachtung des Pastors. Auf dem Platz vor der Kirche lagen große Steinblöcke, die als Sitzgelegenheiten dienten. Der Platz war eingerahmt von schattenspendenden Bäumen. Als Glocke diente eine an einem Baum hängende japanische Bombe, die aus dem Zweiten Weltkrieg übrig geblieben war und durch das Anschlagen eines Steines Töne hervorbrachte.

Rechts vom Altar stand eine Seltenheit, ein florenesisches Schnitzwerk. Es war eine ausdrucksvolle Madonnenfigur, geschnitzt in der Tracht der Sikka-Frauen mit indonesischen Gesichtszügen. Aber die Menschen in Kloangpopot hegen keine sonderliche Sympathie für diese Madonnenstatue, gelten doch die Sikkanesen aufgrund ihrer wirtschaftlichen und politischen Vormachtstellung als stolz und werden mißbilligend von der übrigen Bevölkerung betrachtet.

Sikka liegt an der Südküste, und sein Fürstengeschlecht, das Geschlecht der Rajas von Sikka, beherrschte einst bis in die fünfziger Jahre hinein das ganze Gebiet. Deshalb hat man den heutigen Landkreis (Kabupaten) ebenfalls nach dem Dorf Sikka benannt.

Eine ihrer ersten Niederlassungen auf Flores gründeten die Jesuiten in Sikka. Die über einhundert Jahre alte Kirche und das Pfarrhaus geben Zeugnis ihres frühen Wirkens von etwa Mitte des vorigen Jahrhunderts auf Flores ab. Nach europäischen Begriffen ist sie wohl die schönste Kirche auf Flores. Leuchtend weißer Putz ziert die Fassade, das Fachwerk in schmückendem Grün gehalten, der hohe Dachstuhl aus schweren dunklen Balken, der so kunstvoll gezimmert wurde, daß er mir das Schönste an der Kirche schien. Etwas erhöht steht sie auf einem freien Platz, von den Sikkanesen gepflegt und gehegt, und blickt über die felsige unruhige Bucht von Sikka aufs Meer.

Die Familie des Lehrers, wie auch einige andere Familien, bewohnen ein Steinhaus. Von ihr wurden wir gastlich mit Tee und kleinem Weizenkuchen bewirtet. Am Abend gab es, wie Pater Fauster sagte, ein Festessen. "Sonst kriege ich das nicht, Das ist eine Ausnahme! Womit haben wir das nur verdient?" fragte er sich mehrmals kopfschüttelnd. Es gab Reis, geräucherten Fisch, eine Art Kürbisgemüse und Schweinefleisch. "Ich sagte Ihnen ja, die Leute hier sind ganz anders als in Watublapi. In Watublapi wohnt ein 'Räubervolk'. Hier sind die Leute flotter und freundlicher. Sehen Sie, wie sie sich fein gemacht haben, heute am Sonntag? Sehr ordentlich sehen sie aus."

In der Tat, das Dorf und die Menschen wirkten etwas wohlhabender. In Scharen kamen die Menschen zum Gottesdienst. Und immer wieder haben mich die Frauen fasziniert. Sie strahlen so viel Anmut aus, und jede von ihnen schreitet wie eine Königin mit ihrem kostbaren Ikat-Sarong, der farbenprächtigen Bluse und der kunstvoll geschlungenen Hochsteckfrisur.

Die dicht stehenden Nelkenbäume, dazwischen wachsen Kakao, Kaffee und die kostbare Vanille, alles wieder terrassiert und mit Lamtoro-Hecken bepflanzt, lassen einen bescheidenen Wohlstand erkennen. "Ein Kilo Vanille erzielt auf dem Markt ungefähr 35.000 Rupiah, ca. DM 35,—. Das ist viel Geld für die Leute. Nur, ein Kilo Vanille ist nicht so leicht zu erzielen. Ein Vanillestock wird mit vier Blättern senkrecht in die Erde gepflanzt und drei Blätter müssen mit dem Stock herausragen. Hiervon muß man etwas verstehen," erklärte Pater Fauster.

Der Gottesdienst wird von der Gemeinde gestaltet. Es werden Texte eingeübt und Lieder geprobt. Während der Predigt hantierte Pater Fauster ständig mit einem Plakat herum. Später nach der Bedeutung dieses Plakates gefragt, sagte er uns, das sei ein Aufruf der diesjährigen Fastenaktion der indonesischen Bischöfe. Jährlich kommen in der Diözese Ende ca. 1 Million Rupiah (DM 1.000) zusammen, die für soziale Zwecke verwendet werden. "Jede Familie des Dorfes hat beschlossen, 500 Rupiah (DM 0,50) zu spenden. Ob das tatsächlich so ist, weiß man nicht," sagte er.

Den Menschen hier etwas theoretisch zu erklären, ist unmöglich. Sie verstehen das einfach nicht. Wenn ich aber hingehe, eine Lamtorohecke pflanze und sie sehen, daß die Hecke den Boden schützt und alles gut wächst, ist das für sie verständlich, und sie machen das gleiche. Ganz einfache Leute sind das hier auf Flores, sie sind wie die Kinder. Das Schöne ist, wenn eine Sache noch so strittig und kompliziert ist, wird immer versucht, ein gutes Ende zu erreichen. Alles muß ein 'happy end' haben," erzählte Pater Fauster.

Wir waren hier die 'Exoten'. Kinder und nochmals Kinder waren um uns herum. Wenn wir dorthin gingen, liefen auch sie dorthin. Gingen wir hierhin, ging es hinterher. Und als ich zum kleinen Wasch- und Toilettenhäuschen wollte, strömte auch hier alles hinter mir her, bis ich sie lachend zurückwies. Vergebens versuchte ich am Abend vorher, den Wasserhahn des schmutzigen Waschbeckens aufzudrehen. Der Wasserabfluß funktionierte ebenso wenig. Die Toilette durfte man auch nicht näher betrachten. Aber der obligatorische Wassereimer mit Scheppe war vorhanden. Nur kein Wasserablauf im Häuschen. Vorsichtig lugte ich aus der Tür und wusch mich dann draußen.

Nach dem Mittagessen am Sonntag, das Pater Fauster staunend registrierte, gab es für mich als Gastgeschenk ein handgewebtes Ikat-Tuch von der Hausherrin. Zu dieser Zeit hatte ich keine Ahnung, welch ehrenvolles und kostbares Geschenk ein solches Ikat-Tuch darstellt.

Dieses Geschenk machte mich verlegen, und fragend sah ich Pater Fauster an. "Passen Sie auf, das ist zwar ein Geschenk für Sie, aber so ganz ohne Hintergedanken tun sie das auch nicht. Ich glaube, die Lehrerin wünscht sich eine Uhr. Sie muß ihre Unterrichtsstunden nach Gefühl abhalten, und da wäre ihr eine Uhr sehr willkommen." Eine Uhr von Deutschland nach Kloangpopot zu schicken, war kein Problem. Der Abschied war herzlich, und im strömenden Regen ging es zurück nach Watublapi.

In Watublapi angekommen, registrierte Pater Fauster ganz erfreut, daß die Menschen von Watublapi uns freundlich und strahlend entgegenlächelten. "Ja so was, daß sie so freundlich sind. Aber fünf Jahre Pastor hier, ist doch schon was, und da kennen die Leute einen."

Einige Wochen später wurde Pater Fauster für längere Zeit sehr krank, so krank, daß er Flores verlassen und sich zur ärztlichen Behandlung nach Deutschland begeben mußte. Nach Flores ging er nicht mehr zurück. Heute lebt er in Deutschland und arbeitet in der Pfarrseelsorge.

Mit seinem trockenen Humor, verschmitzt lächelnd eine kleine Geschichte erzählend, so habe ich ihn noch immer vor Augen. Und wenn dann alles um ihn herum laut lachte, saß er mit einem kleinen Schmunzeln auf den Lippen still daneben.

MARIE-JEANNE IN WATUBLAPI/FLORES

Mama Belgi

Hat man den höchsten Punkt des Berges von Watublapi erreicht, liegt vor einem die einfache aus Stein erbaute Kirche mit dem Blechdach. Rechts am Weg steht ein kleines Häuschen mit drei winzigen Räumen. In diesen Räumen wohnte viele Jahre Marie-Jeanne mit ihren zwei Pflegetöchtern. Im Anschluß daran stehen die Toiletten und Wascheinrichtungen, sodann folgt das große Pfarrhaus mit seiner Terrasse. Seit kurzem bewohnt Marie-Jeanne ein neues, größeres Haus, wo alle die unterkommen und Platz finden, die für kürzere oder längere Zeit bei ihr wohnen und die, die regelmäßige Tischgäste sind.

'Mama Belgi', so wird Marie-Jeanne Colson liebevoll von den Einheimischen genannt. Vor 18 Jahren kam sie als belgische Entwicklungshelferin nach Flores.

Eines Tages kam Marie-Jeanne zurück von den Besuchen in den Dörfern. Dieses Mal trottete ihr Pferd auffallend langsam die Dorfstraße hoch. Kaum hob sie einmal den Blick. Und wenn das doch geschah, senkten sich ihre Lider wieder sehr schnell auf das Bündel, das sich an ihren Schoß schmiegte.

"Was hast du da mitgebracht, Marie-Jeanne?" fragte sie Pater Schouten, als er auf sie zuschritt, um sie zu begrüßen. Und Pater Bollen, von den Pferdehufen und den Stimmen angelockt, trat neugierig aus dem Haus. "Einen Säugling, ein kleines Mädchen habe ich mitgebracht," erwiderte sie und reichte das Bündel dem überrascht dastehenden Pater Schouten vom Pferd herunter. Mit weit ausgestreckten Armen nahm er den Säugling entgegen und wußte nichts besseres zu tun, als in dieser Haltung zu verharren. Leicht mißbilligend und hilflos schaute er auf die Kleine, die nun langsam zu quäken begann. Aber da kam schon Marie-Jeanne, befreite ihn von dem leichten Bündel, nahm das Kind in ihre Arme, und schritt zielstrebig mit der Kleinen in ihr kleines Häuschen.

Wer sollte für das Kind sorgen? Womit konnte es ernährt werden, und wer hätte Zeit für die Betreuung des Kindes?

lauteten die Fragen von Pater Schouten und Pater Bollen etwas später an Marie-Jeanne. "Keine Bange, ich werde das Kleine schon durchkriegen. Ich werde das schon machen," sagte sie in ihrem Flämisch/Deutsch voller Zuversicht. "Aber wie willst du an Milch für das Kind kommen? und wie..."-"Ja, ja, irgendwie komme ich an Milch. Es gibt keinen Grund zur Aufregung. Ich habe die Kleine vor dem Tod bewahrt und jetzt soll sie leben," beendete Marie-Jeanne jeglichen Kommentar.

Was war in dem Dorf in den Bergen geschehen? Die junge Mutter lag schon viel zu lange im Kindbett. Das Kind wollte und wollte nicht kommen. Die Frauen reichten ihr Kräutertee, und die Familie ließ den 'ata busung', den Zauberarzt kommen. Das Kind wurde geboren, doch die Mutter starb bei seiner Geburt. Sie war zu schwach und noch sehr jung, vielleicht zu jung. Und das Kind, sehnlichst von der ganzen Familie erwartet, mußte jetzt ebenso sterben. Die Mutter, die ihm Nahrung geben sollte, die Quelle seines Lebens, war versiegt. Das Leben des Kindes war schon zu Ende, ehe es erst recht begonnen hatte.

Mutter und Kind, so war es Sitte, würden beide zusammen, und allzu früh, heimgehen in das Reich ihrer Ahnen. Traurigkeit breitete sich unter den Menschen des Dorfes aus. Das Kind legte man zu seiner Mutter. Für beide würde man die Totenfeier, das Begräbnis abhalten.

Vielleicht aber kann es geschehen, daß die Menschen nach den Gründen suchen, eine Erklärung finden möchten für die im Kindbett gestorbene Mutter und sie denken, die Mutter mußte bei der Geburt ihres Kindes sterben, weil sie verflucht wurde. Der über sie verhängte Fluch solle bei der Geburt eines Mädchens bewirken, daß aus ihm nichts rechtes werde. Oder gebiert sie einen Knaben, so sollen alle seine Glieder krumm und verkrüppelt sein, und die Knochen sollen ihm brechen. Es könnte aber auch sein, daß die Mutter die Gebote und Verbote während der Schwangerschaft mißachtet hat. Oder eine Krankheit hat sie innerlich verwundet.

Als Marie-Jeanne das Dorf erreichte, erzählten ihr die Frauen von der im Kindbett verstorbenen jungen Mutter. Sie sah das Neugeborene, nahm es in ihre Arme und bat die Familie des Kindes, das kleine Mädchen nach Watublapi mitnehmen zu dürfen. "Und wenn es etwas größer und kräftig genug ist, wird es wieder zu euch zurückkommen." Die Ältesten der Familie und der Vater waren mit dem Vorschlag einverstanden. "Der Segen Gottes und der Ahnen soll dich und das Kind begleiten," wünschten sie, als sie davon ritt.

"Ich hatte keine Windeln, nichts hatte ich für das Kind. Überall suchte ich mir Stoffreste und Kleidung zusammen, die ich verwerten konnte. Aber nun erkannte ich immer deutlicher das große Problem, welches unweigerlich auf mich zukommen mußte. Denn das Kind konnte ich nicht isoliert von seiner Familie großziehen. Die Entfremdung wäre zu groß gewesen. Und wer sollte sich für die Kleine bei der großen Familie verantwortlich fühlen? Zu unserer aller Freude, gedieh das kleine Mädchen mit der bei den Chinesen besorgten Trockenmilch prächtig.

So begab ich mich wieder in das Dorf zu ihrer Familie. Die Frauen bat ich um ein Gespräch. 'Das Kind darf sich auf keinen Fall von seiner Familie entfremden,' sagte ich zu ihnen. 'Wenn ich sie großziehe, und ich die erste Bezugsperson werde, ist das nicht von Vorteil für die Familie und erst recht nicht für die Kleine.' Das verstanden die Frauen. Jedoch was nun? Ich hatte mir schon meine Gedanken gemacht und inzwischen einen Plan erdacht. 'Das Kind muß eine Ersatzmutter finden, die ihre ganze Zuwendung und Liebe der Kleinen gibt und bereit ist, mit nach Watublapi zu kommen.'

Einige Zeit, vielleicht ein Jahr oder auch länger, müßten die Beiden miteinander leben, bis daß ein inniges Mutter-Kind-Verhältnis entstanden sei. Die Pflegemutter müßte sich auch für die Zukunft des Kindes voll verantwortlich fühlen. Durch das ständige Beisammensein, die Pflege und Sorge für das Kind, wird sie es immer mehr liebgewinnen, so, als ob es ihr eigenes wäre.

Interessiert hörten mir die Frauen zu. Und nun begann die große Beratung. Zum Schluß pflichteten alle meinem Vorschlag bei. Als Pflegemutter für das kleine Mädchen fand sich die Schwester der verstorbenen Mutter.

Ja, so fing alles an. Im Laufe der Jahre sind vier Kinderzentren entstanden: in Watublapi, Wolofeo, Lekebai und im Tanah-ai-Gebiet."

Die Kinder sind bei ihrer Geburt kleiner als bei uns in Deutschland. Sie sehen sehr winzig aus. Aus einfachem Baumwollstoff gefertigte Windeln werden benutzt. Gummihöschen sind unbekannt. Nach dem ersten 'undichten' Baby im Arm, habe ich danach etwas besser aufgepaßt.

In neun Jahren wurden mehr als 900 Kinder auf diese Weise in den Zentren großgezogen. Die Kinderzentren sind alle im gleichen Stil mit der gleichen Raumaufteilung aus Stein erbaut. Die Gemeinschaftsküche befindet sich in einem anderen kleinen Haus. Die Babies haben einen gemeinsamen Schlafraum mit Waschraum. Die etwas größeren Kinder schlafen mit ihren Pflegemüttern in einem Raum zusammen. Eine große, überdachte Veranda vor den Räumen ist ein Spielplatz der Kinder. Die Kinderzentren werden u.a. durch Spenden aus Deutschland und Belgien unterhalten.

Vor einigen Tagen war der pfiffige Cornelius mit seiner kleinen Schwester von seiner Mutter in das Kinderzentrum nach Watublapi gebracht worden. Sie kamen von weither aus den Bergen. Trockenheit und Not herrschten in ihrem Dorf. Es gab nicht mehr viel zu essen. Die Vorräte neigten sich ihrem Ende zu. Unterernährt, mit roten Haaren, wurden Cornelius und seine kleine Schwester wieder hochgepäppelt. Die Frauen im Zentrum schnitten Cornelius Haare so kurz, daß die Spitzen seiner roten Haare über den nachwachsenden schwarzen, wenn das Sonnenlicht ihn streifte, hell aufleuchteten. Auch sie werden so lange im Zentrum verweilen, bis sie wieder bei Kräften sind.

An einem Tag wurde ein neuer Säugling mit seiner Großtante ins Kinderzentrum aufgenommen, ein winziges Etwas. Die Tante schien bedrückt und schweigsam. Ruhig, mit kundigen Händen, versorgte sie das kleine Neugeborene. Marie-Jeanne machte ein sehr bekümmertes Gesicht. "Eine schreckliche Geschichte hat sich da abgespielt," begann sie stockend zu erzählen. "Ein Familiendrama ist das. Dieser arme Wurm. Die Mutter starb bei seiner Geburt. Geholfen hat die Schwiegermutter. Aber sie mußte hilflos zusehen, wie die junge Frau unter ihren Händen starb. Voller Zorn und Verzweiflung hat der Vater des Kindes, als er sah, daß seine Frau unter den Händen seiner Mutter starb, seinen Parang in die Hand genommen und seiner Mutter den Kopf abgeschlagen. Nun sitzt der Unglückliche im Gefängnis in

Maumere. Und das Kind hat nun weder Vater noch Mutter.

Eines Tages kamen einige junge Männer den Dorfweg herauf und schleppten große Hängewaagen herbei. Die etwas größeren Kinder mit ihren Pflegemüttern aus den umliegenden Dörfern warteten schon. Bald baumelte ein Kind nach dem anderen mit wenig glücklichem Gesicht so lange an der Hängewaage, bis das Gewicht festgestellt und von der Helferin notiert war. Marie-Jeanne schaute sich die Kinder genau an und gab den Pflegemüttern einige Ratschläge.

Eine amerikanische Hilfsorganisation ermöglicht es, daß den Pflegemüttern der Halb- und Vollwaisen ein kleiner monatlicher Betrag zufließt. "Wenn nur nicht soviel Bürokratie mit diesen Spenden verbunden wäre," meinte Pater Schouten aufseufzend und kopfschüttelnd. "Sogar über die Säuglinge muß etwas geschrieben werden, obwohl sie doch nur essen, trinken und in die Windeln machen. Ich tippe nur noch Briefe und erstelle Statistiken über dieses und jenes Kind. Es läuft alles ganz normal ab. Was soll man schon über die Alltäglichkeiten eines Kindes groß schreiben? Letzthin ist aus Amerika die ganze Post vor einem wichtigen Feiertag, die von einigen Mädchen, von Marie-Jeanne und mir geschrieben wurde, wegen eines kleinen Formfehlers wieder zurückgeschickt worden. Das war ein teurer Spaß."

Hier hörte ich nicht das erste Mal, daß bei Schwestern und Betreuern in Kinderheimen über die lästigen Schreibarbeiten, die mit dem Empfang von Spenden durch Patenschaften verbunden sind, gestöhnt wurde. Wie soll man jedoch einerseits Spendern klar machen, wo ihr Geld verbleibt, wenn andererseits von den Betreuern nichts Neues, keine Informationen kommen? Das Schreiben kostet Zeit. Die Zeit für die Versorgung und Betreuung der Kinder, und was sich sonst noch alles abspielt, ist knapp bemessen. So versteht man Pater Schouten, den ehemaligen Pfarrer von Watublapi, einen Mann von über siebzig Jahren, sowie Marie-Jeanne, die zu Fuß die Dörfer in den hohen Bergen besucht, dort nach den Kindern schaut, hier mit den Menschen über ihre Nöte und Krankheiten spricht und hilft, wo sie helfen kann, wenn sie sich über die zeitraubenden Schreibarbeiten beklagen.

Die Kinder selbst erhalten seit kurzem, wenn sie die Schule besuchen, einen Gutschein von monatlich 1.000 Rupiah (ca. DM 1,—) zur freien Verfügung. In den kleinen Kiosken in den Dörfern können sie sich Schreibmaterial für die Schule, vielleicht etwas zum Naschen oder sonstiges kaufen. Sehr sorgsam und vorsichtig auswählend habe ich einmal zwei kleine Mädchen an einem Kiosk kaufen sehen.

Vorwiegend aus den Familien der Halbwaisen sind die kleinen Selbsthilfegruppen und die Idee, kleine Kiosks in den Dörfern zu errichten, entstanden. Normalerweise verlangt der Kiosk im Dorf höhere Preise als die Geschäfte der Chinesen oder der Markt in Maumere. So hat Marie-Jeanne ein kleines Warenlager mit Reis, Seife, Schulmaterialien, Streichhölzern, Salz usw. zusammengestellt. Mehrere Familien haben sich in den verschiedenen Dörfern zusammengeschlossen. Mit dem Kredit durch Marie-Jeanne konnten sie eine Bambushütte bauen. Und aus dem Lager in Watublapi einen kleinen Warenbestand beziehen. Die Preise in ihrem Kiosk sind die gleichen wie in Maumere, so daß sich die Familie die Fahrtkosten von etwa DM 1,50 nach Maumere ersparen kann.

Die Fertigstellung eines solchen Kiosks in Tidah, tief im Tal gelegen, habe ich mir ansehen können. Es ging alles sehr einfach zu. Die Bambushütte stand schon. Jetzt mußten innen nur noch die Regale eingebaut werden. Einige Frauen und Männer sahen der Arbeit eines jüngeren Mannes zu, der die Bambusrohre mit vorher noch gerade zu schlagenden Nägeln befestigte oder mit Bambusbast fest umwickelte. Ab und zu half ihm einer der zuschauenden Männer. Die einfache Technik setzte mich in Erstaunen. Mit dem Parang wurden das Holz und das Bambusrohr maßgerecht für die benötigten Stützbalken zurechtgeschlagen, auf denen eine Bambusmatte von vielleicht 70 cm Tiefe mit einer Breite von ca. 2 m zu liegen kam. Sehr sorgfältig und mit viel Bedacht wurde nun auf diesem Bambusmatten-Regal das ganze Warenlager sortiert. Viele Hände halfen hierbei. Einigen Selbsthilfegruppen gelang es, ihren Kredit sehr schnell zurückzuzahlen und einen bescheidenen Gewinn zu erzielen.

Bei einem unserer Gespräche habe ich Marie-Jeanne gefragt, wie sie am Anfang ihres Aufenthaltes auf Flores mit den hygienischen Verhältnissen zurecht gekommen sei. "Am Anfang war das nicht so leicht, aber man gewöhnt sich an alles. Toiletten im Kampung gibt es nicht. Bei meinem ersten Besuch mit Übernachtung im Kampung habe ich nach einer Toilette gefragt. Ein junges Mädchen führte mich hinaus, abseits von den Hütten, deutete auf die Erde und drehte mir den Rücken zu. Etwas fassungslos sah ich mich um, begriff dann und schickte das Mädchen wieder zurück. Am anderen Morgen ist nichts mehr von der Toilette im Freien zu sehen. Vielleicht sind es die Dorfschweine oder die Hunde, die allen Unrat vertilgen. Keiner weiß es so genau. Die Schweine wie die Hunde aber gehören zum beliebten Festessen. Sie gehören zu den Nahrungsmitteln, die in ihrer Rarität zum kulinarischen Genuß zählen. Wasser gab es vor allem in der langen Trockenzeit kaum, und Läuse hat fast jeder hier. Ab und zu bekomme ich sie auch.

Sieben Jahre habe ich hier die Toiletten mit Wascheinrichtung allein sauber gehalten. Bis ich vor kurzem plötzlich begriff, daß ich diese Einrichtungen ja nicht alleine benutze. Nun wird die Arbeit reihum verrichtet. Die Mädchen und ich wechseln uns im wöchentlichen Rhythmus ab. So geht es also auch."

Nachdem mein Sohn Ingo zwei Tage Marie-Jeanne in die Berge begleitet hatte, kam uns am Abend seiner Rückkehr ein aufgescheuchter Ingo mit nassem und stinkendem Kopf entgegen. "Wißt ihr, daß die Leute hier alle Läuse habe?" Vorsorglich hatte er mit einem entsprechenden Mittel von Marie-Jeanne seine Haare behandelt. Als er dann noch meinte, er müßte direkt noch eine Wurmkur machen, "was weiß ich, was ich alles gegessen haben," gaben wir ihm den Rat, nichts zu übereilen. Die Wurmkur hat er später in Deutschland nachgeholt.

LIE

Wieder hutschte das kleine Mädchen, so wie am gestrigen Tag, nahe bei einer Tür auf der schattigen Veranda. Die Beinchen gespreizt, saß sie still auf dem Boden. Als ich bei ihr stehen blieb, schaute sie mit ernstem Gesichtchen und großen, schwarzkullernden Augen zu mir auf. Ich lächelte sie an, streichelte ihr leicht über die Wange, sprach einige Worte zu ihr, doch sie verzog keine Miene, nicht die kleinste Erwiderung eines Lächelns deutete sie an.

Nun hob ich sie auf, setzte sie rittlings, wie ich das bei meinen Söhnen, als sie klein waren, getan hatte, auf meine Hüfte und sie ließ es, ohne eine Regung zu zeigen, geschehen. Wir gingen zu den Babies, sahen den Pflegemüttern zu, wie sie sich um ihre Kinder kümmerten und ich wiegte die Kleine in schaukelnder Bewegung auf meiner Hüfte. Ein auffallend hübsches Kind hatte ich auf meinem Arm. Ich sprach zu ihr, summte eine kleine Melodie, jedoch entrang ich ihr weder ein Wort noch den leisesten Hauch eines Lächelns.

Am anderen Tag und die Tage darauf spielte sich das gleiche Ritual ab. Bei einem meiner nächsten Besuche traf ich Marie-Jeanne an. Sie sah die Kleine auf meinen Armen und meinte: "Wenn das mal gut geht mit Lie. Vor kurzen war eine Schweizerin hier und sie nahm sich während ihres Besuches der kleinen Lie an. Als sie nach einigen Tagen Lie wieder auf die Erde absetzte, weil es für sie Zeit war zu gehen, konnten wir Lie kaum beruhigen, so hat sie geschrien."

"Hat sie keine Pflegemutter? Warum wird sie nicht von der Familie betreut?" fragte ich Marie-Jeanne. "Nein, sie hat keine Pflegemutter und keine Familie, die sie betreuen könnten." sagte Marie-Jeanne. "Entweder wird sie von den anderen Pflegemüttern betreut und versorgt, so wie sie Zeit dafür haben, oder ich komme, füttere sie und spiele mit ihr. Lies Geschichte ist eine traurige Geschichte. Vor eineinhalb Jahren fanden die Leute sie als schreiendes, winziges Bündel auf dem Marktplatz in Maumere. Sie war erst einige Stunden alt und keiner wußte um die Mutter, noch woher sie kam. Einige Frauen nahmen sie auf und brachten sie zu uns ins Kinderzentrum. Körperlich gedieh sie prächtig und sie ist gesund, aber wie sehr fehlt ihr die Liebe und Zuwendung der Mutter.

In Surabaya hat sich ein Lehrerehepaar als Adoptiveltern für sie gefunden. Eine Adoption ist mit vielen bürokratischen Hindernissen versehen, und es dauert und dauert. Trotzdem hoffen wir und warten alle darauf, daß die Adoption schnell durchgeführt werden kann. Das Ehepaar ist kinderlos und Lie wäre bei ihnen in bester Obhut.

Keine Ruhe hat es mir gelassen, die Mutter von Lie zu finden. Nach allen Richtungen habe ich Nachforschungen angestellt und tatsächlich, wir fanden sie. Heute frage ich mich nach dieser bitteren Erfahrung, ob es nicht besser gewesen wäre, sie nicht zu finden. Sie ist eine junge Prostituierte. Wir nahmen Kontakt mit ihr auf, und ich habe ihr lange gut zureden müssen, bis sie endlich bereit war, ihre kleine Tochter zu sehen. Mutter und Tochter saßen sich nun gegenüber und wir warteten auf eine Zärtlichkeit, auf eine liebevolle Geste der Mutter. Wir warteten vergebens. Ohne eine Regung zu zeigen, schaute sie Lie teilnahmslos an und hatte nichts Eiligeres zu tun, als möglichst schnell wieder wegzukommen. Kein freundliches Abschiedswort fand sie. Sie wollte mit ihrem Kind nichts zu tun haben. Bitternis kam in mir auf und unser aller Enttäuschung war groß. Wir nahmen die kleine Lie und sind wieder ins Kinderzentrum nach Watublapi gefahren. Danach bemühten wir uns, Adoptiveltern zu finden."

Ich betrachtete die kleine Lie, wie sie zufrieden auf meiner Hüfte saß, sah ihre ernsten Augen und befürchtete Schlimmes. Es war Zeit für mich zu gehen und Marie-Jeanne wartete darauf, Lie zu füttern. Vorsichtig setzte ich Lie vor Marie-Jeanne auf den Boden. Als sie gerade saß, fing sie schon herzerbärmlich zu schreien an, schlug mit ihrem Köpfchen auf den Boden, wälzte sich hin und her und mit ihrem ohrenbetäubenden Gebrüll schrie sie ihre ganze Enttäuschung und Verzweiflung heraus. Hilflos stand ich diesem Ausbruch gegenüber. Was hatte ich da nur angestellt! Wenn ich das geahnt hätte. Aber wie konnte ich hinter diesem hübschen, ruhigen Kind eine solch schmerzliche und betrübliche Geschichte vermuten?

Ein Jahr später lebte die kleine Lie bei ihren Adoptiveltern in der großen Hafenstadt Surabaya auf der großen Insel Java.

MARIA, DIE DULDSAME

Für das Ikatten, die uralte Webkunst, ursprünglich aus dem Sikka-Gebiet in Mittelflores kommend, das Abbinden der Kette für das Muster mit Bastfäden, stand ihr als einzige Vorlage nur eine schlechte Kopie des Wappens der Gemeinde Ramstein mit dem Löwen, dem Reichsapfel und dem Kreuz zur Verfügung. "Sie ist eine Künstlerin," sagte Pater Bollen, und meinte hiermit Maria aus Watublapi, "sie hat ein Kunstwerk geschaffen."

Ihr fremde Elemente hat sie mit ihrem Gedankenbild, ihrer Phantasie und ihrem Einfühlungsvermögen, in Verbindung mit den sagenhaften mythischen Vögeln, die nach der Legende zum Schöpfungsakt beitrugen, zu einer harmonischen Einheit verschmolzen. Denn nach dem tödlichen Kampf dieser beiden Vögel, so erzählt es der Mythos, sind aus ihren sterblichen Überresten Flüsse, Bäume und anderes im Weltall entstanden.

So viel Kraft besaß sie noch, das Muster für die einzelnen Färbevorgänge zu ikatten (abzubinden). Dann verließ sie ihre Kraft. Am Webrahmen, auf einem kleinen mit halbhohen Sträuchern umfriedeten Platz in Watublapi, saß nun eine andere Weberin, die das Webholz im Gleichmaß klingen ließ.

Einige Jahre hat es gebraucht, um die einzelnen Färbevorgänge vorzunehmen. Indessen genau zur rechten Zeit, in der letzten Woche des Hierseins auf Flores von Pater Bollen, war das Ikat-Tuch, ein Geschenk an die Gemeinde Ramstein, mit dem stilisierten Wappen von Ramstein und den mythischen Vögeln noch kurz auf dem Webrahmen zu sehen, und dann war es vollendet.

Eine schöne, schlanke Frau, das Gesicht in durchgeistigter Vornehmheit, die den ganzen Körper durchzeichnet. Dazusein ohne lautes Tun und Sprechen, aber in diesem Dasein stille Beharrlichkeit kundzutun - so sehe ich Maria in meiner Erinnerung vor mir.

"Möchten Sie mitkommen, heute muß ich wieder Maria versorgen?" fragte mich Marie-Jeanne. Und wir gingen den kurzen Weg zum Kinderzentrum. Dort betraten wir einen Raum mit zwei Betten. Auf einem dieser Betten lag Maria, die uns bei unserem Eintreten mit einem kleinen Lächeln begrüßte.

"Sie ist im letzten Stadium krebskrank. Eine Brust hat man ihr abgenommen. Leider ist auf Flores eine Nachbehandlung nicht möglich. Die Krankheit schreitet schneller fort, als wir vermuten konnten," sagte Marie-Jeanne.

Marie-Jeanne löste vorsichtig den Verband von der schwärenden Wunde, bestrich den neuen mit einer Salbe und legte ihn behutsam auf die kranke Brust. Hierbei wandte Maria etwas den Kopf zur Seite und schwieg. "Sie muß große Schmerzen verspüren, aber nie gibt sie einen Schmerzenslaut von sich. Morphium oder andere Opiate besitzen wir leider nicht. Neue Geschwülste zeigen sich schon an ihrem Rücken, und es wird nicht mehr lange dauern, bis auch sie aufbrechen. Sie ist so sanft und so still, wie sie das immer gewesen ist und sie weiß, daß sie sterben wird. Aber sie weiß nicht, wie bald das schon sein wird."

Als Marie-Jeanne ihre Arbeit beendet hatte, erhob sich Maria, dankte leise, schritt langsam, den Kopf in aufrecht leichter Neigung, zur Tür und ging hinaus.

Feierliches, einem religiösen Ritus ähnlich, haftete diesen Besuchen Marias an. Als die große Schwäche über ihren wunden Körper kam, hörte die Behandlung von Marie-Jeanne im Kinderzentrum auf und sie wurde von ihr in ihrem Haus weiter gepflegt. Ruhig und ergeben lag Maria im Bett und wartete. Die sie überflutenden Wellen des Schmerzes entzogen ihr die letzte Kraft. Als der Tod auf anfangs leisen Sohlen sich anschickte, sie in das Reich ihrer Ahnen zu entführen, entschwand sacht und leicht, wie auf samten Schmetterlingsflügeln, der Schmerz und löste sich auf in ein heiteres und helles, göttliches Traumgesicht, der Schwere des Lebens entflohen.

SCHWESTER GABRIELE IN MAUMERE/FLORES

Wie oft sind wir schon an der Schule, dem Internat und dem Kindergarten in Maumere vorbeigefahren! Nun wollten wir Schwester Gabriele besuchen. Sie ist von Beruf Pädagogin und eine deutsche Steyler Schwester, beheimatet in einem Moselstädtchen.

Unser Besuch war eine Überraschung für sie. Überglücklich war sie, wieder einmal deutsch zu sprechen, und über alle möglichen Dinge zu reden. So machten wir ihr den Vorschlag, ins Hotel nach Waiara zu fahren, dort zu essen und gemütlich weiter zu plaudern. Natürlich hatte sie hierfür keine Zeit. Doch nach einigem Hin und Her machte sie sich frei für ein gemeinsames Mittagessen.

Schwester Gabriele lebte seit 14 Jahren auf Flores. Zu der Zeit, zu der wir sie kennenlernten, war sie Leiterin eines großen Schulzentrums in Maumere. Hierzu gehören der Kindergarten, die Volks- und Mittelschule, das kleine Lehrerseminar mit der Ausbildung zum/zur Grundschullehrer/in und das Internat mit 180 Mädchen.

Viel Arbeit gab es zu erledigen, und die Verantwortung war groß. Vor allen Dingen machte ihr der Finanzetat mit den immer zu knapp bemessenen Geldern zu schaffen.

Vor einigen Jahren wurde sie sehr krank. Sie mußte die Leitung der Einrichtung in einheimische Hände legen. "Was soll ich lange darum herum reden? Ein halbes Jahr haben die einheimischen Schwestern selbständig alles geführt. Es gab viel Durcheinander. Sie mußten mit der gleichen Summe Geldes zurechtkommen wie ich. Aber sie kamen hinten und vorne nicht zurande. Das Geld war ihnen vorzeitig ausgegangen.

Was habe ich gemacht? Als es mir wieder etwas besser ging, habe ich die Arbeit wieder voll übernommen. Es wird mir aber alles in allem zu viel. Nervlich ist das eine ungeheure Belastung. Nun hoffe ich, daß ich doch bald alles in einheimische Hände übergeben kann. Es sind ja ausgebildete Fachkräfte. Dieses Mal wird wohl alles reibungslos klappen, zwar anders, aber einmal muß es ja so sein.

Lange war es so, daß es, wenn eine Mitarbeiterin in irgendeiner Sache mitdachte oder eine selbständige Entscheidung fällte - war sie auch noch so klein - und war sie dann noch richtig, für mich einem Wunder gleich kam, und ich war überglücklich."

Da das Vorratshaus der Schule baufällig und zu klein war, sparte sie auf ein neues. "Das Haus kostet DM 20.000,—. Aber ich brauche es ganz dringend, sonst weiß ich nicht, wie ich in Zukunft Nahrungsmittel in der acht Monate dauernden Trockenzeit einwandfrei für all die Kinder aufbewahren soll. Während der Trockenzeit ist ja eine Ernte nicht möglich, so muß ich Vorsorge treffen. Meinen Freunden in Deutschland habe ich geschrieben und sie um Hilfe gebeten. Nur glaube ich, daß sie mich mißverstanden haben. Für mich war klar, daß ich die DM 20.000,—nicht auf einen Schlag erhalten kann, sondern Mark für Mark zusammensparen muß, bis das Geld zusammen ist." (Als Pater Schaaf später in Jakarta von dem Vorratshaus hörte, half er bei der Finanzierung).

Vor zwei Jahren bekam ich einen Betrag, einen hohen Betrag von DM 1.000,— für meine Arbeit geschenkt. Diese DM 1.000,— sollten eine eiserne Reserve sein. Nur im äußersten Notfall wollte ich sie angreifen. Und jetzt, vor einigen Tagen, ich wußte mir nicht mehr anders zu helfen, habe ich von diesem Geld etwas nehmen müssen, um die Krankenhauskosten für eine Mitschwester zu bezahlen. Mir war zum Heulen zumute, denn 'die eiserne Reserve' war nun zusammengeschmolzen."

ERZÄHLUNGEN AUS DER MANGGARAI

Es war im Westen von Flores, in der Manggarai, die flächenmäßig ca. ein Drittel der Insel ausmacht, wo Schwester Gabriele mehrere Jahre in verschiedenen Dörfern gearbeitet hat. Sie erteilte den Frauen und Mädchen Unterricht in Kochen, Nähen, Hygiene und vor allem in 'Lebenskunde'.

Ein Erlebnis, und wenn sie hierüber spricht, wird sie heute noch zornig, bleibt in ihrer Erinnerung. Sie erzählte:

"Der Diaprojektor war in der großen Hütte aufgebaut und die

Frauen und älteren Mädchen des Dorfes saßen erwartungsvoll vor der Leinwand. Nur einige leise, verhaltene Gespräche waren von den Frauen zu hören, so wie es ihre Art ist. Ich schaute zufrieden die Reihen der Frauen an, sah ihre aufmerksamen Augen auf mich gerichtet, und wenn ich sie ansah, lächelten sie mir freundlich zu. Plötzlich stand ein Mann im Eingang der Hütte. Alle Blicke wandten sich ihm zu. Es war der Stellvertreter des Bürgermeisters. Er grüßte kurz, setzte sich etwas abseits von den Frauen, und die Frauen verstummten in ihrer leisen Unterhaltung.

Glücklich war ich über das Erscheinen dieses Mannes nicht. Es war geradezu körperlich zu spüren, daß sein Kommen die bis dahin ausgestrahlte Harmonie beeinträchtigte.

Normalerweise ist den Kleinbauern nur eine Ernte im Jahr möglich, in einigen Gegenden auf Flores zuweilen eine kleine Zwischenernte. Die allzu häufigen Mißernten ziehen immer wieder Hungersnöte nach sich. Ob nun eine Ernte gut oder schlecht ausfällt, spielt bei der Festsetzung von Festlichkeiten, wie z.B. bei einer Hochzeit, einer Geburt, oder einem Begräbnis keine Rolle. Ist die Ernte eingebracht, beginnen die Feste, die eigens auf die Zeit kurz nach der Ernte festgelegt werden."

Das Feiern der Feste war in früherer Zeit immer mit einem religiösen Bezug verknüpft. Sie boten alles das auf, was die Götter den Menschen schenkten. Eigens hierzu wurden Nahrungsmittel und lebende Tiere gesammelt, um in verschwenderischer Fülle aufgeboten zu werden. Alles wurde dargebracht in der Symbolik des Opfermahles, als Dank an die Götter. Es waren die Feste, die die Gemeinschaft im Kult, in der Wiederholung der Schöpfung, vereinten. Später haben die holländischen Kolonialherren das Feiern der Feste, wo es ihnen möglich war, untersagt. Sie sahen darin eine Vergeudung und unnötige Verschwendung von Nahrung und Vieh. Das Fehlen der Feste mit ihrem religiösen und sozialen Bezug, führt nicht selten zur Islamisierung oder Christianisierung. Welche Beziehung die Menschen heute noch zu ihren Festen haben und welche religiösen Vorstellungen sich damit noch verbinden, ist schwerlich feststellen. Viele Bräuche und Festlichkeiten sind sicherlich in der Glaubensvorstellung des Katholizismus und der alten Religionen in fließender Symbiose vereinigt.

"Ich versuchte nun," erzählte Schwester Gabriele weiter, "mit Hilfe dieser Dias den Frauen einen Weg zu weisen, wie sie ihre Feste feiern und trotzdem Vorräte für die lange Trockenzeit beiseite schaffen können. Waren z.B. die Hochzeitsfeierlichkeiten vorbei, blieb nur noch ein kümmerlicher Rest der Ernte übrig. Das meiste war aufgebraucht. Das bedeutete für die Familie den Gürtel enger zu schnallen, oder die Zeit bis zur nächsten Ernte mußte gehungert werden. Zu der körperlichen Schwäche kommen nicht selten die Krankheiten hinzu. Und wenn sich die nächste Ernte als Mißernte zeigte, war die Katastrophe für die Familie perfekt.

Eine einheimische Mitschwester berichtete mir einmal über ihre kluge Großmutter, die, war die Ernte eingebracht, ohne daß die Familie etwas davon bemerkte, Vorräte zur Seite schaffte und sie, versteckt unter dem Grasdach der Hütte, aufbewahrte.

Gut, da sind ihre Feste und die Feste würzen ihr Leben. Demgegenüber stand jedoch allzuoft der Hunger. Ein Kompromiß, bei dem nichts vernachlässigt wurde und auch keiner leiden mußte, sollte doch möglich sein. Ich hatte mit meinen Ausführungen begonnen, die ersten Dias schon gezeigt und die Frauen hörten interessiert zu. Da kam unerwartet Protest gerade von der Seite, von der ich ihn nicht erwartet hatte.

'Wir sind hier nicht in Europa, Schwester. Wir leben auf Flores. In Europa mögen ja eine Planwirtschaft und eine Bevorratung üblich sein, doch hier ist sie seit altersher nicht Brauch. Es ist nicht Sitte, daß die Leute sich mit solchen Gedanken beschäftigen und belasten,' warf ausgerechnet der Stellvertreter des Bürgermeisters ein, der einzige anwesende Mann, der es besser wissen mußte.' Das alles will hier keiner hören. Das ist nicht nötig.'

Jedes weitere Wort von mir, begriff ich nun, war jetzt zwecklos und überflüssig. Die Frauen würden, auch wenn sie mir in Gedanken recht gäben, es nie wagen, diesem einflußreichen Mann laut zu widersprechen und eine Auseinandersetzung, ein Dialog zwischen ihm und mir, würde nur Ärgernisse schaffen.

'Wenn Sie so denken und meinen, daß dies richtig ist, was Sie sagen, kann ich ja gehen. Dann ist jedes weitere Wort von mir an der falschen Stelle gesagt.' "Ich packte alle meine Sachen zusammen und bin gegangen. Es war keine gute Erfahrung."

DIE FRAUEN

Es war die Stellung der Frau, die Schwester Gabriele betroffen machte, mit der sie sich immer wieder beschäftigte. Denn zu erleben, wie wenig Selbstwertgefühl, Rechte, Selbständigkeit die Frauen besitzen, wie apathisch sie Unrecht hinnehmen und wie hilflos sie dem Despotismus ihrer Männer ausgeliefert sind, führte dazu, daß sie sich stark engagierte, daß sie sich vehement für die Verwirklichung der Rechte und Belange der Frauen in Kursen, Gesprächen und Besuchen bei den Familien einsetzte.

"Vor meinen Augen sehe ich noch immer dieses Bild: Der Mann sitzt auf dem kleinen Pferd, hinter ihm geht die Frau, ein Bündel auf dem Kopf, ein Kind an der Hand und mit dem anderen ist sie schwanger. So trotten sie ruhigen Schrittes hintereinander her, und keiner der Vorübergehenden stört sich daran.

Vor einigen Jahren war es für einen Mann noch unproblematisch, leichten Herzens seine Frau zu verstoßen. Er nahm sich die nächste und vielleicht dann wieder eine andere Frau. Es konnten Krankheitsgründe eine Rolle spielen oder eine lange Abwesenheit aus Existenzgründen des Mannes von seiner Familie. Die mitgebrachte Mitgift der Frau blieb beim Mann und die Mutter durfte ihre Kinder behalten. Nach Adat-Brauch nimmt die Familie die Kinder der verstoßenen Frau auf. Das gewährt ihr einen gewissen Schutz. Die Kinder aber fallen mehr oder weniger der Familie der Frau zur Last und erfahren nicht selten eine schlechte Behandlung."

Die Ehescheidungen sind etwas seltener geworden. Vielleicht ist hier die Wirkung und moralische Rolle der Kirche, verbunden mit der Religiösität der Menschen, nicht zu unterschätzen. Sie hat Ehe und Familie eine neue Wertung gegeben.

Schwester Gabriele versuchte in ihren Kursen und Programmen, nicht nur den Frauen ihre Bedeutung und ihre wichtige Aufgabe in der Familie aufzuzeigen, sondern sie hat in ihren Kursen die Männer mit einbezogen und beiden erläutert, daß es in der Wertung des Menschen, gleich ob Frau oder Mann, keinen Unterschied gebe, denn vor Gott seien alle Menschen gleich.

Sie fragte: "Was nutzt es, wenn ich den Mädchen und Frauen Näh- oder Kochunterricht erteile, sie aber kein Geld haben, Materialien oder Nahrungsmittel zu kaufen? Wenn sie keine Gelegenheit haben, weiter zu arbeiten, verlernen sie wieder alles. Deswegen habe ich beide Elternteile in Kursen angesprochen. Es waren oft 150 Leute in einem Kurs. Vor allen Dingen habe ich die Väter um Mithilfe gebeten, damit sie ihren Töchtern und Frauen Geld für das benötigte Material geben. Denn die erworbenen Fertigkeiten kommen ja der ganzen Familie zugute."

WEIHNACHTEN UND DAS VERSPROCHENE HUHN

"Wir wußten nicht, daß, als wir, meine Mitschwester und ich, das Gebiet in Westflores erreichten, eine große Trockenheit herrschte," erzählte Schwester Gabriele. "Die Trockenheit der Landschaft, die vertrockneten Pflanzen, die trockene, ausgelaugte Erde, der große Wassermangel waren eine böse Überraschung für uns. Überall in den Dörfern herrschte Not und Hunger. Über Wochen konnte kein Schiff die kleine Küste anfahren, um Nahrungsmittel zu entladen, so heftig entfalteten die Stürme ihre Gewalt auf dem Meer. Still und leise, wie es ihre Art ist, warteten die Menschen auf den Beginn des Regens und auf das Ende der Stürme. Und wir warteten und hofften mit ihnen.

Unser Kommen war mit dem Pfarrer abgesprochen. Als wir die Station erreichten, trafen wir ihn nicht an. Er war schon seit längerem zu den vielen Außenstationen unterwegs. Zwei Hausjungen fanden wir vor, die nach dem Rechten sehen und alles in Ordnung halten sollten. Schlimm sah es aus. So gut es ging, versuchten wir etwas Ordnung zu schaffen. Am ersten Tag gab es Reis. Ab dem zweiten Tag nur noch abgekochtes Wasser. Alles mögliche hatten wir zwar mitgenommen, nur keine Nahrungsmittel, da wir nicht wissen konnten, daß es in dieser Gegend quasi nichts zu essen gab. Fragen Sie mich nicht, was wir alles gegessen haben und wie schmutzig alles war. Die Dorfbewohner lebten von irgendeinem Grüngemüse, und wir aßen es ebenso.

Unsere Aufgabe sollte sein, die Kranken mit ihren zahlreichen Krankheiten zu behandeln. Für sie hatten wir ausreichend Medikamente eingepackt. Aber wie konnten die Kranken gesunden, wenn sie nichts Richtiges zu essen hatten? Den Frauen wollten wir die Grundbegriffe von Hygiene vermitteln, um den Herd der vielen Krankheiten erst gar nicht entstehen zu lassen. Auch das war nur in Ansätzen möglich, da das Wasser von weit her mit Bambusrohren, die ein Fassungsvermögen von ca. sechs bis acht Liter haben, herbeigeschleppt werden mußte.

In einigen Tagen war Weihnachten. Es war abgemacht, daß Pater Claus von Kewapante zu uns kommen sollte. Wir freuten uns auf seinen Besuch und auf die Weihnachtsfeier. Wir hatten sie schon mit den Kindern vorbereitet. Pater Claus, so hofften wir, wird wohl etwas Eßbares mitbringen. Jedoch, hier irrten wir.

Als Pater Claus nun unsere Schilderungen hörte, sah er sich fassungslos um und wollte einfach nicht wahrhaben, daß es in unserer Gegend kaum Nahrungsmittel gab. 'Nein, nein, das ist doch unmöglich, das kann ich einfach nicht glauben, daß es in dieser Gegend nichts zu essen geben soll. Das wollen wir doch mal sehen,' sagte er.

Am anderen Tag war er vom frühen Morgen bis zum späten Abend unterwegs, so daß wir uns schon um ihn sorgten. Endlich, zu der Zeit, als schon dunkle Nacht war und nur der schwere Mond und die glitzernden Sterne den Weg wiesen, sahen wir ihn endlich zurückkommen. Erschöpft und deprimiert betrat er das Haus, im Beutel unser schon bekanntes Grüngemüse. Zwei Eier kamen zum Vorschein, und da gab es noch das versprochene Huhn. Als er auch noch sah, daß das gleiche Grüngemüse bei uns wächst, war er den Tränen nahe.

Trotzdem; obwohl auf uns alle im Dorf kein reichliches Mahl wartete, unsere Mägen leer blieben und knurrten, feierten wir mit den Dorfbewohnern eine wunderschöne, glückliche und friedliche Weihnacht. Kurz danach wurde ich sehr krank."

HEIMATURLAUB

Auf meine Frage, wann ihr nächster Heimaturlaub in Deutschland fällig sei, meinte sie: "Ja, Deutschland. Das letzte Mal, als ich in Deutschland war, war mir so vieles fremd. Jedes Mal bedeutet der Heimaturlaub für mich eine Umstellung und etwas Neues.

Ich war unterwegs, mußte telefonieren und betrat eine Telefonzelle. Ganz verunsichert betrachtete ich den Telefonapparat und wußte nicht, wie ich die Telefonnummer wählen sollte. Betreten verließ ich die Zelle, blieb zögernd stehen, überlegte und sagte mir, 'so dumm kann doch kein Mensch sein.' Ich machte wieder kehrt, ging in die Telefonzelle zurück und entdeckte nun anstatt der vermißten Wählscheibe die Tastatur.

In der Straßenbahn bin ich ohne Fahrschein eingestiegen und wußte auch nicht, wie ich an diesen kommen sollte. Der Schaffner sagte, ich müsse aussteigen und ließ sich auf keine langen Erklärungen ein. Das wollte ich nun auch. Die Tür ging auf, ich machte einen zögernden Schritt, und die Tür war wieder zu. Es war die falsche Tür. Eine Mitfahrerin erbarmte sich meiner, erklärte mir, wie ich zu einem Fahrschein komme und sorgte dafür, daß ich heil aus der Straßenbahn kam.

Deutschland erschlägt anfangs. Die Menschen sind hektisch. Nichts ist verplanter als die Zeit in Deutschland. Die Perfektion und die Ordnung überall sind mir zuerst fremd. Den meisten Menschen geht es erfreulich gut, und Vergleiche mit dem einfachen Leben der Inselbevölkerung auf Flores sind in jeder Weise unpassend. Nur, denke ich, die Menschen in Deutschland müßten ein wenig glücklicher aussehen.

Und wenn ich mich wieder in diesen Monaten in Deutschland eingewöhnt habe, ist es Zeit, zurück nach Flores zu reisen, zu meiner doch lieb gewonnenen Arbeit, zu den Kindern und meinen Mitarbeitern."

WIEDER IN DEUTSCHLAND

In einem Kölner Krankenhaus arbeitete Schwester Gabriele als Krankenhausseelsorgerin. In dem von ihr bewohnten Zimmer habe ich sie besucht. Wir aßen Kuchen und tranken Kaffee und machten es uns gemütlich.

"Sehen Sie den Stoß Briefe hier im Schrank? Das sind alles Briefe aus Flores, meist von den einheimischen Schwestern. Noch immer schaffe ich es nicht, sie zu beantworten.

Seitdem ich wieder in Deutschland und von meiner Krankheit genesen bin, ist in mir stets ein kleiner Schmerz, eine kleine Wehmut. Der Schmerz mischt sich mit meiner guten Erinnerung an die vierzehn Jahre in der Manggarai und in Maumere. Die Erinnerung an das Erlebte während dieser Zeit, an die Enttäuschungen und meine ganz persönliche Einsamkeit. Oftmals habe ich mich nach einem guten Gespräch, einer Unterhaltung, einem befruchtenden Gedankenaustausch gesehnt. Ich habe mir gewünscht, über Dinge sprechen zu können, die in Deutschland alltägliches Leben bedeuten. Vielleicht sind wir Schwestern unbeweglicher als die Missionare. Sie kommen öfter zusammen und manchmal müssen sie verreisen. Und vielleicht sind wir Frauen für die 'Welt da draußen' auch zu sehr in den täglichen Pflichten eingebunden, die für andere Beschäftigungen wenig Raum übriglassen.

Der Reisende, der sich auf diese abgelegene Insel begibt und sich auch noch für unsere Arbeit interessiert, wird aufgenommen als käme er aus der eigenen Familie. Wie ein Fluß, der plötzlich seinen Lauf beschleunigt, so spricht man zuerst einmal vieles von dem aus, das bekümmert, welche Sorgen bedrücken. Und wie wunderbar ist es, nur ein einziges Wort hinzuwerfen und der andere versteht mit diesem einen Wort den gesamten nicht ausgesprochenen Zusammenhang des Themas. Wie von selbst bilden die Fragen und die Antworten einen lebhaften Informationsaustausch. Wie das jedoch bei einem Familienmitglied sein sollte, erwartet man von seinem Gesprächspartner einvernehmliches, ja familiäres Verhalten."

Melancholisch schaut sie auf das soeben gelesene Blatt Papier

mit meiner Geschichte "Trockener Reis und trockene Bohnen...".
"Ja," sagte sie, "die einfachen Menschen, die Menschen in den Dörfern sind wundervolle Menschen. Gerne hatte ich mit ihnen zutun. Sie strahlen so viel Wärme aus. Gar nicht leicht ist es hingegen, guten Kontakt mit den Menschen in den kleinen Städten zu pflegen, die sich gebildet dünken, die meinen, alles Neue besitzen zu müssen und auf die Menschen in den Dörfern, auf die alten Bräuche und Sitten glauben mit Hochmut herabblicken zu können. Und doch besitzen gerade sie eine große Herzensbildung. Wohingegen mit den wenigen tatsächlich Gebildeteten mit einem qualifizierten Abschluß, die tüchtig im Beruf und mit ihren Leistungen zufrieden sind, ein leichtes Auskommen ist. Ohne Mißklang versteht man sich."

Manchmal war es ihr Schweigen, welches unsere Gespräche unterbrach und ich sehe sie, wie sie sinnend und träumend, verlorenen Blickes, vor mir saß. Aber plötzlich wurden ihre Augen wieder wach und aufmerksam. 'Eine Träumerin ist sie, die so gerne lacht,' dachte ich.

Sie ließ sich als Krankenhausseelsorgerin ausbilden und arbeitete, nachdem sie in einem Kölner Krankenhaus tätig war, eine Zeit in Remscheid. Sie setzte sich wieder auf die Schulbank, lernte neu und sie hat es geschafft.

Schwester Gabriele ist glücklich in Deutschland. Wiewohl sie erfüllt ist von den Jahren auf Flores.

DIE SCHWESTERN

Stille Beharrlichkeit

Schon die Jesuiten, die 1859 die Missionsarbeit von den wenigen in Indonesien arbeitenden Weltpriestern übernahmen, erhielten 1879 durch die Franziskanerinnen von Heythugzen/Nonnenwerth rührige und hilfreiche Unterstützung in Larantuka auf Flores, die eine Mädchenschule eröffneten. Es folgte eine Jungenschule und andere Einrichtungen, die noch heute existieren. In Maumere arbeiteten die Tilburger Schwestern, die ihre Arbeit später an die Steyler Missionsschwestern übergaben.

Die Rolle der Frau, als Angehörige eines Ordens, ist nicht hoch genug einzuschätzen. Ihre Rolle ist die einer Dienenden, sie ist bodenständig und sehr menschlich, in Berührung mit dem allzu Menschlichen. Oft sind sie es, die durch den Kontakt mit den Frauen die Türen zu den Familien öffnen. Ihre Arbeit ist die Beschäftigung mit dem so lebenswichtig Alltäglichen.

Mit einem kleinen Lächeln auf den Lippen beugen sie sich zu dem Kind, dem kleinen Jungen, der von der jungen Mutter im Krankenhaus zurückgelassen wurde, streicheln und liebkosen ihn. Weite Strecken gehen sie, um die Kranken in ihren Häusern und Hütten zu pflegen und die heilende Medizin zu bringen. Und wie tröstlich ist es für den Kranken, wenn er am Eingang seiner Hütte die Schwester sieht. Sie helfen den Frauen bei der Geburt ihrer Kinder. Und mit viel Geduld lehren sie sie, eine ausgeglichene Mahlzeit für die ganze Familie zu kochen. Viele Stunden reden sie mit den Frauen und Männern über die Bedeutung und Stellung der Frau, die Achtung gegenüber der Mutter, der Ehefrau und Hüterin des Hauses, Mitarbeiterin auf den Feldern und versuchen, die Schwäche gegenüber der Stärke aufzulösen.

Es hat seine Zeit und es hat Mut gebraucht, bis die Schwestern ihren eigenen Weg fanden, und ihren Aufgaben selbständig nachkommen konnten, losgelöst von der Fürsorge und Betreuung für den Missionar. Er war in den Anfängen auf Flores viel zu sehr mit dem Aufbau der Missionsstationen beansprucht, als daß er sich um die aufreibenden, täglich wiederkehrenden Pflichten kümmern konnte. 'Sie sind uns sehr nötig, sonst ist das Leben zu teuer' war 1913 die Begründung des Steyler Missionsoberen, als er die Steyler Schwesternkongregation um ihre Mithilfe bat. Sie waren also die guten Feen in der Küche, für die Wäschepflege, die Landwirtschaft und die Schulen. Die schlechten und harten Lebensbedingungen ließen ihre Reihen lichter werden. Zudem ihr unpassendes langes Gewand mit der großen Haube (alte Fotos zeigen sie so) für die harte Arbeit in einem tropisch heißen Klima sehr unpraktisch waren. Später änderte sich das.

Ihre Aufgabenstellung hat kaum eine nennenswerte Änderung erfahren. Heute hingegen leiten sie unabhängig, selbständig und sehr selbstbewußt Schulen, Internate, Seminare, Kindergärten und Haushaltsschulen, sind als Ärztin Chefin eines Krankenhauses, Leiterin einer Krankenstation und in guten frauenspezifischen Berufen entsprechend ausgebildet. Bisweilen jedoch denkt man, hinter ihrer ruhigen und freundlichen Gelassenheit verberge sich Nervösität und Gehetztsein. Sie sehen immer sehr adrett und gepflegt aus. Und scheinbar von dem heißen Klima unberührt, verrichten sie in stiller Beharrlichkeit ihre Arbeit.

1985 zählten die Steyler Missionsschwestern 335 Frauen, die in Indonesien arbeiten. Nicht in so großer Zahl, wie gewünscht, treten einheimische junge Frauen in die Schwesternkongregation ein. Wenngleich die meisten jungen Mädchen, die diesen vielseitigen Beruf anstreben, wieder Abstand nehmen, weil der elementare Wunsch nach einem Kind alles andere verdrängt. Gilt doch die Kinderlosigkeit als ein Verlust und eine Schmach.

In den Anfängen ihrer Arbeit auf Flores fanden die Schwestern keinen einzigen einheimischen Arzt vor. So waren sie mit ihren medizinischen Kenntnissen in jeder Hinsicht willkommen. Heute hat sich das Bild in Indonesien in mannigfacher Weise gewandelt. Gab es bei der Unabhängigkeit des Inselstaates als Erbe der holländischen Kolonialherrschaft Ärzte in nur beschämender Zahl, die vorwiegend in den Städten anzutreffen waren, ist heute die indonesische Regierung immer häufiger in der Lage, Ärzte auch auf den entlegendsten Inseln einzusetzen, jedoch nach wie vor in zu geringer Zahl. Da, wo der Arzt der Regierung sein ihm zugeteiltes Gebiet betreut, sind die ehemals dankbar begrüßten Schwestern mehr und mehr unerwünscht, obwohl die ärztliche Versorgung der Bevölkerung in ihrer Gesamtheit weiterhin zu wünschen übrig läßt. So arbeitet z.B. in der Nachbarschaft des Krankenhauses in Lela ein von der Regierung eingesetzter junger tüchtiger Arzt.

Im Bewußtsein, daß der Fortschritt auf allen Gebieten zwar langsam, aber stetig auf den Inseln Einzug halten muß, übernimmt die junge Republik selbstbewußt und zielstrebig Aufgaben in eigener Verantwortung, bei denen es nicht immer so aussieht, als ob sie auf Anhieb bewältigt werden könnten. Die

Schwerfälligkeit der Administration steht allzuoft im Wege. Trotzdem schreitet die Entwicklung voran. Allerdings sollte man sich davor hüten, europäisches Denken in überheblicher Weise zum Maßstab des Vergleichs zu machen.

WIE DER HERR ES WILL

Westlich von Sikka, an der Südküste in Lela, befindet sich das Missionskrankenhaus St. Elisabeth der Steyler Schwestern mit mehreren aufgelockerten, kleineren Gebäudekomplexen, in denen die einzelnen Stationen untergebracht sind. Die Bäume, Sträucher, die blühenden, duftenden Blumen und die Grasflächen erfreuen das Auge und vermitteln ein freundliches Bild.

Hier begegnete uns zum ersten Mal Schwester Vita, die uns durch das Krankenhaus führte. Das Krankenhaus mit seinen 170 Betten steht unter der ärztlichen Leitung der philippinischen Schwester Dr. Concita. Ihm angeschlossen ist die staatlich anerkannte Krankenpflegeschule mit 120 Ausbildungsplätzen. Zwölf europäische Steyler Schwester und mehrere ausgebildete einheimische Krankenschwestern arbeiten hier. Das Krankenhaus hat eine kleine Röntgenstation, die jedoch veraltet ist und ein einfach ausgestattetes Labor. TBC-Patienten werden hier u.a. stationär behandelt. Ohne die Dauerfinanzierung zweier Ärzte, die durch Misereor vermittelt werden konnte, müßte das Krankenhaus verkleinert werden, und die Finanzierung der Krankenhauspflegeschule wäre gefährdet.

So lange es für die Familien nicht lebensbedrohend erscheint, werden die Kranken zu Hause behalten. Um einen Krankenhausaufenthalt mit einem Pflegesatz von täglich DM 3,— sowie die Medikamente zu bezahlen, fehlen den meisten Familien die finanziellen Mittel. Haben indessen alle möglichen Behandlungsmethoden, einschließlich die des 'ata busung', des Zauberarztes mit seinen Kräutern, Gebeten und der Vertreibung des bösen Zaubers, der die Krankheit verursacht hat, nichts bewirkt und sind erfolglos verlaufen, wird entweder eine Schwester aus dem Krankenhaus zu Hilfe gerufen oder der Kranke wird zumeist - oft ist es schon zu spät - in das Krankenhaus gebracht. Wie meist stehen die Angehörigen dann hilflos vor dem Kranken, der einfach still hinwegstirbt.

Nicht zuletzt aus diesen Gründen besuchen die Schwestern heute regelmäßig die umliegenden Dörfer und können so manches Mal rechtzeitige und vorbeugende Hilfe geben.

Wir besuchten Schwester Linelde, eine deutsche Steyler Schwester, die einen überarbeiteten Eindruck machte. Die üblichen Geldsorgen und das Bewußtsein, für alles und jedes verantwortlich zu sein, zehrten an ihr. Mir ist überhaupt während meiner Aufenthalte auf Flores aufgefallen, daß die dort arbeitenden Frauen im allgemeinen einen abgespannteren und hektischeren Eindruck machten als die Männer.

Im Krankenhaus befand sich seit Monaten ein junger Mann, der mit einer schweren Fußverletzung eingeliefert wurde. Was möglich war, war hier getan worden. Aber der Fuß heilte nicht. Es war zu befürchten, daß der Fuß amputiert werden mußte. Auch er ist einer von den vielen Patienten, die weder die Krankenhauskosten noch die Arztrechnungen bezahlen können.

Ein Jahr später befanden wir uns auf der Suche nach Schwester Vita, die uns einmal so freundlich durch das Krankenhaus in Lela geführt hatte. An diesem Tag war sie nicht im Krankenhaus. Schwester Linelde nannte uns das Dorf, wo sich eine kleine Ambulanz des Krankenhauses befand und Schwester Vita anzutreffen war. Nach einigem Suchen fanden wir das Dorf und Schwester Vita in der Bambushütte, die als Untersuchungs- und Behandlungsraum diente. Der Eingang der Hütte war mit einem Behang abgeschirmt. Sie freute sich über unseren Besuch. Die Sprechstunde war zu Ende, und sie war mit dem Zusammenpacken ihrer Medikamente und Instrumente beschäftigt. Hierzu dienten ihr zwei Schuhkartons. In dem einen ordnete sie fein säuberlich alle ihre Medikamente, Dosen, Tuben und Päckchen. In dem anderen verstaute sie die wenigen ärztlichen Bestecke. Verblüfft folgten meine Augen ihren regsamen Händen, die das gar allzu Wenige behutsam und vorsichtig, wie einen kostbaren Schatz, berührten und alles ordneten.

"Heute kamen viele Leute mit ihren Hauterkrankungen, eiternden und schwärenden Wunden zu mir. Ursache für ihre Erkrankung ist verseuchtes Regenwasser. Die Parasiten nisten sich unter die Haut ein, und die Menschen haben kein Mittel das hilft. Auch die TBC-Kranken kamen und wünschten Medikamente.

In der nächsten Woche werde ich mir einige Tage Urlaub nehmen." "Wo möchten Sie sich denn erholen, Schwester Vita?" fragte ich sie. Sie zögerte mit ihrer Antwort und verlegend aufschauend sagte sie: "Wissen Sie, es ist kein richtiger Urlaub, und darüber habe ich noch gar nicht groß gesprochen. Ich möchte in die Manggarai fahren. Dort findet sich eine bestimmte Pflanze für die TBC-Kranken, die ich suchen möchte. Zu viele Kranke zeigen eine Allergie gegenüber den herkömmlichen Medikamenten. Hinzu kommt, daß diese Pflanze nichts kostet. Bei einer regelmäßigen Behandlung war das Ergebnis der Untersuchungen bei den TBC-Patienten negativ. Sie sehen mich so ungläubig an, doch es ist so, wie ich sage." "Nein, nein Schwester, wenn Sie das sagen und sie Ihre Erfahrungen gemacht haben, habe ich keinen Grund daran zu zweifeln. Warum sollte eine Pflanze nicht helfen können? Es klingt nur wie ein Wunder, daß es eine solche Pflanze gibt." "Ja, sie wächst zwar selten, aber es gibt sie," bestätigte Schwester Vita.

"Vielleicht werde ich demnächst irgendwo anders arbeiten, dann muß ich alles, was ich mir zusammengetragen habe, wieder hier lassen. So ist es halt, wie der Herr es will, so geschieht es." Und diesen Ausspruch von ihr vernahm ich mehrmals. Ich schaute auf die beiden erbärmlichen Schuhkartons, hatte ihren bescheidenen Inhalt vor Augen, sah die schlanke Schwester vor mir, war mir ihrer Sanftmut und demutsvollen Hingabe bewußt und ihrer Bereitschaft all das, was geschieht, zu akzeptieren. Denn 'wie der Herr es will' heißt, keine Fragen stellen, heißt ein hingebungsvolles Hineinschicken in scheinbar Unabdingbares. Diese Demut war mir fremd und sie regte mich zum Nachdenken an.

KRANKENHAUS ST. GABRIEL IN KEWAPANTE/FLORES

Das kleine Missionskrankenhaus St. Gabriel liegt auf dem Weg von Maumere nach Watublapi, in der Nähe der Nordküste in Kewapante, bekannt durch seinen großen Wochenmarkt. Direkt neben dem Krankenhaus befindet sich die Missionskirche.

Das kleine Krankenhaus mit seinen 30 Betten wird von drei europäischen Steyler Schwestern, darunter einer älteren aus Deutschland, geleitet. Auch hier findet sich wieder der für die Tropen typische, aufgelockerte Gebäudekomplex mit einem kleinen wunderschönen Lotusteich, Bäumen, Sträuchern und Blumen. Die Krankenräume, Gänge und Außenanlagen sind sehr gepflegt. Ausgebildete einheimische Krankenschwestern helfen bei dem täglichen Durchlauf von ca. 80 Patienten, die eine ambulante Behandlung suchen. Die Schwestern versuchen, so gut es geht, alleine, ohne Arzt zurecht zu kommen. Bei Bedarf kommt er aus Lela oder Maumere.

Essi, die Haushaltshilfe von Pater Bollen, quälte sich tagelang mit Zahnschmerzen, bis Pater Bollen sie ins Krankenhaus schaffte. Sie war so aufgeregt, daß sie, nachdem der kranke Zahn von einer Schwester endlich herausgezogen war, in Ohnmacht fiel und einen Tag im Krankenhaus bleiben mußte.

Bei unserem Besuch war gerade ein Tag zuvor ein junger Mann mit einem Krankheitsbild eingeliefert worden, das vorläufig noch nicht diagnostiziert werden konnte. Die deutsche Schwester sagte uns: "Diese Fälle treten jetzt häufiger auf. Aus allen Öffnungen blutet er, seine Augen waren blutunterlaufen. Wir haben ihm eine Infusion gegeben." Einige Tage später, als wir wieder ins Krankenhaus kamen, und Pater Bollen die Funksprechanlage reparieren mußte, ging es ihm wieder etwas besser.

In Watublapi erzählte uns Pater Bollen: "Gestern hat man einen Mann nach Watublapi gebracht. Die ganze Nacht hat er mit seinem kleinen Kind im Feld bewußtlos gelegen. Er ist von einer Schlange gebissen worden und das Kind wußte sich nicht zu helfen, ist aber bei ihm geblieben. Am anderen Morgen hat die Familie den Mann gefunden. Nachdem eigene Mittel und die Behandlung des 'ata busung' nichts genutzt hatten, ist er auf unsere Station gebracht worden. Er war bewußtlos. Marie-Jeanne hat ihm eine Spritze verabreicht und sofort ins Krankenhaus nach Kewapante fahren lassen. Die Schwestern hatten zwar das Gegenmittel zur Hand. Der Mann jedoch ist gleich, ohne das Bewußtsein wieder zu erlangen, gestorben."

Auch hier wieder Geldsorgen der Schwestern: Als wir das Krankenhaus verließen, hatte Pater Bollen einige unbezahlte Rechnungen in der Hand, die es zu begleichen galt.

SCHWESTER REVOKATA IN KEWAPANTE/FLORES

Die Kräuterschwester

Im 'Sea World Club', an der Küste in Waiara, sprach ich das erste Mal mit Schwester Revokata. Sie saß neben mir, still und schweigsam, bis wir auf die hiesigen Heilkräuter zu sprechen kamen. Die Missionare feierten ein kleines Fest, und um uns war lautes Stimmengewirr. "Kommen Sie mich doch einmal, wenn Sie Zeit haben, im Krankenhaus in Kewapante besuchen. Dort können wir in Ruhe miteinander reden," sagte sie zu mir. Kurz darauf hörte ich, sie sei wieder erkrankt und im großen Missionskrankenhaus in Surabaya auf Java zur Behandlung.

Ein anderes Mal auf Flores habe ich sie im kleinen Krankenhaus St. Gabriel besuchen können. Einmal selbst von einer schweren Krankheit heimgesucht, war das für sie der Anlaß, sich für die heilende Wirkung von Kräutern zu interessieren. In Schwester Revokata saß mir eine sanfte, sehr nachdenkliche, geschwächte und immer noch mit ihrer Krankheit ringende Frau gegenüber, die mir ein wenig von den dortigen tropischen Heilkräutern erzählte. Bei meinem letzten Besuch aber fand ich eine gesund aussehende und tatkräftige Schwester Revokata vor. Das haben ihre Heilkräuter bewirkt.

Die Missionare nehmen gleichermaßen, wenn auch der eine oder andere skeptischen Blickes, ihre Tinkturen bei Erkältungskrankheiten sowie bei der Malaria zu sich. Ihre Medizin, aus dem Mark der Aloe-Pflanze gewonnen, hilft bei Krebserkrankungen den Körper kräftigen und die Krankheit lindern. Ob sie aber auch heilen kann? Mit dieser Frage geht sie sehr sorgfältig und vorsichtig um. Den TBC-Kranken wird ein eigens von Schwester Vita, die jetzt im Krankenhaus St. Gabriel arbeitet, gesuchtes Heilkraut aus der Manggarai, im Westen von Flores, gereicht. So hilft z.B. die Salbe aus Kräutern und Ölen sehr wirksam und schnell bei Brandverletzungen.

"Die Menschen auf Flores," erzählte Schwester Revokata, "sind sehr feinfühlig und empfindsam. Sie leben ganz aus ihrem Gefühl heraus, von dem sie sich leiten und bestimmen lassen. Der Verstand hingegen spielt demgegenüber eine untergeordnete Rolle. Rationales Denken ist ihnen fremd. Sie reagieren sehr schnell auf die Heilkräuter und sie glauben an ihre heilende Kraft. Wer aber kann schon wissen, frage ich Sie, was zur Linderung oder Heilung einer Krankheit beigetragen hat. Waren es die Kräuter allein, oder war es nur der Glaube an die Kräuter, oder gar beides zusammen?

Wie in alten Zeiten, leben hier noch die Zauberärzte, die 'ata busung'. Auf Java werden sie 'Dukun' genannt. Zu einigen von ihnen habe ich Kontakt. Manches Geheimnis über die Wirkung mir unbekannter Kräuter gaben sie preis und lüfteten den Schleier ihres Wissens.

Aber mit den Zauberärzten, die mit ihren Zauberkräften die Dämonen beschwören, sie zu Hilfe rufen, die im Pakt mit dem Bösen, im Verbund mit ihm sind, und die durch die Anrufung des Bösen das Gute - die Heilung - erflehen, wo das Dämonische wahrhaftige Gestalt annehmen soll, möchte ich nichts zu tun haben, da möchte ich mich nicht hineinziehen lassen."

"Wäre es aber nicht trotzdem hilfreich, auch von ihren Kenntnissen der Heilkräuter mehr zu erfahren, Schwester Revokata?" fragte ich sie. "Nein, das geht auf keinen Fall; denn wenn die Menschen merken würden, daß ich mit solch einem 'ata busung' zusammenarbeite, sei es auch im guten Sinne gedacht, würden sie mich genauso fürchten wie ihn. Und das wäre in jeder Beziehung für meine Arbeit und meine Stellung sehr schädlich, und ich würde mich unglaubwürdig machen.

Durchaus jedoch kann es bisweilen geschehen, daß die Familie eines Schwererkrankten solch einen Zauberarzt zu Hilfe ruft, ihn aber gleichwohl ob seiner Zauberkräfte fürchtet.

Einmal hörte ich die Leute eine seltsame Geschichte von einem Zauberarzt erzählen. Wochenlang, wie ein Geistesgestörter seines Verstandes beraubt, so erzählten sie, irrte dieser Zauberarzt scheinbar ziellos durch die Wälder. Eines Tages aber hatte er einen von den Göttern gesandten Traum. Er sah in seinem Traumgesicht das Heilkraut, welches einem ihm bekannten Schwererkrankten helfen würde. Als er das Heilkraut in seinem Traum vor sich sah, sei er, geführt durch die Hand Gottes, plötzlich wieder bei Verstand gewesen. Der dichte Nebel, der wie ein undurchsichtiges Gespinst seinen Geist verhüllte, lichtete sich. Ihm war, als hätte er nie sein gewohntes Leben unterbrochen und keine unwegsamen Pfade durchstreift. Seine Erinnerungen an die Zeit des Herumirrens in den Wäldern blieb im Dunkel seines Bewußtseins verborgen. Weder erinnerte er sich, wo er nachts sein Haupt ruhen ließ, noch welche Nahrung er zu sich nahm.

Das von ihm im Traum erblickte Heilkraut fand er in den Wäldern. Er nahm den Weg zurück in sein Dorf, braute aus dem Heilkraut eine Medizin und begab sich zu dem Kranken. Mit seinen die Heilung erflehenden Gebeten zu Gott und den Ahnen, und mit den leise gemurmelten Zaubersprüchen, reichte er dem Kranken seine Medizin, und er wurde gesund.

Diese Geschichte wurde mir, wie schon gesagt, von den Leuten erzählt. Wer aber kann sagen, was Dichtung oder Wahrheit ist?

Was ich sehr vermisse, ist der Austausch von Erfahrungen und Erkenntnissen auf dem Gebiet der Heilkräuter mit einem interessierten Arzt. Ich komme mir in meiner Arbeit, der Zusammenstellung der Rezepturen, ihren Darreichungsformen und der Auswertung der Anwendungsergebnisse sehr alleine vor."

ALS MISSIONSARZT AUF FLORES

Die getöteten Krieger

"Fast vierzig Jahre ist es her, und manchmal denke ich, es sei erst gestern gewesen, als ich mit meiner Familie nach Flores gereist bin," sagte mir Dr. Mlynek.
Einige Jahre war er als Missionsarzt im Krankenhaus St. Elisabeth in Lela tätig. Aufgrund von sehr tragischen, persönlichen Gründen hat er damals Flores verlassen. Viele Jahre mußten vergehen, bis er sich entschließen konnte, Flores noch einmal mit seiner jetzigen Frau - sie ist ebenfalls Ärztin - zu besuchen. Ihn und seine Frau lernte ich in Köln durch Pater Bollen kennen, und er wußte um 'meine Geschichten über Flores.'
"Erzählen Sie mir ein wenig, ein wenig über die Zeit in den fünfziger Jahren auf Flores" bat ich ihn. "Ist diese Zeit nicht schon längst Geschichte geworden, so kurz nach der Unabhängigkeit Indonesiens?" "Ach, wissen Sie, so gerne spreche ich nicht darüber." Und bei diesen Worten überflog ein leiser Schatten sein Gesicht. Nachdenklich sah er mich an, schwieg eine Weile und meinte dann: "Ja, ich werde Ihnen ein wenig erzählen, erzählen von kleinen Erlebnissen, die ich nicht vergessen habe.
Als ich nach all den vielen Jahren wieder das Krankenhaus St. Elisbeth betrat, war nichts mehr von dem kleinen Krankenhaus von ehedem wiederzuerkennen. Damals gab es kein einziges Steinhaus. Die Krankenstationen und die Behandlungsräume waren alle in Baumbushütten untergebracht. Nun fand ich die Krankenstationen, die Küche und Behandlungsräume in luftigen Steinhäusern inmitten von tropischen Gärten errichtet. Sehr viel hat sich in dieser Zeit zum Besseren gewandelt.
Womit wir, meine Frau und ich, bei unserem Besuch nicht gerechnet hatten, waren die vielen Kranken, die von uns Heilung erwarteten. Wie eine Buschtrommel, so schien es uns, sprach sich meine Anwesenheit auf Flores herum. Ältere Menschen, die mich einmal gekannt hatten, strömten herbei, um uns zu begrüßen, und zogen ein Heer von Kranken nach sich. Wir hatten

zwar einige Medikamente eingepackt, doch es waren viel zu wenige. Wenn wir es für angebracht hielten, wandten wir unsere ganz eigenen Heilmethoden an. Diese aber verlangten Zeit. Meine Reise auf Flores war ein Taumel von Erinnerungen, die auf mich einstürmten und mich gleichsam leersaugten. Meine Erinnerungen an die damalige Zeit bargen in sich alles Glück und zugleich entsetzliches Leid. Die Gegenwart zu leben und auf die Zukunft zu schauen, läßt das Vergangene mehr wie einen Traum, den man geträumt, der sich leise verflüchtigt, um dann im Nebel der Erinnerungen erneut wieder aufzusteigen, erscheinen.

Was aber von uns mehr als Ferien gedacht war, wurde für uns zur harten Arbeit. Ich war trotz Müdigkeit und Erschöpfung glücklich, noch einmal die Menschen auf Flores erleben zu können.

Einige kurze Jahre habe ich in Lela gearbeitet, habe Außenstationen errichtet, bin mit dem Pferd, und wenn es nicht möglich war, zu Fuß in die Dörfer gegangen. Ich habe Krankenpfleger und Krankenschwestern angelernt und ausgebildet. Erschreckend waren die Bilder der vielen Krankheiten, die einen, wo man hinkam, verfolgten. Die Frau, die mit ihrem heraushängenden Uterus zu mir kam, die Lepra- und TBC-Kranken, die vielen Hauterkrankungen mit den eiternden Wunden, die Auswirkungen der Malaria, und was sich mir sonst noch alles an Krankheiten zeigte. Manche Krankheiten konnten die alten, weisen Frauen oder der 'ata busung' behandeln. Ob ihre Behandlungsmethoden immer Erfolge zeigten, kann ich nicht sagen. Ihre Kunst hörte aber da auf, wo es um einen operativen Eingriff ging.

Und es gab einige kleine Erlebnisse, die mir besonders in Erinnerung geblieben sind:

Einmal kam ich in ein Dorf. Es war der Tag, an dem normalerweise die Kranken auf mich warteten. An diesem Tag machte mir die Hitze des Tages besonders zu schaffen. Das Dorf schien ausgestorben, als ich es betrat. Kein Mensch ließ sich blicken. 'Das ist sonderbar, ging es mir durch den Kopf.' Ich achtete aber weiter nicht darauf und schritt zur Missionsstation. Den Pater fand ich in der Kirche, und gleich sollte der Gottesdienst beginnen. Wir warteten, und nach einer Weile betrachteten wir die noch immer leere Kirche, die leeren Bänke. Und plötzlich, als hätte ihn eine Tarantel gestochen, faßte sich der Pater an den Kopf und rief sehr aufgeregt: 'Um Gottes Willen, da ist etwas passiert.' Wie von tausend Furien verfolgt rannte er aus der Kirche und sein flatterndes Gewand verschwand durch die Kirchentür. Ich, erstaunt einen Pater mit seinem langen Meßgewand so schnell davon stürmen zu sehen, hatte nichts Eiligeres zu tun, als hinter ihm herzurennen - und das bei dieser Hitze. Mit Mühe nur konnte ich ihn einholen und folgte ihm durch das ganze Dorf. Warum wir so rannten, wußte ich immer noch nicht.

Inzwischen waren wir sehr atemlos am Ausgang des Dorfes angelangt. Mitten auf dem Weg lag etwas Rundes, Rollendes. Schnell liefen wir hin. "Ach du lieber Gott" rief ich entsetzt. "da liegen ja zwei abgeschlagene Köpfe!"

"Das habe ich schon lange kommen sehen. Ich ahnte es. Krieg hat es gegeben. Dieses und das Nachbardorf haben Landstreitigkeiten ausgetragen. Das wird wohl der Anlaß gewesen sein." Der Pater neben mir sah ärgerlich und bedauernd auf die Köpfe herunter. "Und jetzt, was machen wir nun mit den abgeschlagenen Köpfen?" fragte ich ihn etwas hilflos. "Wenn wieder Frieden zwischen den Dörfern herrschen soll, müssen wir uns auf die Suche nach den dazu gehörenden Körper machen und sie wieder richtig zusammenlegen," sagte er.

Das Dorf lag noch immer wie ausgestorben und die Hütten blieben verschlossen, als wir uns schon außerhalb des Dorfes befanden. Und dort fanden wir die Körper der getöteten jungen Männer. Wir nahmen uns die Köpfe, trugen sie zu den Körpern und gingen zurück. "So, mehr können wir nun nicht tun." sagte der Pater, und wir schritten zurück ins Dorf.

'Ist denn nicht die Wahl der Götter auf diese beiden jungen Männer gefallen,' fragten sich vielleicht nach dem Kampf die Dorfbewohner. Denn die mit Reis gefüllte Hand des 'ata busung' hatte die Brust der jungen angehenden Krieger voll getroffen. Kein einziges Reiskorn verfehlte sie. Das war das Zeichen der Götter, daß ihnen die Waffen der Feinde nun nichts mehr anhaben konnten. Sie waren gegen sie gefeit. Trotzdem lagen sie besiegt und tot im Staub der Erde. Nur die Ahnen und Götter allein wußten, warum die beiden jungen Krieger in der Blüte ihres Lebens sterben mußten, warum sie ihre schützende Hand zurückzogen.'

"Ob nun, wie in früheren Zeiten, ein großes Fest aus Anlaß der getöteten Krieger im Nachbardorf stattfand, weiß ich nicht. Ich weiß nur, daß in diesem Dorf Totenstille geherrscht hat. Keiner der Dorfbewohner verließ seine Hütte. Am anderen Tag aber kamen die Kranken."

DER UNGLÜCKLICHE VATER

"Eines Tages kam die Schwester auf mich zu und wünschte mich zu sprechen. Unentschlossen schaute sie mich an, gab sich aber dann einen Ruck und sagte: "Doktor, ein junges Paar ist zu uns gekommen. Sie wünschen sich ein Kind, aber es klappt bei ihnen nicht so recht. Können wir da nicht ein bißchen nachhelfen, und der jungen Frau ein Hormonpräparat verabreichen?" "Warum nicht, Schwester. Ich werde mir die jungen Frau einmal ansehen."

Neun Monate waren vergangen. Hochschwanger kam die junge Frau zur Geburt ihres Kindes ins Krankenhaus. Es stellten sich Komplikationen ein, und ich mußte bei ihr einen Kaiserschnitt vornehmen. Der junge angehende Vater wartete sehr aufgeregt draußen vor der Tür, wie das alle Väter tun. Alles war gutgegangen. Glücklich schritt ich auf den jungen Vater zu und gratulierte ihm zu der Geburt eines gesunden und kräftigen Sohnes.

Zwei Tage später begegnete ich ihm wieder. Er war auf dem Weg zu seiner Frau und dem Kind. Niedergeschlagen, mit wenig glücklichem Gesicht stand er vor mir. "Was ist los, stimmt etwas nicht mit deiner Frau?" fragte ich ihn. "Nein, das ist es nicht. Meiner Frau geht es sehr gut." "Aber was ist es, was dich bedrückt?" "Weißt du, Doktor, wenn es dir schon möglich war, ein Kind aus dem Bauch meiner Frau zu holen, warum mußtest du denn ausgerechnet einen Jungen herausholen und nicht ein

Mädchen?" Verdattert sah ich ihn an, und schon drehte er mir den Rücken zu und ging gesenkten Hauptes davon.

Das war es also: er hatte an den schönen Brautpreis gedacht, dem ihm eine Tochter gebracht hätte. Und jetzt war er es, der einmal den Brautpreis für seine zukünftige Schwiegertochter aufbringen mußte. Nun verstand ich ihn."

DIE KLEINEN ERWACHSENEN

"Ein sehr schönes Erlebnis, es sollte zum Nachdenken anregen, hatte ich eines Tages mit einer Mutter und ihrer kleinen Tochter. Wie Sie wissen, ist die Kinderliebe der Inselbewohner sehr groß. So laut und fröhlich sich die Kinder verhalten können - wenn es ihnen gut geht - so ruhig und gelassen scheinen die Erwachsenen zu sein, und die jungen Männer sind wie überall, kräftemessend und ausgelassen.

Das kleine Mädchen konnte nicht ambulant behandelt werden. Es mußte sich einer kleinen Operationen unterziehen. Die Mutter war einverstanden. 'Dann ist ja alles in Ordnung, und ihr Töchterchen kann gleich hier bleiben. Sie brauchen sich nicht zu sorgen. Die Kleine wird wieder gesund werden.'

'Einen Augenblick bitte, Doktor', unterbrach mich die Mutter, beschützend die schmalen, kleinen Schultern ihrer Tochter umfassend. 'Zuerst muß ich mein Kind fragen, ob es damit einverstanden ist, im Krankenhaus zu bleiben,' sagte sie wie selbstverständlich. Ich sah sie erstaunt an. Die Mutter fragte ihre kleine Tochter, ob es ihr recht sei, im Krankenhaus zu bleiben. Etwas ängstlich aufschauend nickte diese mit ihrem Köpfchen ein 'Ja'.

Ja, so ist das hier auf Flores. Die Kinder werden in wichtigen Fragen, die sie selbst betreffen, wie Erwachsene behandelt. Nichts geschieht über den Kopf eines Kindes hinweg.

Damals war ich der einzige Arzt weit und breit. Ein Riesengebiet hatte ich zu betreuen. Viele Dörfer waren so abgelegen und unzugänglich, daß es große Anstrengungen kostete, sie zu erreichen. Bis weit nach Ostflores behandelte ich die Kranken. Die Insel war - und sie ist es heute noch - nicht nur im Inneren schwer zugänglich. Ihre Abgeschlossenheit zeigte sich ebenso von außen. Schwer und umständlich war sie zu erreichen, und genauso schwer konnte man sie verlassen, was sich bei Notfällen und Katastrophen geradezu verhängnisvoll auswirken konnte. Heute sind es u.a. die kleinen Flugzeuge, die im regelmäßigen Linienverkehr die Abgeschiedenheit durchbrechen und die Insel für die Außenwelt geöffnet haben. Viel ist in diesen vergangenen Jahrzehnten geschehen."

PATER KARL MAHR SVD IN HABI/FLORES

Der alte von Habi

"Fahren Sie nach Habi, nicht weit von Maumere, zu Pater Mahr. So einen Menschen muß man kennengelernt haben, und genießen sie es," sagte Pater Bollen an einem Nachmittag zu uns.

Kurz hinter Maumere fuhren wir links in eine breite unbefestigte Straße voll großer Schlaglöcher. Wir wurden hin- und hergerüttelt. Am Straßenrand Felder und vereinzelt Hütten. Ganz benommen hielten wir vor der Missionsstation in Habi und suchten Pater Mahr.

Die herbeigelaufenen Kinder führten uns zu einem kleinen, aus Stein erbauten Haus und hier standen Pater Mahr und Pater Braun in Arbeitskleidung vor einen Aggregat. Pater Braun ist Dozent für Naturwissenschaften im Seminar von Ledalero und ehemaliger Prokurator. Jetzt bohrte er mit einer Bohrmaschine Löcher ins Mauerwerk, und Pater Mahr fuhrwerkte an der Apparatur.

Die Arbeit wurde unterbrochen, und wir wurden freundlich begrüßt. Pater Mahr, ein Mann von nunmehr achtzig Jahren, gastlich und liebenswert, zeigte uns spontan und voller Stolz all das, was anfänglich durch ihn allein und später mit Pater Braun zusammen in über 25 Jahren hier entstanden ist. Die Straße nach

Habi hat er bis vor wenigen Jahren immer selbst ausbessern lassen. "Heute," meinte er, "kann das die Regierung machen. Nur, die Regierung hat hierzu kein Geld." In Zusammenarbeit mit anderen Dörfern entstanden Brücken, Straßen und eine Volksschule. Es wurde ein Internat errichtet, in dem ca. 20 Schüler von außerhalb ihren Mittelschulabschluß erreichen können. Es entstanden Kapellen und Wasserbehälter. Die von ihm gegründete Pfarrei Habi kann auf eine erfolgreiche Missionsarbeit blicken.

Und wie überall begleiteten uns die Kinder, die kichernd und lachend hinter uns herliefen.

Da stand die von ihm erbaute Volksschule, dort die vom Staat vor kurzem errichtete Mittelschule. Eine Veranstaltungshalle, Werkräume, ein Musikraum, das Pfarrhaus und ein kleiner Park, bepflanzt mit Lamtorohecken und -bäumen. Alles sah sehr freundlich aus. Seine kleine Apotheke, untergebracht in einem einfachen Regal, und daneben alle möglichen Brillen in den verschiedensten Ausführungen, wird heute noch von Kranken in Anspruch genommen. Denn Medikamente sind teuer und kaum erschwinglich.

Wie bei allen Missionsstationen, ist sie eine Anlaufstelle bei auftretenden Notfällen, bei Hungersnöten, Schulgeldproblemen und Krankheiten. Der Missionar, der in den Augen der Menschen 'reiche Freunde in diesem so reichen Europa hat,' kann helfen, und er hilft, wie er nur helfen kann.

Pater Mahr ist ein Mann von tiefer Frömmigkeit, ein Kind seiner Zeit. Bei ihm haben die Engel, der Teufel, Gottvater und Maria, Himmel und Hölle, alle ihren wohlgeordneten, alten Platz, und die innige mystische Marienverehrung begleitet sein ganzes Leben. Nach dieser Vorstellungswelt hat er sein Leben ausgerichtet. Die Menschen von Habi schreiben ihm magische und geheimnisvolle Kräfte zu, Kräfte, die das Unheil abwenden und den Menschen Gutes bringen. Besondere Ereignisse, Unvorhergesehenes, Mißgeschicke, freudige Überraschungen, geschehen bei ihm freitags. An diesem Wochentag ist er auf alles gefaßt.

Schlank, fast hager, ist er eine asketische Gestalt. Die Gesichtszüge sind schmal. Der intensive Ausdruck seiner Augen und sein Kinnbart unterstreichen noch seine asketische

Erscheinung.

Dreizehn Jahre war er als Missionar in China tätig. "Was sehen Sie mich so an? Meinen Sie, ich sähe etwas chinesisch aus? Meine Augen, oder mein Spitzbart? Den Bart, müssen Sie wissen, habe ich mir in China wachsen lassen. Ein Mann ohne Bart in China gilt als ein halbes Kind. Und hat ein Mann einen Bart, ist das ein Zeichen von Weisheit. Wenn ich z.B. zu einer jungen Frau sagte, "ehrwürdige alte Dame," ist das für sie ein großes Kompliment, und sie ist sehr stolz darauf.

Da der Chinese aufgrund seines schwachen Bartwuchses erst mit 60 Jahren einen Bart tragen kann, hielt man mich für 60 Jahre. Aber ich war erst 30 Jahre alt. Als ich später nach Deutschland zurückkam, war mein Bart gar nicht in Mode. Einmal sagte ein Kind zu seiner Mutter, 'Mama, der Mann hat einen Schwanz im Gesicht,' ein anderes Mal, 'Mama, da kommt ja der Nikolaus.' Nun, das hat mich weiter nicht gestört. Ich war an meinem Bart gewöhnt, und heute tragen wieder viele Männer in Deutschland einen Bart.

Möchten Sie wissen, wie die Kirche hier in Habi entstanden ist?" fragte er. "Ich erzähle es Ihnen: 1945 haben die Kommunisten in China den Ort erobert, in dem sich meine Gemeinde befand. Ich wurde zum Tode durch Erschießen verurteilt. Als das Todesurteil ausgesprochen wurde, dachte ich, 'Mutter Gottes, das darfst du nicht zulassen! So geht es doch nicht!.' Ich versprach ihr: 'Wenn ich am Leben bleibe, baue ich dir eine Kirche.' Und das für mich Unglaubliche geschah. Tschiang Kaischek eroberte das Gebiet. Ich wurde befreit und blieb weiter bei meiner Gemeinde. Später standen die Kommunisten wieder als Eroberer vor der Tür. Was sollte ich machen? Die Missionare und die Bevölkerung wollten fliehen. Ich auch. Mit dem alten Auto wollten wir weg, aber die Batterie war leer. Den ganzen Tag habe ich auf einem Fahrrad gesessen und nur getreten und getreten. Aber die Batterie lud sich nicht auf. 'Nun ja, was soll's,' sagte ich zu mir. Das sollte nicht sein. Alle Priester blieben am Ort. Da die Gemeinde sah, daß keiner der Priester abreiste, ist die überwiegende Zahl der Menschen ebenfalls zu Hause geblieben.

Aber die Kommunisten kamen wieder zurück. Und wer stand

eines Tages vor mir? Der Mann, der mich zum Tode verurteilt hatte. Erschrocken hat er sich, als er mich sah und gewundert, daß ich noch am Leben war. 'Du lebst noch? Wie konnte das geschehen?' fragte er mich. Jetzt kam ich ins Gefängnis. Drei Monate war ich dort. Aber darüber möchte ich nicht sprechen. Andere hatten es schlechter.

Viele Jahre wußte keiner in Deutschland, ob ich noch lebte oder schon tot war. 1954 bin ich in Richtung Hongkong abgeschoben worden und kam zurück nach Deutschland. Dort habe ich mich umgeschaut und mir wurde deutlich, daß ich in Deutschland die versprochene Kirche nicht bauen konnte. Missionsarbeit war ich gewohnt. Es bot sich mir die Gelegenheit, in Indonesien zu arbeiten. Zuerst wollte ich nicht so recht. Heute sage ich, es war gut, daß ich doch hierhin gekommen bin. Es gefällt mir in diesem Land. Als ich hier ankam, gab es fast nichts. Die Kirche eine Hütte. Der Bischof sagte zu mir, ich solle eine Kirche bauen. "Und wovon?" fragte ich ihn. "Ja, wovon wohl? Sehen Sie zu, daß Sie Geld aus Deutschland bekommen."

Inzwischen hatten wir die Kirche betreten. Die Stirnwand über dem Altar zeigt ein großes Relief mit Maria, auf einer Erdkugel mit den Inseln Indonesiens stehend. "Sehen Sie, nun steht die versprochene Kirche hier in Indonesien 'Maria Immakulata.'

Leider wird beim Theologiestudium nichts Technisches gelehrt," bedauerte er. "Keine Ahnung hatte ich von jeglicher Technik. Was denken Sie, was ich alles lernen mußte! Alles mußte ich ausprobieren. Die Zusammensetzung von Zement bekam ich nur mühsam heraus. Einen sechs Meter hohen Wasserturm baute ich mit Halbsteinen. Stellen Sie sich das einmal vor. Daß der nicht zusammengekracht ist!

Und hier, sehen Sie, diesen Glockenturm? Unterhalb der Glocken befindet sich ein eingebauter Wasserspeicher. Das ist doch eine gute Idee. Eines Tages war ich in der Kirche und da gab es einen großen Knall. Ich lief erschrocken hinaus, und sehen Sie dort, diesen Riß in der Kirchenwand? Das Wasser war zu schwer für den Turm, und so ist die Mauer der Kirche geborsten. Die schrägen Stützpfeiler, die Sie am Turm sehen, habe ich als Verstärkung angebaut."

Einige Zeit später bedurfte der Wasserturm der Reparatur. Dabei geschah ein Unglück. Nachdem ein Arbeiter nach der inneren Zementierung mit einem brennbaren Material noch die Wände streichen wollte, er aber dabei, weil es im Turm dunkel war, eine Kerze anzündete, stand er plötzlich in hellen Flammen. Obwohl er noch schnell die Eisenleiter hochklettern konnte, zog er sich am Oberkörper schwere Verbrennungen zu und mußte für drei Monate ins Krankenhaus. Die Kosten des Krankenhausaufenthaltes zahlte Pater Mahr.

"Gott sei Dank, daß er nicht verbrannte. Er sagt allen, die es hören wollen: er wisse jetzt, was die Hölle sei.

Pater Braun, müssen Sie wissen, ist der große Theoretiker von uns beiden. Er studiert viele Bücher. Aber wenn er mich nicht hätte, könnte er nichts damit anfangen, da ich das alles praktisch umsetze." Pater Bollen meinte später: 'Das gleiche sagt umgekehrt Pater Braun von Pater Mahr. Die beiden sind eine ideale Ergänzung füreinander.'

"Kommen Sie, ich zeige Ihnen meine Kerzen." Wir kamen in einen großen Raum, der die auf ganz Flores geschätzte kleine Kerzenwerkstatt birgt. Sauber nebeneinander gereiht, lagen aus alten braunem Bienenwachs und sonstigem Wachs, wunderschöne, in einem sanften warmen Ton gefertigte Osterkerzen. Die großen Kerzen waren für die Kirchen und die kleineren für die vielen Außenstationen bestimmt. Nicht weit von der Kerzenwerkstatt besichtigten wir seine eigenhändig errichtete Destillationsanlage. Die Leute bringen ihren selbstgebrannten Palmschnaps mit einem hohen Prozentsatz an Methanol zu ihm. Durch einen Erhitzungsprozeß auf 60 Grad wird das Methanol frei und bei 80 Grad der Alkohol destilliert. Er wird mit Wasser verdünnt und lagert ein halbes Jahr in alten Steinkrügen, bis er seinen angenehm weichen Geschmack erhalten hat. Die Anlage war so einfach, und es schien wie ein Wunder, daß alles funktionierte.

Wir saßen auf der Terrasse des Pfarrhauses. Vor uns standen Gebäck und selbstgebrannte, gezuckerte Erdnüsse. Es war kühl und angenehm hier zu sitzen. Wir plauderten über dies und jenes.

"Mein Vater,' so Pater Mahr, "war ein unduldsamer Mann.

Oh, wie cholerisch konnte er werden. Während die Sanftmut meiner Mutter ihren Charakter auszeichnete, und sie für den wohltuenden Ausgleich in der Familie sorgte. Sie war eine fromme Frau. Die Sanftmut meiner Mutter habe ich leider nicht geerbt, aber dafür die Zornausbrüche meines Vaters. Mein ganzes Leben kämpfe ich dagegen an. Und immer schwöre ich mir Besserung, mich nicht hinreißen zu lassen, laut zu schimpfen und ein Donnerwetter loszulassen. Nach einem solchen kräfteverzehrenden Ausbruch frage ich mich, wie ein Mensch nur so zornig werden kann. Sehr kleinlaut gestehe ich, daß es mir bis heute, und sehen Sie mich an, ich bin doch ein an Jahren alter Mann, nicht gelungen ist, in bestimmten Situationen die Beherrschung zu bewahren. Und trotzdem kämpfe ich weiter. Die Leute hier kennen mich ja nun schon so viele Jahre. Wenn ich sehe, daß sie sich bei einer Arbeit allzu dumm anstellen, oder dies und jenes falsch gemacht wurde, packt mich wieder der Zorn, und ich lasse mein Donnerwetter los. Danach schäme ich mich sehr und ich bedaure meine Unbeherrschtheit. So gehe ich auf die Männer zu, beruhige sie und rede freundlich mit ihnen. Ich entschuldige mich und als Zeichen der Versöhnung reiche ich eine Packung Zigaretten herum."

Als er einmal während eines Gespräches sagte: "In China gab es Missionare, sage ich Ihnen, Männer, das waren alles Originale. Schade, daß sie heute alle tot sind," mußte ich denken, 'ob er denn nicht weiß, daß er durch außergewöhnliche Erlebnisse als ehemaliger Chinamissionar, der dann seine besten Mannesjahre auf Flores verbrachte, und voll durchdrungen mit den Mysterien seines Glaubens lebt, nun selber ein Original ist?'

Wir saßen schon im Auto, und als wir gerade anfuhren, rief er uns nach: "Möchten Sie nicht ein Flasche Schnaps mitnehmen?" Zu höflich, lehnte ich leider dieses Geschenk ab, was später in Watublapi mit einem befremdenden Blick und fassunglosem Staunen bedauert wurde.

EINE UNRUHIGE NACHT

Es war abends gegen acht Uhr als Arnim, ein Gast des 'Sea World Club', und ich in 'stockdunkler Nacht' mit einem Auto des Hotels Habi erreichten. Schemenhaft waren die Hütten, die Kirche und das Pfarrhaus im schwachen Mondlicht zu erkennen. Für einen Europäer, gewohnt Fluten von Licht während der ganzen Nacht um sich zu haben, ist dies etwas völlig Fremdes.

Hoffentlich war Pater Mahr noch nicht zu Bett. Vorsichtig bewegten wir uns an der Kirche vorbei, schritten zu dem Haus, was in meiner Erinnerung das Pfarrhaus sein mußte. Und während ich mich suchend fortbewegte, kamen Zweifel in mir auf, ob es, wie Pater Klein meinte, durchaus noch möglich sei, um acht Uhr abends Pater Mahr zu besuchen, gerade jetzt, wo er erst einige Tage aus dem Krankenhaus von Surabaya zurück war. Da ich in zwei Tagen Flores verlassen würde, aber Pater Mahr wiederzusehen wünschte, stand ich also 'in finsterer Nacht' an einer Tür, bei der ich nicht wußte, wohin sie führte. Zaghaft klopfte ich an. Aus dem Inneren des Hauses kam ein leises Brummen, mehr nicht. Nun klopfte ich etwas lauter, wenn auch mit der Befürchtung, einen Schlafenden geweckt zu haben. Da hörte ich Schritte, die sich langsam näherten und die Tür vor uns öffnete sich.

Es erschien, wie eine Märchenfigur auf einer Bühne, Pater Mahr, so, als stände er im gleißenden Licht eines Scheinwerferkegels und um ihn undurchdringliche Dunkelheit. In der hocherhobenen Hand hielt er eine Laterne, die mit ihrem hellen Schein sein Gesicht beleuchtete. Seine weißen, wirr vom Kopf abstehenden Haare und sein Bart schimmerten leicht ins Silbrige und seine großen, vor Erstaunen aufgerissenen Augen, betrachteten uns ohne ein Zeichen des Erkennens. So, wie er da stand, die Laterne in der Hand, bekleidet im Nachtgewand, bot er als heller Punkt in der Dunkelheit ein Bild des Wunderlichen.

Ich begrüßte und umarmte ihn, was ihn noch sprachloser machte. Nun redeten wir beide gleichzeitig und sogleich lief ein freudiges Erkennen über sein Gesicht. Welch eine Überraschung war dieses Wiedersehen. "Entschuldigen Sie sich nicht, kommen Sie, kommen Sie nur herein. Sie glauben ja gar nicht, wie ich mich freue, daß Sie gekommen sind. Das hatte ich doch im Gefühl, das heute, noch am Freitag, etwas Besonderes geschieht. Und nun sind Sie es. Kommen Sie, wir machen es uns gemütlich. Und wer ist der junge Mann bei Ihnen?" Ich erklärte, und Arnim war, wie mir schien, erleichtert aus der Dunkelheit des Abends in ein Haus zu kommen, wo zumindest eine Petroleumlampe angezündet auf dem Tisch stand. "Ohne Willkommenstrunk geht es ja nicht." Pater Mahr, dieser skurile, sympathische alte Mann erzählte. Eine fremde, eigenartige und unwirkliche, eine faszinierende Welt läßt er durch seine Geschichten entstehen. Eine Welt, die ein Teil seines Lebens geworden ist.

Die Zeit verging und erschrocken sah ich auf die Uhr. Zehn Uhr waren schon vorbei. Pater Mahr bedurfte der Ruhe und so verabschiedeten wir uns voneinander.

Wieder umfing uns vor der Tür die Dunkelheit der Nacht und suchenden Blickes hielten wir Ausschau nach unserem Auto. Wir gingen auf die Straße, doch kein Auto war zu sehen. Es war ohne uns abgefahren. "Das verstehe ich nicht. Ich habe doch den beiden gesagt, sie sollten warten und Sie wieder zurück zum Hotel fahren," sagte Pater Mahr neben mir. Es war nicht das erste Mal, daß mir das Auto in den letzten Tagen weggefahren war, und ich etwas dumm da stand. Pater Klein war es, der mich am gestrigen Abend vom 'Haus der Jugend' in Maumere wieder zum Hotel gebracht hatte.

"Wenn wir zu Fuß die Straße von Habi zur Hauptstraße nach Maumere gehen," meinte ich," können wir ein Bemo (kleiner Personenbus) nehmen, das uns ins Hotel bringt." "Das geht nicht. Zu dieser Zeit fahren keine Bemos," antwortete mir Pater Mahr.

Neben mir hörte ich Arnim sagen: "So eine Unverschämtheit, uns einfach sitzen zu lassen. Ich habe noch nicht einmal Geld bei mir und feste Schuhe habe ich auch nicht an, nur meine Schlappen." ich betrachtete ihn mit seinen Shorts, seinen Schlappen und ohne irgend etwas in der Hand und meinte beruhigend: "Das ist weiter nicht schlimm, ich habe ja meine Tasche bei mir und auch Geld eingesteckt."

"Geld hilft Ihnen jetzt auch nicht weiter. Sie können ja beide hier schlafen. Das wird sich schon bewerkstelligen lassen. Ich mache Ihnen zwei Betten und morgen früh können Sie von Habi aus mit einem Bemo zum Hotel fahren.

"Denen werde ich etwas erzählen, mich hier einfach sitzen zu lassen. Diese Nacht bekommen sie nicht bezahlt," schimpfte er. Kopfschüttelnd sah ich mir den wütenden, kleinen jungen Mann an und wies ihn darauf hin, daß dies eine Einladung von mir gewesen sei und das Hotel wohl hiermit nichts zu tun habe." Wir gingen wieder ins Haus und Arnim trottete mit langem Gesicht hinter uns her.

Das Pfarrhaus zeigte sich als das Haus eines Junggesellen. Kostbarkeiten und sonderliche Seltenheiten, liebevoll gesammelt und aufbewahrt in Jahrzehnten, finden sich überall. Es breiten sich Nägel Schrauben, Gartengeräte, Werkzeug, Kleidungsstücke, Bücher in gepflegter Unordnung aus. In diesem Raum stand ein Bett, schon hergerichtet für die Nacht, als hätte es auf mich gewartet. Pater Mahr kam mit einer Decke und lief weiter in ein anderes Zimmer. Dort befand sich ebenso ein Bett. Jedoch fehlte bei diesem die Matratze, die er durch Decken zu ersetzen versuchte. Arnim, mit seinem Po in der Vertiefung des Bettkastens sitzend, seine kurzen Beine, die, ohne den Boden zu berühren, hin und her baumelten, das Gesicht zwischen Zorn und Enttäuschung hin und her gerissen, schien unschlüssig, ob er sich schlafen legen, oder noch weiter mit baumelnden Beinen schimpfend auf dem Bett sitzen sollte.

Wir sagten ihm 'gute Nacht', ließen ihn allein und gingen ebenfalls zu Bett. Es mußte schon früher Morgen zwischen drei und fünf Uhr sein, als ich von leisen Stimmen geweckt wurde. Das war doch nicht möglich, was ich da hörte. "Sofort möchte ich ins Hotel gebracht werden. Nur drei Stunden konnte ich schlafen, ich will endlich in mein Hotel," vernahm ich die Stimme Arnims und dazwischen die beruhigenden Worte von Pater Mahr, "das geht jetzt beim besten Willen nicht, Sie müssen sich schon bis zum Morgen gedulden." "Nein, ich möchte jetzt zum Hotel. Ich habe mich so auf den Strand gefreut und vorher möchte ich noch einige Stunden im Hotel schlafen," kam die quengelige und fordernde Stimme von Arnim. "Um halbsieben halte ich eine Messe und danach können wir ein

Bemo besorgen. Bitte, Sie müssen Geduld haben. Sie kommen schon nach Waiara ins Hotel. "Warum fährt jetzt kein Bemo und warum können Sie mich nicht schnell zum Hotel fahren? Ich bezahle Ihnen das auch." Und so ging es weiter. "Pater Mahr," rief ich nun hellwach, "was ist los?" "Ich komme gleich," rief er zurück, und wieder hörte ich seine beruhigenden an Arnim gerichteten Worte.

"Ein eigenartiger junger Mann ist das, den Sie da mitgebracht haben," meinte er leise kopfschüttelnd, als er ins Zimmer trat. "Sie fahren ihn doch hoffentlich nicht zu dieser nachtschlafenden Zeit nach Waiara zum Hotel? Ich möchte mich für ihn entschuldigen, Pater Mahr, es tut mir leid, ihn eingeladen zu haben. Er kam mir an diesem Abend allein vor, und so dachte ich, es wäre einmal interessant für ihn, die Insel nicht nur aus der Perspektive des Touristen kennenzulernen, sondern einmal eine Missionsstation von innen zu sehen und etwas über die Menschen zu erfahren. Es war einfach dumm von mir, einen Wildfremden mitzunehmen. Und Sie haben nun durch uns eine unruhige Nacht hinter sich." "Das ist nicht so wichtig. So etwas kann jedem passieren."

'Welch ein armer Mensch ist er doch,' mußte ich denken. 'Alles muß nach Plan gehen und wehe, es kommt etwas Unvorhergesehenes dazwischen. Dann geht die vorher schön zurecht gelegte Vorstellungswelt unter. Hauptsache ist, das Programm kann abgehakt werden. Wie langweilig aber wäre das Leben ohne Überraschungen.'

Nun war alles ruhig, und ich schlief wieder ein. Das Läuten der Glocken weckte mich, und ich begab mich zur Kirche. Auf dem Weg dorthin mußte ich an der Terrasse vorbei und wer saß dort, unbewegt mit langem Gesicht vor einer Tasse Kaffee? Arnim. Die Kinder, auf dem Weg zur Schule, kamen vorbei, sahen den Fremden auf Pater Mahrs Terrasse sitzen und riefen ihr fröhliches 'selamat pagi' (guten Morgen), hielten erschrocken inne, als sie bemerkten, daß ihr freundlicher Gruß weder erwidert noch ihnen ein Blick zuteil wurde. 'Wie unhöflich und unmöglich er sich doch benimmt,' dachte ich als ich auf ihn zuschritt, und ihn freundlich einen guten Morgen wünschte. Forschend sah ich ihn an. Sein Gruß war mehr ein Murmeln und wieder dieses lange Gesicht. Ich gab mir einen Ruck und sagte zu ihm: "Können Sie sich vielleicht ein wenig zusammenreißen? Mit Ihrem Benehmen verletzen Sie die Gastfreundschaft des alten Mannes. Er hat all das getan, was ihm in diesem Fall möglich war zu tun." "Gegen ihn habe ich ja auch nichts. Er ist ja sehr nett und interessant. Aber daß die uns sitzen lassen mußten! Ich habe in dieser Nacht kaum geschlafen."

Die Hl. Messe war zu Ende. Das Frühstück stand bereit, und wir schritten zum sehr einfach ausgestatteten kleinen Eßraum, an den Frühstückstisch. Langsam und zögernd setzte sich Arnim an den Tisch. Alles Gute, was die Station zu bieten hatte, kam auf den Tisch. Indonesischer Kaffee - deutsche Kaffeetrinker wären enttäuscht - eine außergewöhnlich dicke Tomate, frisch geerntet, einige Scheiben Käse und selbstgebackenes weißes Brot. Arnim krumelte an seinem Brot. Lustlos kauend und stumm saß er vor uns.

Da Pater Mahr einige Einkäufe in Maumere erledigen mußte, bot ich ihm an, ihm hierbei zu helfen. "Wenn Sie mitkommen, freue ich mich," und in Richtung Arnim meinte er, "dann können Sie von Maumere ein Bemo zum Hotel nehmen, das geht ganz leicht." Und nun saßen wir in Pater Mahrs Auto. Als ein Auto konnte man es nicht gerade bezeichnen, vielleicht mehr ein Geländewagen oder Landrover, auch das nicht, eher ein Phantasiegebilde, außen wie innen. "Alles an diesem Auto ist aus verschiedenen Einzelteilen zusammengesetzt, aber es fährt." Und wie es fuhr. Pater Mahr verwandelte sich hinter dem Steuer in einen jungen Gott. Unter seinen Händen flog das Auto geradezu über die Löcher der Straße. Geschickt umfuhr er da ein Loch, sodann das nächste und gab schnell wieder Gas, um an einer Erhebung vorbeizusteuern. Belustigt sah ich ihn von der Seite an, als er zugleich gestikulierend diese und die andere Hand vom Steuer nahm, um seine Worte zu unterstreichen. "Die große Zisterne dort rechts ist noch gar nicht so lange fertiggestellt. Ganz Habi wird von ihr in der Trockenzeit mit Wasser versorgt. Sie glauben gar nicht, was das für die Leute bedeutet. Wasser in der Trockenzeit, d.h. so lange es reicht. Mein Wasserturm an der Kirche und die unterirdische Zisterne reichen nicht aus, um alle Menschen in Habi mit Wasser zu versorgen, und so haben wir diese große Zisterne noch dazu gebaut," erzählte er, als wir die geteerte Straße nach Maumere erreichten.

"Bitte, fahren Sie mich zum Hotel. Ich möchte so schnell wie möglich an den Strand. Die Fahrt dorthin werde ich Ihnen auch bezahlen," ließ sich Arnim hinter uns vernehmen. "Mit dem Bemo kommen Sie einfach und schnell zum Hotel," sagte Pater Mahr. "Nein, ich möchte jetzt sofort zum Hotel." Das wurde ja immer peinlicher. Wie ein kleines verzogenes Kind, welches mit leiernder Stimme in immerwährender Wiederholung die Erwachsenen nervt, so verhielt er sich. Zu Pater Mahr gewandt meinte ich: "Vielleicht ist es doch besser, wenn Sie zum Hotel fahren. Und was halten Sie von einem zweiten guten Frühstück im Hotel, Pater Mahr?" "Gut, wir fahren zum Hotel."

Ein großes Frühstück stand vor uns. Es war gut, hier zu sitzen und einen Teil der noch verbliebenen kurzen Zeit auf Flores mit Pater Mahr zu verbringen. "Hat er Ihnen nun die Fahrt bezahlt, Pater Mahr?" fragte ich ihn. Eine geraume Weile schwieg er. "Er hat mich gefragt, wieviel die Fahrt kostet. Daraufhin habe ich geantwortet: 'Zweimarkfünfzig.' Er hat sich bedankt und ist gegangen."

Wir blickten hinunter auf den Strand und sahen Arnim unter dem Schatten des großen Sonnenschirmes aus Alang-Alang-Gras lang ausgestreckt liegen. Und unsere Augen schauten hinweg über den Strand auf das Meer, das durch die Strahlen der Sonne sprühend funkelte. Wir sahen den langgezogenen Bergrücken an der Küste, hinter dem abends die Sonne untergeht und ihr letztes Glühen im schönsten Spiel der Farben ausschüttet. Wie von selbst streifte unser Blick zur Insel Besar. Und die vor unseren Augen ausgebreitete Schönheit machte diesen Morgen zu einem beglückenden Erlebnis.

DAS UNHEILVOLLE LAND

"Jedes Mal, wenn ich über dieses, in der Regenzeit mit hohem Gras bewachsene Stück Land ritt, welches, so lange ich diesen Weg nahm, unbebaut da lag, wurde das Pferd unter mir bockig, und nur mit Mühe konnte ich es halten. Auch an diesem Tag nahm ich den gleichen Weg zu einem in der Nähe gelegenen Dorf. 'Was war nur heute mit meinem Pferd los?' dachte ich. Plötzlich schlug es nach hinten und vorne zugleich aus, bäumte sich auf und ehe ich mich versah, lag ich auf der Erde im hohen Gras und hörte nur noch, wie mein Pferd laut wiehernd davon galoppierte. Im ersten Schreck bemerkte ich gar nicht, daß ich verletzt war. Doch nun kam der Schmerz in aller Heftigkeit. Mein Bein war verletzt, anscheinend auch mein Schlüsselbein und mein Kopf war benommen. Aufrichten konnte ich mich kaum. In dem hohen Gras war nichts von mir zu sehen, und sicherlich war mein lautes Rufen auch nicht zu hören. Verzweifelt streckte ich meinen unverletzten Arm in die Höhe, was mich einige Anstrengungen kostete. Nun versuchte ich mich langsam und vorsichtig aufzurichten und noch einmal den Arm zu heben, der nun ein wenig aus dem wehenden Gras herausragte. Aber wer in dieser einsamen Gegend sollte mich wohl sehen? Wer könnte mich schon finden?

Es war kaum zu glauben! Was war das? Waren das nicht Stimmen, Rufe, die sich näherten? So laut ich konnte, rief ich wieder um Hilfe und reckte meinen Arm aufs Neue. 'Pater Mahr,' hörte ich mehrmals rufen. 'Ja, hier bin ich,' rief ich zurück. Da teilte sich schon das Gras und vor mir standen zwei junge Männer. Weit unten im Tal arbeiteten sie auf den Feldern und einer, der zufällig auf den gegenüberliegenden Berg blickte, sah meinen ausgestreckten Arm aus dem Gras herausragen und über dem Hang des Berges mein Pferd galoppieren. 'Das ist das Pferd von Pater Mahr,' sagten sie. 'So ist er es, der drüben im Gras liegt.' Sie liefen also los, fanden mich und transportierten mich in ihr Dorf. Meine Schmerzen bei diesem Transport waren höllisch. Am anderen Tag wurde ich ins Krankenhaus gebracht.

Einige Wochen später, als es mir wieder besser ging, bin ich in das Dorf geritten, in dem meine beiden Retter zu Hause waren, um mich noch einmal bei ihnen zu bedanken. Wie erschrak ich, als ich das Dorf betrat und mir gesagt wurde, daß einer meiner Retter kurz nach diesem Ereignis gestorben sei und der andere ebenfalls schwer erkrankte, aber nun wieder gesund sei. Als ich zu ihm geführt wurde, fragte ich ihn: 'Was ist geschehen? Warum warst du krank und woran ist dein Freund gestorben?' Leise und stockend begann er zu erzählen: Am anderen Tag, als wir dich zum Krankenhaus brachten, Pater, und wir uns wieder auf dem Rückweg befanden, fühlte sich mein Freund plötzlich auf eine unerklärliche Weise müde und erschöpft. Jeder Schritt kostete ihn große Kraft. Viel Zeit benötigten wir, bis wir das Dorf erreichten. Wir halfen ihm, in seine Hütte zu gehen und sich niederzulegen. Diese lähmende Erschöpfung breitete sich über seinen ganzen Körper aus. Schwächer und schwächer wurde er. Das Sprechen fiel ihm schwer. Dann lag er nur noch mit geschlossenen Augen auf der Matte. Der 'busung' wurde gerufen, doch auch er konnte das Fortschreiten der Erschöpfung nicht aufhalten. Sein Pulsschlag verlangsamte sich und wurde schwächer, sein Atem immer flacher und sein Herz hörte auf zu schlagen. Er war tot, heimgegangen zu seinen Ahnen. Keiner konnte sich seinen Tod erklären.'

Seine Erzählung machte mich sehr traurig, und ich war tief betroffen. 'Aber du, du bist wieder gesund. Darüber bin ich froh.' 'Fast wäre auch ich gestorben, Pater. Mir erging es so ähnlich wie meinem Freund. Auch ich fühlte mich plötzlich schwach und müde und mußte mich hinlegen. Als ich auf der Matte lag, machte ich über meiner Brust ein Kreuzzeichen und bat Gott, er möge mir helfen und mich wieder gesund machen. Darauf schlief ich ein. Als ich nach mehreren Stunden wieder erwachte, fühlte ich mich so kräftig wie zuvor.'

'Eine eigenartige Geschichte ist das,' dachte ich. Und wie mag es kommen, daß jedes Mal, wenn ich über dieses Land geritten bin, mein Pferd vor irgendetwas scheute, so daß ich zuletzt vom Pferd stürzte und dabei verletzt wurde? Gab es einen Zusammenhang mit der Furcht meines Pferdes, meinem Sturz, dem Tod des jungen Mannes und der Krankheit des anderen?

'Warum liegt das gute Land brach?' fragte ich die

Dorfbewohner. 'Das ist doch ungewöhnlich.' Sie schauten sich gegenseitig mit scheuen Blicken an, senkten die Köpfe und schwiegen. Nun war ich neugierig geworden und ich fragte sie noch einmal. Und als sie merkten, daß ich hartnäckig blieb, erzählten sie langsam und etwas verängstigt - einigen von ihnen stand die Angst ganz deutlich im Gesicht geschrieben - daß vor vielen Jahren dieses Land die Hinrichtungsstätte zweier Brüder gewesen sei. Die Ursache ihrer Hinrichtung sei ein schwerer Verstoß gegen die Adat gewesen. Deswegen hatte man sie erhängt. Seit dieser Zeit sei dieses Land zum Fürchten, denn seltsame Dinge seien geschehen: Das Brausen des Windes, obwohl ringsum Windstille geherrscht habe, die Schlangen, die mit ihrem giftigen Biß die Vorübergehenden verletzten oder töteten sowie daß diejenigen, die, wenn sie das Land betraten, sich elend und krank fühlten.

'Die Brüder sind im Zorn gestorben und ihr unheilbringender Geist schwebt über dem Land und erfaßt alle, die es betreten,' sagten die Dorfbewohner.

'Dagegen läßt sich ja etwas tun,' schlug ich ihnen vor. 'Wir wollen versuchen, ihren Geist auf eine einsame, unbewohnte Insel zu vertreiben, damit sie dort ihre Ruhe finden und sie den Menschen keinerlei Schaden mehr zufügen können.'

Einige Tage nach diesem Besuch nahm ich mir Weihwasser aus der Kirche und ging wieder in das Dorf. Die Dorfbewohner erwarteten mich schon. Ich nahm das Weihwasser, machte mich auf den Weg zu diesem Land und die Dorfbewohner begleiteten mich. Segnend schritt ich über das Land. Die Menschen sahen meinem Tun aus sicherer Entfernung zu. Als ich nach der Segnung des Landes langsam zu ihnen trat, lächelten sie mich dankbar an. Nun war für die Menschen der böse und nicht zur Ruhe kommende Geist der Brüder entschwunden. Er war hinweggefegt und hat sich auf einer kleinen Insel niedergelassen, um hier den Frieden Gottes und der Ahnen zu finden.

Und seit jener Zeit wird dieses, so lange brachliegende, fruchtbare Land von den Dorfbewohnern wieder bestellt."

DER REGENMACHER

Es war in den Anfängen seiner Arbeit in Habi auf Flores, als Pater Mahr eines Tages zu Fuß zu dem Dorf Langir ging. Als er das Dorf betrat, sah er in der Mitte des Dorfes den Opferstein und auf ihm die Reste des Opfertieres. Es war ein flehentliches Opfer der Dorfbewohner an die Götter, sie mögen sich gnädig erweisen und den lang ersehnten Regen senden. Denn es stand fest: 'Wenn es nicht bald regnet, müssen wir alle verhungern,' sagten die Menschen.

"Ich sah den Opferstein," erzählte Pater Mahr, "und ein großer Zorn überkam mich. In meinem Zorn packte ich den Opferstein, rollte ihn zur Seite und begab mich auf die Suche nach dem Bürgermeister. Vor seiner Hütte traf ich ihn an, und all mein Zorn entlud sich über seinem Haupte. 'Wie konntet ihr ein Tier opfern, wo ihr doch allesamt Christen seid. Du bist der Bürgermeister, ein Katholik, und du solltest Vorbild deines Dorfes sein.' Erregt, und ohne zu verstehen, ging ich nach Habi zurück.

Es geschah nun folgendes: Als ich das Dorf verlassen hatte, kam eine alte Frau in das Dorf, begab sich zum Bürgermeister und sprach zu ihm: 'Herr, die Götter haben zu mir gesprochen und schicken mich zu dir. Ich hatte eine Vision. Nein, ein Traum war es nicht. Eine Vision war es. Höre nun, was die Götter zu mir sprachen: 'Der Pater hat mein Haus zerstört und die Götter sind beleidigt. Sie warten auf Versöhnung. Alle, die ihr da seid, sollt dieses Haus wieder aufbauen und eure Sorgen werden ein Ende haben, denn es wird Regen sein.'

Als die Frau gegangen war, rief der Bürgermeister die Ältesten des Dorfes zusammen, und sie hielten eine Beratung ab. Es war eine bedeutungsvolle Beratung, hatten doch die Götter gesprochen, und ich hatte wütend und beleidigt ihr Dorf verlassen. Es mußte also etwas geschehen, was allen gerecht wurde. Galt es doch gleichermaßen die Götter und mich zu versöhnen.

Am anderen Morgen wunderte ich mich über die Anwesenheit der vielen Dorfbewohner von Langir beim Gottesdienst, bei denen ich doch erst vor einigen Tagen gewesen war, und ich mich so geärgert hatte. Alle schritten zur Kommunionbank und kommunizierten. 'Du hast ihnen Unrecht getan,' dachte ich, 'es sind doch gute Christen.'

Einige Stunden später sah ich einige Männer den Weg von Maumere heraufgehen und auf den Schultern balancierten sie ein langes Bambusrohr, an dem ein schönes Schwein hing. 'Nanu,' dachte ich, 'was mag es denn bei ihnen wohl zu feiern geben?'

Mehrere Tage vergingen bis ich dann hörte, daß die Dorfbewohner im Auftrag des Tanah-Puang in Maumere das Schwein als Opfer zur Versöhnung der Götter und der Ahnen gekauft hatten.

Die Ältesten des Dorfes und der 'ata busung' begaben sich mit dem Schwein auf den Weg in die Berge, zu der alten Opferstätte Sari. An der Opferstätte angelangt, flehten und baten sie die Ahnen um Regen."

Und vielleicht betete der 'ata busung' dieses alte Gebet:

"Weit vom Hafen drüben, von der See weht starker Wind, von der Flußmündung her rollen die Wogen, vom flachen Stein bei Wai Paré kommt der Regen der Sina her, kommt her und ich esse, um den Magen zu füllen, trinke, um den Durst zu stillen, die Brust soll von unten her tropfen, der Koàngbaum Sina von unten her Wasser geben, damit wir doppelten Feldertrag und ein vierfaches Maß von Palmwein bekommen. Der Hafen, (woher der Regen kommt) ist fett wie ein Schwein, an der Flußmündung sind leckere Fische, ich gehe hinab, dort kann man immer Salz trocknen, Salz trocknen am Hafen, woher der Regen kommt, ich gehe hinab, um Kalk zu brennen, zu brennen an der Flußmündung. Die Erde ist nur ein Stückchen, ein Krümchen, ein winziges Ding, ein Atom. Der Stein (Opferstein) bleibt immer auf demselben Platze, er ist der Platz meiner Hoffnung, ich lehne mich fest an die Erde.

Regen komme, Wind komme, Donner komme, Blitz komme, Wetterleuchten und Ungewitter komme. Mag auch die Erde bersten und die Welt in Stücke gehen, brechen wie ein Teller, und in Stücke gehen wie der Klakabaum. Ich bitte wie von altersher, flehe wie die Vorfahren, ich bitte wie die Mutter früher, flehe wie der Vater einst, ich ermahne, du höre, (nitu -

guter Geist), neige dein Ohr und lausche. O nitu, meine leibliche Mutter, öffne den Deckel des Wasserfasses, damit der Regen hemiederrausche."

(aus: "Mythologie, Religion und Magie im Sikkagebiet", Seite 251/52 von Pater Paul Arndt)

Bei diesem, im klagenden singenden Tonfall gesprochenen Gebet, streicht der 'ata busung' mit seinen Händen in zärtlicher Liebkosung über die Erde und seine Augen schauen flehentlich zum Himmel. Die Ältesten wenden sich dem busung zu und nach jeder Strophe wiederholen sie "o i a", was dem 'Amen' am Schluß der christlichen Gebete gleichkommt.

"Und so versöhnten sie mit ihrem Opfer und ihren Gebeten die Götter und die Ahnen. Sie versöhnten mich, indem sie alle mit mir die Hl. Messe feierten. Was sollte ich hierzu noch sagen. Am darauffolgenden Tag kam der lang ersehnte, durch den Mund der alten Frau von den Göttern versprochene Regen. Wundersame Dinge geschehen für die Menschen auf dieser Insel.

Dies geschah zu Beginn meiner Arbeit in Habi. Zu dieser Zeit wußte ich kaum etwas von den alten Sitten und Gebräuchen und kannte auch nicht die Stellung des Bürgermeisters, des Tanah-Puang, 'des Herrn des Bodens.'

Der Bürgermeister war der Landverteiler, nicht der Landbesitzer. Er verteilte das Land nach allgemeiner Beratung unter die Dorfbewohner. Er war der Ökologe und der Landwirtschaftsexperte. Er steht in der Verantwortung gegenüber seinen Nachkommen. Je mehr Söhne er hat, desto höher ist sein Ansehen. Er war - inwieweit er das heute noch ist, weiß keiner so genau - der Mittler zwischen den Menschen seines Dorfes und den Göttern und hatte priesterliche Funktionen. Heute ist der Bürgermeister ein guter Freund von mir, und oft kommt er mich besuchen," sagte Pater Mahr.

Als der Missionar in Erscheinung trat, bedeutete das für den Tanah-Puang die Entmachtung von seiner priesterlichen Funktion, die Auflösung seiner rituellen und kultischen Aufgaben, die nun zu seiner, durch die holländische Kolonialmacht politischen Entmachtung, noch hinzukam. Vielleicht werden viele der alten

Ordnungen, Sitten, religiösen Handlungen und Vorstellungen einmal zum Staub der Geschichte gehören, und damit der Reichtum einer alten Kultur versiegen.

Viele Menschen in Habi schreiben Pater Mahr magische Kräfte zu. Als 1979 eine große Rattenplage alle umliegenden Dörfer von Habi heimsuchte und nur Habi von dieser Plage verschont blieb, sagten die Menschen: 'Das haben wir Pater Mahr zu verdanken, denn er hat die Ratten mit seinen magischen Kräften von Habi ferngehalten.'

Die Menschen kommen zu ihm, wenn der Regen zu lange auf sich warten läßt, die Erde in ihrer Trockenheit Risse zeigt, und die Vorräte sich dem Ende zuneigen. Sie bitten ihn, den Regen herbeizurufen, ihn von Gott zu erflehen.

Die Trockenzeit kann eine erbarmungslose Zeit sein, wenn die Menschen apathisch vor ihren Hütten sitzen, sie nur stumm vor sich hinsehen und nichts anderes tun können, als zu warten, immerfort nur zu warten.

"Über mir sehe ich den blauen erbarmungslosen Himmel, wo sich kein noch so kleines Wölkchen zeigt. Ich sehe die Hitze in der Luft erzittern, die nicht weichen will und alle Bewegungen der Menschen ermüden läßt, und ich sehe die Kinder, die immer magerer werden. Die Menschen sehe ich, die zur Küste laufen und das kostbare Wasser holen, wenn bei zu lang anhaltender Trockenzeit in den Zisternen das Wasser zur Neige geht, und ich sehe alles vertrocknen. Sogar die Haut der Menschen verändert sich. Wie Pergament umspannt sie ihre Gesichter.

Lange stehe ich unbeweglich und schaue in Richtung des Meeres. Irgendwo über diesem Meer gibt es Wolken. Meine Augen sehen den Himmel, der in der Ferne eins wird mit dem Meer. Nichts sehe und höre ich mehr von dem, was um mich vorgeht. Mein Körper scheint schwerelos, und nun erblicke ich vor meinem inneren Auge Wolken, Wolken, die über einer weiten Fläche des Meeres hängen und nur darauf warten weiterzuziehen.

'Gütiger Gott,' flehe ich, 'ich bitte Dich um der Menschen willen, deren Augen voll Erwartung und Sehnsucht zum Himmel blicken und auf den segenbringenden Regen hoffen. Siehst Du nicht ihre trockenen, von der Sonne verbrannten Felder, die rissige Erde, die großen Augen ihrer Kinder, die warten, daß Vater oder Mutter Nahrung bringt? Wie oft, gütiger Gott, und ich schäme mich dessen, störte mich das laute Kreischen und Lachen der Kinder, ihre Neugier, die sie überall sein läßt, auch da, wo sie nichts zu suchen haben. Verzeih`, doch bedenke hierbei, ich bin ein alter Mann und nun, wie sehr fehlen mir ihre laute Fröhlichkeit, ihr Lachen. Schau die Verzweiflung der Menschen und sieh ihre Not. Schau auf mich kleinen unwürdigen Menschen, der von ihnen als Mittler zwischen Dir, oh Gott der Barmherzigkeit, und ihnen gewählt wurde. Erbarme Dich ihrer Not und bündle die Wolken über dem Meer, leite sie auf diese Insel, damit das Lachen und Kreischen der Kinder zum Ohrenschmaus wird. Die große Freude über das Ende der Not, das lebensspendende Naß aus Deinen Wolken, und unsere Gebete zu Dir, sollen Dir überreicher Dank sein.'

Wenn ich so oder ähnlich zu Gott gebetet habe, erfaßt mich eine tiefe Müdigkeit und ich gehe ins Haus, um zu ruhen. Einen Tag, zwei oder drei Tage später ziehen langsam die Wolken über das Meer, und es kommt der lang ersehnte Regen."

IM BAUCH DER HERCULES

"Wenn ihr nach Flores kommt, dann müßt ihr unbedingt Schwester Gisela über Larantuka auf ihrer Leprastation auf der Insel Lembata besuchen und Grüße von mir ausrichten," kam der Vorschlag von Schwester Gabriele in Deutschland. Und nun, am Sonntag, dem letzten Tag von Pater Bollen auf Flores, sollte es nach Larantuka gehen.

"Ich glaube, es ist besser, wenn ihr ein anderes Auto für die Fahrt nach Larantuka nehmt. Der Jeep ist mir nicht sicher genug. Der Motor scheint nicht in Ordnung zu sein und die Bremsen funktionieren auch nicht mehr richtig," sagte Pater Bollen zu uns, als er uns und alle, die noch Platz im Jeep fanden, zum kleinen Flughafen nach Maumere fuhr, um nach Jakarta abzureisen.

Zuerst war unser Handgepäck verschwunden. Irrtümlicherweise war es mit dem defekten Jeep wieder nach Watublapi gefahren worden. Als sich dann nach kurzer Fahrzeit zwei Reifenpannen hintereinander einstellten, mußten wir die Reise auf den nächsten Tag verschieben. Ein Bus sollte uns nunmehr nach Larantuka bringen.

Larantuka kann auf eine über 450 Jahre alte christliche Tradition zurückblicken. Die große Osterprozession mit den ungezählten Kerzen, den reich geschmückten Straßen, ist jedes Jahr ein bedeutsames Ereignis für die Bewohner von Larantuka und die aus allen Richtungen kommenden Besucher. Bei den Vorbereitungen dieses Festes spielt der Raja als Oberpriester der Adat in den Traditionen von Larantuka eine einflußreiche Rolle. Er ist das Oberhaupt der 'Confreria', der Bruderschaft der Ältesten.

Larantuka erreichten wir nach einer sehr anstrengenden, siebenstündigen und 130 km langen Fahrt. Je weiter der Weg gen Osten führte, desto trockener zeigte sich das brachliegende Land. Das Landschaftsbild hingegen mit den hohen Vulkanen, den mächtigen Bäumen, den tiefen Tälern und ausgetrockneten Flußbetten zog in nie ermüdender, beeindruckender Vielfalt an unseren Augen vorbei; vorbei an Hokeng und der Kaffeeplantage des kleinen Priesterseminars der Steyler Missionare.

'Das schönste Inselmeer Indonesiens liegt vor Larantuka,' wurde mir später gesagt. 'Ein wichtiger Seeweg, befahren von den Schiffen aller Nationen, führt an den Inseln vorbei.' Abends, bei den freundlichen Steyler Schwestern, in deren Gästehaus wir übernachteten, dachte ich jedoch, wir seien am Ende der Welt angelangt, so einsam, verlassen und so krank fühlte ich mich. Es stellte sich dann heraus, daß der eigentliche Zweck dieser Fahrt, der Besuch der Leprastation auf Lembata, aus Zeitgründen nicht möglich war. "Wenn Sie zur Leprastation möchten," sagte uns Schwester Anselme - sie lebt schon über vierzig Jahre in Indonesien - "müssen Sie einige Tage länger bleiben. So schnell ist das nicht zu schaffen. Hierfür muß man Zeit mitbringen. Das Kutterboot braucht von Larantuka bis Lembata ungefähr vier Stunden, und der Besuch bei Schwester Gisela wird dauern. Vielleicht fährt am nächsten Tag ein Kutterboot wieder nach Larantuka zurück, vielleicht aber auch nicht."

Den anderen Zeitbegriff, die Entfernungen, das trennende Meer zwischen den Inseln, all das hatten wir nur oberflächlich bedacht, und nun standen wir etwas ratlos da. Wir beschlossen, uns einen Bus zu suchen, der uns wieder zurück nach Maumere bringen sollte. Zuvor sahen wir uns noch ein wenig in Larantuka um. Da lag der kleine idyllische Hafen mit den Kutterbooten. Die kleinen Straßen und die in den Gärten liegenden Häuser sahen sehr sauber aus. Die Schulkinder zogen im Gleichschritt singend mit ihrer Tracht durch die Straßen. Und als wir auf den Bus warteten, wurden wir von einer Familie freundlich auf den Hof gebeten. Die Frauen betrachteten uns neugierig. Ein junger Mann schritt zu einem Becken und spuckte unter Husten Blut hinein. Das ließ mich an Tuberkulose denken.

Etwas später bog der Bus um die Ecke. Wir stiegen ein und zu unserer Verwunderung waren wir, außer einigen jungen Männern, die mit ihren dunkelblauen Käppis wie Regierungsleute aussahen, die einzigen Fahrgäste. Im Bus staute sich die Hitze. Der Staub der trockenen Erde drang in alles ein und bedeckte uns. Einige Stunden waren vergangen. Als wir in ein kleines Dorf kamen, unterbrach der Bus seine Reise und wir hielten an. Die Hütten des Dorfes standen auf lehmfarbiger, ausgetrockneter Erde. Es war die gleiche Trostlosigkeit wie an vielen anderen

Stellen des Landes, das wir durchfahren hatten.

Aus den Hütten strömten die Erwachsenen und Kinder herbei. Schnell war der Bus von ihnen umringt. Wir fragten die Regierungsleute, warum wir bei diesem Dorf anhalten. "Wir begleiten die 'Transmigrasi-Leute' nach Maumere zum Flughafen. Sie fliegen nach Irian Jaya," sagten sie voller Stolz und Anerkennung heischend. Ich betrachtete die Familien, die sich das beste Kleidungsstück angezogen hatten, die fein gemachten Kinder, die Körbe mit den gackernden Hühnern und die kleinen Bündel mit den wenigen Habseligkeiten, die auf dem Dach des Busses verstaut wurden. Irian Jaya sollte also ihre neue Heimat sein.

In Maumere wartete das große Flugzeug auf die Umsiedler und genau, wie wir das vor zwei Tagen gesehen hatten, würden auch diese Familien im Bauch der Hercules verschwinden und auf ein besseres Leben, mehr Land, mehr Fruchtbarkeit der Erde, auf mehr Wasser und mehr Regen hoffen. Ostflores sowie die Nordküste bei Maumere leiden besonders unter der mehrmonatigen Trockenheit. Die Ernten sind bei weitem nicht so reichlich wie weiter westlich, wo mehr und mehr die Sawah-Kultur, die Naßreisfelder, aufgrund des ausgebauten Bewässerungssystems, Einzug fanden. Und die Menschen würden wieder hinter dem Zaun des Flughafengeländes stehen und mit traurigen Blicken und tränennassen Augen den Scheidenden nachschauen.

Das von allen in Indonesien angestrebte Ziel ist die Eigenversorgung der Bevölkerung mit ausreichenden Nahrungsmitteln, d.h. möglichst unabhängig von teuren Importen zu sein. Der große Inselstaat, mit seinen über 13.000 Inseln, mußte vom Zeitpunkt seiner Unabhängigkeit im Jahre 1949 mehr als eine Verdoppelung seiner Bevölkerung von 70 Millionen auf heute ca. 170 Millionen Menschen verkraften. Für jeden Staat dieser Erde würde ein Bevölkerungswachstum in dieser Größenordnung und in diesem Zeitraum eine große Herausforderung bedeuten.

Zum Versuch, die Armut zu bekämpfen, gehört das große, umstrittene Umsiedlungsprogramm der Regierung, 'Transmigrasi'. Bewohner ohne ausreichenden Landbesitz oder ohne Existenz, immer am Rande des Hungers lebend, werden vom übervölkerten Java und von Bali (hauptsächlich nach der Naturkatastrophe, dem Vulkanausbruch des Gunung Agung 1963), und den in den Trockenzonen liegenden Außeninseln, wie Flores, auf die Randinseln, vorwiegend auf Irian Jaya, Kalimantan oder auch auf Sumatra umgesiedelt. Inzwischen hat das Programm ca. fünf Millionen Menschen erreicht. Für zwei Umsiedler von der Insel Java auf eine Außeninsel, strömen währenddessen wiederum drei Bewohner von den zahlreichen anderen Inseln nach Java, die sich vornehmlich in den über ihre Grenzen hinauswuchernden Städte (Jakarta, Bandung usw.) ansiedeln.

Begleitet wird dieses Programm, welches im guten Sinne gegen Arbeitslosigkeit, Existenznot, Überbevölkerung und Armut angehen wollte, aber von so vielen Unzulänglichkeiten, die neue Probleme schaffen. Die großflächigen Waldrodungen, Trockenlegung der Sümpfe, Landzerstückelung durch Erbteilung, die fehlende Infrastruktur, Anpassungsschwierigkeiten der Umsiedler und Anfeindung der alteingesessenen Bevölkerung werfen die Frage auf, ob hier nicht der Teufel mit dem Belzebub ausgetrieben werden soll.

"Donatus Hoere von YASPEM auf Flores und Ulla von Mengden in Jakarta haben Irian Jaya besucht," berichete später Pater Bollen. "Übereinstimmend haben sie gesagt, daß die von der Regierung betroffenen Umsiedler bei ihrer Ankunft kleine Häuser, Wasser und Land zur Bearbeitung und ein kleines Wegenetz vorfinden und eine erste Hilfe in Form von Saatgut erhalten haben. Die Menschen aber, die aus eigenem Entschluß und nicht mit den begleitenden Unterstützungsmaßnahmen des Regierungsprogramms siedeln, leben ganz erbärmlich, in erschreckenden Verhältnissen, ohne Wasser und Land. Wer sich um sie kümmert, das weiß keiner."

Viele Stunden waren wir unterwegs. Still saßen alle auf ihren Sitzen. Doch ab und zu erbrach sich ein Kind. Kein Rascheln von Papier hörte ich, das anzeigte, hier wird etwas Eßbares ausgepackt. Da erinnerte ich mich der Weißbrote, die uns als Imbiß vom Hotel in Waiara auf der Hinfahrt mitgegeben wurden. Das Brot war vertrocknet. Hunger verspürten wir nicht, weil wir uns beide nicht wohl fühlten. Die Brote waren zwar alt, aber eßbar. "Weißt du was, Ingo, ich gebe die Brote an die

Leute." "Aber Mama, wie kannst du nur diese vertrockneten Brote anbieten," meinte er vorwurfsvoll. Aber schon hatte ich die in Papier eingewickelten Brote in der Hand, sah fragend die in der Nähe Sitzenden an und streckte meine Hand mit den Broten aus. Zu viele Hände waren es nun, die nach den wertvollen, wenn auch vertrockneten Broten griffen.

Etwas später hielt der Bus bei einer kleinen Imbißhütte. Es gab Coca Cola zu kaufen und nebenan Bananen. Ich kaufte einige Klauen Bananen - jedoch viel zu wenige - und reichte sie durchs Fenster in den Bus. Und wieder alle diese ausgestreckten Hände und das Lächeln des Dankes. Später habe ich mich gefragt, warum ich nicht mehr Bananen gekauft habe: Weil ich mir einfach nicht vorstellen konnte, daß die Leute keine zwanzig Pfennig für Bananen haben.

Es war Abend, als der Bus uns in Waiara absetzte. Er fuhr weiter nach Maumere, zu dem großen, dicken Bauch der wartenden Hercules. Was mochte die Menschen auf dieser fremden Insel erwarten?

Abends, in meinem Bett, sah ich noch einmal das Bild der vielen auf der Erde ausgebreiteten Bananen vor mir, sah sie da liegen, und ich hatte sie nicht gekauft - nicht gekauft für einen lächerlich geringen Betrag, wo sich mir doch die vielen Hände durchs Fenster entgegenstreckten.

NACHWORT

Als ich mit meinem Sohn Ingo das erste Mal Indonesien besuchte, hatte ich keine Vorstellung davon, was mich erwarten würde. Unser Wunsch war es, die Arbeit von Pater Heinrich Bollen SVD auf Flores kennenzulernen.

Bei den Gesprächen mit Schwestern und Missionaren spürte ich, wie sehr sich alle bewußt waren, daß die Zeit der europäischen Missionare zu Ende geht. Ein Zeitenwandel hat begonnen. Immer drängender und zahlreicher treten die einheimischen Priester aus dem begrenzten Kreis der Seminare in die Welt ihrer Pflichten. Hinzu kommt, daß der Nachwuchs von Europa ausbleibt.

Mir ist es nicht gelungen, mich von den Zwiespältigkeiten in mir, die Mission betreffend, zu befreien. Zumal es hier kein Messen, kein Abwägen und kein Urteil zu fällen gibt.

Pater Bollen wußte um meinen Wunsch, über die Inselbewohner, die Landschaftsbilder und die Arbeit der Missionare zu schreiben. Mir lag daran, diese Zeit, ihren letzten in der Ferne entschwindenden Zipfel, das für uns so Fremde, faszinierende, und doch mit aller Härte des Lebens, in den Erzählungen festzuhalten, wo die Menschen und ihre Inselwelt einen nicht abzuschüttelnden Zauber von Erinnerungen bergen.

Pater Bollen half mir mit seinen Schriften, Aufzeichnungen und den vielen Gesprächen, insbesondere die Zeit vor 1966, wiederzugeben. Hinzu kamen meine persönlichen Erlebnisse. Er gab mir den Schlüssel in die Hand, dieses Buch zu schreiben. Manches ist wörtlich wiedergegeben, anderes dem Sinn nach oder wie es wohl gewesen sein mag.

Alles, was ich während meiner ersten Reise hörte, erlebte und sah, fand ich wert, festzuhalten und mehr zu erfahren. Als ich wieder in Deutschland war, besuchte ich das 'Anthroposinstitut' der Steyler Missionare in St. Augustin und schöpfte aus dem reichhaltigen Fundus der alten Schriften und Bücher über die Inselwelt Indonesiens. Mir war klar, daß ich aber hiermit allein nichts anfangen konnte.

So reiste ich mit meinem Sohn abermals nach Flores und wir erlebten in jenem Jahr, 1987, den Abschied von Pater Bollen auf

Flores.

Nach dieser Reise nun hatte ich alle meine Erzählungen und Geschichten im Kopf. Jetzt mußten sie 'nur' noch geschrieben werden. Als alle zu Papier gebracht waren, schien mir das von mir Erzählte mehr wie ein Traum zu sein, nicht der Wirklichkeit entsprechend. Ich traute diesen Erzählungen nicht mehr.

Daraufhin bin ich zwei Jahre später wieder nach Indonesien gereist, um mich zu prüfen, ob ich einem Traumgesicht nachreisen würde, einem Gesicht, das ich zwar zu finden hoffte, das aber vielleicht inzwischen seine Konturen verändert, wenn nicht gar verloren hatte. Ich fand den Traum und fand das Gesicht in meinen Erzählungen wieder.

Katharina Sommer

EPILOG

Am 12.12.1992 kam das große Beben. Es kam die hohe Springflut, die alles, was ihr im Wege stand, begierig verschlang. Sie lechzte geradezu nach Mensch und Vieh.

Sie verschlang das Fischerdorf Wuring. Nur die Moschee hat den Wassern widerstanden. Was sich ihr sonst noch an Küstendörfern darbot, nahm sie in ihren mächtigen Schlund und spie ihren Inhalt in zerstörerischer Wildheit zurück auf die Küste.

Die kleine Stadt Maumere überzog sie mit donnerndem Geräusch, fiel über sie her gleich einem zornigen Gott. Die Überlebenden wurden in ihrer Trauer stumm. Apathie hielt sie umfangen. Sie blickten auf die Trümmerberge, sahen ihre zerstörte Stadt, und sie wußten um ihre Toten.

Ihre Augen blickten ins Leere. Über ihre Lippen jedoch kam kein einziges Wort den Klage.

Nichts war mehr so wie vorher.

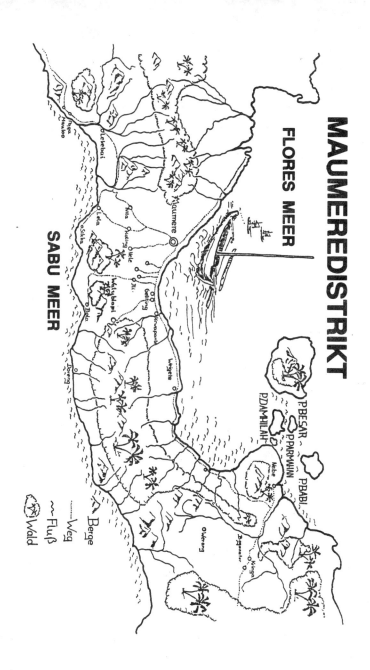